Le Code Jefferson

Steve Berry

Le Code Jefferson

Traduit de l'anglais (États-Unis)
par Danièle Mazingarbe

ÉDITIONS FRANCE LOISIRS

Titre original : *The Jefferson Key*
Éditeur original : Ballantine Books

Édition du Club France Loisirs,
avec l'autorisation des Éditions le cherche midi

Éditions France Loisirs,
123, boulevard de Grenelle, Paris
www.franceloisirs.com

ISBN : 978-2-298-07018-7

Pour Zachary et Alex, la prochaine génération

Le Congrès aura le pouvoir d'accorder des lettres de marque et de représailles et d'établir les règles concernant les prises sur terre et sur mer…

Constitution des États-Unis
Article 1, section 8

Les corsaires font le lit des pirates.

Capitaine Charles Johnson (1724)

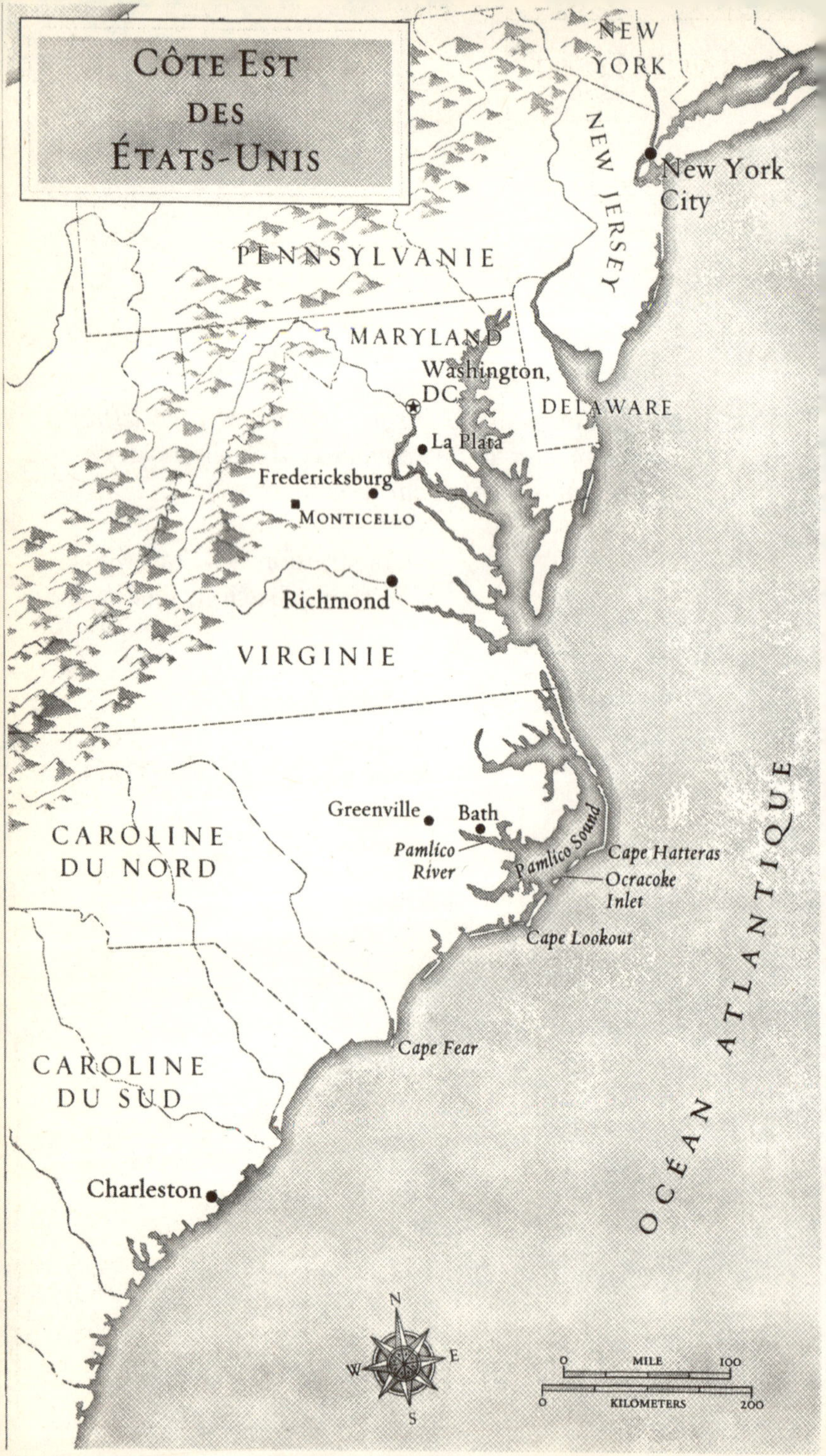
CÔTE EST DES ÉTATS-UNIS
NEW YORK
New York City
NEW JERSEY
PENNSYLVANIE
MARYLAND
Washington, DC
DELAWARE
La Plata
Fredericksburg
MONTICELLO
Richmond
VIRGINIE
Greenville
Bath
Pamlico River
Pamlico Sound
Cape Hatteras
Ocracoke Inlet
Cape Lookout
CAROLINE DU NORD
Cape Fear
CAROLINE DU SUD
Charleston
OCÉAN ATLANTIQUE
N
E
W
S
0
MILE
100
0
KILOMETERS
200

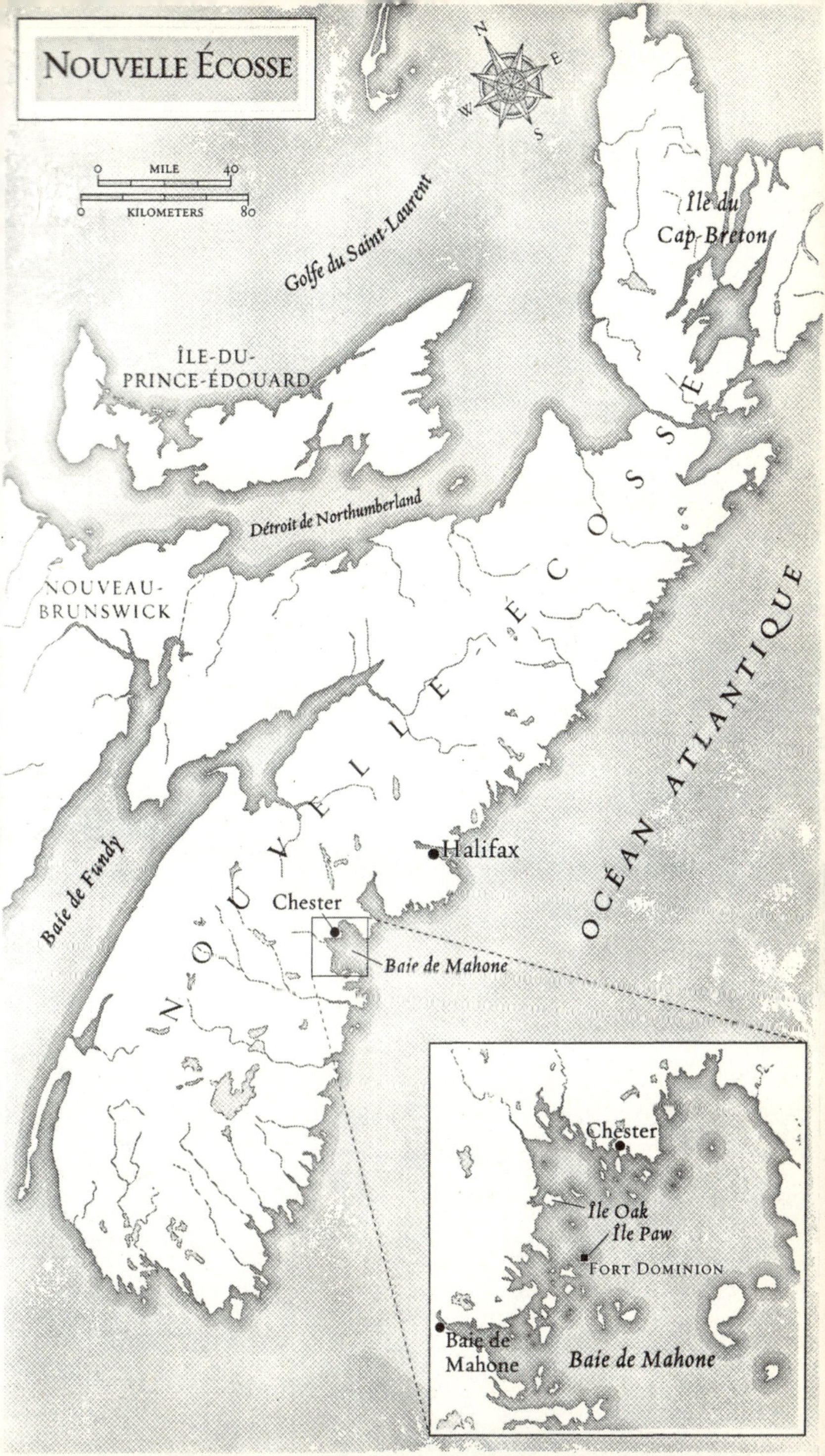

NOUVELLE ÉCOSSE
N
E
S
W
0 MILE 40
0 KILOMETERS 80
Golfe du Saint-Laurent
Île du
Cap-Breton
ÎLE-DU-
PRINCE-ÉDOUARD
Détroit de Northumberland
NOUVEAU-
BRUNSWICK
NOUVELLE ÉCOSSE
OCÉAN ATLANTIQUE
Halifax
Chester
Baie de Mahone
Baie de Fundy
Chester
Île Oak
Île Paw
FORT DOMINION
Baie de
Mahone
Baie de Mahone

Prologue

Washington D.C.
30 janvier 1835
11 heures

Le président Andrew Jackson avait un pistolet braqué sur la poitrine. Vision étrange, mais pas complètement insolite, en tout cas pour un homme qui avait passé sa vie à faire la guerre. Il sortait de la rotonde du Capitole en direction du portique est, et il était d'une humeur aussi maussade que le temps. Son secrétaire au Trésor, Levi Woodbury, l'aidait à marcher, alors qu'il avait déjà son inséparable canne. L'hiver avait été rude cette année-là, surtout pour un homme de 67 ans avec la peau sur les os – ses muscles étaient plus raides que jamais, ses poumons perpétuellement congestionnés.

Il s'était aventuré en dehors de la Maison-Blanche pour faire ses adieux à un ancien ami, Warren Davis de la Caroline du Sud, élu par deux fois au Congrès, une fois en tant qu'allié, comme démocrate jacksonien, l'autre comme « nullificateur ». Son ennemi, le précédent vice-président, John C. Calhoun, avait créé le parti nullificateur, dont les membres estimaient que les États étaient en droit de choisir les lois fédérales auxquelles ils voulaient obéir. Une sottise à ses yeux, qu'il avait qualifiée d'*œuvre du diable*. La nation n'existerait pas si les nullificateurs avaient gain de cause – ce qui, à son avis, était bien leur intention. Heureusement, la Constitution mentionnait un gouvernement unifié, et non un vague assemblage où chacun pouvait faire ce qu'il voulait.

Le peuple comptait plus que les États.

Initialement, il n'avait pas prévu d'assister à l'enterrement, avant de changer d'avis la veille. Malgré leurs différends politiques, il aimait bien Warren Davis ; il avait donc enduré le sermon déprimant de l'aumônier – *la vie est incertaine, surtout pour les gens âgés* – puis avait défilé devant le cercueil ouvert et marmonné une prière, avant de descendre vers la rotonde.

La masse des spectateurs était impressionnante.

Ils étaient venus par centaines pour le voir. La foule lui manquait. Au milieu des gens, il se sentait comme un père parmi ses enfants, heureux de leurs manifestations d'affection, plein d'affection comme un parent dévoué. Et il avait de quoi être fier. Il venait de réaliser l'impossible – rembourser la dette nationale, qui avait été intégralement effacée au cours de la 58e année de la République, la 6e année de sa présidence –, certains membres de l'assistance manifestaient bruyamment leur approbation. En haut des escaliers, un des secrétaires de son cabinet lui avait dit que les spectateurs avaient bravé le froid dans le seul but de voir « Old Hickory[1] ».

Ce surnom faisant allusion à sa résistance le faisait toujours sourire, même s'il trouvait le compliment un peu abusif.

Il savait que beaucoup s'inquiétaient de le voir rompre avec la tradition et postuler pour un troisième mandat, notamment des membres de son propre parti, dont certains nourrissaient eux-mêmes des ambitions présidentielles. Ses ennemis semblaient se nicher partout, particulièrement ici, au Capitole, où les représentants du Sud devenaient de plus en plus audacieux et les législateurs du Nord de plus en plus arrogants.

Maintenir un semblant d'ordre était devenu difficile, même pour une main de fer comme la sienne. D'ailleurs, depuis peu, il avait même l'impression de ne plus s'intéresser à la politique. Les batailles les plus importantes lui semblaient derrière lui.

Il ne lui restait plus que deux ans de mandat, après quoi, sa carrière serait terminée. Aussi était-il resté évasif quant à la possibilité d'un troisième mandat. Au moins, la perspective de le voir se représenter maintenait ses ennemis à distance.

En fait, il n'avait aucune intention de se représenter. Il prendrait sa retraite à Nashville, chez lui

1. Old Hickory : ou « vieux chêne », le hickory étant le noyer blanc d'Amérique, un bois extrêmement solide. Ce surnom fait allusion à la solidité d'Andrew Jackson, aussi bien physique, que face à ses adversaires politiques. *(Toutes les notes sont de la traductrice.)*

dans le Tennessee, et à l'Hermitage, son domaine d'élection.

Mais pour l'instant, il y avait le problème du pistolet.

L'inconnu élégant à la barbe noire fournie avait surgi de la foule, armé d'un pistolet à un coup. En tant que général, Jackson avait combattu victorieusement les armées anglaises, espagnoles et indiennes. En duel, il avait tué une fois un homme pour l'honneur. Il n'avait peur de personne. En tout cas pas de cet imbécile dont les lèvres pâles tremblaient autant que la main qui tenait le pistolet.

Le jeune homme appuya sur la détente.

Le chien claqua.

Son amorce explosa.

Une détonation résonna entre les murs en pierre de la rotonde. Mais aucune étincelle ne mit le feu à la poudre dans le barillet.

Raté.

L'agresseur semblait en état de choc.

Jackson comprit ce qui était arrivé. L'air froid et humide. Il avait souvent combattu sous la pluie et mesurait l'importance de conserver la poudre au sec.

La colère l'envahit.

Il saisit sa canne des deux mains, comme une épée, et chargea son agresseur.

Le jeune homme jeta son arme.

Un deuxième pistolet en cuivre apparut, avec le canon à quelques centimètres de la poitrine de Jackson.

Le tireur appuya sur la détente.

Nouvelle explosion de l'amorce, mais aucune étincelle.

Un nouveau raté.

Avant qu'il puisse donner un coup de canne dans le ventre de l'assaillant, Woodbury lui saisit un bras, et son secrétaire à la Marine l'autre. Un homme en uniforme sauta sur le tireur. Plusieurs membres du Congrès en firent autant, dont Davy Crockett du Tennessee.

« Lâchez-moi, cria Jackson. Laissez-moi m'en charger. Je sais d'où il vient ! »

Mais les deux hommes ne le relâchèrent pas.

Les mains de l'assassin s'agitèrent au-dessus des têtes, puis l'homme fut jeté à terre.

« Lâchez-moi, répéta Jackson. Je suis parfaitement capable de me protéger. »

La police arriva et l'homme fut brutalement relevé. Crockett le remit aux officiers et déclara solennellement :

« Je voulais voir la pire espèce de l'humanité, et à présent c'est fait. »

Le tireur marmonna quelque chose comme quoi il était le roi d'Angleterre et qu'il aurait encore plus d'argent une fois Jackson mort.

« Il faut partir, lui chuchota Woodbury. Cet homme est visiblement dérangé. »

Il refusait d'entendre cette excuse. « La folie n'a rien à voir là-dedans. Il y a eu un complot, et cet homme en était l'instrument.

— Allons, monsieur », lui dit son secrétaire au Trésor en le poussant dehors vers une calèche qui attendait dans le matin brumeux.

Jackson s'exécuta.

Mais ses pensées se bousculaient.

Il était d'accord avec ce que Richard Wilde, un député de Géorgie, lui avait dit un jour. *La rumeur, avec ses mille langues, fournit à peu près autant d'histoires.* Il l'espérait bien. Il avait affronté l'assassin sans la moindre peur. Les deux pistolets n'avaient même pas réussi à l'effrayer. Tous les témoins attesteraient de son courage.

Et, grâce à Dieu tout-puissant, la chance l'avait protégé.

Il semblait véritablement destiné à proroger la gloire du pays et soutenir la cause du peuple.

Il monta dans la calèche. Woodbury le suivit, et les chevaux s'avancèrent à travers la pluie. Il ne ressentait plus le froid, ni l'âge ni la fatigue. Un élan d'énergie le parcourut. Tout comme la dernière fois, deux ans auparavant. Au cours d'une promenade en bateau à vapeur vers Fredericksburg, un ancien officier naval, un déséquilibré qu'il avait renvoyé, lui avait ensanglanté le visage. C'était la première agression physique jamais perpétrée sur un président américain et il avait refusé de porter plainte. Il avait même refusé la proposition de ses adjoints voulant qu'il soit constamment protégé par une escorte militaire. La presse en avait déjà fait un roi, et sa Maison-Blanche une cour. Il n'allait pas leur donner davantage de grain moudre.

À présent, quelqu'un avait véritablement tenté de le tuer.

Encore une première pour un président américain.

Un assassinat.

Pour lui, de tels actes étaient plus typiques de

l'Europe et de la Rome antique et visaient généralement les despotes, les monarques et les aristocrates, mais pas les dirigeants élus par le peuple.

Il regarda Woodbury d'un air furieux.

« Je sais qui a donné l'ordre. Ils n'ont pas le courage de m'affronter. Ils préfèrent envoyer un fou à leur place.

— À qui faites-vous allusion ?

— Des traîtres », se contenta-t-il de dire.

Et ils ne s'en tireraient pas comme ça.

PREMIÈRE PARTIE

1

New York
Samedi 8 septembre, de nos jours
18 h 13

Cotton Malone n'en était pas à une erreur près.

Il en fit deux.

Sa première erreur était de se trouver au quinzième étage de l'hôtel Grand Hyatt. Son ancienne patronne, Stéphanie Nelle, lui avait envoyé un e-mail deux jours plus tôt. Elle avait besoin de le voir samedi, à New York. Apparemment, l'affaire en question ne pouvait être discutée qu'en tête à tête. Et apparemment, c'était important. Il essaya malgré tout de la joindre par téléphone au quartier général de la division Magellan à Atlanta, mais tomba sur son assistante :

« Ça fait six jours qu'elle a quitté le bureau et qu'elle est en *NPC.* »

Il n'était pas question de lui demander où.

NPC. Ne pas contacter.

Autrement dit : Ne m'appelle pas, c'est moi qui t'appelle.

Ça lui était arrivé aussi, d'être l'agent sur le terrain, attendant le moment opportun pour appeler. Cette situation, en tout cas, était plutôt inhabituelle pour le chef de la division Magellan. Stéphanie était responsable des douze agents secrets du département. Son rôle était de superviser. Pour elle, être NPC voulait dire que quelque chose d'extraordinaire avait mobilisé son attention.

Avec Cassiopée, ils avaient décidé de profiter du voyage pour passer le week-end à New York, et, après avoir vu Stéphanie, d'aller au théâtre et dîner en ville. Ils avaient pris l'avion à Copenhague la veille et étaient descendus au St Regis, à quelques rues de l'endroit où il se trouvait actuellement. Cassiopée avait choisi l'hôtel et comme elle avait insisté pour payer, il n'avait pas protesté. D'ailleurs, comment résister à un endroit aussi somptueux, avec une vue fabuleuse, et une suite plus grande que son appartement au Danemark.

Il avait répondu à Stéphanie en lui indiquant où il se trouverait. Ce matin, après le petit déjeuner, une clé à carte du Grand Hyatt l'attendait à la réception avec un numéro de chambre et un mot :

RENDEZ-VOUS CE SOIR À 18 H 15 PRÉCISES

Il se demanda ce que voulait dire exactement « précises », mais il connaissait le comportement obsessionnel de son ex-patronne, ce qui en faisait une administratrice hors pair en même temps que particulièrement agaçante. Mais il savait aussi qu'elle n'aurait pas pris contact avec lui si ce n'était pas vraiment important.

Il inséra la clé à carte, malgré la pancarte NE PAS DÉRANGER.

Le témoin sur la serrure électronique passa au vert et la porte s'ouvrit.

L'intérieur était spacieux, avec un grand lit double recouvert d'oreillers pourpres moelleux. Un espace de travail avait été installé sur un bureau en chêne, avec une chaise ergonomique devant. La pièce en coin donnait sur deux artères, d'un côté la 42e Rue Est, et de l'autre la 5e Avenue Ouest. Le décor était ce à quoi on pouvait s'attendre d'un hôtel de luxe au centre de Manhattan.

À l'exception de deux choses.

La première était une sorte d'engin, façonné à partir de ce qui semblait être des supports en aluminium, assemblés par des boulons comme un jeu de Meccano. Il était placé devant une des fenêtres, à la gauche du lit, et dirigé vers l'extérieur. Posée sur le support métallique, se trouvait une boîte rectangulaire, d'environ soixante centimètres sur quatre-vingt-dix, elle aussi en aluminium mat, dont les côtés étaient assemblés et centrés par rapport à la fenêtre. D'autres poutrelles se déployaient vers les murs, devant et derrière, l'une posée sur le sol, une autre ancrée au-dessus à une soixantaine de centimètres environ, donnant l'impression de maintenir l'unité en place.

C'était ça l'*important* aux yeux de Stéphanie ?

Un canon court sortait de l'avant de la boîte. Il paraissait impossible de fouiller l'intérieur à moins de déboulonner les côtés. Des pignons ornaient aussi bien la boîte que le châssis. Des chaînes couraient le long des supports, comme si l'ensemble était conçu pour se mouvoir.

Il tendit la main vers la deuxième anomalie.

Une enveloppe. Cachetée. Portant son nom.

Il regarda sa montre. 18h 17.

Où était Stéphanie ?

Il entendit des sirènes au-dehors.

L'enveloppe à la main, il s'approcha d'une fenêtre et regarda en bas des quinze étages. Aucune voiture sur la 42e Rue. La circulation avait été coupée. Il avait remarqué les forces de police en arrivant il y a quelques minutes.

Il se passait quelque chose.

La réputation du restaurant Cipriani de l'autre côté de la rue n'était plus à faire. Il y était déjà allé et se souvenait de ses colonnes en marbre, de ses sols marquetés et de ses lustres en cristal – une ancienne banque, construite dans le style Renaissance italienne, qui était fréquemment louée pour des événements particuliers. C'était probablement ce genre d'événement qui avait lieu ce soir, un événement suffisamment important pour qu'on interrompe la circulation, qu'on dégage les trottoirs et qu'une demi-douzaine des meilleurs policiers de New York soit postée devant l'entrée élégante.

Deux voitures de police, lumières clignotantes, arrivaient par l'ouest, suivies par une Cadillac noire surdimensionnée. Une autre voiture de la police de New York suivait. Deux fanions flottaient de chaque côté du capot de la Cadillac. L'un était le drapeau américain, l'autre l'étendard présidentiel.

Une seule personne empruntait cette voiture.

Le président Danny Daniels.

Le cortège de voitures s'arrêta devant le Cipriani.

Les portes s'ouvrirent. Trois agents des services secrets sautèrent de la voiture, scrutèrent les alentours, puis donnèrent un signal. Danny Daniels émergea du véhicule, sa haute silhouette athlétique vêtue d'un costume sombre. Il portait une chemise blanche et une cravate bleu pastel.

Malone entendit un ronronnement.

Il en localisa aussitôt la provenance.

L'appareil s'était mis en marche.

Deux coups de feu retentirent et la vitre de la fenêtre de l'autre côté de la chambre explosa, projetant du verre jusque sur le trottoir vingt-cinq mètres plus bas. De l'air frais s'engouffra dans la pièce, en même temps que les bruits et les vibrations de la ville. Des pignons se mirent à tourner et l'engin avança dans l'embrasure de la fenêtre béante.

Malone regarda en bas.

Le fracas de la vitre avait alerté les hommes des services secrets. Les regards étaient tournés vers le sommet du Grand Hyatt.

Tout s'était produit en quelques secondes.

Plus de fenêtre. Appareil en position. Puis…

Tatatata.

Des coups de feu retentirent en direction du président des États-Unis.

Des agents plaquèrent Daniels au sol.

Malone enfouit l'enveloppe dans sa poche et se précipita de l'autre côté de la pièce. Il empoigna le cadre en aluminium, essayant de déloger l'engin.

Mais il ne bougea pas.

Il chercha en vain le moindre câble d'alimentation. L'engin devait être une arme puissante contrôlée à distance et elle continuait à tirer. En bas, des agents s'efforçaient de diriger celui qu'ils protégeaient vers la voiture. Une fois Daniels à l'intérieur, le blindage le protégerait.

L'engin cracha encore plusieurs fois.

Malone plongea par la fenêtre, s'accrochant au cadre, et empoigna la boîte en aluminium. S'il pouvait la tirer d'un côté ou d'un autre, ou de haut en bas, il pourrait au moins dévier le tir.

Il réussit à orienter le canon vers la gauche, mais les moteurs à l'intérieur compensèrent aussitôt la visée.

En bas, profitant du fait que les tirs avaient été momentanément déviés, les agents précipitèrent Daniels dans la voiture, et le véhicule s'éloigna à toute vitesse. Trois hommes restaient sur place, ainsi que les policiers qui montaient la garde devant le Cipriani.

Ils avaient dégainé leurs armes.

Sa deuxième erreur était évidente.

Ils se mirent à tirer.

Sur lui.

2

Au large
de la Caroline du Nord
18 h 25

Quentin Hale adorait fendre ainsi l'écume blanche des vagues, poussé par des voiles gonflées par le vent. Si un homme avait pu avoir de l'eau de mer dans les veines, ça aurait été lui.

Les sloops avaient labouré les océans aux XVIIe et XVIIIe siècles. Petits, avec un seul mât, et une surface de voiles qui les rendait rapides et très maniables, ainsi qu'un faible tirant d'eau et un carénage profilé qui ajoutaient encore à leurs qualités. La plupart embarquaient soixante-quinze hommes environ, avec quatorze canons. Dans sa version moderne, celui qu'il possédait était plus grand. Il mesurait quatre-vingt-dix mètres, et l'utilisation des derniers matériaux composites à la place du bois contribuait à l'alléger en lui conférant des lignes plus pures. Aucun canon ne venait alourdir cette beauté. Il était beau à regarder, il apaisait l'âme. C'était un vaisseau de mers calmes conçu pour le confort et bourré de tous les gadgets imaginables. Ses cabines luxueuses pouvaient accueillir douze personnes, pour seize hommes d'équipage, dont plusieurs étaient des descendants de ceux qui avaient été au service des Hale depuis la révolution américaine.

« Pourquoi faites-vous ça ? hurla la victime. Pourquoi, Quentin ? »

Hale regardait fixement l'homme couché sur le pont, entravé par des fers lourds et enfermé dans une cage de gibet – une cage construite en barres de fer plates, larges d'environ huit centimètres. Une partie arrondie enfermait la poitrine et la tête, tandis que les cuisses et les jambes étaient encerclées par des fermetures séparées. Des siècles auparavant, ces cages étaient fabriquées sur mesure pour la victime, mais celle-ci était plutôt du genre prêt-à-porter. L'homme ne pouvait faire aucun mouvement, sinon bouger la tête et la mâchoire, et il n'avait pas été bâillonné à dessein.

« Vous êtes fou ? cria l'homme. Ce que vous faites est un meurtre. »

Hale parut offensé par cette accusation.

« Tuer un traître n'est pas un meurtre. »

L'homme enchaîné avait, comme son père et son grand-père avant lui, tenu à jour les livres de comptes de la famille Hale. Il était comptable et vivait sur la côte de Virginie dans un magnifique domaine. Les Entreprises Hale Ltd. étaient implantées dans le monde entier et employaient quelque trois cents personnes, dont de nombreux comptables. Mais cet homme travaillait à part, sous la seule autorité de Hale.

« Je vous jure, Quentin, cria l'homme. Je ne leur ai donné qu'un minimum d'informations.

— Ta vie dépend de la véracité de tes paroles. »

Il fallait lui laisser un peu d'espoir. Il voulait faire parler cet homme. Il fallait qu'il en ait le cœur net.

« Ils sont venus me voir avec des mandats. Ils connaissaient déjà les réponses à leurs questions. Ils m'ont dit que si je ne coopérais pas, j'irais en prison, et que je perdrais tout. »

Le comptable se mit à pleurer.

Encore une fois.

Eux, c'était le fisc. Des agents de la section criminelle qui avaient surgi un matin dans l'entreprise. Ils s'étaient également présentés dans huit banques du pays, pour enquêter sur les comptes de Hale, professionnels aussi bien que personnels. Toutes les banques américaines s'étaient exécutées. Rien de surprenant. Peu de lois garantissaient la confidentialité. Raison pour laquelle il existait une trace écrite précise de ces comptes. Ce n'était pas le cas avec des banques étrangères, particulièrement les suisses, où la confidentialité financière était depuis longtemps une obsession nationale.

« Ils étaient au courant des comptes à l'UBS[1] cria son comptable malgré le bruit de la mer et du vent. Je n'ai discuté que de ceux-là avec eux. C'est tout. Je le jure. Seulement ça. »

Il regarda de l'autre côté du bastingage la mer tumultueuse. Sa victime était couchée sur le pont arrière, près du jacuzzi et de la piscine, hors de la vue de tout bateau. D'ailleurs ils étaient en mer depuis le matin et n'en avaient aperçu aucun.

« Qu'est-ce que je pouvais faire ? supplia le comptable. La banque a cédé. »

1. Banque suisse, spécialisée dans la gestion des fortunes.

L'Union de banques suisses avait effectivement cédé sous la pression américaine et fini par autoriser, pour la première fois, que plus de cinquante mille comptes fassent l'objet d'enquêtes. Des menaces de poursuites visant les directeurs des filiales américaines les avaient sans aucun doute incités à prendre cette décision. Et ce que disait son comptable était vrai. Il s'était renseigné. Seuls les états comptables de l'UBS avaient été saisis. Aucun compte dans les sept autres pays n'avait été touché.

« Je n'avais pas le choix. Bon Dieu, Quentin. Que vouliez-vous que je fasse ?

— Je voulais que tu respectes les *articles*. »

De l'équipage du sloop à son personnel de maison, des gardiens du domaine à lui-même, tous étaient liés par les articles.

« Tu as prêté serment et donné ta parole, dit-il depuis le bastingage. Tu les as signés. »

Ce qui visait à assurer la loyauté de chacun. Parfois, pourtant, des violations étaient commises, et on s'en occupait. Comme aujourd'hui.

Il regarda à nouveau l'eau gris-bleu. *L'Aventure* avait pris un bon vent sud-est. Ils étaient à cinquante miles de la côte, en direction du sud, rentrant de Virginie. Le système DynaRig fonctionnait parfaitement, avec quinze voiles carrées à la place de l'ancien gréement carré d'une seule pièce, la différence étant que les vergues ne tournaient pas autour d'un mât fixe. Elles étaient fixées en permanence maintenant et les mâts tournaient avec le vent. Les hommes d'équipage n'étaient pas obligés de braver les hauteurs pour détacher le gréement. La technologie permettait d'entreposer les voiles à l'intérieur du mât et de les déployer à l'aide d'un moteur électrique en moins de six minutes. Des ordinateurs contrôlaient chaque angle pour maintenir les voiles sous le vent.

Il savoura l'air salé et se vida l'esprit.

« Dis-moi, cria-t-il.

— Tout ce que vous voulez, Quentin. Mais sortez-moi de cette cage.

— Le livre de comptes. En as-tu parlé ? »

L'homme secoua la tête.

« Pas un mot. Rien. Ils ont saisi les archives des comptes UBS et n'ont jamais mentionné le livre de comptes.

— Il est à l'abri ?

— Oui, là où nous le mettons toujours. Vous et moi, nous sommes les seuls à le savoir. »

Il le croyait. Il n'avait jamais été question du livre de comptes, ce qui le rassurait un peu.

Mais pas entièrement.

Les tempêtes qu'il allait affronter seraient bien pires que la bourrasque qu'il avait repérée à l'est. Toute la communauté du renseignement américain, ainsi que le fisc et la justice s'acharnaient sur lui. Un peu comme autrefois, quand ses ancêtres tenaient tête aux rois, aux reines et aux présidents, lesquels avaient dépêché des armadas entières pour pourchasser leurs sloops et pendre leurs capitaines.

Il se retourna vers l'homme pitoyable qui était enfermé dans la cage en acier et s'en approcha.

« Je vous en prie, Quentin. Je vous en supplie. Ne faites pas ça. »

Il avait des sanglots dans la voix.

« Je n'ai jamais posé de questions concernant l'entreprise. Je ne m'en suis jamais soucié. Je n'ai fait que tenir à jour le livre de comptes. Comme mon père. Et le sien avant lui. Je n'ai jamais pris un sou qui ne m'appartenait pas. Nous ne l'avons jamais fait. »

Non, sa famille ne l'avait jamais fait.

Mais l'article 6 était clair.

Si un homme violait l'entreprise dans son ensemble, il devrait être tué par balle.

Jamais le Commonwealth[1] n'avait fait face à une telle menace. Si seulement il pouvait trouver la clé et résoudre le code. Cela mettrait un terme à tout ça et rendrait inutile ce qu'il allait faire. Malheureusement, un capitaine avait parfois le devoir d'ordonner des choses déplaisantes.

Il fit un signe et trois hommes soulevèrent la cage pour la porter vers le bastingage.

Le prisonnier hurlait.

« Je vous en supplie, ne faites pas ça. Je croyais vous connaître. Je nous croyais amis. Pourquoi agir comme un affreux pirate ? »

Les trois hommes hésitèrent un instant, attendant son signal.

Il inclina la tête.

---

1. Commonwealth, qui signifie « bien commun », était l'ancien nom du Massachusetts et il figurait dans le préambule de la Constitution de 1780, signifiant que les biens de la communauté étaient mis au service de tous, ce que prétendaient mettre en pratique Hale et ses amis au sein de leur compagnie, d'où cet emprunt. Ce mot était utilisé en Grande-Bretagne dès le XVIIe siècle pour désigner l'organisation de l'État.

La cage fut jetée par-dessus bord, et la mer engloutit son offrande.

Les hommes d'équipage regagnèrent leurs postes.

Resté seul sur le pont, le visage balayé par la brise, il réfléchissait à l'ultime insulte de l'homme.

Agir comme un affreux pirate.

Monstres de la mer, chiens de l'enfer, voleurs, opposants, corsaires, boucaniers, violeurs de toutes les lois humaines et divines, incarnations du diable, enfants du malin.

Autant d'étiquettes données aux pirates.

En était-il un ?

« Si c'est ça qu'ils pensent de moi, chuchota-t-il, alors, tant pis. »

3

New York

Jonathan Wyatt observait la scène. Il était assis à une table près de la fenêtre dans le Manhattan Sky, le restaurant du Grand Hyatt de Manhattan situé dans un atrium vitré qui surplombait la 42e Rue, deux étages plus bas. Il avait vu qu'on arrêtait la circulation et qu'on dégageait le trottoir puis le cortège de voitures présidentiel arriver au Cipriani. Il avait entendu une détonation venant d'au-dessus, puis le fracas du verre sur le trottoir. Quand les premiers coups de feu retentirent, il sut que son engin s'était mis en marche.

Il avait choisi cette table avec soin et remarqué que deux hommes plus loin en avaient fait autant. Des agents des services secrets, qui avaient réquisitionné l'extrémité du restaurant et pris position aux fenêtres, profitant également de la vue dégagée sur la rue. Les deux hommes étaient équipés de radios, et le personnel n'avait placé personne à côté.

Il connaissait bien leur mode opératoire.

La sécurité du président reposait sur un système de contrôle du périmètre, généralement à trois niveaux, en commençant avec des policiers pour contrer les tireurs embusqués sur les toits voisins et finissant avec des agents dans la proximité immédiate de la personne sous leur responsabilité. Faire venir un président dans un endroit aussi encombré que New York était un défi extraordinaire. Des immeubles partout, couverts de fenêtres, surplombés par des toits ouverts. Le Grand Hyatt en était un exemple parfait. Plus de vingt étages et deux tours en parois vitrées.

En bas dans la rue, les agents secrets réagirent aux tirs et sautèrent sur Danny Daniels, mettant en application une autre pratique utilisée depuis toujours, consistant à « protéger et évacuer ». Évidemment, l'arme automatique avait été installée assez haut pour tirer au-dessus des véhicules, et il vit les policiers et les autres agents plonger à gauche et à droite, essayant d'esquiver les tirs.

Daniels avait-il été touché ? C'était difficile à dire.

Il observa la réaction des deux agents à une quinzaine de mètres : ils jouaient leur rôle d'observateurs, visiblement frustrés d'être aussi loin du cœur de l'action. Il savait que les hommes dans la rue étaient équipés de radios avec des oreillettes. Ils avaient tous été bien formés. Malheureusement, la réalité ressemblait rarement aux scénarios répétés au cours des formations. C'en était un parfait exemple. Une arme automatique, commandée à distance et dirigée par une télévision en circuit fermé ? On pouvait parier qu'ils n'en avaient jamais vu.

La trentaine d'autres clients du restaurant ne quittaient pas la rue des yeux, eux non plus.

D'autres coups de feu retentirent, venant de l'immeuble.

Le président fut poussé dans sa limousine.

La Cadillac One – ou, comme l'avaient surnommée les services secrets, la Bête – était équipée d'un blindage de qualité militaire de douze centimètres d'épaisseur, et de roues pouvant rouler malgré des pneus complètement à plat. Un concentré de technologie à trois cent mille dollars dû au savoir-faire de la General Motors. Depuis Dallas en 1963, la voiture précédait toujours le président par avion. Elle était arrivée à l'aéroport JFK par transport militaire trois heures auparavant et avait attendu sur le tarmac l'atterrissage d'Air Force One. Contrairement aux procédures habituelles, aucun autre véhicule n'avait été prévu. Généralement, plusieurs autres voitures de renfort étaient transportées en même temps.

Il jeta un coup d'œil aux deux agents nerveux restés à leur poste.

Ne vous en faites pas, pensa-t-il. Vous rejoindrez bientôt la mêlée.

Il reporta son attention sur son dîner, une délicieuse salade composée. Son estomac se mit à gargouiller. Il attendait ça depuis longtemps. *Assieds-toi au bord de la rivière.* Un conseil qu'on lui avait donné des années plus tôt et qui était toujours d'actualité. Si on attendait suffisamment longtemps au bord de la rivière, tôt ou tard, on y voyait flotter son ennemi.

Il savoura une autre bouchée de sa salade et l'arrosa d'un vin rouge liquoreux. Un goût plaisant de fruits et de bois s'attarda dans sa bouche. Sans doute aurait-il dû montrer un certain intérêt pour ce qui se passait, mais personne ne lui prêtait la moindre attention. Et pourquoi se serait-on intéressé à lui ? On tirait sur le président des États-Unis, et les gens en état de choc qui l'entouraient étaient aux premières loges. Plusieurs risquaient d'ailleurs de se retrouver d'ici peu sur CNN ou Fox News, devenant ainsi pour quelques précieux instants des célébrités. En fait, ils auraient même dû le remercier pour leur avoir offert cette occasion.

La voix des deux agents se fit entendre.

Il regarda par la fenêtre et vit la Cadillac One partir en trombe.

Les policiers devant le Cipriani se relevèrent d'un bond, montrant quelque chose vers le haut, en direction du Grand Hyatt.

Des pistolets furent dégainés.

Ils visèrent.

Des coups de feu retentirent.

Il sourit.

Cotton Malone avait fait exactement ce que Wyatt avait prévu.

Dommage pour Malone, les choses allaient empirer.

Malone entendit les balles ricocher à sa gauche et à sa droite contre les panneaux en verre. L'appareil sur lequel il se trouvait à califourchon continuait à tirer. Il tenta à nouveau d'arracher le mécanisme, mais des pignons internes firent tourner le canon pour le pointer vers sa cible.

Il aurait eu intérêt à se réfugier à l'intérieur.

Daniels était dans la voiture, prêt à partir sur les chapeaux de roue. Crier ne servirait à rien. Personne ne l'entendrait avec le bruit des tirs et le vacarme habituel des rues de New York.

Une autre fenêtre explosa, probablement au coin opposé du Grand Hyatt, à quelque trente mètres de l'endroit où il était perché.

Une autre boîte en aluminium sortit dans l'air du soir.

Il remarqua tout de suite que son canon était plus large que celui du dispositif qu'il essayait de dompter. Ce n'était pas un fusil. Plutôt une espèce de mortier ou de lance-roquettes.

Les agents et les policiers qui lui tiraient dessus aperçurent l'autre engin et se focalisèrent sur cette nouvelle menace. Celui qui avait installé ces mécanismes avait prévu que Daniels serait rapidement remis dans sa voiture et exfiltré. Malone s'était demandé quelle pouvait être la précision d'un fusil automatique contrôlé à distance, et il comprenait maintenant que le but n'était pas d'atteindre la cible. Il s'agissait de pousser la cible vers quelque chose qui soit plus facile à atteindre.

Comme une énorme Cadillac noire, par exemple.

Il savait que la limousine présidentielle était blindée. Mais le blindage pouvait-il résister à un tir de roquette déclenché à quelques centaines de mètres ? Et de quel type d'ogive le projectile était-il équipé ?

En bas, les agents et les policiers couraient sur le trottoir, cherchant un meilleur angle de tir en direction de la nouvelle menace.

La limousine de Daniels s'approchait du carrefour de la 42e Rue Est et de Lexington Avenue.

Le lance-roquettes pivota.

Malone devait agir.

L'arme sur laquelle il était à califourchon continuait à tirer régulièrement toutes les cinq secondes. Des balles ricochaient sur les immeubles de l'autre côté et sur le trottoir, plus bas. S'allongeant encore un peu plus sur la structure en aluminium, il passa un bras autour de la boîte et tira l'ensemble vers la gauche. Les pignons à l'intérieur poussèrent les uns sur les autres, puis ils cédèrent à mesure qu'il tournait de force le canon parallèlement à la façade de l'hôtel.

Les balles sifflaient maintenant en direction du lance-roquettes.

Il ajusta son tir, cherchant la bonne trajectoire.

Une première rafale atteignit la cible, faisant sauter l'aluminium.

Il s'empara de la boîte. L'aluminium lui parut mince, facilement pliable. Il espérait que l'autre serait pareille.

Deux autres rafales puissantes touchèrent la cible.

Une troisième balle pénétra à l'intérieur.

Des étincelles bleues crépitèrent.

Des flammes jaillirent quand une roquette sortit du lanceur.

Wyatt termina sa salade tandis que la Cadillac du président fonçait vers le carrefour. La deuxième fenêtre avait éclaté. En contrebas, des hommes couraient le long du trottoir et tiraient maintenant vers le haut. Mais les Sig Sauer P229 des services secrets ne seraient pas d'une grande efficacité, et les mitraillettes qui suivaient généralement le président dans les voitures d'escorte étaient restées à Washington. Comme les tireurs embusqués.

Erreurs, erreurs.

Il entendit une explosion.

Roquette tirée.

Il s'essuya la bouche avec une serviette et regarda en bas. La voiture de Daniels avait dépassé l'intersection et se dirigeait vers l'immeuble des Nations unies et l'East River. Elle emprunterait probablement Roosevelt Drive pour gagner soit un hôpital, soit un aéroport. Par le passé, il y avait un métro spécial qui attendait sur une voie réservée près de l'hôtel Waldorf Astoria, prêt à évacuer le président de Manhattan.

Plus maintenant.

Inutile.

Les deux agents en costume sortirent précipitamment du restaurant et se dirigèrent vers un escalier adjacent, rejoignant l'entrée principale du Hyatt.

Il posa sa serviette et se leva.

Les serveurs, les hôtesses et jusqu'à la brigade de cuisine, tous étaient massés aux fenêtres. On ne risquait pas de lui apporter l'addition. À la salade, il ajouta le vin, plus trente pour cent de pourboire – il aimait se montrer généreux – et posa un billet de cinquante dollars sur la table. C'était trop, mais il n'avait pas le temps d'attendre la monnaie.

La roquette ne toucha jamais terre, et la deuxième

et la troisième ne furent jamais tirées. Apparemment, le héros avait réussi sa mission.

Mais le moment était venu de voir la chance de Cotton Malone tourner.

4

Clifford Knox coupa la connexion radio et referma son ordinateur portable. Le lance-roquettes n'avait tiré qu'une seule fois, et le projectile n'avait pas touché la limousine présidentielle. La télévision en circuit fermé – grâce aux caméras installées dans les deux unités automatiques – avait transmis des images instables, qui bougeaient constamment de gauche à droite. Il avait eu du mal à maintenir le fusil pointé vers le bas, l'appareil ne répondant pas à sa commande. Il avait demandé une modification aussi bien de l'agent propulseur que des explosifs pour être certain que les trois ogives seraient capables de détruire un véhicule au blindage renforcé.

Ce matin, tout fonctionnait parfaitement.

Que s'était-il passé ?

Les images retransmises sur l'écran de télévision qui hurlait à travers sa chambre d'hôtel suffisaient à expliquer l'échec.

Des téléphones portables avaient capté des images et des vidéos depuis la rue qui avaient déjà été transmises par e-mail aux chaînes de télévision. On y voyait un homme en équilibre à l'extérieur d'une fenêtre détruite du Grand Hyatt, au-dessus de la 42e Rue Est. Il était à cheval sur une structure métallique et secouait l'engin d'un côté et de l'autre, pour finir par diriger les tirs du fusil vers le lance-roquettes, détruisant sa commande électronique juste au moment où l'arme se déclenchait.

Knox avait commandé les tirs. Trois roquettes auraient dû être lancées, l'une après l'autre. Mais une seule était partie, et elle avait disparu dans le ciel.

Le téléphone de la chambre sonna.

Il décrocha et une voix rocailleuse retentit à l'autre bout de la ligne : « C'est un désastre. »

Son regard restait fixé sur l'écran du téléviseur. De nouvelles images montraient deux engins sortant par des rectangles sombres de la façade en verre du Grand Hyatt. Un bandeau défilant au bas de l'écran informait les téléspectateurs qu'on n'avait pour l'instant aucune information sur l'état du président.

« Qui est l'homme qui est intervenu ? » demanda une nouvelle voix dans le téléphone.

Il imagina la scène à l'autre bout du fil. Trois hommes dans la cinquantaine, habillés sport, agglutinés autour d'un téléphone dans un salon élégant.

Le Commonwealth.

Moins un.

« Je n'en ai aucune idée, dit-il. Évidemment, je ne m'attendais pas à ce que quelqu'un intervienne. »

On ne pouvait pas dire grand-chose au sujet de l'intrus, sinon qu'il était de race blanche, avec des cheveux blond-roux, une veste sombre et un pantalon clair. Ses traits avaient été impossibles à distinguer compte tenu de la faible résolution des caméras des téléphones portables et des mouvements saccadés imprimés par leurs propriétaires. Le bandeau sur l'écran informait les téléspectateurs que l'homme s'était montré, qu'on lui avait tiré dessus et qu'il avait dévié une arme contre l'autre avant de disparaître à l'intérieur.

« Comment quelqu'un pouvait-il être au courant ? demanda-t-on. Et qui plus est, être capable de contrer le dispositif ?

— Nous avons sans aucun doute un problème de sécurité. »

Le silence à l'autre bout du fil était synonyme d'acquiescement.

« Quartier-maître, dit l'un des hommes, donnant à Knox son titre officiel, vous étiez en charge de cette opération. Son échec vous incombe. »

Knox le savait.

Comme autrefois le capitaine d'un vaisseau, un quartier-maître était choisi par l'équipage afin de veiller aux intérêts de l'équipage. Alors qu'un capitaine jouissait d'un pouvoir absolu en cas de conflit, l'administration quotidienne du bateau revenait au quartier-maître. Il attribuait les provisions, distribuait le butin, réglait les conflits et faisait appliquer la discipline. Un capitaine ne pouvait pratiquement rien entreprendre sans l'approbation du quartier-maître. Ce système avait encore cours aujourd'hui, avec une complication supplémentaire, à savoir que le Commonwealth était dirigé par *quatre* capitaines. Knox rendait des comptes à chacun, individuellement et collectivement. Il supervisait également l'équipage qui travaillait directement pour le Commonwealth.

« Il est évident que nous avons un espion parmi nous, trancha-t-il.

— Vous rendez-vous compte des conséquences ? Les répercussions seront énormes. »

Knox inspira profondément. « D'autant plus que le capitaine Hale a été écarté de votre décision. »

Son commentaire ne serait pas considéré comme une marque d'insubordination. Un bon quartier-maître s'exprimait avec franchise, sans crainte, puisque son pouvoir lui était conféré par l'équipage, et non par le capitaine. Il les avait mis en garde une semaine plus tôt, soulignant que ce plan était peu judicieux. Il s'était abstenu de leur faire remarquer qu'à son avis ce plan était même quasi désespéré. Lorsque trois des quatre responsables émettaient un ordre, il était de son devoir d'obéir.

« Nous avons pris bonne note de vos conseils et de vos objections, dit un des hommes. C'est nous qui avons pris la décision. »

Mais cela risquait de ne pas suffire quand Quentin Hale comprendrait ce que les autres avaient fait. Le Commonwealth avait déjà emprunté cette voie il y a plusieurs décennies. Le père de Knox avait été le dernier quartier-maître à tenter cet exploit, et il avait réussi. Mais cela s'était produit à une autre époque, avec des règles différentes.

« Peut-être devrait-on informer le capitaine Hale, suggéra-t-il.

— Comme s'il ne le savait pas déjà, dit l'un des hommes. Nous n'allons pas tarder à avoir de ses nouvelles. Entre-temps, qu'avez-vous l'intention de faire ? »

Il s'était déjà posé la question. Il serait impossible de retracer la provenance des mécanismes trouvés dans les deux chambres d'hôtel. Ils avaient été fabriqués en secret par des membres de l'équipage et chaque pièce avait été désinfectée. De toute façon, la machinerie aurait fini par être découverte, et le principe de précaution avait donc été appliqué. Les deux chambres du Grand Hyatt avaient été réservées sous de faux noms par des membres de l'équipage qui s'étaient présentés déguisés à l'accueil et avaient payé avec des cartes de crédit portant de faux noms. Les différents éléments avaient été transportés dans des valises, et il avait personnellement assemblé les engins pièce par pièce pendant la nuit. La pancarte NE PAS DÉRANGER sur la porte lui avait assuré une tranquillité parfaite toute la journée. Il avait contrôlé les deux armes par radio de cet endroit – à plusieurs immeubles de distance – et tous les signaux étaient maintenant coupés.

Tout avait été très soigneusement conçu.

Des siècles auparavant, les quartiers-maîtres étaient parfois autorisés à prendre la barre et à gouverner le bateau. Le Commonwealth venait de lui transmettre la barre.

« Je m'occupe de tout. »

Malone devait prendre une décision. Il avait vu des agents se diriger vers l'entrée principale du

Grand Hyatt. Les services secrets étaient toujours minutieux, ce qui voulait dire qu'il y avait probablement déjà des agents dans l'hôtel, postés à un endroit leur permettant de surveiller la rue en dessous. On avait certainement pris contact avec eux et on leur avait donné l'ordre de se diriger vers les deux chambres. Devait-il s'en aller ? Ou simplement les attendre ?

Puis il se souvint de l'enveloppe dans sa poche. Il la déchira et trouva une note dactylographiée.

J'avais besoin que tu voies ces engins. Désamorce-les avant l'arrivée du président. C'était impossible auparavant. Je t'expliquerai pourquoi plus tard. On ne peut faire confiance à personne, surtout pas aux services secrets. Ce complot a des ramifications très profondes. Quitte l'hôtel et je te contacterai par téléphone avant minuit.

Stéphanie

Décision prise.

Le moment était venu de partir.

Apparemment, Stéphanie était tombée sur quelque chose d'énorme. Il devait suivre ses instructions.

Pour l'instant au moins.

Vu le monde sur les trottoirs en bas, et le nombre de téléphones portables équipés d'appareils photo, la sienne n'allait pas tarder à faire la une de tous les médias. Heureusement, il ne s'était montré que quelques minutes, et les photos ne seraient sans doute pas très bonnes.

Il ouvrit la porte sans prendre de précautions

particulières. L'appareil qui pendait à la fenêtre était déjà couvert de ses empreintes digitales.

Il traversa calmement le couloir désert et se dirigea vers les ascenseurs. Une odeur persistante de nicotine lui rappela qu'il était à l'étage fumeurs. Personne n'apparut à la porte des chambres.

Il tourna au coin du couloir.

Dix ascenseurs desservaient l'hôtel, mais rien n'indiquait la position de chaque cabine. Mieux valait d'ailleurs ne pas les utiliser. Il regarda à gauche puis à droite et repéra l'escalier.

Il ouvrit la porte métallique et, n'entendant aucun bruit, il entra.

Il monta deux étages et hésita au dix-septième. Tout était calme. Il déboucha sur un autre palier desservi par des ascenseurs, identique à celui deux étages plus bas. Avec la même table sur laquelle était posé un vase de fleurs, ainsi qu'un miroir au mur.

Il se regarda attentivement.

Que pouvait-il bien se passer ?

Quelqu'un venait d'attenter à la vie du président des États-Unis et, pour l'instant, c'était lui, l'homme le plus recherché.

Il enleva sa veste ; dessous, il portait une chemise bleu pâle à col boutonné. On était probablement à la recherche d'un homme aux cheveux clairs avec une veste sombre. Entre deux ascenseurs, il repéra une poubelle au-dessus de laquelle il y avait encore des fleurs artificielles. Il y enfourna sa veste.

Sur sa gauche, une famille approchait, venant du fond du couloir. Maman, papa et trois enfants. Ils paraissaient excités et parlaient de Times Square et d'une de ses affiches au néon. Papa pressa le bouton pour monter. Malone attendit patiemment avec eux l'arrivée de l'ascenseur. Ces gens avaient probablement tout raté. Comment pouvait-on ignorer un tir de roquette laissant derrière elle une traînée de fumée dans le ciel ? Les touristes l'avaient toujours laissé perplexe. La place Højbro, à Copenhague, où se trouvait sa librairie, en était remplie tous les jours.

L'ascenseur arriva et il s'effaça pour laisser passer la famille. Papa inséra une carte de chambre dans la fente permettant l'accès au trente et unième étage, qui devait être réservé à des clients de marque. Malone décida que ce serait un bon endroit pour réfléchir.

« Oh ! vous l'avez fait à ma place », dit-il.

Ils montèrent les quatorze étages en silence, puis sortirent tous ensemble. Comme il s'en était douté, un salon y était mis à la disposition exclusive de clients ayant payé pour avoir ce privilège. Il laissa papa passer le premier et l'homme inséra sa carte dans une autre fente et ouvrit la porte vitrée.

Malone suivit la famille à l'intérieur.

Dans le salon en L, une foule de gens se pressaient auprès d'un buffet froid composé de viandes, de fromages et de fruits. Il survola la salle et repéra aussitôt deux hommes en costume avec des oreillettes et des micros à leurs revers qui étaient collés aux fenêtres surplombant la 42e Rue Est.

Services secrets.

Il saisit une pomme dans une coupe en bois sur une table ainsi que le *New York Times* du jour. Il se réfugia dans le fond de la salle, grignotant sa pomme, et s'assit, un œil sur le journal, l'autre sur les agents.

Tout en espérant qu'il ne venait pas de commettre sa troisième erreur.

5

Baie de Pamlico,
Caroline du Nord

Hale s'assit dans le grand salon de *L'Aventure* et s'aperçut qu'ils avaient viré à l'ouest et quitté le large et qu'ils entraient dans la baie. L'eau de mer gris-bleu prenait une couleur café à cause des sédiments venant de l'est par le fleuve Pamlico. Canots en rondins, periaugers[1] propulsés par une perche et bateaux à vapeur à faible tirant d'eau avaient fréquenté ces eaux autrefois. Tout comme les sloops, bateaux de corsaires et frégates, armés par des aventuriers qui avaient élu domicile sur les côtes boisées de la Caroline, une colonie isolée. La baie de Pamlico et ses multiples cours d'eau formaient un système parmi les plus complexes de la planète. Un vaste ensemble d'îlots à huîtres, de marais soumis à la marée, de touffes d'arbustes et de marécages. Ses côtes les plus éloignées étaient hérissées de caps dangereux dont les noms – Vigic et Peur – mettaient en garde contre les tragédies

1. Periauger : bateau à faible tirant d'eau ou à fond plat fabriqué en Caroline du Nord aux XVIIIe et XIXe siècles, jusqu'à l'apparition des bateaux à vapeur.

possibles, car la mer au-delà était si traîtresse qu'on l'avait surnommée le cimetière de l'Atlantique.

Il était né et avait grandi tout près, comme tous les Hale depuis le début du XVIIIe siècle. Il avait appris à naviguer à la voile étant jeune, et on lui avait enseigné comment éviter les bancs de sable et négocier les courants dangereux. C'était dans l'Ocracoke, qu'ils venaient de traverser, qu'en novembre 1718 Barbe-Noire en personne avait fini par être tué. Les autochtones évoquaient encore son nom avec respect, ainsi que son trésor disparu.

Il étudia les deux documents posés sur la table.

Il les avait apportés avec lui, sachant qu'une fois le problème de son comptable résolu, il fallait qu'il concentre toute son attention sur une erreur commise par Abner Hale, son arrière-arrière-grand-père, qui avait tenté, le 30 janvier 1835, d'assassiner le président Andrew Jackson.

La première fois dans l'histoire que la vie d'un président en exercice avait été directement menacée.

Et la réponse de Jackson à l'attentat – une lettre écrite à Abner, aujourd'hui mise sous plastique – n'avait pas cessé de tourmenter les Hale depuis.

Ainsi vous avez cédé à vos impulsions de traître. Vous n'avez pas pu refréner votre impatience. Ce sera la guerre, aussi totale que lorsque les forces martiales de cette nation sont appelées à rejoindre les bivouacs. Vous avez réclamé à grands cris un affrontement et je ne me cacherai pas dans un coin maintenant que la première volée a été tirée. Parce que je n'ai pas réagi à vos avances, ni accédé à vos demandes, ni ne me suis incliné en votre présence, vous considérez que ma vie est inutile ? Vous osez envoyer un assassin ? Reculer devant une offense aussi grossière serait honteux. Mes sentiments sont particulièrement aiguisés, et, je vous l'assure, je le suis également. L'assassin que vous avez envoyé passe ses jours à marmonner des absurdités. Vous avez bien choisi ce domestique. Il sera déclaré dément et mis quelque part à l'écart car personne ne croira jamais à la moindre de ses paroles. Il n'existe aucune preuve de votre complot, mais nous savons tous deux que vous avez convaincu le dénommé Richard Lawrence de braquer ces deux pistolets sur moi. En ce moment, alors que mon ressentiment est intact, je devrais tout faire pour précipiter votre ruine. Mais je suis encore perplexe quant à la réponse à apporter. Donc, après avoir demandé conseil à certains plus sages que moi, une action appropriée a été décidée. Mon but en vous envoyant cette lettre est de vous annoncer que toute protection légale qui pouvait protéger votre malhonnêteté a été supprimée. J'ai fait disparaître toute référence à votre lettre de marque des rapports officiels du Congrès. Lorsque vous demanderez à un autre président d'honorer votre lettre, il ne sera pas soumis à la loi comme je l'ai été moi-même. Pour accroître votre tourment, et prolonger ainsi le supplice provoqué par votre situation d'impuissance, je n'ai pas détruit le document initial. J'aurais préféré le faire, je le confesse, mais certains m'ont convaincu qu'une telle certitude pourrait rendre votre situation si intolérable qu'elle ne ferait qu'inspirer d'autres actes de désespoir. Puisque vous aimez tellement les secrets et que vous avez choisi de vivre dans l'ombre, je vous propose un défi qui devrait vous convenir. La feuille en annexe de cette lettre est un code, formulé par l'estimé Thomas Jefferson. On m'a dit que, à ses yeux, c'était le code secret idéal. Si vous réussissez à découvrir son message, vous saurez où j'ai caché ce que vous désirez tant. Si vous échouez vous resterez le traître pitoyable que vous êtes aujourd'hui. J'avoue que cette solution me convient mieux. Je prendrai bientôt ma retraite dans ma maison du Tennessee et attendrai pendant les dernières années de ma vie de rejoindre ma bien-aimée Rachel. Mon espoir le plus sincère est que votre piètre destin cause votre ruine et que je vive suffisamment longtemps pour avoir le plaisir d'en être témoin.

Andrew Jackson

Hale regarda fixement la deuxième feuille, également sous plastique.

Sa famille avait passé cent soixante-quinze ans à essayer de résoudre le Code Jefferson. Des experts avaient été engagés. De l'argent dépensé.

Mais la clé leur avait échappé.

Il entendit des pas venant de l'avant du bateau. Son secrétaire personnel entra dans le salon.

« Allumez la télévision. »

L'homme avait l'air soucieux.

« Ça va mal. »

Il trouva la commande à distance et activa l'écran.

Malone termina sa pomme et garda le journal ouvert devant lui. Il n'y était fait aucune référence à un voyage présidentiel à New York. Curieux. En général, les présidents faisaient leur apparition en grande pompe. Il devait quitter l'hôtel, et vite. Chaque seconde perdue lui rendait la tâche d'autant plus difficile. Le Grand Hyatt était à la hauteur de sa réputation, un complexe imposant aux multiples étages, où des milliers de personnes entraient et sortaient vingt-quatre heures sur vingt-quatre. Il était peu probable que la police ou les services secrets puissent condamner toutes les issues, pas aussi rapidement en tout cas. Deux télévisions étaient allumées dans la pièce, diffusant les images prises par des téléphones portables, mais, heureusement, la plupart étaient floues. On n'avait aucune nouvelle pour l'instant sur l'état de santé de Daniels. Les gens n'arrêtaient pas de parler de l'attaque, insistant sur le fait que cela s'était produit juste en dessous. Quelques-uns avaient entendu les déflagrations et vu la roquette. Les deux hommes en costume, de l'autre côté de la salle, ne quittaient pas la rue des yeux et communiquaient avec leurs radios.

Il se leva pour partir.

Les agents abandonnèrent leur poste devant la fenêtre et se précipitèrent droit vers lui. Il se prépara à réagir, remarquant que la table en bois massive, sur laquelle étaient posés les pommes et les journaux, pourrait servir à ralentir leur progression.

Évidemment, ils étaient armés, pas lui, si bien que la table n'offrirait qu'une protection limitée.

Les deux agents passèrent à côté de lui et se ruèrent par la porte, droit vers les ascenseurs, attendant qu'une cabine arrive pour l'emprunter.

Il poussa un soupir de soulagement, puis sortit de la salle et pressa le bouton pour descendre, résolu à privilégier l'approche directe.

Une sortie par les grandes portes.

6

Wyatt attendait dans l'entrée bondée du Grand Hyatt. L'hôtel était rempli de touristes venus passer le week-end dans la Grosse Pomme, une destination encore plus excitante depuis que quelqu'un avait essayé d'assassiner le président des États-Unis. Il avait écouté des bribes de conversations venant d'un salon voisin : personne ne savait si Daniels avait été touché, seulement qu'il avait quitté les lieux précipitamment. Certains se remémoraient l'attentat contre Reagan en 1981, quand il avait fallu attendre que le président entre en salle d'opération pour qu'une annonce officielle soit faite.

Au moins une douzaine de policiers de la ville de New York et cinq ou six agents des services secrets couraient maintenant à travers le hall qui s'élevait sur deux étages. On entendit crier tandis que des hommes prenaient position devant les escalators et les différentes issues. Malone ne savait pas encore très bien par où il allait passer, ses possibilités pour sortir de l'hôtel étant limitées à une porte un étage plus bas, sur sa gauche, qui donnait sur la 42e Rue Est, ainsi qu'une autre porte vitrée qui ouvrait sur un passage rejoignant la gare de Grand Central, et encore une autre porte vitrée un étage au-dessus qu'il pouvait surveiller depuis l'endroit on il était assis. Connaissant bien son adversaire, Malone décida qu'il emprunterait tout bonnement l'entrée principale. Pourquoi pas ? Personne n'avait vu son visage, et le meilleur endroit pour se cacher était toujours au vu et au su de tout le monde.

Les autorités auraient certainement rêvé d'évacuer l'hôtel, mais cela n'était pas faisable. Il y avait bien trop de monde réparti sur ces vingt étages et plus. Avec les six mois habituels de préparation indispensables à toute visite présidentielle, les services secrets auraient pu contrôler cette situation. En fait, ils avaient disposé de cinq semaines à peine, comptant surtout sur le secret puisque aucune annonce de déplacement n'avait été faite jusqu'à ce matin, quand la Maison-Blanche s'était contentée de communiquer que Daniels effectuerait une visite privée à New York. Un tel précédent s'était produit il y a longtemps, lorsqu'un ancien président avait fait un voyage impromptu avec sa femme pour aller au théâtre à Broadway. Cette escapade s'était déroulée sans le moindre problème, mais Danny Daniels était certainement furieux contre lui-même à présent, à condition qu'il n'ait pas été touché.

Wyatt était aux anges quand les gens foutaient tout en l'air.

Les choses devenaient tellement plus simples.

Il était probable que, dans un premier temps au moins, Malone se soit enfui dans les étages. Wyatt ne l'avait pas vu sortir des ascenseurs. Il n'emprunterait certainement pas les escaliers, premier endroit que la police sécuriserait. Mais la note qu'il avait laissée dans la chambre devrait inciter Malone à continuer. Comme toujours, il jouerait les justiciers. Plein de bravoure et fidèle à sa Stéphanie Nelle bien-aimée.

Il était heureux de se retrouver au cœur de l'action.

Son dernier contrat remontait à quelque temps. Ces dernières années, le travail se faisait plus rare, et il regrettait son boulot d'agent à plein-temps. Huit années s'étaient écoulées depuis qu'il avait été obligé de démissionner. Depuis, il avait gagné sa vie en vendant ses services, ce qui semblait être l'avenir réservé à la profession du renseignement. Moins d'agents sur les listes de personnel salarié, davantage engagés au coup par coup – des collaborateurs indépendants, dont on pouvait nier l'existence et qui ne réclamaient pas de retraite. À 50 ans, il aurait dû avoir atteint le niveau d'administrateur adjoint, ou même celui de directeur d'une agence. Jadis, il était considéré comme un des meilleurs agents sur le terrain.

Jusqu'à ce que…

« Qu'est-ce que tu vas faire ? » lui avait demandé Malone.

Ils étaient coincés. Deux tireurs les immobilisaient depuis le haut, et deux autres étaient postés dans les renfoncements sombres devant eux. Il avait soupçonné un piège, et cette crainte était maintenant confirmée. Heureusement, avec Malone, ils s'étaient tous les deux prémunis.

Il prit la radio.

Malone le saisit par le bras.

« Tu ne peux pas faire ça.

— Pourquoi pas ?

— Nous savons ce qu'il y a là-bas. Eux non. »

C'était les trois agents chargés de surveiller le périmètre.

« Nous ne savons pas combien il y a de tireurs ici, dit Malone. Nous en avons repéré quatre, mais il peut y en avoir beaucoup d'autres. »

Son doigt trouva le bouton de transmission.

« Nous n'avons pas le choix. »

Malone lui arracha brutalement la radio.

« Si j'étais d'accord avec ça, nous aurions tort tous les deux. Nous pouvons nous en charger. »

D'autres tirs parvinrent dans leur direction. Ils restèrent cachés derrière les caisses.

« Séparons-nous, dit Malone. Je vais à gauche, toi à droite, et nous nous rejoindrons au milieu. Je garde la radio. »

Il ne dit rien.

Malone scruta l'obscurité comme pour évaluer le danger, se préparant à avancer.

Wyatt en décida autrement.

Un coup de crosse sur la tempe et Malone s'affaissa sur le ciment. HS.

Il reprit la radio et donna l'ordre aux trois hommes d'avancer.

Une voix sonore le rappela à la réalité.

Une nouvelle escouade de policiers avait envahi le hall. Les gens étaient maintenant dirigés vers les sorties par les employés de l'hôtel. Quelqu'un avait enfin pris une décision.

Il contempla le maelström.

Les ascenseurs principaux s'ouvrirent au rez-de-chaussée et des gens se déversèrent en masse. Dont Cotton Malone.

Wyatt sourit.

Malone s'était débarrassé de sa veste, exactement comme Wyatt l'avait prévu. Les agents auraient été à l'affût de ce signe distinctif. Il regarda Malone se fondre dans la foule et traverser en hâte le hall en direction de l'escalator qui descendait à l'entrée principale de l'hôtel. Wyatt resta en arrière, dissimulé derrière un grand rideau. Les agents et les policiers se frayaient un chemin vers lui, faisant signe à tout le monde de partir.

Malone descendit l'escalator et, au lieu de sortir par les portes centrales, il tourna à droite vers la sortie qui menait au terminal de Grand Central. Wyatt se dirigea vers l'une des salles de réunion de l'hôtel qui étaient fermées pour la soirée et sortit de sa poche la radio déjà branchée sur la fréquence des services secrets.

« Alerte à tous les agents. Le suspect porte une chemise bleu pâle à col boutonné, un pantalon clair, sans veste pour l'instant, et il quitte en ce moment l'hôtel Grand Hyatt par le grand hall en direction du tunnel qui accède au terminal de Grand Central. Je prends la même direction. »

Il attendit un instant, remit la radio dans sa poche, puis se dirigea vers le hall.

Malone disparut par les portes de sortie.

Des agents des services secrets jouaient des coudes à travers la foule pour le poursuivre.

7

Knox sortit de l'hôtel Plaza, certain qu'au moins trois des membres du Commonwealth étaient au bord de la panique. Et c'était bien comme ça. Ce qu'ils avaient autorisé était éminemment risqué. Trop, à son avis. Auparavant, ils avaient toujours travaillé avec l'encouragement et la bénédiction du gouvernement, et leurs actions et leurs décisions toujours approuvées. À présent, c'étaient des renégats, naviguant à vue dans la tempête.

Il traversa la rue et entra dans Central Park. Des sirènes hurlaient au loin, et cela allait durer des heures. Toujours aucune nouvelle de l'état du président, mais l'attentat s'était produit il y a moins d'une heure.

Il avait toujours aimé Central Park. Trois cents hectares luxuriants d'arbres, d'espaces verts, de lacs et de chemins piétonniers. Un jardin à la disposition d'une ville tout entière. Sans ce parc, Manhattan n'aurait été qu'une masse compacte de béton et d'immeubles.

Il avait téléphoné du Plaza pour demander une

réunion immédiate. Son contact était également dans les parages et voulait aussi parler, ce qui n'était pas surprenant. Ils choisirent de se retrouver sur un banc au-delà de Sheep Meadow, près de la fontaine de Bethesda, là où ils s'étaient déjà rencontrés.

L'homme qui l'attendait était parfaitement quelconque, avec un visage banal et des vêtements ordinaires. Knox se dirigea vers lui et s'assit. Il détesta d'emblée l'air suffisant de Scott Parrott.

« L'homme suspendu à la fenêtre, demanda-t-il à Parrott. C'est un des vôtres ?

— On ne m'avait pas dit comment arrêter l'engin, seulement qu'il le serait. »

La réponse soulevait d'autres questions, mais il préféra ne rien dire.

« Et maintenant ?

— Nous avons un message à transmettre aux capitaines, dit Parrott. Il faut qu'ils comprennent que nous n'ignorons plus rien du Commonwealth. Nous connaissons ses employés…

— *Son équipage.*

— Pardon ?

— C'est *l'équipage* qui gère la société. »

Parrott éclata de rire.

« Vous n'êtes qu'une bande de pirates.

— Corsaires.

— Quelle différence ? Vous volez tous ceux que vous pouvez.

— Seulement les ennemis de ce pays.

— Peu importe ce que vous êtes, dit Parrott. Nous sommes tous censés faire partie de la même équipe.

— Ça n'en a pas l'air de notre point de vue.

— Je sympathise avec vos patrons. Je sais qu'ils sont sous pression. Je compatis. Mais il y a des limites. Vous devez le comprendre vous aussi. Ils doivent savoir que nous ne leur permettrons jamais de tuer le président. Je suis sidéré qu'ils aient pu croire que nous les laisserions faire. Comme je vous l'ai dit, ceci est un message. »

Un message que la NIA, l'Agence nationale du renseignement civil intérieur, voulait apparemment qu'il transmette personnellement. Parrott était le contact de Knox à la NIA. Un an plus tôt, quand il était devenu évident que des factions à l'intérieur de la communauté du renseignement avaient décidé de dissoudre le Commonwealth, seule la NIA leur était restée fidèle.

« Les capitaines vont se demander pourquoi vous leur envoyez des messages. Pourquoi vous vous en êtes mêlé.

— Dans ce cas, dites-leur que j'ai de bonnes nouvelles. Suffisamment bonnes pour qu'ils nous remercient pour ce que nous avons fait aujourd'hui. »

Il en doutait, mais mieux valait écouter.

« La solution de votre Code Jefferson doit être en train de se charger sur mon ordinateur portable pendant que nous parlons. Nos gens ont trouvé la clé. »

Avait-il bien entendu ? La clé ? Trouvée ? Au bout de cent soixante-quinze ans ? Parrott avait raison, les capitaines seraient ravis. Mais se posait encore le problème de la bêtise qui venait d'être commise. Il espérait avoir parfaitement effacé leurs traces sans commettre la moindre erreur. Sinon, la clé du code n'aurait plus aucune importance.

« Si quelque chose peut les aider à sortir de l'ornière dans laquelle ils se sont mis aujourd'hui, dit Parrott, c'est bien ça.

— Pourquoi ne pas nous le donner tout simplement ? »

L'agent gloussa. « Ça ne dépend pas de moi. Je suppose que vous n'avez laissé aucune trace, et nous, nous étions là pour arrêter l'attentat. Ça n'a donc aucune importance. »

Il garda son calme et se répéta en silence la résolution qu'il avait prise en route.

Il fallait que ce soit fait.

« J'avais pensé que vous m'inviteriez peut-être à dîner, dit Parrott. Quelque chose que les parents faisaient autrefois. Vous en avez les moyens. Ensuite nous pourrons retourner à mon hôtel et vous saurez ce qu'Andrew Jackson voulait dire. »

La chance allait-elle vraiment tourner après ce désastre ? Même Quentin Hale, qui aurait dû être furieux, serait aux anges de savoir que le code avait été décrypté.

Knox avait servi comme quartier-maître pendant près de quinze ans, parvenant à reprendre le poste que son père avait jadis occupé. Les films de pirates le faisaient toujours rire avec leurs caricatures du capitaine tout-puissant tortionnaire de son équipage. Rien n'était plus éloigné de la vérité. Les communautés de pirates étaient régies comme des démocraties, ses membres décidant par eux-mêmes de qui devait les diriger et pour combien de temps. Le fait que le capitaine et le quartier-maître soient tous les deux élus assurait à leurs subalternes qu'ils seraient traités raisonnablement et avec justice. Et pour plus de précaution, l'équipage pouvait voter à tout moment pour élire un nouveau capitaine ou un quartier-maître. Et de nombreux capitaines ayant dépassé les bornes s'étaient retrouvés bannis sur le premier îlot en vue, et un autre homme élu à leur place. Le quartier-maître avait une marge de manœuvre encore plus réduite puisqu'il servait aussi bien l'équipage que les capitaines.

Un bon quartier-maître était capable de satisfaire les deux.

Il savait donc ce qu'il devait faire.

« D'accord, dit-il avec un sourire. C'est moi qui invite. »

Il tendit la main et tapota par deux fois l'épaule de Parrott.

« J'ai compris. C'est vous qui êtes à la manœuvre. Je transmettrai votre message. »

Il retira sa main et donna un petit coup sur la nuque de Parrott en enfonçant la petite aiguille. Encore un peu de pression, puis il serra, et le contenu de la seringue fut injecté.

« Hé ? »

Parrott mit la main sur le point douloureux.

Un. Deux. Trois.

Le corps de Parrott se relâcha.

Knox le maintint droit un instant, puis l'allongea doucement sur le banc. La concoction qu'il avait utilisée provenait d'un poisson du récif des Caraïbes. *Karenia annulatus*. Une toxine létale qui agissait très rapidement. Des siècles auparavant, au temps glorieux où les sloops parcouraient ces mers du Sud, plus d'un ennemi avait succombé à son effet quasi instantané.

Dommage que cet homme ait dû mourir.

Mais il n'y avait pas d'alternative.

Absolument aucune.

Il arrangea soigneusement les mains de Parrott sous sa joue, comme s'il s'était assoupi. Rien d'anormal sur un banc de Central Park. Il tâta le pantalon de Parrott et trouva une clé de chambre du Helmsley Park Lane. Pas mal. Lui-même y était descendu plusieurs fois.

Puis il s'éloigna.

8

Malone descendit calmement le passage bas de plafond qui reliait le Grand Hyatt à la gare de Grand Central. Une fois à l'intérieur du hall animé, il pourrait reprendre un métro pour retourner au St Regis où Cassiopée l'attendait. Ils pourraient décider ensemble ce qu'il conviendrait de faire.

Surprenant qu'il pense ainsi.

Ensemble.

Pendant des années, il avait vécu et travaillé seul. Il avait rencontré Cassiopée deux ans auparavant, mais c'était seulement il y a quelques mois, en Chine, qu'ils s'étaient avoué leurs sentiments. Au début, il avait pensé que leur rapprochement était simplement une réaction émotionnelle à tout ce qui s'était passé.

Mais il s'était trompé.

Ils avaient été des combattants, des rivaux, puis des amis. Maintenant ils étaient amants. Cassiopée était sûre d'elle, intelligente et belle. Leur relation était agréable, pleine de confiance. Ils savaient qu'ils pouvaient compter l'un sur l'autre. Comme maintenant qu'il se retrouvait pris en chasse par un groupe de policiers ayant sûrement la gâchette facile en raison de ce qui venait de se passer.

Il avait besoin d'un coup de main, d'un sacré coup de main.

Il sortit du tunnel et franchit des portes vitrées qui ouvraient sur un hall bordé de magasins animés. Une sortie donnait sur la rue à une cinquantaine de mètres sur la droite. Il tourna à gauche et entra dans le hall de la gare la plus célèbre du monde, presque aussi long qu'un terrain de foot et un tiers de large. Le fameux plafond – une constellation zodiacale à la feuille d'or dans un ciel bleu azur – s'élevait à trente mètres de haut. Au-dessus d'un kiosque de renseignements au centre, se trouvait la célèbre pendule en cuivre à quatre faces. Elle indiquait 19h20. Des couloirs et des passages partaient dans toutes les directions vers les quais. Il savait qu'en dessous il y avait un énorme hall destiné à la restauration, plein de cafés, de pâtisseries et de fast-foods. Encore en bas, se trouvaient les lignes de métro, vers lesquelles il se dirigea.

Il scruta les restaurants ouverts qui occupaient les deux côtés du vaste hall, un niveau au-dessus. Il perçut des bribes de conversations de banlieusards qui passaient. Toujours aucune nouvelle de Daniels.

Deux hommes en costume entrèrent dans le terminal venant du passage qu'il venait de quitter.

Trois autres suivirent.

Il devait garder son calme. Il était impossible qu'on l'ait reconnu. Ils n'avaient pratiquement aucun indice. Ils procédaient simplement à une reconnaissance. Ils cherchaient. Comptant sur la chance.

Trois policiers surgirent par une des portes donnant sur la rue. Plusieurs autres apparurent à sa droite, descendant des escalators qui menaient vers la 45e Rue.

Faux. Ils avaient un objectif. Justement, que disait la note de Stéphanie ? *On ne peut faire confiance à personne.* Il fallait qu'il descende deux niveaux pour arriver au métro. Malheureusement, il ne pouvait pas faire autrement que de prendre à gauche et de sortir sur la 42e Rue.

Est-ce ce qu'ils avaient prévu ?

Il traversa un large pont piétonnier qui enjambait une allée cimentée. Un des policiers sortit de derrière le kiosque de renseignements et se précipita dans sa direction.

Il continua à marcher.

Il n'y avait aucun policier ni agent devant lui.

Une balustrade en marbre à hauteur de la taille bordait le pont. Il repéra un rebord étroit de l'autre côté de la rampe qui partait du pont et tournait vers la passerelle en dessous.

Il était toujours préférable de privilégier l'effet de surprise, mais il devrait aller vite. Le policier derrière lui n'était certainement plus qu'à quelques pas.

Il fit un pas de côté, virevolta et donna un coup de genou dans le ventre de l'homme, le précipitant au sol. Il espérait avoir gagné quelques précieuses secondes lui permettant d'échapper aux autres qui étaient encore dans le grand hall.

Il sauta par-dessus la balustrade en marbre et se

rétablit sur le rebord, conscient des dix mètres de vide en dessous. Trop haut pour sauter. Il se dépêcha d'avancer, les bras écartés pour garder son équilibre, puis il s'élança une fois qu'il ne restait plus que trois mètres jusqu'au sol.

Agents et policiers firent leur apparition au-dessus.

Ils dégainèrent leurs pistolets.

Les gens en dessous, pris de panique à la vue des armes, commencèrent à se disperser. Profitant de la confusion, il courut jusque sous le pont, hors de portée des tirs. Il faudrait quelques secondes aux policiers pour gagner l'autre côté du pont, ce qui devrait lui laisser le temps de s'échapper. L'Oyster Bar était à sa gauche, le grand hall de restauration à sa droite. Il y avait au moins une douzaine de sorties menant vers des voies, des trains, des marches, des ascenseurs et des rampes d'accès. Il pourrait attraper n'importe quel train et acheter un billet à bord.

Il se précipita dans l'espace de restauration et se dirigea vers une des sorties à l'extrémité. Pour y parvenir, il lui fallait franchir un dédale de cafés-restaurants, de tables, de chaises, sans compter les gens.

Largement de quoi se dissimuler.

Deux hommes surgirent. Ils l'attendaient derrière le pilier central. Ils levèrent leurs armes, ce qui lui rappela ce cliché qui ne datait pas d'hier.

On ne peut pas courir plus vite que la radio.

Il leva les bras.

On lui cria de se coucher au sol.

Il se laissa tomber à genoux.

9

Cassiopée Vitt sortit de la douche et attrapa un peignoir. Avant d'envelopper son corps mouillé dans l'éponge moelleuse, elle fit ce qu'elle avait l'habitude de faire après s'être lavée – du moins quand c'était possible –, elle se pesa. Elle avait testé la balance la veille, après avoir dissipé la fatigue du vol transatlantique dans un long bain chaud. L'avion faisait toujours prendre quelques kilos. Cela avait quelque chose à voir avec la déshydratation et la rétention de fluides. Elle n'était pas obsédée par son poids. Seulement attentive. La cinquantaine approchant, sa nourriture et sa qualité de vie lui importaient bien plus que cinq ans auparavant.

Elle étudia l'affichage numérique de la balance : cinquante-six kilos sept.

Pas mal.

Elle noua la ceinture du peignoir et enroula ses cheveux mouillés dans une serviette. Le lecteur de CD dans l'autre pièce jouait un pot-pourri de musique classique. Elle adorait le St Regis, un endroit légendaire au cœur de Manhattan, à un jet de pierre de Central Park. C'était là que ses parents descendaient quand ils venaient à New York, et où elle avait ses habitudes elle aussi. Quand Cotton avait suggéré ce week-end outre-Atlantique, elle avait tout de suite proposé de s'occuper de l'hôtel.

Elle avait choisi la suite du Gouverneur, non seulement pour sa vue mais aussi pour ses deux chambres. Bien qu'ils aient beaucoup progressé dans leur relation, Cotton et elle en étaient encore à une phase d'exploration. Il est vrai qu'une des deux chambres n'avait pas encore servi, mais elle était là… au cas où.

Ils avaient passé beaucoup de temps ensemble depuis leur retour de Chine, aussi bien à Copenhague que dans son château en France. Jusque-là, l'investissement émotionnel, quelque chose d'inédit pour tous les deux, ne semblait pas leur peser. Elle se sentait en sécurité avec Cotton – à l'aise même, sachant qu'ils étaient à égalité. Il disait toujours que les femmes n'étaient pas son point fort, mais il se sous-estimait. Ce voyage en était le parfait exemple. Bien que son motif ait été la rencontre avec Stéphanie Nelle, elle était heureuse qu'il lui ait demandé de l'accompagner.

Elle aussi en avait d'ailleurs profité pour joindre l'utile à l'agréable.

Elle n'aimait pas beaucoup s'occuper des intérêts de sa famille. L'empire financier de son père dont elle avait hérité se chiffrait en milliards de dollars et opérait sur six continents. Un centre de gestion, basé à Barcelone, s'occupait des opérations au jour le jour. Elle recevait des rapports hebdomadaires mais, en tant qu'unique actionnaire, son intervention était parfois nécessaire. Hier après-midi, elle avait eu une réunion avec ses directeurs américains, et ils devaient se retrouver aujourd'hui. Elle était douée pour les affaires, mais savait faire confiance à ses employés. Son père lui avait appris à réserver à ses responsables un pourcentage des bénéfices, quelle qu'en soit l'importance, et il avait eu raison. Elle avait la chance de pouvoir compter sur une équipe qui veillait sur ses sociétés comme si c'était les siennes, et, grâce à elle, le montant de sa fortune avait été largement multiplié.

Cotton était parti depuis deux heures. Il avait décidé d'aller à pied jusqu'à la 42e Rue, à treize blocs de là. La circulation était telle à New York qu'il était bien plus facile de faire le trajet à pied. Ce soir, ils avaient prévu un dîner et un spectacle. C'était à elle de choisir. Elle avait acheté les billets quelques jours avant, et réservé pour le souper dans un de ses restaurants préférés. Elle était également passée chez Bergdorf Goodman pour s'acheter une nouvelle robe.

Pourquoi s'en serait-elle privée ? Elle aussi avait besoin de temps en temps de faire des folies.

Dans le magasin, elle avait eu la chance de tomber sur un modèle Armani qui lui allait parfaitement. Une robe en soie noire, dos nu, parfaitement extravagante.

Exactement ce qu'il leur fallait à tous les deux.

Elle adorait l'idée de faire plaisir à quelqu'un d'autre. Ce genre de pensée lui avait été parfaitement étranger jusque-là. Était-ce de l'amour ? Ou peut-être quelque chose qui s'en approchait. En tout cas, cela y ressemblait.

Quelqu'un sonna à la porte.

Elle sourit, repensant à leur arrivée la veille.

« J'ai appris quelque chose il y a très longtemps, avait dit Cotton. Si tu arrives à ta chambre d'hôtel et qu'il y a une double porte, c'est qu'il y a quelque chose de très bien de l'autre côté. S'il y a une sonnette, c'est toujours un bon signe aussi. Mais s'il y a à la fois une double porte et une sonnette, méfie-toi. »

Elle avait commandé du vin et de quoi grignoter, le dîner étant prévu bien plus tard. Cotton ne buvant pas d'alcool – à l'entendre, il n'en avait jamais bu –, elle lui avait pris un jus d'airelles. Il n'allait pas tarder. Son rendez-vous avec Stéphanie était prévu pour 18 h 15, et il était presque 20 heures. Ils devraient partir d'ici peu.

La sonnette retentit à nouveau.

Elle sortit de la salle de bain et traversa le grand salon pour aller vers la double porte. Elle tourna le verrou, mais la porte fut soudain poussée violemment vers l'intérieur, la rejetant en arrière.

Deux hommes se précipitèrent dans la pièce.

Elle fit volte-face, donna un coup de pied dans le ventre du premier et envoya son poing droit en direction de la gorge du second. Son coup de pied atteignit son but et l'homme se plia en deux, mais elle rata le second. Elle tourna à nouveau sur elle-même, perdant la serviette qui lui couvrait les cheveux, et vit le pistolet.

Braqué sur elle.

Trois autres hommes armés surgirent.

Elle s'arrêta net, et s'aperçut que son peignoir était entrouvert, permettant à ses visiteurs de se rincer l'œil. Ses poings étaient levés, ses nerfs à vif.

« Qui êtes-vous ?

— Services secrets, dit l'un d'eux. Vous êtes en état d'arrestation. »

Qu'est-ce que Cotton avait bien pu faire ?

« Pourquoi ?

— Assassinat du président des États-Unis. »

Elle n'était pas du genre à se laisser démonter. Ça lui était arrivé, mais pas souvent. Mais l'assassinat du président des États-Unis ?

Voilà qui était original.

« Vous pouvez baisser les bras et les mettre dans votre dos, dit l'agent calmement. Et peut-être aussi fermer votre peignoir.

Elle obtempéra et reprit ses esprits.

« Suis je autorisée à m'habiller avant que vous ne m'emmeniez ?

— Pas seule. »

Elle haussa les épaules.

« D'accord, si c'est ce que vous voulez. »

10

Malone comprit qu'ils ne se dirigeaient pas vers un poste de police. Il avait été menotté et évacué rapidement de Grand Central. On lui avait pris son portefeuille et la clé de sa chambre au St Regis, ce qui laissait supposer que Cassiopée allait avoir de la visite. Dommage pour le dîner et le spectacle. Ç'aurait été agréable. Il s'était même offert de nouveaux vêtements pour l'occasion.

Ils ne lui avaient pas laissé le temps de s'expliquer. On l'avait poussé dans une voiture qui attendait, abandonné quelques minutes, puis emmené. Ils traversaient maintenant l'East River et entraient dans le Queens, s'éloignant de Manhattan. Des voitures de police ouvraient la route devant eux. *A priori*, ils étaient en route vers JFK. L'emmenaient-ils dans un endroit qu'ils contrôlaient ?

On ne peut faire confiance à personne.

La mise en garde de Stéphanie.

Peut-être avait-elle raison.

Personne dans la voiture ne risquait de lui

donner la moindre information, mais il tenait au moins à dire quelque chose.

« Écoutez, les gars, vous connaissez mon nom et donc mes antécédents. Je n'ai pas cherché à tuer qui que ce soit. »

Pas plus les agents assis à l'avant que celui à côté de lui à l'arrière ne répondirent. Il tenta alors une autre approche.

« Est-ce que Daniels va bien ? » demanda-t-il.

Toujours aucune réponse.

Le type à côté de lui paraissait jeune et enthousiaste. C'était probablement la première fois qu'il se trouvait dans ce genre de situation.

« Il faut que je parle à quelqu'un de la division Magellan », dit-il d'un ton agacé cette fois.

L'agent assis devant, à la place du passager, se tourna vers lui.

« Restez assis on vous êtes et fermez-la.

— Vos ordres, vous pouvez vous les foutre au cul. »

L'homme secoua la tête. « Écoutez, Malone, facilitez-nous la tâche et laissez-vous conduire. OK ? »

Ce complot a de profondes ramifications.

Encore une mise en garde de Stéphanie.

Qu'ils connaissaient maintenant puisque la note lui avait été enlevée lors de sa fouille.

Ils savaient donc qu'il savait.

Formidable.

Ils roulèrent en silence pendant encore dix minutes, puis entrèrent dans JFK par une grille qui donnait directement sur le tarmac. Un appareil stationnait à l'écart des autres, entouré de policiers. Un 747, peint en bleu et blanc avec un drapeau américain sur la queue, et les mots UNITED STATES OF AMERICA marqués en lettres d'or sur son fuselage.

Air Force One.

On lui jeta une veste bleu marine depuis l'avant.

« Mettez ça », lui ordonna-t-on.

Il remarqua les trois lettres en or sur le devant et dans le dos. FBI.

Ils roulèrent jusqu'à la passerelle de l'avion. On lui ôta les menottes, et il sortit de la voiture tout en enfilant la veste. Un homme apparut en haut des marches. Grand, mince, avec des cheveux gris clairsemés et un visage paisible.

Edwin Davis.

« Ils nous observent, dit Davis. Depuis le terminal. Toutes les chaînes de télévision ont une caméra avec un zoom. Attention à ce que vous dites. Ils paient des gens pour lire sur les lèvres.

— J'ai appris que vous aviez été promu. »

La dernière fois qu'ils s'étaient vus à Venise, Davis était conseiller adjoint à la Sécurité nationale. Il officiait maintenant comme secrétaire général de la Maison-Blanche.

Davis montra la passerelle et murmura : « C'est bien ma chance. Montons.

— Et Daniels ?

— Vous verrez. »

Hale regardait la télévision. *L'Aventure* se rapprochait de son port d'attache, progressant maintenant au moteur en direction de l'ouest dans les eaux boueuses de la Pamlico. Il avait baissé le son, lassé par les annonceurs qui échafaudaient constamment des hypothèses dans l'espoir de conserver leurs téléspectateurs pendant que passaient en boucle les mêmes vidéos floues de deux engins mécaniques surgissant d'une fenêtre du Grand Hyatt. Les chaînes d'information vingt-quatre heures sur vingt-quatre étaient intéressantes pendant les trente premières minutes d'une crise, mais après c'en était trop.

Il secoua la tête en pensant aux autres capitaines.

Les imbéciles.

Ils avaient parfaitement le droit de faire ce qu'ils voulaient puisque la majorité primait au sein du Commonwealth, mais il avait été exclu du vote, ce qui était contraire aux articles. Malheureusement, les situations désespérées engendraient des actes désespérés, et il comprenait leur frustration. Ils risquaient la prison et la confiscation de tous les biens accumulés par leurs familles depuis trois siècles. Leur dernier espoir résidait dans l'unique feuille de papier qu'il avait à présent entre les mains, protégée par une chemise en plastique.

La deuxième page de la note cinglante d'Andrew Jackson.

Puisque vous aimez tellement les secrets et que vous avez choisi de vivre dans l'ombre, je vous propose un défi qui devrait vous convenir. La feuille en annexe de cette lettre est un code, formulé par l'estimé Thomas Jefferson. On m'a dit que, à ses yeux, c'était le code secret idéal. Si vous réussissez à découvrir son message, vous saurez où j'ai caché ce que vous désirez tant. Si vous échouez, vous resterez le traître pitoyable que vous êtes aujourd'hui.

Il regarda attentivement la page.

Neuf rangées de lettres et de symboles placés dans le désordre.

XQXFOONA
APKLJXRERIID
TSNDP :
EJSYMO
PZKLRIEEAOΔ
OPFUANE
POBOMNIX
MLZKRWSAΦ
EPRISZXNHBLΘ

Du charabia.

Mon espoir le plus sincère est que votre piètre destin cause votre ruine et que je vive suffisamment longtemps pour avoir le plaisir d'en être témoin.

Pendant cent soixante-quinze ans, l'impossibilité de déchiffrer le Code Jefferson avait été un sujet d'inquiétude. Quatre fois, cette inquiétude avait atteint un niveau catastrophique, et, quatre fois, la situation avait pu être maîtrisée.

Aujourd'hui, un cinquième scénario paraissait possible.

Mais contrairement à ce que pouvaient penser ses collègues, il n'était pas resté inactif. Il s'efforçait de trouver une solution à leur problème. Par deux moyens différents, en fait. Malheureusement, ses compatriotes avaient peut-être compromis ces deux tentatives.

À la télévision, une image nouvelle était apparue.

Celle d'Air Force One au sol à l'aéroport international John F. Kennedy. Un bandeau défilant au bas de l'écran annonçait qu'un suspect avait été appréhendé en tentant de s'enfuir du Grand Hyatt, mais qu'il avait été relâché.

Erreur d'identité.

TOUJOURS AUCUNE INFORMATION SUR L'ÉTAT DE SANTÉ DU PRÉSIDENT, QUI, NOUS DIT-ON, A ÉTÉ RECONDUIT DIRECTEMENT JUSQU'À AIR FORCE ONE.

Il fallait qu'il parle avec Clifford Knox.

Malone entra dans Air Force One. Il savait que l'avion disposait de quatre cents mètres carrés d'espace soigneusement aménagés sur trois étages, comprenant une suite pour le président, un bureau, de quoi loger son équipe, et même une salle d'opération. Généralement, le président voyageait avec tout un aréopage, dont un médecin, des conseillers proches, les services secrets et la presse.

Cette fois, il n'y avait personne dans la cabine.

Peut-être Daniels avait-il été amené là pour être soigné et tout le monde avait été évacué.

Il suivit Davis à travers la cabine intermédiaire déserte en direction d'une porte close. Davis tourna la poignée et le battant s'ouvrit sur une somptueuse salle de conférence aux hublots fermés par des volets. Danny Daniels était assis au bout d'une longue table. Indemne.

« Il paraît que vous avez essayé de me tuer, dit le président.

— Si c'était le cas, vous seriez mort. »

Daniels émit un petit rire.

« Je vous crois sur parole. »

Davis referma la porte.

« Vous allez bien ? demanda-t-il au président.

— Aucune blessure par balle. Par contre, j'ai pris un bon coup sur la tête quand ils m'ont jeté dans la voiture. Heureusement, comme beaucoup de gens ont pu le constater au fil des années, j'ai la tête dure. »

Il remarqua sur la table la note écrite à la machine trouvée dans la chambre d'hôtel.

Daniels quitta son fauteuil en cuir.

« Merci pour ce que vous avez fait. Décidément, je vous devrai toujours quelque chose. Mais dès que nous avons su qui ils avaient en garde à vue, et que j'ai lu la note que vous aviez sur vous, soi-disant écrite par Stéphanie, nous avons compris que les choses avaient dérapé. »

Il n'aimait pas le ton de sa voix. Cette conversation n'allait pas s'arrêter là.

« Cotton, dit Daniels. Nous avons un problème.

— Nous ?

— Oui. Vous *et* moi. »

11

Wyatt sortit du métro et gagna Union Square. Pas aussi animé que Times Square ou Herald Square, ni aussi chic que Washington Square, mais pour lui Union Square avait quelque chose de spécial qui attirait une foule plus éclectique.

Il avait vu Cotton Malone être fait prisonnier à l'intérieur de Grand Central, puis emmené à l'extérieur de la gare. Mais il ne resterait pas captif longtemps. Surtout quand Danny Daniels apprendrait que son chouchou était impliqué dans cette affaire.

Il traversa la 14e Rue et fila vers le sud, le long de Broadway, en direction du Strand – quatre étages de livres en surplus ou d'occasion, de livres rares ou jamais réédités. Il avait choisi cet endroit par égard pour son adversaire, qui adorait les livres. Personnellement, il les détestait. Il n'avait jamais lu un roman de sa vie. Pourquoi perdre son temps avec des mensonges ? De temps à autre, il lui arrivait bien de consulter un document, mais il préférait se renseigner sur Internet ou simplement interroger quelqu'un. Il n'avait jamais compris la fascination qu'éprouvaient les gens pour tous ces mots sur papier. Et pourquoi ils les amassaient, les conservant précieusement comme un métal inestimable. Cela n'avait aucun sens.

Il aperçut son contact.

Elle était sur le trottoir, occupée à fouiller dans les bacs de livres à un dollar qui longeaient le Strand côté Broadway. Elle avait la réputation d'avoir un œil infaillible, d'être distante et faussement timide. Il était assez difficile de travailler avec elle. Ce qui contrastait radicalement avec son apparence physique, sa silhouette ondoyante, ses cheveux bruns, ses yeux noirs et son teint cuivré dû à son ascendance cubaine.

Andrea Carbonell dirigeait la NIA depuis plus de dix ans. Cette agence était une survivance des années Reagan, époque à laquelle elle avait été responsable de quelques-unes des plus brillantes opérations en matière de renseignement dans le pays. La CIA, la NSA[1] et à peu près toutes les autres agences la détestaient à cette époque. Mais les jours de gloire de la NIA étaient passés, et elle se résumait à une ligne déplaisante de plusieurs millions de dollars parmi d'autres dans le budget des opérations occultes.

Danny Daniels avait toujours préféré la division Magellan, qui était dirigée par une autre de ses préférées, Stéphanie Nelle. Ses douze agents étaient responsables de nombre de succès récents dans le pays – comme d'avoir démasqué la trahison du

1. National Security Agency ou Agence de sécurité nationale : organisme chargé de la collecte et de l'analyse de l'information sous toutes ses formes.

premier vice-président de Daniels, empêché la constitution de la Fédération d'Asie centrale, éliminé le Club de Paris, et même contribué à une transition pacifique du pouvoir en Chine. Et tout cela sans jamais faire appel aux services de Wyatt. La division Magellan travaillait en interne, sans aide extérieure.

À l'exception, bien entendu, de Cotton Malone.

Nelle n'avait jamais hésité à recruter son beau gosse préféré quand cela s'avérait nécessaire. Il savait que Malone avait été impliqué dans presque toutes les actions importantes de la division. Et, d'après ses renseignements, il avait toujours travaillé pour rien.

L'imbécile.

Wyatt avait reçu un appel d'Andrea Carbonell trois semaines auparavant.

« Vous voulez le boulot ? lui avait-elle demandé.

— Ce sera peut-être impossible à réaliser, lui avait-il dit.

— Pour vous ? Sûrement pas. Tout est possible pour le Sphinx. »

Il détestait ce surnom, qui faisait allusion à son côté taciturne. Il savait depuis longtemps comment participer à une conversation sans rien dire tout en donnant l'impression d'y prendre part. Cette tactique déroutait la plupart des interlocuteurs et les poussait à en dire davantage qu'ils ne l'auraient normalement fait.

« Mon prix vous convient ? avait-il demandé.

— Tout à fait. »

Il continua et dépassa les stands à un dollar, sachant que Carbonell le suivrait. Il tourna au coin et se dirigea vers l'est le long de la 12e Rue, s'arrêtant peu après dans l'embrasure d'un magasin fermé.

« Daniels est sain et sauf », dit Carbonell en s'approchant.

Il était content de l'apprendre. Mission accomplie.

« Jusqu'où aviez-vous l'intention d'aller ? demanda-t-elle.

— Où est Daniels ? »

Il vit qu'elle n'appréciait pas sa question, mais après tout, il n'appréciait pas non plus son ton.

« À JFK. À l'intérieur d'Air Force One. Avant d'arriver ici j'ai appris qu'il était sur le point de faire une déclaration. Pour montrer au monde qu'il va bien. »

Il décida alors de répondre à sa question à elle.

« J'ai fait mon boulot.

— Et cela impliquait d'y mêler Cotton Malone ? Les services secrets lui ont mis la main dessus à l'intérieur de Grand Central. Ils étaient guidés par radio. Vous ne sauriez pas, par hasard, qui leur a fourni cette information ?

— Pourquoi me posez-vous des questions dont vous connaissez déjà la réponse ?

— Et si Malone avait échoué ?

— Ça n'a pas été le cas. »

Elle l'avait engagé pour arrêter la tentative d'assassinat, en lui disant qu'elle ne pouvait faire confiance à personne à l'intérieur de la maison pour mener à bien cette mission.

Elle lui avait aussi dit que son agence subissait des réductions de budget, l'information officielle étant qu'elle serait éliminée au prochain exercice. Il n'avait pas grande sympathie pour elle. Lui avait été éliminé huit exercices plus tôt.

« J'ai fait ce que vous m'avez demandé, dit-il.

— Pas exactement. Mais presque.

— Il est temps que je rentre chez moi.

— Vous ne voulez pas attendre pour connaître la suite des événements ? Vous savez, Jonathan, que s'il n'y a plus de budget pour la NIA, vous perdrez aussi de l'argent. Je crois que je suis la seule à vous employer encore régulièrement. »

Tant pis. Il survivrait. Il l'avait toujours fait.

Elle désigna la montre qu'il portait au poignet. Une Rolex Submariner. « Vous aimez ? »

Comment aurait-il pu ne pas aimer ? Cadran doré. Lettres en or. Précise au dixième de seconde avec une pile qui durait presque éternellement. Un cadeau qu'il s'était fait quelques années auparavant après une mission particulièrement lucrative.

Il la regarda au fond des yeux.

« Savez-vous comment les Suisses ont fait pour devenir de tels horlogers ? » demanda-t-elle.

Il ne dit rien.

« En 1541, Genève bannit la bijouterie pour des raisons religieuses, et les joailliers furent obligés d'apprendre un nouveau métier : la fabrication de montres. Avec le temps, ils devinrent très habiles dans ce domaine. Pendant la Première Guerre mondiale, quand leurs concurrents étrangers voyaient leurs usines saisies ou détruites, les Suisses se mirent à prospérer. Aujourd'hui, ils produisent la moitié des montres dans le monde. Genève sert de référence. »

Et alors ?

« Jonathan, vous et moi ne sommes plus une référence. »

Elle soutint son regard.

« Mais comme ces joailliers suisses, j'ai une stratégie de repli.

— Je vous souhaite bonne chance. Pour moi, c'est terminé.

— Vous ne voulez plus jouer avec Malone ? »

Il haussa les épaules. « Puisque personne ne l'a abattu, il faudra attendre une autre occasion.

— Décidément, vous n'arrêtez pas de causer des problèmes, dit-elle. C'est ce que disent de vous les autres agences.

— Et pourtant ils s'adressent à moi quand ils sont coincés.

— Vous avez peut-être raison. Retournez en Floride, Jonathan. Amusez-vous. Jouez au golf. Marchez sur la plage. Laissez tout ça aux grandes personnes. »

Il ignora l'insulte. Elle lui avait donné son argent, il avait fait son boulot. Gagner la guerre des mots lui importait peu. L'important pour l'instant, c'est qu'ils étaient surveillés. Il avait repéré l'homme dans le métro et l'avait reconnu à Union Square. En ce moment, le type était de l'autre côté de Broadway, à une centaine de mètres.

Pas très subtil.

« Bonne chance, Andrea. Peut-être réussirez-vous mieux que moi. »

Il la quitta dans l'embrasure de la porte et ne se retourna pas.

Vingt mètres plus loin, une voiture tourna au coin et se dirigea droit vers lui.

Elle s'arrêta et deux hommes en sortirent.

« Pensez-vous pouvoir vous montrer gentil et nous suivre sans faire d'esclandre ? » lui demanda l'un d'eux.

Wyatt n'était pas armé. Porter une arme en ville aurait été risqué, surtout avec l'atmosphère pesante consécutive à l'attentat.

« Certaines personnes voudraient vous parler », dit l'homme.

Il se retourna.

Carbonell était partie.

« Nous ne sommes pas avec elle, dit l'un des hommes. En fait, c'est d'elle que nous voulons discuter. »

12

Malone attendait avec Davis à l'intérieur d'Air Force One tout en regardant le spectacle qui se déroulait en dessous. La presse avait été autorisée à venir sur le tarmac et les journalistes étaient maintenant entassés sur une dizaine de rangs derrière un cordon de sécurité qui avait été rapidement installé, et les caméras braquées sur un bouquet de micros posé devant Danny Daniels. Le président se tenait très droit et sa voix de baryton résonnait à l'intention du monde entier.

« Qu'entendait-il par *nous* avons un problème ? demanda Malone à Davis.

— Ces derniers mois ont été effectivement assez ennuyeux. La dernière année du second mandat d'un président ressemble aux derniers mois de la vie d'un pape. Tout le monde attend que le vieux débarrasse le plancher pour que les nouveaux puissent prendre les rênes. »

Davis montra la presse. « À présent, ils ont quelque chose à se mettre sous la dent. »

Ils étaient collés à un des hublots de l'avion, hors

de vue. À leur droite, une télévision était branchée sur CNN, avec juste assez de son pour que Malone puisse entendre Daniels rassurer tout le monde en disant qu'il n'était pas blessé.

« Vous ne répondez pas à ma question. »

Davis fit un geste en direction de l'extérieur. « Il m'a demandé de réserver mes explications jusqu'à ce qu'il ait terminé.

— Vous faites toujours ce qu'il demande ?

— Rarement. Comme vous le savez bien. »

Malone se tourna vers l'écran et entendit Daniels proclamer :

« Permettez-moi de dire solennellement que les services secrets et les agents chargés de faire respecter la loi à New York ont fait un travail admirable, et je veux les remercier pour leur action au cours de ce malheureux incident. Ce voyage privé devait être pour moi l'occasion d'honorer un vieil ami. Cet incident ne m'empêchera en aucune manière de voyager à travers les États-Unis et le monde. Il est regrettable que des individus considèrent encore l'assassinat comme un moyen de changer les choses.

— Monsieur le président, cria un des reporters, pouvez-vous nous décrire ce que vous avez ressenti au moment de l'incident ?

— Je ne suis pas sûr que je devrais décrire ce que j'ai vu au-delà du fait que la fenêtre s'est brisée et qu'un engin métallique a surgi. Je n'ai vu ensuite que l'action rapide et efficace des services secrets.

— À quoi avez-vous pensé, monsieur ?

— J'étais reconnaissant aux services secrets pour leur magnifique travail.

— Il y a quelques instants, vous avez parlé d'*individus* en vous référant à l'attentat. Qu'entendez-vous par ce pluriel ?

— Y a-t-il quelqu'un ici susceptible de croire qu'un seul homme ait pu fabriquer cet engin ?

— Pensez-vous à certains individus en particulier ?

— Ce sera l'objet d'une enquête minutieuse, qui commence à l'heure où nous parlons. »

Davis désigna l'écran plat.

« Il doit rester prudent. Juste assez pour envoyer un message.

— Dites-moi ce qui se passe, nom de Dieu », insista Malone.

Davis ne répondit pas. Cet homme méticuleux aux plis de pantalon impeccables ne quittait pas l'écran de télévision des yeux tandis que Daniels s'éloignait des micros et que son porte-parole répondait à d'autres questions. Le président s'engagea sur la passerelle de l'avion, suivi par les caméras. Dans quelques secondes, il entrerait par la porte toute proche.

« C'est Stéphanie, chuchota Davis. C'est elle qui a besoin de notre aide. »

Cassiopée était assise à l'arrière d'un 4 x 4, un agent à ses côtés, deux autres à l'avant. Ils lui avaient permis de s'habiller puis de faire sa valise et celle de Cotton, avant d'emporter le tout.

Apparemment, ils avaient un but.

Ils avaient quitté discrètement le St Regis, étaient sortis de Manhattan sans escorte et avaient traversé l'East River en direction du Queens. Personne n'avait prononcé un mot et elle n'avait pas posé de questions.

C'était inutile.

La radio avait tout dit.

Quelqu'un avait essayé d'assassiner Danny Daniels, et le président venait de faire son apparition devant la presse pour rassurer tout le monde et dire qu'il s'en était sorti indemne. Cotton était apparemment impliqué, et elle se demandait si c'était pour cette raison que Stéphanie Nelle avait voulu le voir.

Stéphanie et Cotton étaient très proches – ils étaient amis depuis quinze ans. Dont douze passés à travailler pour elle dans la division Magellan, une agence de renseignements dépendant du département de la Justice des États-Unis. Cotton avait été capitaine dans la marine et formé comme pilote en même temps qu'il faisait des études d'avocat, et il avait été recruté personnellement par Stéphanie. Au sein de cette division, il avait mené à bien quelques-unes de ses missions les plus délicates jusqu'au moment de sa retraite anticipée, trois ans auparavant. Il était ensuite allé vivre à Copenhague où il avait ouvert une librairie de livres anciens.

Elle espérait que Cotton était sain et sauf.

Ils avaient tous les deux trouvé bizarre l'e-mail de Stéphanie, mais ils avaient ignoré les signes prémonitoires. La perspective du week-end à New York était trop irrésistible. Malheureusement, elle n'était pas en robe Armani noire au milieu des spectateurs d'un théâtre. Elle avait été prise en charge par des agents fédéraux et emmenée Dieu sait où.

Ses longs cheveux noirs étaient encore humides et bouclaient en séchant. Elle ne portait aucun maquillage, ce qui ne la changeait pas vraiment de son quotidien. Mais elle avait choisi sa tenue avec soin, et son ensemble pantalon en cuir marron, polo en cachemire beige et blazer croisé en poil de chameau était très élégant. La vanité n'avait jamais été un de ses défauts, ce qui ne l'empêchait pas de se soucier de son apparence.

« Désolée pour le coup de pied », dit-elle à l'agent assis à côté d'elle.

Il avait été le premier à se précipiter dans l'appartement.

Il accepta l'excuse avec un signe de tête, mais se garda bien de dire quoi que ce soit. Elle se rendait bien compte que les prisonniers étaient rarement accompagnés de leurs bagages quand on les emmenait en prison. Apparemment, une fois son identité révélée, de nouvelles consignes avaient été données.

Devant eux, elle aperçut l'immense aéroport John F. Kennedy. Ils franchirent une grille ouverte et elle vit Air Force One garé sur le tarmac. Le service d'ordre était en train d'éloigner la foule de l'avion.

« Nous allons attendre que la presse soit loin, dit l'agent assis à l'avant.

— Et après ? demanda-t-elle.

— Vous allez monter à bord. »

13

La Pamlico, Caroline du Nord

Hale continuait de regarder le reportage à la télévision. *L'Aventure* était à moins de trente minutes de son port d'attache. Ils avaient énormément ralenti, car la Pamlico, en dépit de sa largeur, faisait à peine trois mètres de profondeur. Il se souvenait de ce que son grand-père lui avait dit à propos des repères dans ce bras de mer. Constitués à l'époque de jeunes cèdres, ils étaient régulièrement déplacés par les pilotes du coin pour inciter les capitaines des bateaux de passage à faire appel à eux. Dieu merci, le temps où il fallait tirer des bordées en entrant pour éviter les bancs de sable insoupçonnés la veille était terminé. Les moteurs faisaient toute la différence. Il coupa le son de la télévision pour écouter le clapotis de l'eau contre la coque du bateau.

Il attendait.

Il avait appelé vingt minutes plus tôt et laissé un message.

Danny Daniels avait été impressionnant face à la presse. Hale avait saisi le non-dit du président. L'enquête avait déjà commencé. Il se demanda si le quartier-maître avait bien fait son travail. Heureusement, Knox était minutieux, on devait le lui reconnaître. Le père de Knox avait été pareil quand il était au service du père de Hale. Mais cette situation était pour le moins inhabituelle.

Son téléphone sonna.

Quand il répondit, Knox dit aussitôt :

« Je leur avais dit de ne pas le faire, mais ils ont insisté.

— Tu aurais dû me le dire.

— Ils ne savent pas non plus ce que j'ai fait pour vous. Je n'ai jamais trahi votre confiance, et vous ne pouvez pas me demander de trahir la leur. »

Quelques jours plus tôt, Knox avait effectivement accompli une mission clandestine pour Hale. Une mission de grande importance.

Et il n'avait jamais trahi la confiance de quiconque.

Des quatre familles, les Hale étaient de loin les plus riches, leur fortune égalant celle des trois autres réunies.

Cette supériorité avait souvent été la cause d'un certain ressentiment, qui se traduisait de temps en temps par des élans d'indépendance de la part des autres pour se faire valoir, si bien qu'il ne devrait pas être surpris par les événements de la journée.

« Que s'est-il passé ? » demanda-t-il.

Il écouta le quartier-maître faire son rapport, dont notamment l'intervention de la NIA et l'élimination de leur agent.

« Pourquoi sont-ils intervenus ? demanda-t-il. Ce sont les seuls à nous soutenir.

— Il semblerait que nous soyons allés un peu

trop loin. Leur agent n'a pas donné d'autres explications. Il semblait vouloir nous faire passer un message. Il me paraissait important qu'ils sachent que nous avions bien reçu leur message, mais que nous n'appréciions pas pour autant ce qu'ils avaient fait. »

Hale ne pouvait pas ne pas être d'accord avec cette conclusion.

La notion de mission avait toujours constitué un lien dans une compagnie de pirates, l'équipe étant plus importante que l'individu. Son père lui avait appris qu'une mission avait besoin d'un objectif et d'une récompense, tous les participants étant solidaires autour d'un objectif unique. Cela avait été le cas pour ses ancêtres, et même aujourd'hui, tout bon capitaine savait qu'une mission clairement définie transformait les pourchassés en chasseurs.

Il décida donc de ne pas le punir et lui dit simplement :

« À partir de cet instant, je veux être tenu au courant. »

Le quartier-maître n'émit aucune objection. « Je vais récupérer l'ordinateur portable de Parrott. »

Son cœur s'accéléra. L'idée de savoir que le Code Jefferson pouvait avoir été résolu l'excitait. Était-ce vraiment possible ? Pourtant…

« Fais attention.

— Comptez sur moi.

— Préviens-moi dès que tu l'as. Et, Clifford, plus d'initiatives comme aujourd'hui.

— Je suppose que vous vous occuperez des trois autres ?

— Dès que j'accoste. »

Il coupa la communication.

Enfin peut-être quelque chose de positif aujourd'hui.

Il jeta un coup d'œil sur les deux pages sous plastique.

En 1835, lorsque son arrière-arrière-grand-père avait essayé d'assassiner Andrew Jackson, ça avait bardé. Et comme maintenant, il y avait des clivages au sein du Commonwealth. Mais à l'époque, c'était un Hale qui avait ordonné au quartier-maître de tuer le président des États-Unis.

Richard Lawrence, un peintre en bâtiment sans emploi, avait été secrètement recruté. Avant la tentative d'assassinat, Lawrence avait essayé de tuer sa sœur et avait ouvertement menacé deux autres personnes, persuadé à la fin que Jackson avait tué son père. Il se prenait aussi pour le roi d'Angleterre et proclamait que Jackson l'empêchait de toucher son héritage royal. À ses yeux, le président était responsable de son chômage et de la pauvreté endémique du pays.

Il n'avait pas été difficile de l'encourager à agir.

Tout le problème venait du fait que Jackson s'était reclus dans la Maison-Blanche pendant l'hiver cruel de 1834. Un enterrement au Capitole ayant finalement incité le président à sortir, Lawrence fut poussé vers Washington et nanti de deux pistolets. Par un jour froid et pluvieux, il s'était caché dans la foule et avait affronté son adversaire.

Mais le sort avait joué en faveur d'Old Hickory.

À cause d'une poudre mouillée, les deux coups avaient fait long feu.

Jackson avait aussitôt accusé le sénateur du Mississippi, George Poindexter, d'avoir fomenté un complot. Le Sénat avait diligenté une enquête officielle, mais Poindexter avait été blanchi. Toutefois, Jackson attendait son heure pour se venger.

Le grand-père de Hale lui avait raconté l'histoire.

Il avait été facile de travailler avec les six présidents qui avaient précédé Jackson. Washington savait ce que le Commonwealth avait fait pour le pays pendant la Révolution. Adams aussi. Même Jefferson les avait tolérés, et leur aide au cours de la guerre des États-Unis contre les pirates de Barbarie avait effacé toute l'amertume qui aurait pu subsister. Madison, Monroe et le deuxième Adams n'avaient jamais causé de problèmes.

Mais ce satané imbécile du Tennessee était résolu à tout changer.

Jackson se battait contre le Congrès, la Cour suprême, la presse – à peu près contre n'importe qui. C'était le premier président nommé par un parti politique et non par des leaders politiques, le premier à avoir fait campagne directement auprès du peuple et à avoir gagné grâce à lui. Il détestait la classe politique et, une fois élu, il fit tout pour réduire leur influence. Jackson avait même déjà négocié avec des pirates en tant que général au cours de la guerre de 1812, et signé un accord avec Jean Lafitte pour sauver La Nouvelle-Orléans des Britanniques. Il aimait bien Lafitte, mais des années plus tard, en tant que président, lors d'une dispute avec le Commonwealth qui aurait pu être facilement résolue, Jackson avait refusé de capituler. À l'époque, les autres capitaines avaient préféré maintenir la paix et avaient donc cédé au moment du vote.

Seuls les Hale s'étaient opposés.

Et ils avaient envoyé Richard Lawrence.

Mais, comme aujourd'hui, la tentative d'assassinat avait échoué. Heureusement, Lawrence fut déclaré dément et enfermé. Il mourut en 1861, sans avoir jamais prononcé la moindre parole intelligible.

Le fiasco d'aujourd'hui pourrait-il connaître une issue aussi favorable ?

Par les fenêtres du salon, Hale aperçut le ferry de Bayview qui effectuait comme tous les jours la traversée de la Pamlico, en direction d'Aurora au sud.

Il n'était plus très loin de chez lui.

Son cerveau était toujours en ébullition.

Le chemin que son arrière-arrière-grand-père avait choisi était encore plein d'embûches. Andrew Jackson avait laissé une cicatrice sur le Commonwealth qui, à quatre occasions, s'était infectée jusqu'à devenir une plaie ouverte.

Mon espoir le plus sincère est que votre pitoyable destin cause votre ruine.

Peut-être pas, espèce de sinistre salopard.

Son secrétaire entra dans le salon. Hale l'avait chargé de trouver les trois autres capitaines.

« Ils sont chez Cogburn.

— Dites-leur que je veux les voir dans la grande maison d'ici une heure. »

Son secrétaire s'éloigna.

Il regarda de nouveau les flots agités et aperçut l'aileron d'un requin juste dans le sillage du bateau.

Curieux, à quatre-vingts kilomètres de la mer. Ces derniers temps, il avait remarqué de plus en plus de prédateurs dans ces eaux. Il y a quelques jours, l'un d'eux lui avait arraché l'appât de sa ligne, manquant l'entraîner dans le fleuve.

Il sourit.

Ils étaient coriaces, agressifs et tenaces.

Comme lui.

14

Air Force One

Malone commençait à s'impatienter. Le commentaire sur Stéphanie Nelle impliquant qu'elle était en danger le troublait. Et il n'avait pas oublié ce que le président lui avait dit au début.

J'ai lu la note que Stéphanie vous avait soi-disant envoyée.

Stéphanie n'était pas seulement son ancienne patronne, elle était aussi une amie proche. Pendant douze ans, ils avaient travaillé ensemble. Quand il avait pris une retraite anticipée, elle avait essayé de l'en dissuader. Avant de comprendre finalement et de lui souhaiter bonne chance. Mais au cours des trois dernières années, ils s'étaient plusieurs fois entraidés. Il pouvait compter sur elle, et elle sur lui.

C'était l'unique raison pour laquelle il avait réagi à son e-mail.

Le président rentra dans l'avion et se dirigea vers Davis et lui. Ils suivirent Daniels dans la salle de conférence. La cabine était toujours inoccupée. Trois écrans LCD montraient des images de Fox, de CNN et d'une station locale de New York, de l'extérieur du 747 et de la presse qui s'en allait. Daniels retira sa veste, dénoua sa cravate et déboutonna son col de chemise.

« Asseyez-vous, Cotton.

— Je voudrais bien que vous me disiez ce qui se passe. »

Daniels soupira. « C'est beaucoup demander. »

Davis s'assit dans un fauteuil.

Malone décida de s'asseoir également et d'écouter ce qu'ils avaient à dire.

« La planète devrait être maintenant rassurée, sachant que le leader du monde libre est toujours vivant », dit Daniels d'un ton sarcastique.

Daniels se laissa tomber dans un fauteuil. Il vivait maintenant les seize derniers mois de sa présidence et Malone se demanda ce que cet homme ferait quand il n'occuperait plus ce fauteuil au bout de la table. Être un ex-président devait être dur. Un jour, le poids du monde repose sur vos épaules. Puis, à midi, le 20 janvier, tout le monde se fiche que vous soyez mort ou vivant.

Daniels se frotta les yeux et les joues.

« L'autre jour, je pensais à une histoire qu'on m'avait racontée. Deux taureaux étaient en haut d'une colline, en train de regarder un troupeau de jolies vaches. Le jeune dit : "Je vais descendre et me taper une de ces beautés." Le vieux taureau ne mordit pas à l'hameçon. Il ne bougea pas. Le jeune taureau le titillait, mettant en doute ses capacités sexuelles, lui répétant : "Courons en bas pour s'en faire quelques-unes." Finalement le vieux taureau releva la tête et dit à son jeune ami : "Et pourquoi ne pas descendre là-bas pour se les faire toutes ?" »

Malone sourit. Il comprenait ce jeune taureau.

Sur les écrans de télévision, on apercevait l'avion de loin dans une image floue, ainsi que deux voitures qui s'approchaient de la passerelle. Trois agents descendirent des voitures, portant des vestes estampillées FBI comme celle qu'il portait encore, ainsi que des casquettes.

L'un d'eux monta les marches.

Il avait l'impression qu'ils attendaient quelque chose, mais, en repensant à l'histoire, il voulut savoir :

« Sur le dos de qui allez-vous coller ça ? »

Le président les montra du doigt, Davis et lui.

« Vous vous êtes retrouvés ?

— Comme des membres d'une même famille, dit Malone. je sens l'amour entre nous. Pas vous, Edwin ? »

Davis secoua la tête.

« Croyez-nous, Cotton. Nous aurions préféré éviter ça. »

La porte de la salle de conférence s'ouvrit et Cassiopée entra. Elle ôta sa veste et sa casquette bleu marine, laissant apparaître ses cheveux bruns mouillés.

Comme toujours, elle était superbe.

« Ce n'est pas tout à fait le dîner et le spectacle prévus, dit-il. Mais c'est Air Force One tout de même. »

Elle sourit. « On ne s'ennuie jamais avec toi.

— Maintenant que l'équipe est au complet, dit Daniels, nous pouvons parler affaires.

— Et de quoi s'agit-il ? demanda Cassiopée.

— Moi aussi, ça me fait plaisir de vous revoir », lui dit le président.

Malone savait que Cassiopée avait déjà travaillé avec Daniels, lors d'une mission où elle avait fait équipe avec Stéphanie. Les deux femmes étaient très proches. Leur relation remontait à l'époque de Lars, le défunt mari de Stéphanie. Elle aussi s'inquiéterait de savoir son amie dans les ennuis.

Cassiopée haussa les épaules. « Je ne sais pas si j'ai de quoi me réjouir. On m'accuse d'avoir essayé de vous tuer. Puisque de toute évidence vous n'êtes pas mort, pourquoi sommes-nous ici ? »

Le visage de Daniels se durcit. « Ça ne va pas. Pas bien du tout. »

15

Bath, Caroline du Nord

Hale quitta *L'Aventure* et regagna le quai. L'équipage s'activait à amarrer le sloop à l'extrémité de la jetée longue de soixante-dix mètres. Le soleil de fin d'été descendait à l'ouest, et l'air fraîchissait. Tout le terrain le long du fleuve, sur presque cinquante kilomètres carrés, appartenait au Commonwealth – les lots ayant été alloués il y a des siècles aux quatre familles, la berge partagée en parts égales. Bath se trouvait à quelques kilomètres à l'est. C'était un village tranquille de deux cent soixante-sept habitants qui avait perdu son lustre d'antan, avec surtout des résidences secondaires et des cabanes de pêcheur. Le quart du domaine appartenant aux Hale avait toujours été soigneusement entretenu. Quatre maisons étaient dispersées dans la forêt environnante, une pour chacun des enfants Hale et une pour lui. Il vivait ici la plupart du temps, tout en possédant des appartements à New York, Londres, Paris et Hong Kong qu'il occupait à l'occasion. Les autres clans étaient pareils. Il en était ainsi depuis 1793, quand le Commonwealth avait été créé.

Une voiturette électrique l'attendait, et il regagna sa maison au volant en traversant des bosquets de chênes, de pins et de cyprès ; c'était un manoir de vingt-deux pièces de style Queen Anne construit en 1883, avec des formes irrégulières et des toits spectaculaires. Des balcons et des vérandas entouraient chacun des trois niveaux. Avec ses murs olive, ses ardoises gris et rouge pâle, ses fenêtres étincelantes en losange et ses portes acajou il paraissait accueillant et avait beaucoup d'allure. Les huisseries ouvragées avaient été réalisées à Philadelphie, puis transportées au sud par bateau, et remorquées depuis le fleuve par char à bœufs.

Ses ancêtres savaient vivre. Ils avaient bâti un empire et l'avaient transmis à leurs enfants. Ce qui rendait sa situation actuelle encore plus contraignante.

Il n'allait pas être le dernier d'une longue lignée.

Il arrêta la voiturette pour contempler ses terres.

Le bosquet devant était silencieux comme une église, parsemé d'ombres, les clairières blanchies par le soleil couchant. L'équipage maintenait le domaine en parfait état de fonctionnement. Ce qui avait été autrefois une laiterie à toit en croupe avait été transformé en atelier. À l'intérieur de l'ancien fumoir, se trouvait un centre de communication et de sécurité. Les toilettes extérieures avaient disparu depuis longtemps, mais les granges en rondins étaient toujours là, servant à abriter du matériel agricole. Il était particulièrement fier de ses vignes, son raisin étant parmi les plus doux de l'État. Il se demanda si un de ses enfants était revenu sur la propriété. Ils étaient tous mariés, mais aucun n'avait encore d'enfant. Ils travaillaient dans les entreprises légitimes de la famille, conscients de leur héritage mais ignorants de ses responsabilités à lui. Le secret avait toujours été gardé entre le père et un seul de ses enfants. À ce jour, ni sa sœur ni son frère ne savaient quoi que ce soit du Commonwealth. Le moment approchait où il devrait choisir son successeur et entreprendre son initiation, comme son père l'avait fait avec lui.

Il imaginait l'ambiance à deux kilomètres de là, pendant que les trois autres capitaines, chefs de leurs familles respectives, se préparaient à répondre à sa convocation. Il se dit qu'il devait contrôler sa colère. En 1835, les Hale avaient agi unilatéralement au détriment des autres. Maintenant, c'était l'inverse.

Il appuya sur l'accélérateur pour continuer sa route.

Le chemin de gravillons longeait un de ses champs de soja les plus productifs, la forêt dense de l'autre côté pullulait de cerfs. Un merle au loin égrena les dernières notes d'une chanson. Il avait toujours vécu au grand air. Les Hale étaient arrivés d'Angleterre en 1700, après une traversée de l'Atlantique qui avait duré si longtemps que les lapins domestiques s'étaient reproduits trois fois.

Il avait toujours aimé la façon dont on décrivait ce premier Hale : un homme vigoureux, intelligent, un homme d'esprit et de charme doté de nombreux talents.

John Hale avait débarqué à Charles Town, en Caroline du Sud, le jour de Noël. Trois jours plus tard, il prenait la direction du nord par des chemins connus seulement des indigènes. Deux semaines après, il découvrait le fleuve Pamlico, et une baie bleue entourée d'arbres où il construisit sa maison. Il fonda ensuite un port abrité des attaques venant de l'eau, mais navigable vers l'est jusqu'à la mer. Il l'appela Bath Town, et cinq ans plus tard sa création était officiellement approuvée.

Toujours plein d'ambition, John Hale construisit des bateaux et fit fortune dans le commerce des esclaves. Au fur et à mesure que sa fortune et sa réputation grandissaient, la ville de Bath prospérait, devenant un centre d'activité navale et un foyer de piraterie. Il était donc tout naturel que Hale devienne pirate, et qu'il s'en prenne aux navires britanniques, français et espagnols. En 1717, quand le roi George promulgua sa loi de grâce, par laquelle il graciait les hommes qui juraient de renoncer à être boucaniers, Hale donna sa parole et devint officiellement un planteur respecté et un conseiller municipal de Bath. Ses bateaux continuaient à semer clandestinement la terreur, mais il ne visait que des navires espagnols dont les Anglais se souciaient peu. Les colonies étaient devenues un marché idéal pour acheter et vendre des produits illégaux. La loi britannique obligeait les exportations américaines à ne se faire que sur des bateaux anglais avec des marins anglais – un cauchemar en matière de coût et d'approvisionnement. Marchands coloniaux et gouverneurs accueillaient les pirates les bras ouverts car ils pouvaient fournir ce qu'on voulait au bon prix. Beaucoup de ports américains devinrent des repaires de pirates. Bath étant le plus connu et le plus rentable. Mais à la fin, la Révolution modifia les alliances et conduisit à la création du Commonwealth.

Depuis lors, les quatre familles étaient liées indéfectiblement.

Pour faire le serment de notre unité et affirmer notre cause, chaque homme jouit d'un vote dans les affaires du moment. Il a droit aux denrées fraîches ou aux liqueurs fortes, saisies à tout moment, et peut les utiliser selon son bon plaisir. Aucun homme n'est meilleur qu'un autre et chacun devra prendre la défense de l'autre.

C'était les termes des articles, qu'il prenait à cœur.

Il arrêta la voiturette devant un autre bâtiment du domaine, celui-ci ayant un toit en croupe, des gâbles, des lucarnes et une tour à une extrémité. Le bâtiment s'élevait sur deux étages avec un escalier en cantilever. On n'aurait jamais pu croire que cette construction charmante servait de prison.

Il tapa un code sur la lourde porte en chêne et ouvrit le loquet. Jadis, les murs étaient en briques et en bois. Aujourd'hui, ils étaient parfaitement insonorisés grâce à la dernière technologie. À l'intérieur, il y avait huit cellules. En fait de prison, elle n'était pas vraiment épouvantable, mais c'était quand même une prison. Qui était bien pratique.

Comme quelques jours plus tôt quand Knox y avait fait entrer la cible.

Il monta au premier étage et s'approcha des barreaux métalliques. La prisonnière de l'autre côté se leva de son banc en bois et lui fit face.

« Vous êtes bien ? » lui demanda-t-il.

La cellule mesurait un mètre carré, ce qui était

spacieux par rapport à ce que ses ancêtres avaient été forcés d'endurer. « Besoin de quelque chose ?

— La clé de la porte. »

Il sourit. « Même si vous l'aviez, vous ne pourriez aller nulle part.

— Ils avaient raison à votre propos. Vous n'êtes pas un patriote, rien qu'un sale pirate et un voleur.

— C'est la deuxième fois aujourd'hui qu'on me traite de la sorte. »

La prisonnière se rapprocha des barreaux. Hale était de l'autre côté, à moins de cinquante centimètres. Il remarqua les vêtements sales, le visage fatigué. On lui avait dit que sa captive avait à peine mangé depuis trois jours.

« Tout le monde se fiche de mon sort, s'entendit-il dire.

— Je n'en suis pas si sûr. Pas encore, car ils ne se rendent pas compte du danger que vous courez.

— Je ne suis pas indispensable.

— César fut jadis capturé par des pirates siciliens, dit-il. Ils demandaient une rançon de vingt-cinq talents or. Il croyait avoir plus de valeur et exigea que le montant soit de cinquante, ce qui fut payé. Après avoir été libéré, il poursuivit ses ravisseurs et les massacra jusqu'au dernier. » Il marqua une pause. « À votre avis, combien valez-vous ? »

Un crachat vola à travers les barreaux et s'écrasa sur son visage.

Il ferma les yeux, sortit lentement un mouchoir de sa poche et s'essuya.

« Vous pouvez vous le mettre au cul », lui dit la prisonnière.

Il chercha dans une autre poche et sortit le briquet

en argent massif gravé à son nom, cadeau de ses enfants deux Noëls auparavant. Il mit le feu au mouchoir et le jeta travers les barreaux en direction de sa prisonnière.

Stéphanie Nelle recula aussitôt et laissa le brûlot tomber par terre avant de l'éteindre avec sa chaussure, sans jamais quitter son geôlier des yeux.

Il l'avait capturée pour rendre service à quelqu'un d'autre mais, ces deux derniers jours, il s'était demandé s'il ne pourrait pas l'utiliser à ses propres fins. Elle pourrait même devenir précieuse si les nouvelles de Knox en provenance de New York disant que le code était peut-être résolu se vérifiaient.

Au vu de ce qui venait de se produire, il espérait que ce serait le cas.

« Comptez sur moi, lui dit-il. Vous allez regretter votre geste. »

DEUXIÈME PARTIE

16

Malone se cramponna à son siège quand Air Force One décolla et mit le cap au sud en direction de Washington D.C. Ils étaient tous restés dans la salle de conférence.

« Ça a été dur aujourd'hui au bureau, chéri ? » lui demanda Cassiopée.

Elle avait un regard malicieux. Toute autre femme aurait été furieuse, mais Cassiopée gérait l'imprévu comme personne. Calme, réfléchie, concentrée. Il se souvenait encore de la première fois où ils s'étaient affrontés – en France, à Rennes-le-Château, par une nuit noire, quand elle avait tiré sur lui avant de s'enfuir en moto.

« La routine, dit-il. Pas le bon endroit, mais le bon moment. »

Elle sourit.

« Tu as raté l'occasion de voir une robe magnifique. »

Avant qu'il ne quitte l'hôtel, elle avait mentionné son incursion chez Bergdorf Goodman. Il s'était réjoui de découvrir son achat.

« Désolé pour notre rendez-vous », lui répéta-t-il.

Elle haussa les épaules.

« Regarde où nous sommes.

— C'est un plaisir de faire enfin votre connaissance, dit Davis à Cassiopée. Nous nous sommes ratés en Europe.

— Le voyage à New York devait être une partie de plaisir, dit Danny Daniels. Autant qu'un président puisse se le permettre en tout cas. »

Daniels expliqua qu'un ami proche et fidèle de toujours avait organisé une réception pour sa retraite. Il avait d'abord décidé de ne pas s'y rendre, avant de changer d'avis il y a deux mois. Personne, en dehors de la Maison-Blanche, n'était au courant du voyage jusqu'à hier, et la presse avait simplement été informée que le président se rendrait à New York, sans autres détails. Aucune information sur l'endroit précis, l'heure ou la durée du séjour n'avait été fournie. Une fois à l'intérieur du Cipriani, les invités seraient passés à travers un portail détecteur à métaux. En ne prévenant personne, et en maintenant la presse dans l'ignorance jusqu'à la dernière minute, les services secrets avaient jugé que le voyage serait raisonnablement sécurisé.

« C'est toujours la même chose, dit Daniels. Chaque assassinat, ou tentative d'assassinat, a été le résultat d'erreurs. Lincoln, McKinley et Garfield n'avaient pas de gardes du corps. Il suffisait de s'en approcher et de tirer. La protection de Kennedy avait été écartée pour des raisons politiques. On voulait qu'il soit aussi proche du peuple que possible. On avait donc annoncé qu'il descendrait une rue encombrée dans une voiture découverte. "Venez voir le président." »

Daniels secoua la tête. « Reagan a pris une balle simplement parce qu'il y a eu du relâchement dans sa protection. Toujours une erreur. Cette fois-ci, c'était ma faute. »

Malone était surpris par cette confession.

« J'ai insisté pour faire ce voyage. J'ai dit à tout le monde que ça se passerait très bien. Ils voulaient prendre davantage de précautions, mais j'ai refusé. »

L'avion atteignait son altitude de croisière. Malone se déboucha les oreilles.

« Quand vous avez décidé d'y aller, dit Cassiopée, qui le savait ?

— Pas suffisamment de gens », dit Daniels.

Malone trouva la réponse curieuse.

« Comment êtes-vous entré dans cette chambre d'hôtel ? » lui demanda le président.

Il lui expliqua l'e-mail de Stéphanie, la carte clé qui l'attendait au St Regis et ce qu'il avait trouvé. Cassiopée lut la note qu'on lui tendait.

Daniels fit un signe à Davis, qui sortit un enregistreur de poche et le fit glisser sur la table.

« Voici un enregistrement d'une transmission radio sécurisée après la fusillade, pendant que vous vous efforciez de sortir du Hyatt », dit Davis.

Daniels mit l'appareil en marche.

Alerte à tous les agents. Le suspect porte une chemise bleu pâle à col boutonné, un pantalon clair, sans veste pour l'instant, et il quitte en ce moment l'hôtel Grand Hyatt par le grand hall en direction du tunnel qui accède au terminal de Grand Central. Je prends la même direction.

Le président arrêta la machine.

« Il n'y avait aucun moyen de le savoir, dit Malone.

— Ce ne sont pas nos agents qui ont transmis cette alerte, dit Davis. Et comme vous le savez, ces fréquences ne sont pas accessibles au public.

— Vous reconnaissez la voix ? demanda Daniels.

— Difficile à dire. Les parasites et la radio transforment beaucoup. Mais elle a quelque chose de familier.

— Apparemment, tu as un admirateur, dit Cassiopée.

— Vous avez été piégé, déclara Daniels. Comme nous. »

Wyatt fut conduit au-delà de Colombus Circle vers l'Upper West Side de Manhattan, une zone moins commerciale, moins encombrée, et bourrée de petits magasins pittoresques et d'immeubles résidentiels à façades de briques. On l'emmena au deuxième étage d'un de ces nombreux bâtiments en briques, dans une demeure spacieuse, sans beaucoup de meubles, avec des persiennes en bois occultant les fenêtres. Il pensa que ce devait être un lieu sûr.

Deux hommes l'attendaient.

Tous deux étaient des directeurs adjoints – l'un de la CIA et l'autre de la NSA. Il connaissait le visage de l'homme de l'Agence de sécurité nationale et reconnut vaguement l'autre. Aucun des deux hommes ne semblait ravi de le voir. On le laissa seul avec eux pendant que les deux hommes qui l'avaient amené attendaient dehors.

« Tu peux nous dire ce que tu faisais aujourd'hui ? lui demanda l'homme de la CIA. Comment se fait-il que tu te sois trouvé au Grand Hyatt ? »

Il détestait tout ce qui avait affaire avec la CIA. Il avait travaillé pour eux à l'occasion seulement parce qu'ils payaient bien.

« Qui dit que j'y étais ? »

Le type de la CIA était nerveux et faisait les cent pas dans la pièce.

« Inutile de te foutre de nous, Wyatt. Tu y étais. Pourquoi ? »

En tout cas, ces deux-là étaient bien renseignés sur son compte, en partie du moins.

« C'est à toi qu'on doit l'apparition de Malone ? demanda l'homme de la NSA.

— Qu'est-ce qui vous fait croire ça ? »

CIA sortit un enregistreur de poche et le mit en route. Il reconnut sa voix à la radio informant les services secrets que Malone se dirigeait vers Grand Central.

« Je répète ma question. Malone était-il une idée à toi ?

— Heureusement qu'il était là, on dirait.

— Et s'il n'avait pas pu arrêter les choses ? » demanda NSA.

Il leur donna la même réponse qu'à Carbonell. « Ça n'a pas été le cas. »

Il n'avait aucune intention d'en dire davantage à ces deux imbéciles. Mais il était tout de même curieux. « Pourquoi n'avez-vous pas arrêté les choses ? Vous y étiez pourtant.

— Nous ne savions que dalle, cria CIA. Nous courons après le temps depuis le début de la journée. »

Wyatt haussa les épaules.

« Apparemment vous avez réussi à le rattraper.

— Espèce de salopard prétentieux, dit CIA, d'une voix toujours aussi forte. Toi et Carbonell, vous êtes en train de vous mêler de nos affaires. Vous essayez tous les deux de sauver cette pourriture de Commonwealth.

— Vous devez me confondre avec quelqu'un d'autre. »

Il avait décidé de suivre les conseils de Carbonell et d'aller jouer au golf demain. Il en était même arrivé à apprécier ce jeu, et le parcours privé de sa résidence entourée de murs était spectaculaire.

« Nous savons tout sur vous et sur Malone », cracha NSA.

Ce dernier était plus calme que CIA, mais quand même nerveux. Wyatt savait que la NSA représentait un budget annuel de plusieurs milliards. Ils se mêlaient de tout, se chargeant d'écouter à peu près tous les appels téléphoniques internationaux en provenance et à destination des États-Unis.

« Malone a été le principal témoin contre toi lorsque tu es passé devant la commission de discipline, dit NSA. Tu l'avais assommé pour pouvoir faire intervenir trois hommes dans une fusillade. Deux sont morts. Malone t'a accusé. Quelles ont été les conclusions ? *Prise de risques inutiles au mépris de la vie*. Tu as été renvoyé. Une carrière de vingt ans fichue en l'air. Pas de retraite. Rien. À mon avis, tu dois en vouloir à Malone. »

L'homme de la CIA pointa le doigt vers lui.

« Qu'est-ce que Carbonell a fait ? Elle t'a engagé pour aider le Commonwealth ? Pour essayer de sauver leur peau ? »

Il ne savait pas grand-chose sur le Commonwealth en dehors des quelques renseignements dans le dossier qu'elle lui avait transmis, lequel parlait à peu près uniquement de l'attentat. Il avait été briefé sur Clifford Knox, le quartier-maître de l'organisation, qui devait diriger les opérations contre Daniels. Il avait observé les déplacements de Knox dans le Grand Hyatt au cours des derniers jours tandis qu'il préparait les fusils, et avait attendu son départ pour pouvoir inspecter le travail et faire parvenir la note à Malone.

« Ce sont ces pirates qui ont essayé de tuer Daniels ? demanda NSA. Tu sais parfaitement qui a installé ces armes, n'est-ce pas ? »

Sachant qu'il était impossible de remonter la piste de ces armes automatiques au-delà du Grand Hyatt, il ne voulait pas risquer de devenir leur témoin principal. Son problème immédiat était plus important. Apparemment, il s'était laissé impliquer dans une espèce de guerre civile entre agences. La CIA et la NSA semblaient être en conflit avec la NIA, et le Commonwealth était au centre de la bagarre. Rien de nouveau. Les agences de renseignements coopéraient rarement entre elles.

Mais, cette fois, le conflit semblait différent.

Plus personnel.

Et ça l'inquiétait.

17

Bath, Caroline du Nord

Hale rentra chez lui, toujours aussi furieux après l'insulte de Stéphanie Nelle. Encore un exemple de l'ingratitude des États-Unis. Après tout ce que le Commonwealth avait fait pour le pays, pendant et après la révolution américaine, tout ce qu'on trouvait à faire, c'était de lui cracher dessus.

Il s'arrêta pour réfléchir dans le hall d'entrée, au pied du grand escalier. Avant d'entrer, son secrétaire lui avait dit que les trois autres capitaines étaient arrivés. Il fallait qu'il les traite avec ménagement. Il regarda un des portraits qui ornaient les murs lambrissés de chêne – son arrière-arrière-grand-père, qui avait vécu ici même et qui avait aussi attaqué un président.

Abner Hale.

Mais survivre était beaucoup plus facile au milieu du XIXe siècle car le monde était plus vaste. On pouvait même disparaître. Il s'était souvent demandé quel effet cela faisait à cette époque de pouvoir naviguer sur les sept mers comme bon vous semblait, et d'être, selon les termes d'un chroniqueur, *comme un lion rugissant cherchant qui il pouvait dévorer.* Une vie aventureuse sur la mer houleuse, sans maison, sans frontières, avec un minimum de règles sinon pour tous les hommes présents à bord et qui avaient approuvé les articles.

Il respira profondément, rajusta ses vêtements puis longea le couloir et entra dans sa bibliothèque, un rectangle spacieux avec un plafond voûté, et un mur tout en baies vitrées qui ouvrait sur les vergers. Il avait refait la décoration de la pièce dix ans auparavant, gommant en grande partie les goûts de son père au profit d'une ambiance de campagne anglaise.

Il referma les portes de la bibliothèque et affronta les trois hommes assis dans des fauteuils capitonnés en velours bordeaux.

Charles Cogburn, Edward Bolton et John Surcouf.

Ils étaient minces, deux d'entre eux portaient la moustache, et tous avaient les yeux plissés à cause du soleil. C'étaient des marins, signataires des articles actuels du Commonwealth, chefs de leurs familles respectives et liés les uns aux autres par un serment sacré. Il se dit qu'ils devaient avoir la gorge serrée, comme Abner Hale en 1835, lorsque lui aussi avait agi comme un imbécile.

Il décida de commencer par une question dont il connaissait déjà la réponse. « Où est le quartier-maître ?

— À New York, dit Cogburn. En train d'évaluer les dégâts. »

Bien. Au moins, ils avaient décidé d'être raisonnablement honnêtes avec lui. Deux mois auparavant, c'était lui qui leur avait annoncé le voyage de Daniels à New York, en se demandant si une occasion n'allait pas se présenter. Ils avaient longuement débattu de la proposition et voté ensuite.

« Inutile de vous préciser les choses. Nous avions décidé de ne pas le faire.

— Nous avons changé d'idée, dit Bolton.

— Sans doute sous ton influence. »

Les Bolton avaient toujours fait preuve d'une agressivité excessive. Leurs ancêtres avaient contribué à fonder Jamestown en 1607, puis fait fortune en approvisionnant la nouvelle colonie. Au cours d'un de ces voyages, ils avaient importé une nouvelle variété de tabac, qui s'avéra être une aubaine pour la colonie, en prospérant dans le sol sablonneux jusqu'à constituer la plus précieuse marchandise d'exportation de la Virginie. Les descendants des Bolton s'installèrent ensuite en Caroline, à Bath, étendant leurs activités à la piraterie, pour devenir ensuite corsaires.

« Je pensais que ça pourrait résoudre le problème, dit Bolton. Le vice-président nous aurait laissés tranquilles. »

Il ne put s'empêcher de lui faire remarquer : « Tu n'as pas la moindre idée de ce qui se serait passé si ça avait réussi.

— Tout ce que je sais, Quentin, dit John Surcouf, c'est que je risque d'aller en prison et de perdre tout ce que ma famille possède. Je ne vais pas rester assis les bras croisés en attendant. Aujourd'hui, malgré notre échec, nous avons quand même envoyé un message.

— À qui ? Êtes-vous prêts à assumer la responsabilité de cet acte ? Est-ce que quelqu'un à la Maison-Blanche sait que vous avez tous les trois cautionné cet assassinat ? Et si oui, combien de temps pensez-vous qu'il va s'écouler avant que vous ne soyez arrêtés ? »

Personne ne répondit.

« C'est complètement idiot, dit-il. Nous ne sommes pas en 1835 ni même en 1963. Le monde où nous vivons est régi par de nouvelles règles. »

Il se souvint que l'histoire de la famille Surcouf était différente de celle des autres. Ils avaient commencé comme constructeurs de bateaux, et émigré vers les États de Caroline peu après que John Hale eut fondé Bath. Les Surcouf avaient financé en grande partie l'expansion de la ville, réinvestissant leurs bénéfices dans la communauté, permettant ainsi à la ville de se développer. Certains devinrent gouverneurs coloniaux. D'autres prirent la mer, armant des sloops. Le début du XVIIIe siècle avait été l'âge d'or de la piraterie, et les Surcouf avaient récolté leur part de butin. Avec le temps, comme les autres, ils s'étaient rachetés en devenant corsaires. Anecdote intéressante, à l'aube du XIXe siècle, l'argent des Surcouf avait contribué au financement des guerres de Napoléon. Se targuant de relations amicales avec lui, un Surcouf qui vivait alors à Paris avait demandé à l'empereur s'il pouvait construire une terrasse dans un de ses domaines avec un pavage en pièces de monnaie françaises. Napoléon avait refusé, ne voulant pas qu'on piétine son effigie. Nullement découragé, Surcouf avait quand même construit la terrasse, mais avec les pièces posées sur la tranche, ce qui avait solutionné le problème. Malheureusement, les descendants de Surcouf s'étaient montrés tout aussi négligents avec leur argent.

« Écoutez, dit Hale d'une voix apaisée, je comprends votre inquiétude. J'en ai ma part aussi. Nous sommes dans le même bateau.

— Ils ont tous les renseignements, murmura Cogburn. Toutes mes banques suisses ont accepté de collaborer.

— Les miennes aussi », ajouta Bolton.

Réunis, leurs dépôts outre-mer représentaient plusieurs milliards de dollars, sur lesquels pas un sou d'impôt n'avait jamais été payé. Chacun avait reçu une lettre du ministre des Finances des États-Unis lui notifiant qu'il faisait l'objet d'une enquête fédérale. Hale supposait que quatre poursuites judiciaires séparées avaient été préférées à une seule pour diviser leurs ressources, et les opposer les uns aux autres.

Mais leurs accusateurs sous-estimaient le pouvoir des articles.

Les racines du Commonwealth plongeaient directement au cœur de la société pirate, un groupe certes tapageur, téméraire et rapace, mais doté de lois. Les communautés pirates étaient disciplinées, vouées aux profits et aux gains mutuels, et visant toujours à faire progresser l'entreprise. Ils avaient adhéré sans réserve à ce qu'Adam Smith avait observé. *S'il peut exister une société de voleurs et d'assassins, ils doivent au moins s'abstenir de se voler et de se tuer entre eux.*

C'était ce qu'avaient fait les pirates.

Ce qu'on désigna comme la coutume de la côte prévoyait la rédaction d'articles avant tout voyage, spécifiant les règles de conduite, toutes les punitions et le partage du butin entre officiers et équipage. Chacun jurait sur la Bible d'obéir aux articles. En avalant une gorgée de rhum mélangé à de la poudre de canon, ils signaient dans les marges, jamais sous la dernière ligne, montrant ainsi qu'aucun individu, pas même le capitaine, n'était au-dessus du groupe. Pour que les articles puissent être approuvés, il fallait le consentement unanime, et ceux qui n'étaient pas d'accord étaient libres de chercher ailleurs des conditions plus satisfaisantes. Quand plusieurs bateaux se rejoignaient, des articles supplémentaires étaient rédigés en vue du partenariat, ce qui avait servi de base à la création du Commonwealth. Quatre familles unies dans un seul objectif.

Trahir l'équipage, ou se trahir mutuellement, déserter ou abandonner une bataille, est punissable selon la décision du quartier-maître ou de la majorité.

Ils ne se retourneraient pas les uns contre les autres.

Ou du moins, personne ne survivrait pour en tirer bénéfice.

« Mes comptables sont assaillis, dit Bolton.

— Occupez-vous d'eux, dit Hale. Au lieu de tuer un président, ce sont eux que vous auriez dû tuer.

— Ce n'est pas si simple pour moi », dit Cogburn.

Hale regarda son associé. « Tuer n'est jamais facile, Charles. Mais de temps en temps, il faut le faire. Il suffit de choisir le bon moment et la bonne méthode. »

Cogburn ne répondit pas. Lui et les autres avaient sans aucun doute choisi le mauvais moment.

« Je suis sûr que le quartier-maître a fait son travail, dit Surcouf, essayant d'atténuer la tension. Rien ne remontera jusqu'à nous. Mais nous avons encore un problème. »

Hale s'approcha d'une console anglaise en bambou posée devant un mur lambrissé en pin. Jamais cela n'aurait dû se produire. Peut-être était-ce d'ailleurs le but de la manœuvre. Brandir la menace d'une poursuite juridique, puis attendre de voir la suite quand la peur s'installerait. Peut-être croyait-on qu'ils s'entre-déchireraient, épargnant à chacun l'épreuve du procès et de la prison. Mais personne n'avait pensé que l'on s'attaquerait au président des États-Unis.

Il avait tenté sa propre forme de diplomatie qui avait échoué. L'humiliation de son voyage à la Maison-Blanche restait fraîchement gravée dans son esprit. Semblable à une visite qu'avait faite Abner Hale en 1834, et qui avait aussi échoué. Mais il avait bien l'intention de tenir compte des erreurs de ses ancêtres et de ne pas les répéter.

« Qu'allons-nous faire ? demanda Cogburn. Nous sommes presque arrivés au bout de la planche. »

Il sourit à l'évocation de cette image familière d'un homme les yeux bandés, forcé à marcher jusqu'au bout d'une planche et à tomber à la mer. En réalité, cette punition n'avait été utilisée que par des capitaines frileux qui ne supportaient pas la vue du sang ou qui voulaient se dédouaner de la mort de quelqu'un d'autre. Les aventuriers intrépides, les hommes de légende, héros d'innombrables livres et films, n'avaient pas peur de regarder leurs adversaires dans les yeux, même au moment de la mort.

« Nous allons hisser le pavillon », dit-il.

18

Air Force One

Cassiopée écouta Danny Daniels expliquer comment la voix sur l'enregistreur avait prévenu tout le monde de l'endroit où chercher.

« Il devait être là, dit Malone. Dans l'entrée du Grand Hyatt. C'est le seul endroit d'où il a pu me voir. Ils étaient en train de faire évacuer les lieux au moment où je partais.

— Notre homme mystère savait aussi quoi transmettre et comment », remarqua Davis.

Elle comprit ce qu'il voulait dire. Un des leurs était impliqué, ou tout au moins quelqu'un qui connaissait leurs méthodes. Daniels avait un regard éloquent, un regard qu'elle lui avait déjà vu – à Camp David avec Stéphanie – et qui signifiait que cet homme ne disait pas tout.

Daniels fit un signe de tête à son secrétaire général.

« Racontez-leur.

— Il y a environ six mois, j'ai reçu la visite d'un homme à la Maison-Blanche. »

Davis examinait l'homme assis de l'autre côté de son

bureau. Il savait qu'il avait 56 ans, était américain de quatrième génération, avec des liens familiaux remontant à avant la révolution américaine. Il était grand, avec des yeux verts lumineux et un menton énergique. Son crâne lisse était entouré par un croissant d'épais cheveux noir argenté rejetés en arrière, comme la crinière d'un vieux lion. Ses dents brillaient comme des perles, avec un espace notable entre les deux de devant. Il portait un costume impeccable probablement fait sur mesure, et il s'exprimait d'une voix tout aussi assurée.

Quentin Hale dirigeait un empire allant des industries de transformation à la banque et au commerce. Il était un des plus grands propriétaires terriens du pays, en particulier de centres commerciaux et d'immeubles de bureaux situés dans à peu près toutes les villes importantes. Sa fortune était estimée en milliards, et il figurait régulièrement sur la liste Forbes des gens les plus riches. Partisan du président, il avait aussi contribué pour plusieurs centaines de milliers de dollars à ses deux campagnes, ce qui lui donnait le droit d'avoir rendez-vous personnellement avec le secrétaire général de la Maison-Blanche.

Mais ce que Davis venait d'entendre l'avait surpris.

« Vous dites que vous êtes un pirate ?

— Un corsaire. »

Il connaissait la différence. L'un était un criminel, l'autre travaillait dans le cadre de la loi avec un mandat officiel du gouvernement pour attaquer ses ennemis.

« Pendant la guerre de l'Indépendance américaine, dit Hale, la marine continentale ne comptait que soixante-quatre navires de guerre. Ces vaisseaux ont capturé cent quatre-vingt-seize bateaux ennemis. Au même moment, il y avait sept cent quatre-vingt-douze navires corsaires

approuvés par le Congrès continental, qui ont capturé ou détruit six cents bateaux anglais. Au cours de la guerre de 1812, ce fut encore pire. Vingt-trois navires de la marine seulement, deux cent cinquante-quatre vaisseaux ennemis capturés. Au même moment, cinq cent dix-sept corsaires autorisés par le Congrès capturaient mille trois cents bateaux. Vous voyez les services que nous avons rendus à ce pays. »

Effectivement, mais Davis se demandait où l'homme voulait en venir.

« Ce n'est pas l'armée continentale qui gagna la guerre de l'Indépendance, dit Hale. C'est la ruine du commerce anglais qui changea le cours des choses. Les corsaires portèrent la guerre de l'autre côté de l'Atlantique jusqu'aux rivages de l'Angleterre et maintinrent les côtes britanniques sous une menace permanente. Nous avons rendu dangereux l'abord de leurs ports et presque mis un coup d'arrêt à leur commerce. Ce qui créa un tollé parmi les marchands. Les assurances pour les transports maritimes augmentèrent à tel point que les Britanniques préférèrent affréter des bateaux français pour transporter leurs biens, ce qui n'était jamais arrivé. »

Il nota la touche de dignité distinguée dans le récit.

« Ces marchands ont fini par faire pression sur le roi George pour abandonner le combat en Amérique. C'est ainsi que la guerre prit fin. L'histoire montre clairement qu'il n'y aurait eu aucune victoire de la révolution américaine sans les corsaires. George Washington lui-même le reconnut publiquement à plus d'une occasion.

— Quel rapport cela a-t-il avec vous ? demanda-t-il.

— L'un de ces corsaires était mon ancêtre. Avec trois autres familles, nous avons fait naviguer de nombreux

bateaux pendant la Révolution et formé avec les autres une force de combat cohérente. Il fallait que quelqu'un coordonne l'attaque. Nous l'avons fait. »

Davis rassembla quelques souvenirs. Ce que disait Hale était vrai. Un corsaire détenait une lettre de marque l'autorisant à s'attaquer aux ennemis de la nation sans crainte de poursuites judiciaires.

« Votre famille possédait une lettre ? » demanda-t-il alors.

Hale acquiesça. « Nous l'avions et nous l'avons encore. Je l'ai apportée. »

Son visiteur chercha dans la poche de sa veste et sortit une feuille de papier pliée en deux. Davis l'ouvrit et découvrit la photocopie d'un document remontant à plus de deux cents ans, dont la majeure partie était imprimée, et l'autre manuscrite.

George Washington,
Président des États-Unis d'Amérique

À tous ceux qui liront la présente, salutations :
Sachez que, suite à un acte du Congrès des États-Unis, soumis et passé le neuvième jour de février, mille sept cent et quatre-vingt-treize, j'ai donné et par la présente donne à Archibald Hale licence et autorisation audit individu, à ses lieutenants, officiers et équipage, de soumettre, saisir et prendre toute propriété et richesse de tous ennemis des États-Unis d'Amérique. Tous les objets saisis, y inclus vêtements, armes, accessoires, biens, propriétés, effets et objets de valeur, appartiendront au bénéficiaire de cette concession, après avoir payé vingt pour cent de la valeur du bien saisi au gouvernement des

États-Unis d'Amérique. Pour encourager la continuation vigoureuse des attaques sur lesdits ennemis, que nous avons tous appréciées au cours du récent conflit, ledit Archibald Hale sera exempté de toutes les lois régulatrices et pécuniaires des États-Unis, et de tout État qui y est joint, qui puissent affecter ou décourager toute action agressive, hormis le meurtre délibéré. Le présent document continuera à rester d'actualité et en perpétuité depuis la date de cette concession, et sera transmis au bénéfice de tous héritiers dudit Archibald Hale.

Accordé de ma main et du sceau des États-Unis d'Amérique, à Philadelphie, le neuvième jour de février de l'an mille sept cent et quatre-vingt-treize de notre Seigneur, et de l'indépendance desdits États, le vingt-sept.
George Washington

Davis leva les yeux.

« Bref, votre famille a une concession donnée par les États-Unis pour s'en prendre à nos ennemis ? En marge de toute loi ? »

Hale acquiesça.

« Elle a été accordée en remerciement par une nation reconnaissante pour tout ce que nous avons fait. Les trois autres familles ont également des lettres de marque venant du président Washington.

— Et qu'avez-vous fait avec cette concession ?

— Nous étions présents à la guerre de 1812 et avons aidé à mettre fin à ce conflit. Nous nous sommes impliqués dans la guerre de Sécession, la guerre hispano-américaine et les deux guerres mondiales. Quand la

communauté du renseignement a été créée dans ce pays après la Seconde Guerre mondiale, nous avons été recrutés pour l'assister. Récemment, au cours des vingt dernières années, nous avons harcelé le Moyen-Orient, en perturbant des activités financières, en volant des avoirs en les privant de fonds et de bénéfices. Tout ce qui peut s'avérer nécessaire. Évidemment, nous n'avons plus aujourd'hui de sloops ni de corsaires. Au lieu de nous embarquer sur des navires armés d'hommes et de canons, nous voyageons "numériquement" ou nous œuvrons à travers des systèmes financiers existants. Mais comme vous pouvez le voir, cette lettre de marque ne fait pas référence à l'utilisation de bateaux. »

C'était vrai.

« Ni à la durée. »

Davis se leva et prit un petit opuscule qu'il gardait à portée de main sur l'étagère, intitulé LA CONSTITUTION DES ÉTATS-UNIS.

Hale vit le titre et dit : « Article premier, section 8. »

L'homme avait lu dans sa pensée. Il chercha la référence et la trouva à l'endroit exact indiqué par Hale.

Le Congrès aura le pouvoir de déclarer la guerre, d'accorder des lettres de marque et de représailles, et d'établir des règles concernant les prises sur terre et sur mer.

« Les lettres de marque existent depuis les années 1200, dit Hale. Leur première utilisation figure dans les archives et remonte à Édouard III en 1354. C'était considéré comme un métier honorable, alliant patriotisme et profit. Contrairement aux pirates qui sont seulement des voleurs. »

Cette façon de rationaliser les choses ne manquait pas d'intérêt.

« Pendant cinq cents ans, l'activité de corsaire a été

*florissante, dit Hale. Francis Drake était un des plus connus, lui qui avait causé la ruine du transport maritime espagnol pour le compte d'Élisabeth I*re*. Les gouvernements européens ont régulièrement accordé des lettres de marque, non seulement en période de guerre, mais aussi en temps de paix. C'était une pratique si courante que les pères fondateurs ont accordé au Congrès le droit d'en émettre, et le peuple approuva lorsque la Constitution fut ratifiée. Ce document a été amendé vingt-sept fois depuis notre fondation, et jamais ce pouvoir n'a subi la moindre modification, ni n'a été retiré. »*

Hale ne semblait pas vouloir s'en prendre à son interlocuteur, mais plutôt le persuader. Au lieu d'élever la voix pour faire valoir ses arguments, il la baissa pour concentrer l'attention.

Davis leva une main hésitante pour dire quelque chose, puis changea d'avis, son côté pragmatique reprenant le dessus.

« Que voulez-vous ?

— Une lettre de marque garantit au détenteur une protection légale. La nôtre est très précise sur ce point. Nous voulons simplement que le gouvernement honore sa parole. »

« C'est un horrible pirate, lâcha Daniels. Les trois autres aussi. »

Malone acquiesça.

« Les corsaires ont fait le nid des pirates. Cela ne vient pas de moi, mais du capitaine Charles Johnson. Au XVIIIe siècle, il écrivit une *Histoire des pirates anglais* qui fut un best-seller à l'époque et qui est encore éditée aujourd'hui. L'édition originale vaut une fortune. C'est l'une des meilleures évocations de la piraterie qu'on puisse trouver. »

Cassiopée secoua la tête. « J'ignorais que tu t'y intéressais autant.

— Qui n'aime pas les pirates ? Ils ont fait la guerre contre le monde entier. Pendant un siècle, ils ont attaqué et pillé à leur gré, puis ils ont disparu, ne laissant presque aucun témoignage de leur existence. Hale a raison sur une chose. Sans les corsaires, l'Amérique n'existerait probablement pas.

— J'avoue, dit Daniels, que je n'ai jamais su ce que ces aventuriers avaient fait pour nous. Beaucoup de braves et honnêtes gens sont devenus corsaires. Ils ont donné leur vie et, de toute évidence, Washington se sentait redevable envers eux. Mais notre joyeuse bande n'est pas aussi respectable. Ils peuvent se donner le nom qu'ils veulent, ce sont purement et simplement des pirates. Il est tout de même incroyable que le Congrès de 1793 ait autorisé leur existence. Je suis prêt à parier qu'il n'y a pas beaucoup d'Américains qui savent que la Constitution a rendu cela légitime. »

Ils restèrent silencieux pendant un moment ; le président semblait absorbé dans ses pensées.

« Racontez-leur la suite, dit-il finalement à Davis.

— Après la Révolution, Archibald Hale et ses trois compatriotes formèrent le Commonwealth. Profitant de leurs lettres de marque, ils se sont rempli les poches. Ils ont également contribué au Trésor en versant les vingt pour cent convenus au nouveau gouvernement national. C'est encore quelque chose que la plupart des Américains ignorent. Nous avons gagné de l'argent avec ces voleurs.

Quant à la bande actuelle, ses impôts sont loin d'être en rapport avec son train de vie. Mais il est vrai que, ces vingt dernières années, leurs talents ont été mis à profit par nos services de renseignements. Ils ont fait quelques razzias au Moyen-Orient, pillant des comptes, volant des avoirs, et en faisant dévaluer des sociétés dont les bénéfices profitaient à des extrémistes. Ils sont malins. Trop malins, en réalité. Ils ne savent pas quand il faut s'arrêter.

— Laissez-moi deviner, dit Malone. Ils se sont mis à voler des gens qui selon nous ne le méritaient pas.

— Quelque chose comme ça, dit Daniels. Ils ne sont pas très doués pour recevoir des ordres, si vous voyez ce que je veux dire.

— Une querelle a éclaté entre le Commonwealth et la CIA, dit Davis. Ce sont les problèmes de Dubai et sa dégringolade financière qui ont fait déborder le vase. La CIA a compris que le Commonwealth était responsable en grande partie de la crise. Pendant que la dette nationale de Dubai atteignait des sommets, le Commonwealth faisait main basse sur les avoirs les plus intéressants, les rachetant au centième de leur valeur. Ils ont également bloqué certaines restructurations de dettes que proposaient des pays de la région pour résoudre la crise. D'une manière générale, ils se sont comportés comme de vulgaires emmerdeurs. Mais nous ne pouvions pas laisser sombrer Dubai. Il compte parmi les rares pays modérés dans cette région. Ce sont un peu des alliés. On a demandé au Commonwealth d'arrêter, ils ont dit oui, mais ils ont continué. Alors la CIA a lancé le fisc à leurs trousses. Puis ils ont mis la pression sur les Suisses qui ont obtempéré et fourni les informations financières relatives aux quatre membres de l'actuel Commonwealth. Il a été calculé que ces quatre types devaient des centaines de millions en arriérés d'impôts. Bien menée, une opération pourrait saisir la totalité de leurs avoirs qui se chiffrent en milliards.

— Cela suffirait à rendre nerveux une bande de pirates », dit Cotton.

Davis acquiesça. « Hale est venu me voir en demandant une protection en vertu de la lettre de marque. Et il a un bon argument. Les termes de la lettre les exonèrent de toute loi, sauf s'il s'agit d'un meurtre. L'avocat de la Maison-Blanche nous dit que la lettre est une forme d'engagement légal. La Constitution des États-Unis l'autorise spécifiquement et la lettre elle-même mentionne l'acte du Congrès qui l'a approuvée.

— Alors pourquoi n'est-elle pas honorée ? demanda Cassiopée.

— Parce que, dit le président, Andrew Jackson a rendu son application impossible. »

19

New York

Wyatt n'avait pas apprécié l'allusion à son renvoi. Il était vrai qu'une accusation avait été portée contre lui par Malone, qu'une audition avait eu lieu et que trois bureaucrates plus ou moins haut placés, dont aucun agent de terrain, avaient déterminé que son action était injustifiée.

« Allais-je me contenter de me battre aux côtés de Malone ? avait-il demandé au tribunal. Lui et moi, armes au poing, espérant que nous pourrions nous en tirer pendant que trois agents attendaient dehors ? »

Il avait jugé la question honnête – c'était d'ailleurs à peu près la seule chose qu'il avait dite durant toute l'audition – mais le tribunal avait décidé d'ajouter foi aux déclarations de Malone selon qui les hommes avaient été pris comme cibles, et non comme protection. Incroyable. Il connaissait une bonne demi-douzaine d'agents qui s'étaient sacrifiés pour moins. Pas étonnant que le renseignement croule sous les problèmes. Les gens se souciaient plus d'avoir raison que de réussir.

Sans autre choix, il avait accepté son renvoi et repris sa route.

Mais cela ne voulait pas dire qu'il avait oublié son accusateur. Oui, ces hommes avaient raison. Il gardait à Malone un chien de sa chienne.

Et aujourd'hui, il avait essayé de rembourser sa dette.

« Tu te rends compte que Carbonell est pour ainsi dire finie ? dit NSA. La NIA est inutile. Personne n'en a plus besoin. Même chose pour elle.

— Le Commonwealth aussi est en voie de disparition, déclara CIA. Nos pirates finiront leur vie dans des prisons fédérales, comme ils le méritent. Et tu n'as toujours pas répondu à notre question. Les pirates sont-ils responsables de ce qui est arrivé aujourd'hui ? »

Le dossier que Carbonell lui avait fourni sur le Commonwealth contenait un bref aperçu sur ses quatre capitaines, soulignant qu'ils étaient les derniers successeurs des aventuriers du XVIIIe siècle, des descendants directs des pirates et des corsaires. Un extrait d'une étude psychologique expliquait la mentalité du marin qui embarquait : s'il se battait bien et gagnait, il recevrait éloges et promotion. Mais même s'il échouait, l'histoire perpétuerait ses exploits. Il fallait en tout cas un courage exceptionnel pour affronter le danger sachant que personne ne saurait ce que vous aviez fait. Et surtout, si on échouait, la plupart des gens riraient de votre infortune.

Les corsaires avaient œuvré à la marge. En cas de succès, leur récompense consistait en une part du butin. S'ils s'écartaient tant soit peu de leur lettre de marque, ils devenaient des pirates et étaient pendus. Un corsaire pouvait capturer un des imposants croiseurs du roi d'Angleterre, l'acte passerait presque inaperçu. Tant pis si, en cours de route, des vies étaient sacrifiées ou des corps mutilés.

C'était à eux de se débrouiller.

Il était facile de comprendre, concluait l'étude, pourquoi ils en prenaient si souvent à leur aise avec les règles.

NSA s'approcha.

« Tu as piégé Malone et tu l'as envoyé tout droit au casse-pipe. Tu savais ce qui allait arriver là-bas. Tu voulais que quelqu'un l'abatte, n'est-ce pas ? Qu'est-ce qu'il y a, Wyatt, tu n'aimes plus tuer ? »

Il garda son calme et demanda :

« Nous en avons fini ?

— Oui. Tu en as fini, dit CIA. Pour ici en tout cas. Mais comme tu ne vas rien nous dire, nous avons prévu des gens qui savent y faire pour obtenir des réponses. »

Il les regardait se balancer d'un pied sur l'autre, attendant qu'il reconnaisse leur supériorité. Peut-être la menace d'un interrogatoire plus musclé visait-elle à l'effrayer. Il se demandait comment ils pouvaient croire à une tactique aussi élémentaire. Heureusement, il avait mis assez d'argent à l'abri dans des banques étrangères pour vivre confortablement le restant de ses jours. Il n'attendait vraiment rien de ces gens. C'était l'avantage d'être payé par une caisse noire sans fiches de paie.

Il avait plusieurs solutions.

Les deux hommes qui l'avaient amené ici devaient se trouver de l'autre côté de la porte.

Au-delà de la fenêtre, à l'extrémité de la pièce, derrière les persiennes, il y avait certainement un escalier de secours extérieur. Tous ces vieux bâtiments en avaient un.

Valait-il mieux ne pas faire trop de bruit et descendre seulement deux hommes, ou au contraire supprimer les quatre ?

« Tu viens avec nous, dit l'agent de la NSA. Carbonell a beaucoup d'explications à nous fournir, et tu vas servir de témoin numéro un pour l'accusation. Si elle ment, tu seras le seul à pouvoir la contredire.

— Et vous croyez vraiment que je le ferai ?

— Tu feras tout ce que tu devras faire pour sauver ta peau. »

Intéressant à quel point ils le connaissaient mal.

Quelque chose s'imposa alors brusquement à lui et il ne chercha même pas à résister.

Un balancement de son corps et son poing droit atterrit sur la gorge de CIA. Puis il fit plier NSA en deux d'un coup de pied dans la poitrine, tout en veillant à ce qu'il garde son équilibre. Tandis que le premier cherchait à reprendre sa respiration, il assena un coup bref sur le cou de NSA et le rattrapa avant qu'il ne tombe par terre, puis étendit délicatement l'homme assommé sur le sol.

Il s'approcha alors de CIA par-derrière et passa un bras autour de son cou.

« Je pourrais très bien t'étrangler », chuchota-t-il dans l'oreille de l'homme.

Il serra les dents puis augmenta sa pression sur la trachée.

« Quel plaisir ce serait de te voir cracher ton dernier souffle. »

Il appuya encore un peu plus.

« Écoute-moi bien, dit-il. *Ne te mêle plus de mes affaires.* »

CIA essaya de lui saisir le bras.

Il accentua sa pression. « Tu m'entends ? »

Finalement, l'homme acquiesça, puis le manque d'oxygène lui enleva toute résistance.

Il le relâcha.

Le corps s'effondra sur le sol, sans faire le moindre bruit.

Il vérifia le pouls. Faible, mais encore perceptible. La respiration était rapide, mais régulière.

Il alla à la fenêtre, l'ouvrit et partit.

Malone attendait que Daniels et Davis lui expliquent ce qui se passait avec Stéphanie. Mais il était aussi évident que le président avait beaucoup à raconter. Puisqu'ils étaient coincés à dix mille mètres en l'air, autant s'enfoncer dans son siège pour écouter Daniels relater ce qui était arrivé au cours du printemps 1835.

« Jackson était furieux à cause de la tentative d'assassinat, dit le président. Il accusa ouvertement le sénateur Poindexter du Mississippi, évoqua un complot des nullificateurs. Il détestait John Calhoun qui, selon lui, était un traître à l'Union. Ce que je peux comprendre. »

Calhoun avait été le vice-président de Jackson et, au début, son fervent partisan. Mais compte tenu de la sympathie grandissante que lui témoignait le Sud, Calhoun s'était retourné contre son bienfaiteur et avait créé le parti nullificateur, qui prônait les droits des États – et surtout les droits des États du Sud. Daniels lui aussi avait eu sa part de traîtres parmi les candidats à la vice-présidence.

« Jackson avait traité avec des pirates par le passé, dit Daniels. Il aimait bien Jean Lafitte de La Nouvelle-Orléans. Ensemble, ils avaient réussi à sauver cette ville au cours de la guerre de 1812.

— Pourquoi appelez-vous ces gens des pirates ? demanda Cassiopée. N'étaient-ils pas des corsaires ? Autorisés par l'Amérique à attaquer ses ennemis ?

— Ils l'étaient en effet, et s'ils s'en étaient tenus là, cela aurait été sans doute parfait. Au lieu de cela, une fois en possession de leur lettre de marque, ils ont commencé à écumer les mers. »

Il écouta Daniels expliquer comment, au cours de la guerre de Sécession, le Commonwealth était intervenu auprès des deux parties du conflit.

« J'ai vu des documents classés de cette époque, dit Daniels. Lincoln détestait le Commonwealth. Il avait prévu de les poursuivre tous en justice. Le métier de corsaire était devenu entre-temps illégal grâce à la déclaration de Paris en 1856. Mais le problème qui se posait était que cinquante-deux nations seulement avaient signé le traité. Les États-Unis et l'Espagne avaient refusé.

— Donc, le Commonwealth a continué à agir ? dit Cassiopée. En mettant à profit cet échec ? »

Daniels acquiesça. « La Constitution permet de concéder des lettres de marque. Les États-Unis n'ayant pas signé le traité, ils n'ont jamais renoncé aux corsaires. Cela restait donc légal ici. Et bien que nous n'ayons pas signé le traité, pendant la guerre hispano-américaine, nous sommes tout de même convenus avec l'Espagne de respecter les principes du traité. Mais le Commonwealth a ignoré cet accord et attaqué le transport maritime espagnol, ce qui mit William McKinley dans une telle rage qu'il obligea finalement le Congrès à promulguer en 1899 un acte rendant illégal de saisir des bateaux ou de distribuer la moindre prise.

— Ce qui n'avait aucune importance pour le Commonwealth, dit Malone. Leurs lettres de marque leur assuraient l'immunité vis-à-vis de cette loi. »

Daniels pointa un doigt vers lui. « Vous commencez maintenant à comprendre le problème.

— Certains présidents, dit Davis, utilisèrent le Commonwealth à leur avantage, certains l'ont combattu, la plupart l'ont ignoré. Mais il ne fallait surtout pas que le public sache que George Washington et le gouvernement américain avaient cautionné leurs actions. Ni que le Trésor en profitait. Le plus simple était de les laisser agir à leur guise.

— Ce qui nous ramène à Andrew Jackson, dit Daniels. Il est le seul à leur avoir mis des bâtons dans les roues.

Davis tira un porte-documents en cuir de dessous la table. Il en sortit une feuille de papier et la glissa en direction du président.

« Voici une lettre, dit le président, envoyée par Jackson à Abner Hale, qui, en 1835, était un des quatre membres du Commonwealth. Jackson en cacha une copie dans un lot de papiers présidentiels mis sous scellés aux archives nationales. Des documents auxquels peu de gens ont accès. Edwin l'a trouvée.

— Je ne savais pas qu'il existait un tel trésor, dit Malone.

— Nous non plus, jusqu'à ce que nous soyons allés à la pêche, dit Daniels. Et je ne suis pas le premier à l'avoir lue. On tient un registre aux archives. De nombreux présidents ont jeté un coup d'œil à cette lettre. Mais aucun récemment. Kennedy fut le dernier. Il avait envoyé son frère Bobby pour en prendre connaissance. »

Le président montra la feuille.

« Comme vous pourrez le voir, Abner Hale a envoyé un assassin pour tuer Jackson ou, du moins, c'était ce que Jackson pensait. »

Malone lut la lettre puis la tendit à Cassiopée et demanda :

« Abner est apparenté à Quentin Hale ?

— C'est son arrière-arrière-grand-père, dit Daniels. Un sacré arbre généalogique que nous avons là. »

Malone sourit.

« Andrew Jackson était si furieux contre le Commonwealth, dit le président, qu'il arracha les deux pages des journaux de la Chambre et du Sénat indiquant que les lettres de marque avaient été autorisées par le Congrès au profit des quatre familles. J'ai personnellement vu les deux journaux. Il manque une page dans chaque volume.

— Est-ce pour cette raison que vous ne pouvez pas simplement révoquer ces lettres ? » demanda Cassiopée.

Malone connaissait la réponse. « L'absence

d'enregistrement de leur autorisation dans le journal du Congrès signifie qu'aucune autorité légale ne confirme qu'elles doivent être honorées. Un président ne peut pas signer une lettre de marque sans approbation du Congrès, et il n'y a aucun enregistrement attestant que le Congrès ait approuvé celles-ci.

— Un président ne peut pas le faire unilatéralement ? » demanda Cassiopée.

Daniels secoua la tête. « Pas selon la Constitution.

— Et, dit Malone, si vous décidiez de passer outre et de révoquer ces lettres de marque, cela impliquerait qu'elles étaient déjà valides au préalable. D'ailleurs, aucune révocation ne pourrait affecter les actes passés. Ils seraient toujours protégés, et c'est exactement ce que veut le Commonwealth. »

Daniels acquiesça. « C'est en effet le problème. Un classique du genre, maudit dans les deux cas, que nous le fassions ou non. Il aurait mieux valu que Jackson détruise simplement ces deux pages de journal. Mais cet imbécile les a cachées. Comme il le disait, il voulait les torturer. Leur donner de quoi s'inquiéter pour autre chose que l'assassinat d'un président. Mais il s'est contenté de nous transmettre le bébé.

— Si vous aviez les deux pages, demanda Cassiopée, qu'est-ce que vous en feriez ?

— C'est en partie là-dessus que j'avais demandé à Stéphanie d'enquêter. Quelles sont les possibilités. je préfère ne pas laisser de problèmes à mon successeur.

— Et alors, qu'est-ce qui est arrivé ? » demanda Malone.

Daniels poussa un soupir. « Les choses se sont compliquées. Après que Hale a rendu visite à Edwin, nous sommes devenus curieux et avons commencé à poser des questions. Nous avons découvert que la directrice de la NIA, Andrea Carbonell, était liée au Commonwealth. »

Malone connaissait Carbonell depuis son passage dans la division Magellan. Une Américaine d'origine cubaine. Dure. Méfiante. Obstinée. Il comprenait aussi ce que le président voulait dire. « Un peu trop proche ?

— Nous n'en sommes pas sûrs, dit Davis. Ce fut une surprise, qui nous a inquiétés. Suffisamment pour vouloir en savoir davantage.

— Stéphanie s'est donc proposée pour enquêter seule, dit Daniels. Seule.

— Pourquoi elle ? demanda Malone.

— Parce qu'elle voulait le faire. Parce que j'ai confiance en elle. La NIA est en désaccord avec le reste de la communauté du renseignement au sujet du Commonwealth. Ils veulent que les pirates aillent en prison, mais Carbonell y est opposée. Impliquer une autre agence n'aurait fait qu'aggraver ce conflit. Nous en avons parlé la semaine dernière, Stéphanie et moi. Elle pensait également qu'agir seule était préférable. Elle s'est donc mise en NPC pour retrouver quelques anciens agents de la NIA qui pourraient l'éclairer sur Carbonell et le Commonwealth. Elle devait appeler Edwin il y a quatre jours. Elle ne l'a pas fait et, malheureusement, nous ne savons absolument pas pourquoi.

Nous ne pouvons que supposer qu'elle a été enlevée. »

Ou pire, se dit Malone. « Mettez la pression sur Carbonell. Poursuivez le Commonwealth. »

Davis secoua la tête. « Nous ignorons si ce sont eux qui la détiennent. Et nous n'avons pas le moindre indice à propos de Carbonell. Elle nierait tout en bloc et disparaîtrait. Les quatre membres du Commonwealth sont des hommes d'affaires respectés au casier judiciaire vierge. Si nous les accusons d'être des pirates, ils le divulgueront, et ce sera un cauchemar en matière de relations publiques.

— Qui s'en souciera ? demanda Malone.

— Nous, dit Daniels. C'est de notre responsabilité. »

Il perçut la frustration dans sa voix.

Mais autre chose le troublait.

Quatre jours sans nouvelles.

Et si c'était ça. « Dans ce cas, qui m'a envoyé un e-mail il y a deux jours, et qui m'a laissé cette note au Grand Hyatt ? »

20

Bath, Caroline du Nord

Hale observait les trois autres pendant qu'ils réfléchissaient à sa proposition de hisser le pavillon. Il savait qu'ils en comprenaient parfaitement la signification. À la grande époque, pirates et corsaires vivaient sur leur réputation. Même si la violence faisait partie intégrante de leur mode de vie, la méthode préférée pour capturer une proie était de le faire *sans* bataille. Attaquer coûtait cher dans l'ensemble. Blessures, morts, dommages au bateau ou, pire, au butin. Les batailles augmentaient inutilement le coût des opérations et réduisaient forcément les profits. Qui plus est, la grande majorité des hommes d'équipage ne savaient pas nager.

On conçut donc une meilleure façon de se battre, consistant à hisser le pavillon et à afficher son identité et ses intentions. Si la proie se rendait, les vies seraient alors épargnées. Si la proie résistait, l'équipage serait massacré jusqu'au dernier.

Et cela avait parfaitement marché.

La réputation des pirates devint notoire. La cruauté de George Lowther, de Bartholomew

Roberts et d'Edward Low était légendaire. Parfois, la seule vue d'un pavillon de pirate suffisait. En apercevant certains drapeaux, les navires de commerce savaient aussitôt ce qu'ils devaient faire.

Se rendre ou mourir.

« Nos anciens amis de la communauté du renseignement doivent comprendre qu'il ne faut pas nous prendre à la légère.

— Ils savent que c'est nous qui avons tiré sur Daniels, dit Cogburn. Le quartier-maître a déjà fait son rapport. C'est la NIA qui a arrêté notre action.

— Ce qui pose toute une série de questions troublantes, dit Hale. Dont la principale est : Qu'est-ce qui a changé ? Pourquoi notre dernier allié s'en est-il pris à nous ?

— Tout ça est de mauvais augure, dit Bolton.

— Quel est le problème, Edward ? Encore une mauvaise décision qui aurait mal tourné ? »

Il n'avait pas pu résister à se moquer de lui. Les Hale et les Bolton ne s'étaient jamais vraiment appréciés.

« Tu te crois vraiment invulnérable, dit Bolton. Toi et ton argent et ton influence. Ça ne suffira pas à te sauver maintenant, et nous non plus, pas vrai ?

— Je vous ai bien mal accueillis, dit-il, préférant ignorer l'insulte. Quelqu'un aimerait-il quelque chose à boire ?

— Nous ne voulons rien à boire, dit Bolton. Nous voulons des résultats.

— Et tuer le président des États-Unis aurait servi quelque chose ?

— Qu'est-ce que tu aurais fait sinon ? demanda

Bolton. Tu serais retourné à la Maison-Blanche pour te mettre encore une fois à genoux ? »

Plus jamais. Il avait détesté se retrouver assis en face du secrétaire général de la Maison-Blanche après qu'on lui eut refusé un entretien personnel avec Daniels. Et le coup de téléphone reçu une semaine après sa réunion avec Davis avait été encore plus insultant.

« Le gouvernement des États-Unis ne peut pas entériner une entorse à la loi de votre part, lui avait dit Davis.

— C'est ce que font les corsaires. Nous pillons l'ennemi avec la bénédiction du gouvernement.

— Il y a deux cents ans, peut-être.

— Les choses n'ont pas tellement changé. La menace perdure. Peut-être encore plus que jamais. Nous nous sommes contentés d'apporter notre soutien à cette nation. Chaque effort du Commonwealth a visé à contrarier nos ennemis. Maintenant vous voulez nous poursuivre en justice ?

— Je suis conscient de votre problème, dit Davis.

— Vous connaissez donc notre dilemme.

— Je sais que les gens du renseignement en ont assez de vous. Ce que vous avez fait à Dubai a failli faire s'écrouler toute la région.

— Nous avons contrecarré les plans de nos ennemis, c'est tout, en les attaquant au moment et à l'endroit où ils étaient les plus vulnérables.

— Ce ne sont pas nos ennemis.

— Ça dépend de quel point de vue.

— Monsieur Hale. Si vous aviez poursuivi votre action là-bas et causé la banqueroute de Dubai, ce qui

n'était pas impossible, cela aurait eu des répercussions sur toute notre politique envers le Moyen-Orient. La perte d'un tel allié dans cette région aurait été un désastre. Nous n'avons pas tellement d'amis là-bas. Nous aurions mis des décennies à renouer des liens comme ceux-là. Vos agissements allaient à l'encontre de toute logique raisonnable.

— Ce ne sont pas nos amis, et vous le savez.

— Peut-être. Mais Dubai a besoin de nous et nous avons besoin d'eux. Nous avons donc laissé nos différends de côté pour travailler ensemble.

— Pourquoi ne pas en faire autant avec nous ?

— Franchement, monsieur Hale, votre situation importe peu à la Maison-Blanche.

— Vous avez tort. Le premier président et le deuxième Congrès de ce pays nous ont légalement conféré l'autorité pour agir, à condition que nos actions soient dirigées contre nos ennemis.

— Ce qui pose un seul problème, dit Davis. L'autorité légale dont dépend votre lettre de marque n'existe pas. Même si nous voulions l'honorer, ce serait impossible. Il n'y a aucune référence écrite dans les journaux du Congrès concernant cette séance particulière. Deux pages manquent, ce que vous savez fort bien à mon avis. Leur cachette est protégée par le Code Jefferson. J'ai lu la lettre d'Andrew Jackson adressée à votre arrière-arrière-grand-père.

— Dois-je en conclure que si nous déchiffrons le code et retrouvons les pages manquantes, le président honorera la lettre ?

— Vous pouvez en conclure que votre position légale sera nettement meilleure puisque, pour l'instant, vous n'en avez aucune. »

« Messieurs, dit-il aux trois autres. je me souviens d'une histoire que mon grand-père m'avait racontée autrefois. Un navire marchand britannique avait repéré un vaisseau à l'horizon, dont l'identité et les intentions étaient inconnues. Ils regardèrent pendant presque une heure le vaisseau se diriger sur eux. Alors qu'il s'approchait, le capitaine demanda à son équipage s'il résisterait et défendrait le bateau. "S'ils sont espagnols, dit l'équipage, nous nous battrons. Mais si ce sont des pirates, nous ne nous battrons pas." En apprenant que c'était Barbe-Noire en personne, ils abandonnèrent tous le bateau, certains qu'ils seraient massacrés. »

Les trois autres le regardaient fixement.

« Il est temps de hisser notre pavillon. De faire savoir à l'ennemi que nous fonçons sur lui.

— Comment peux-tu être aussi sûr de toi ? demanda Cogburn. Qu'est-ce que tu as fait ? »

Hale sourit.

Charles le connaissait bien.

« Quelque chose qui pourrait bien nous sauver tous. »

21

New York

Knox entra au Hemsley Park Lane, l'hôtel chic situé juste au sud de Central Park. Il avait une clé, mais ne savait pas quelle chambre elle ouvrait. C'était le problème des cartes en plastique. Elles ne portaient aucun renseignement. Il traversa le hall d'entrée en direction de l'accueil. Là, une jeune femme d'une vingtaine d'années au regard brillant lui demanda si elle pouvait l'aider.

« Scott Parrott, je quitte l'hôtel », lui dit-il avec un sourire en lui tendant la clé.

Il espérait que Parrott ne s'était pas trop fait remarquer. Si par hasard la femme connaissait Parrott, il s'était préparé une version de rechange. *C'est moi qui règle la note. Scott travaille pour moi.* Mais elle ne fit aucune réflexion pendant qu'elle tapait sur l'ordinateur et imprimait une facture.

« Vous nous quittez un jour plus tôt ? » dit-elle.

Il acquiesça. « Il le faut. »

Elle saisit une feuille de l'imprimante et la lui tendit. Il fit semblant de la lire, regardant uniquement le numéro de la chambre.

« Ah ! dit-il. je viens de me rendre compte que

j'ai oublié quelque chose en haut. Je reviens tout de suite. Mettez ça de côté. »

Il la remercia, se dirigea vers les ascenseurs et monta au cinquième dans une cabine vide. Là, il inséra la carte et ouvrit la porte. C'était une suite spacieuse avec un grand lit défait. Des baies vitrées au sud offraient une vue impressionnante sur Central Park et ses arbres aux couleurs éclatantes, prélude à un automne glorieux, et sur l'Upper West Side.

Il passa la pièce en revue et repéra l'ordinateur portable sur le bureau. Il s'en approcha et arracha le câble électrique de la prise.

« Qui êtes-vous ? » demanda une voix féminine.

Il se retourna.

Une femme se tenait dans l'embrasure de la porte de la salle de bain. Elle était petite, mince, avec des cheveux bruns raides, et portait un jean et un pull.

Sa main droite tenait un revolver.

« Scott m'a envoyé pour récupérer l'ordinateur.

— C'est tout ce que vous avez trouvé ? À moins que vous n'ayez pas pu faire mieux dans un si court délai ? »

Il haussa les épaules, faisant un geste avec l'ordinateur.

« Je n'ai pas pu faire mieux.

— Où est Scott ?

— Et vous, c'est tout ce que *vous* avez à dire ?

— Je ne sais pas, Knox. Apparemment, c'est moi qui tiens le revolver, alors répondez à ma question. »

Il ne manquait plus que ça – un autre problème.

Comme s'il n'en avait pas déjà eu assez pour la journée ? En tout cas ses soupçons étaient maintenant confirmés.

C'était un piège.

Mais il avait bien été forcé de prendre le risque.

Elle s'avança à l'intérieur de la chambre, le revolver braqué sur lui. Elle chercha dans sa poche arrière et trouva son téléphone portable. Elle pressa une touche et dit : « Notre pirate est arrivé. »

De mieux en mieux.

Elle était trop loin, à presque trois mètres, pour qu'il puisse faire quoi que ce soit sans prendre une balle. Il remarqua que son arme avait un silencieux. De toute évidence, la NIA préférait que les choses se fassent discrètement, ce qui pourrait jouer en sa faveur. Il fallait qu'il agisse, et vite, ne sachant pas à quelle distance se trouvaient ses renforts.

Elle jeta le téléphone de côté.

« L'ordinateur, dit-elle. Lancez-le sur le lit. »

Il acquiesça et fit mine de le jeter sur le matelas, pour, à la dernière seconde, envoyer l'appareil droit sur elle, en le faisant tournoyer à travers la pièce.

Elle se baissa pour l'esquiver et il plongea en avant, lui arrachant le pistolet d'un coup de pied. Elle fit volte-face, leva les bras et attaqua. Il lui asséna le poing droit sur le visage, la précipitant sur le lit. Étourdie par le coup, elle toucha son nez qui saignait.

Il ramassa le revolver sur le tapis.

Doigt sur la gâchette, il saisit un oreiller sur le lit,

enfonça l'arme d'un côté, appuya l'autre côté sur la tête de la femme et tira une fois.

Elle s'arrêta de bouger.

L'oreiller avait presque totalement étouffé le coup déjà assourdi par le silencieux.

Dommage. Il n'aimait pas particulièrement tuer. Mais ce n'était pas lui qui avait tendu ce piège stupide.

Il jeta l'oreiller de côté.

Réfléchis.

Il avait touché l'ordinateur, le câble électrique et la poignée de la porte. Rien d'autre.

Il récupéra l'ordinateur sur le sol. Il avait atterri sur un des fauteuils rembourrés et paraissait intact. Il garderait le pistolet. Il trouva un gant de toilette dans la salle de bain et l'utilisa pour ouvrir la porte de sortie, puis essuya la poignée des deux côtés. Il fourra le gant dans sa poche et se dirigea vers les ascenseurs.

Il tournait au coin du couloir au moment même où on entendait l'arrivée d'une cabine.

Deux hommes en descendirent, jeunes tous les deux, d'apparence soignée. Sûrement les renforts appelés par téléphone. Il passa tranquillement à côté d'eux sans les regarder. Il leur faudrait moins d'une minute pour découvrir le corps et entamer leur poursuite. Il ne s'inquiétait pas trop pour ces deux-là, mais ceux qu'ils pourraient contacter par radio risquaient de lui poser un problème.

Il appuya sur le bouton avec son coude et attendit.

« Hé ! » dit une voix.

Il se retourna.

Les deux hommes venaient vers lui en courant.

Merde.

Il avait la main droite dans sa poche, les doigts sur le pistolet.

Il sortit l'arme.

22

New York

Wyatt sauta du dernier barreau de l'escalier de secours sur le trottoir, et après s'être orienté, il décida d'aller à pied vers Central Park pour trouver un taxi. La rue latérale était tranquille, bordée d'arbres, sans grande circulation, mais encombrée par des voitures en stationnement. Plusieurs avaient des contraventions sur leur pare-brise. La nuit était tombée et le froid qui s'était installé reflétait son humeur. Il n'aimait ni être utilisé ni manipulé.

Mais Andrea Carbonell avait fait les deux.

Cette femme posait un problème.

Elle avait fait carrière en tant qu'agent des renseignements et débuté au bas de l'échelle comme analyste pour devenir la directrice de l'agence, en se débrouillant pour que la NIA conserve son utilité malgré les difficultés. Les précédentes affaires qui les avaient amenés à travailler ensemble avaient été des plus variées – des boulots occasionnels pour lesquels elle payait bien – mais jamais rien sortant de l'ordinaire.

Alors pourquoi cette fois les choses étaient-elles tellement différentes ?

Rien de cela ne le concernait vraiment. Ce qui ne l'empêchait pas d'être curieux, comme l'agent qu'il n'avait jamais cessé d'être au fond de lui.

Il s'approchait d'une intersection et s'apprêtait à traverser lorsqu'il vit une berline noire garée à une quinzaine de mètres. La personne qui le regardait par la vitre ouverte à l'arrière lui était familière.

« Quarante-deux minutes, lui cria Carbonell. Je vous en avais donné quarante-cinq. Vous leur avez fait mal ?

— Ils vont avoir besoin d'un médecin. »

Elle sourit. « Montez. Je vous emmène.

— Vous m'avez congédié, et ensuite vous avez laissé ces deux imbéciles s'emparer de moi. Je rentre chez moi.

— Je suis allée trop vite. »

Sa curiosité l'emportait. Il savait qu'il n'aurait pas dû, mais il décida malgré tout d'accepter son offre. Il traversa la rue, et à peine était-il installé à l'arrière que la berline s'éloigna du trottoir.

« Nous avons trouvé Scott Parrott, dit-elle. Mort, dans Central Park. Je dois reconnaître que les pirates sont parfaitement prévisibles. »

Il avait travaillé avec Parrott le mois précédent. Il était l'intermédiaire entre la NIA et le Commonwealth et la source de tous ses renseignements. Évidemment, il n'avait rien dit de tout ça ni à la NSA ni à la CIA. Ça ne les regardait pas.

« Je savais que Clifford Knox agirait, dit-elle. Il ne pouvait pas faire autrement.

— Pourquoi ?

— Tout ça fait partie de la mentalité pirate. Nous les avons insultés en nous mêlant de leurs affaires, il fallait qu'ils ripostent. C'est leur culture.

— Donc vous avez sacrifié Parrott ?

— C'est un peu dur, dit comme ça. Comment vous êtes-vous exprimé au cours de votre mise en cause ? Ça fait partie de la mission. Il arrive que les gens se fassent tuer. »

C'est vrai, il l'avait dit. Mais il ne voyait pas le rapport entre son commentaire, à propos d'agents pris sous le feu de l'ennemi qui avaient besoin d'aide, et envoyer un agent voir quelqu'un dont on savait qu'il allait le tuer.

« Parrott était négligent, dit-elle. Trop confiant. Il aurait pu se protéger.

— Et vous auriez pu le prévenir ou lui fournir du renfort. »

Elle lui tendit un dossier. « Ça ne marche pas comme ça. Il est temps que vous en sachiez davantage sur le Commonwealth. »

Il le lui rendit. « J'en ai terminé.

— Vous vous rendez compte qu'il y aura des répercussions après ce qui s'est passé là-bas. »

Il haussa les épaules. « Je n'ai tué personne.

— Ils ne le verront pas ainsi. Que cherchaient-ils ? Que vous vous retourniez contre moi ? Dénoncer le Commonwealth pour la tentative d'assassinat ?

— Quelque chose comme ça.

— Vous êtes un malin, Jonathan. Le seul capable de faire ce boulot. » Elle sourit. « Je sais qu'ils veulent ma peau. Je le sais depuis longtemps. Ils pensent que je touche des pots-de-vin de la part du Commonwealth.

— C'est vrai ?

— Certainement pas. Je n'aime pas les biens mal acquis.

— Mais apparemment vous en avez l'usage.

— Je suis une survivante, Jonathan. Je suis sûre que vous n'avez pas à vous soucier de votre salaire. Vous avez des millions planqués quelque part, sans le moindre risque que quelqu'un puisse mettre la main dessus. Moi, je n'ai pas cette chance. Je dois travailler. »

Ce n'était pas tout à fait exact. Elle *aimait* le travail.

« Même dans un marché du travail en pleine mutation, dit-elle, à cause des coupes budgétaires du président, il existe toujours de bonnes occasions. J'en veux une pour moi. C'est tout. Pas de pots-de-vin. Juste un boulot. »

Comme personne au NSA ou à la CIA ne voudrait d'elle, et qu'elle ne se contenterait que d'un poste d'administrateur adjoint ou de directeur, ses choix étaient limités. Elle voudrait aussi aller quelque part où elle serait en sécurité. Pas sur un siège éjectable. Pas question d'aller de mal en pis.

Il vit son expression.

Elle semblait lire dans ses pensées.

« Exact. Je veux la division Magellan. »

Knox fit volte-face et les deux hommes s'arrêtèrent en voyant le pistolet équipé d'un silencieux.

« Les mains sur le côté, dit-il. En arrière. »

Ils obéirent et reculèrent lentement dans le couloir.

Un autre ascenseur arrivait et les portes s'ouvrirent.

Deux autres menaces étaient à l'intérieur, identiques aux deux premières. La vue de son arme les troubla momentanément, ni l'un ni l'autre n'étant armé. Il tira deux fois dans l'ascenseur, visant vers le haut pour éviter de toucher quelqu'un, juste de quoi les affoler.

Les portes se refermèrent pendant que les deux hommes se jetaient au sol, les bras autour de la tête, essayant d'éviter les tirs. Mais les deux autres en avaient profité pour revenir, et quelqu'un le heurta de plein fouet.

Il tomba sur le tapis et lâcha l'ordinateur.

Au moyen de ses jambes, il pivota vers le haut et se débarrassa de l'homme qui était sur lui. Il roula vers la droite et tira sur le deuxième agent qui s'en allait en courant dans le couloir. L'homme s'écroula sur le tapis.

L'autre homme récupéra et envoya un coup de poing.

Qui toucha sa cible.

Wyatt réfléchissait à ce que Carbonell venait de lui dire.

La division Magellan.

« Ça semble être un endroit parfait, dit-elle. Daniels l'adore. Il y a des chances pour que son parti garde la Maison-Blanche après l'année prochaine. C'est le poste idéal pour une carriériste comme moi.

— Sauf que c'est Stéphanie Nelle qui la dirige pour l'instant. »

Il remarqua le chemin qu'ils prenaient, vers Times Square, en direction de son hôtel, endroit qu'il n'avait jamais dévoilé à Andrea Carbonell.

« Je crains que Stéphanie ne soit dans une situation difficile, dit-elle. Le Commonwealth s'en est emparé il y a quelques jours. »

Ce qui expliquait comment son e-mail adressé à Malone à Copenhague avait été aussi efficace. Il avait ouvert un compte Gmail sous le nom de Stéphanie. Le message n'avait donc pas de quoi alerter Malone. Les agents de terrain utilisaient souvent des fournisseurs d'accès ordinaires parce qu'ils n'attiraient pas l'attention, ne dévoilaient rien sur l'envoyeur et se mêlaient parfaitement aux milliards d'autres comptes de messagerie. Si Malone n'avait pas mordu à l'hameçon, ou s'il avait communiqué avec Nelle autrement que par e-mail, il aurait attendu une autre occasion pour s'acquitter de sa dette. Heureusement, ça ne s'était pas produit.

Il était tout de même curieux. « Le Commonwealth vous aide à trouver un nouveau boulot ?

— Ils sont sur le point de le faire.

— Et que possédez-vous qu'*ils* puissent vouloir ? »

Elle posa le dossier sur ses genoux. « Tout est expliqué là-dedans. »

Il l'écouta évoquer les corsaires, les lettres de marque de George Washington, l'attentat contre Andrew Jackson et le code que Thomas Jefferson considérait comme inviolable.

« Un ami de Jefferson, le professeur de mathématiques Robert Patterson, a conçu ce qu'il estimait être le code parfait, dit-elle. Jefferson était fasciné par les codes. Il aimait tellement celui de Patterson que, étant président, il le donna à son ambassadeur en France pour en faire une utilisation officielle. Malheureusement, il n'existe aucune trace de sa solution. Le fils de Patterson, également prénommé Robert, fut nommé par Andrew Jackson comme directeur de la Monnaie des États-Unis. C'est probablement ainsi que Jackson apprit l'existence du code et sa solution. Il est logique de supposer que le fils la connaissait. Old Hickory était un grand admirateur de Thomas Jefferson. »

Elle lui montra une copie d'une page manuscrite qui contenait neuf rangées de lettres dans un ordre apparemment aléatoire.

« Ce qu'ignorent la plupart des gens, dit-elle, c'est qu'avant 1834 il y avait très peu d'archives du Congrès. Ce qui existait était contenu dans des registres séparés pour la Chambre des représentants et pour le Sénat. En 1836, Jackson commandita les débats et travaux du Congrès des États-Unis qui ne furent achevés qu'au bout de vingt ans. Pour élaborer ces archives officielles, on fit appel aux revues, aux articles de journaux, aux témoins oculaires, à tout ce qu'on put trouver. C'était essentiellement des informations de seconde main, mais cela donna naissance aux Annales du Congrès, qui constituent aujourd'hui les archives officielles du Congrès. »

Elle expliqua que, nulle part dans les Annales, il n'était fait mention de quatre lettres de marque accordées aux dénommés Hale, Bolton, Cogburn et

Surcouf. En réalité, deux pages manquaient aux journaux officiels de la Chambre des représentants et du Sénat se rapportant aux séances du Congrès de 1793.

« Jackson a déchiré ces pages et les a cachées, dit-elle, en les dissimulant derrière le Code Jefferson. Le code a bien rempli sa mission en protégeant la cachette. »

Elle se tut un instant. « Jusqu'à ces dernières heures. »

Il aperçut son hôtel plus loin sur Broadway.

« Nous avons engagé un expert il y a quelques mois, dit-elle. Un individu particulièrement intelligent qui s'estimait capable de déchiffrer le code. Le Commonwealth a essayé mais aucune de leurs recrues n'y est arrivée. Notre homme est dans le sud du Maryland. Il connaît quelques programmes informatiques de décodage que nous utilisons pour le Moyen-Orient et qui se sont révélés efficaces. J'ai besoin que vous alliez le voir pour récupérer la solution.

— Ça ne peut pas être envoyé par e-mail ou par courrier ? »

Elle secoua la tête. « Cela présente trop de risques en matière de sécurité. D'ailleurs, il y a une complication. »

Il comprit ce que cela impliquait. « D'autres personnes sont au courant ?

— Malheureusement, oui. Dont deux que vous venez d'envoyer à l'hôpital, mais la Maison-Blanche aussi est au courant.

— Et comment le savez-vous ?

— Je le leur ai dit. »

23

Air Force One

Malone attendait toujours une réponse à ses questions : *qui m'a contacté il y a deux jours et qui a laissé la note ?* En vain. Au lieu de cela, Edwin Davis lui tendit une autre feuille de papier, écrite de la même main que celle envoyée à Abner Hale par Andrew Jackson.

« Voici le Code Jefferson, dit Davis. Le Commonwealth essaye depuis 1835 de le déchiffrer. Des experts m'ont dit qu'il ne s'agit pas d'une simple substitution dans laquelle vous remplacez une lettre de l'alphabet par une autre. C'est une transposition dans laquelle les lettres sont placées dans un ordre défini. Pour connaître la séquence, vous devez connaître la clé. Il doit y avoir cent mille combinaisons possibles.

Malone étudia les lettres et les symboles.

XQXFOONA
APKLJXRERIID
TSNDP :
EJSYMO
PZKLRIEEAOΔ

OPFUANE
POBOMNIX
MLZKRWSAΦ
EPRISZXNHBLΘ

« Quelqu'un l'a déchiffré, c'est certain, dit Malone. Sinon comment Jackson aurait-il pu composer le message ?

— Il a eu la chance, dit Daniels, de pouvoir nommer à la tête de la Monnaie des États-Unis le fils de l'inventeur du code. Nous pouvons supposer que papa l'avait dévoilé à son fils, qui l'a donné à Jackson. Mais Jackson est mort en 1845, et le fils en 1854. Les deux ont emporté la solution dans leurs tombes.

— Croyez-vous que le Commonwealth a essayé de vous tuer ? demanda Cassiopée à Daniels.

— Je ne sais pas. »

Mais Malone s'inquiétait à propos de Stéphanie. « Nous ne pouvons pas rester là à ne rien faire.

— Je n'en ai pas l'intention, dit Daniels.

— Vous avez des milliers d'agents à votre service. Utilisez-les.

— Comme vous l'a dit le président, dit Davis, ce n'est pas si simple que ça. La CIA ainsi que plusieurs autres agences de renseignements veulent voir le Commonwealth traduit en justice. La NIA veut les épargner. Nous sommes aussi sur le point d'éliminer la NIA ainsi qu'une cinquantaine d'agences de renseignements inutiles à l'occasion du prochain exercice budgétaire.

— Carbonell est au courant ? demanda-t-il.

— Oh ! oui, dit Daniels.

— Et attirer l'attention sur le Commonwealth ne ferait qu'empirer les choses, expliqua Davis. Ils adoreraient se donner en spectacle. D'ailleurs, il est possible qu'ils essayent de nous piéger en ce sens. »

Daniels secoua la tête. « Tout cela doit être traité discrètement, Cotton. Faites-moi confiance. Nos gens du renseignement ressemblent à une bande de coqs que j'ai vus un jour dans une ferme. Ils n'arrêtent pas de se disputer pour voir qui sera le grand chef. En fin de compte, ça les tracasse tous, et rien n'est résolu. »

Malone avait fait l'expérience de ces guerres de territoire, ce qui l'avait également incité à prendre sa retraite de bonne heure.

« Les gros malins ont décidé d'avoir la peau du Commonwealth, dit Daniels. Ce qui me convient. Ça m'est égal. Mais si nous commençons à interférer publiquement dans cette affaire, ça devient alors *notre* bataille. Nous aurons d'autres problèmes, dont ceux que j'aime le moins. Des problèmes légaux. » Le président secoua la tête. « Nous devons traiter ça discrètement. »

Malone n'était pas du tout d'accord. « Au diable la CIA et la NIA. Laissez-moi m'occuper du Commonwealth.

— Pour faire quoi ? demanda Cassiopée.

— Tu as une meilleure idée ? Stéphanie a besoin de nous. Nous ne pouvons pas ne pas agir.

— Nous ne savons même pas si le Commonwealth la détient, dit Cassiopée. Apparemment, cette Carbonell est la meilleure piste à suivre. »

Son amie avait des ennuis. Il se sentait frustré et en colère, comme à Paris, à Noël dernier, lorsqu'un autre de ses amis était en danger. Cette fois-là, il avait eu deux minutes de retard, et il le regrettait encore.

Pas cette fois. Pas question.

Daniels montra la feuille du doigt. « Nous avons un atout. Ce code a été déchiffré il y a quelques heures. »

Cette révélation était de taille à retenir leur attention.

« Un expert que la NIA a engagé l'a déchiffré, utilisant quelques ordinateurs secrets et une bonne dose d'intuition.

— Comment le savez-vous ? demanda-t-il.

— Carbonell me l'a dit. »

Les choses commençaient à se préciser. « Elle vous donne des informations. En jouant sur les deux tableaux. Elle essaye de se rendre utile.

— Ce qui m'agace, dit Daniels, c'est qu'elle me croit trop bête pour deviner son jeu.

— Elle sait que Stéphanie était en train d'enquêter sur elle ? demanda Cassiopée.

— Je l'ignore, dit Daniels d'une voix sourde. J'espère que non. Ça pourrait être très grave. »

Elle risque sa vie, pensa Malone. Le business du renseignement était un sport rude. Les enjeux étaient importants et la mort une banalité.

Retrouver Stéphanie était *la* priorité.

« Ces documents présidentiels aux archives nationales dont je vous ai parlé, dit Daniels. Comme je vous l'ai dit, peu de gens y ont accès. Le directeur d'une agence de renseignements en fait partie.

— Carbonell était sur le registre ? » demanda-t-il.

Davis acquiesça. « Et c'est elle qui a signé le contrat pour résoudre le code.

— Elle me rappelle un de ces coqs, dit Daniels. Une petite bête chétive qui regarde tous les combats et espère devenir le chef simplement en restant le dernier vivant. » Le président hésita. « C'est moi qui ai envoyé Stéphanie là-bas. Je suis responsable de sa disparition. Je ne peux pas utiliser quelqu'un d'autre pour cette mission, Cotton. J'ai besoin de vous. »

Malone s'aperçut que Cassiopée ne quittait pas des yeux les écrans de télévision muets où les trois chaînes repassaient en boucle les images de l'attentat.

« Avec le déchiffrage du code, dit Davis, nous possédons quelque chose que le Commonwealth *et* Carbonell veulent. Ça devrait nous permettre de négocier. »

Malone comprit alors ce qui s'était passé. « Carbonell vous a fourni les informations pour que vous puissiez obtenir la solution. Elle veut que vous l'ayez. »

Daniels acquiesça. « Tout à fait. Je présume que c'est pour empêcher ses collègues de l'avoir, eux qui rêveraient de le détruire. Légitimer ces lettres de marque pourrait causer un problème pour une mise en examen. Si je détiens la clé, la solution est en sécurité. Notre problème, Cotton, c'est que pour l'instant nous n'avons pas le moindre atout, et je suis prêt à prendre ce que j'ai sous la main.

— Et n'oublie pas, dit Cassiopée, s'adressant à Malone, tu as été invité. Par un bristol. Ta présence a été souhaitée. »

Il la regarda fixement.

« Quelqu'un te veut absolument dans cette affaire.

— Et ils voulaient vous voir quitter le Grand Hyatt, dit Daniels en prenant sur la table la note tapée à la machine. Stéphanie n'a jamais écrit ça. C'était fait pour vous attirer. Avez-vous jamais pensé que la personne qui l'a envoyée voulait qu'un policier ou un agent des services secrets vous abatte ? »

Cette pensée lui avait effectivement traversé l'esprit.

« Allez à l'institut Garver dans le Maryland et obtenez le déchiffrage du code, dit Daniels. Carbonell m'a dit que les gens là-bas vous attendaient. Elle nous a fourni un mot de passe qui vous permettra d'entrer. »

Il n'était pas idiot à ce point. « Ça ressemble à un piège. »

Daniels acquiesça. « Probablement. Les gens qui veulent traduire le Commonwealth en justice ne veulent pas que le code soit déchiffré.

— N'êtes-vous pas le président ? Ne travaillent-ils pas tous pour vous ?

— Je suis un président dont le mandat expire dans à peine plus d'un an. Ils se fichent désormais de ce que je pense ou de ce que je fais. Ils sont davantage intéressés par celui qui occupera ce fauteuil après moi.

— Nous perdons du temps, dit-il. Ceux qui détiennent Stéphanie risquent de la tuer pour en finir. Nous ne le saurions jamais.

— La tuer serait contre-productif, fit remarquer Davis.

— Et tuer le président était productif ? demanda Cassiopée.

— Très juste, dit Daniels. Mais nous tentons notre chance. Il le faut. Et notre chance, ce serait qu'elle soit vivante. »

Malone n'aimait pas cette approche passive, mais il devait reconnaître que les propos de Daniels étaient pleins de bon sens. D'ailleurs, il se faisait tard, et l'institut Garver était certainement la meilleure façon d'employer son temps d'ici demain. Détenir la solution de ce code leur donnerait sans aucun doute un avantage dans la négociation.

« Pourquoi suis-je ici ? demanda Cassiopée au président.

— Je n'oserais pas vous dire que c'est pour profiter de votre beauté.

— Une autre fois, peut-être. »

Daniels se cala en arrière dans le fauteuil qui grinça sous sa grande taille.

« Ces engins qui m'ont tiré dessus ont dû prendre du temps à fabriquer. Toute cette affaire a nécessité une sacrée préparation. »

C'était évident.

« Une demi-douzaine de personnes à la Maison-Blanche étaient au courant du voyage à New York deux mois avant que nous décidions d'y aller, dit Davis. Tous des collaborateurs de haut niveau ou des agents des services secrets. Ils seront interrogés et feront l'objet d'une enquête, mais je mettrais ma main au feu qu'ils sont au-dessus de tout soupçon. Quelques autres personnes ont été informées il y a deux jours, mais les services secrets nous disent que les chambres ont été réservées au Hyatt il y a cinq jours, avec de fausses cartes de crédit. »

Malone remarqua l'air troublé de Daniels.

« Nous devons examiner toutes les pistes, dit Davis. Et il y a aussi un problème éventuel dont Cassiopée doit s'occuper. Nous ne voulons pas que les services secrets ni le FBI s'en mêlent.

— Une fuite possible ? demanda Malone.

— Oui, dit Daniels. Et de taille. »

Malone attendit.

« Ma femme. La première dame. »

24

New York

Knox tenait toujours le pistolet mais il ne lui servait pas à grand-chose car l'homme couché sur lui lui maintenait toujours fermement le bras. Il fallait qu'il fiche le camp. Les deux hommes de l'ascenseur étaient sûrement sortis un étage plus bas ou plus haut pour revenir.

Il roula pour inverser sa position, mais l'homme, qui se trouvait maintenant sous lui, ne lui lâchait pas le bras. Il pivota et lui enfonça le genou dans le ventre. En répétant son coup, il lui fit perdre son souffle et profita de cet instant pour libérer son bras droit, retourner le pistolet et tirer à bout portant dans la poitrine de l'homme.

Un cri déchirant retentit.

Il le repoussa.

Le corps de l'autre se cabra et se tordit dans tous les sens, puis cessa de bouger.

Il récupéra l'ordinateur et se redressa d'un bond.

Une porte de chambre s'ouvrit. Il tira dans le chambranle et la porte se referma en claquant. Il n'avait vraiment pas besoin qu'un occupant de l'hôtel s'en mêle.

Il évalua rapidement la situation.

Personne n'allait revenir par l'ascenseur. Bien trop risqué. Il poussa donc le bouton et tira l'agent blessé hors de vue de la cabine. L'autre agent, plus loin dans le couloir, ne bougeait plus. L'escalier était à trois mètres après avoir tourné le coin.

Mais il pouvait y avoir des gens armés.

L'ascenseur arriva.

Il fourra le pistolet dans sa poche en gardant le doigt sur la détente.

Il y avait trois occupants dans la cabine. Deux femmes et un homme, habillés comme s'ils revenaient d'une soirée. L'un d'eux tenait des sacs de courses. Il se calma et monta dans l'appareil. La cabine descendait, et elle s'arrêta au deuxième étage où les trois occupants descendirent.

Il en fit autant.

Parrott avait eu l'intention de l'endormir avec un dîner pour ensuite l'attirer dans un piège. Il avait réussi à l'éviter mais cela tournait à la folie à cause d'un surcroît de bêtise de la part de ses patrons. Il venait bel et bien de tuer deux personnes, et peut-être deux autres. Jamais une opération n'avait autant dérapé.

Il longea le couloir, tourna à l'angle et aperçut le chariot d'une femme de chambre devant une porte ouverte. Il remarqua un sac-poubelle à un bout, avec un cabas marqué Saks Fifth Avenue dépassant d'en haut. Il attrapa le cabas et continua son chemin tout en glissant l'ordinateur à l'intérieur.

La situation était critique.

Combien d'agents pouvait-il y avoir ici ? Et à quel point étaient-ils prêts à se faire remarquer ?

Avec quatre des leurs hors service, ils s'en fichaient probablement.

Il décida qu'il n'avait pas le choix.

Il sortirait par la porte de devant.

Et vite.

Wyatt entra dans sa chambre d'hôtel et fit aussitôt son sac. Il n'avait pas pris grand-chose en matière de vêtements, sachant depuis longtemps qu'il valait mieux voyager léger. Il alluma la télévision et regarda un nouveau reportage sur la tentative d'attentat. La chaîne annonça que Daniels rentrait à Washington, à bord d'Air Force One.

Avec un passager sans doute.

Cotton Malone.

Ce qui voulait dire que si la Maison-Blanche était au courant du déchiffrage du Code Jefferson, comme Carbonell l'avait annoncé, Malone l'était aussi.

« Deux hommes sont morts à cause de toi », lui avait dit Malone.

L'audience était terminée, le verdict prononcé, et pour la première fois depuis longtemps, il était au chômage.

« Et toi, combien en as-tu expédié dans la tombe ? » demanda-t-il.

Malone resta imperturbable. « Aucun, car je voulais sauver ma peau. »

Wyatt poussa son adversaire violemment contre le mur, une main sur sa gorge. Curieusement, il n'y eut aucune réaction défensive. Malone le regarda droit dans les yeux, sans la moindre peur. Wyatt replia les doigts en boule. Il voulait envoyer son poing dans le visage de Malone. Au lieu de cela, il dit. « J'étais un bon agent.

— C'est ça le pire. Tu étais bon. »

Il lui serra la gorge plus fort, mais Malone ne réagissait toujours pas. Cet homme savait dominer sa peur, l'étouffer, ne jamais la montrer.

Il s'en souviendrait.

« C'est terminé, dit Malone. Tu es fini. »

Non, je ne le suis pas, pensa-t-il.

Carbonell s'était délectée à lui parler de l'institut Garver, lui fournissant son adresse et un mot de passe pour entrer. Elle lui avait dit qu'un homme l'attendait, et que dès qu'il aurait la clé du code, il devait la contacter.

« Qu'allez-vous faire lorsque vous aurez cette clé ? lui demanda-t-il.

— J'ai l'intention de sauver Stéphanie Nelle. »

Ce dont il doutait. Comment croire une femme qui venait de sacrifier un de ses propres agents ?

« En échange de ce boulot, dit-elle, je doublerai vos honoraires. »

Cela représentait beaucoup d'argent pour quelque chose qu'elle pouvait confier à un de ses hommes, ou, encore mieux, faire elle-même. Puis il comprit. « Qui d'autre sera là-bas ? »

Elle haussa les épaules. « Difficile à dire, mais ils sont tous au courant. La CIA, la NSA, et plusieurs autres qui ne veulent pas voir le code déchiffré ni ces pages retrouvées. »

Il était encore indécis.

Son regard s'adoucit. Elle était sacrément attirante et le savait.

« Je vous emmènerai moi-même dans le Maryland, dit-elle. J'ai un hélicoptère qui m'attend. En chemin, je

déposerai vos honoraires doublés dans le compte offshore de votre choix. Alors vous prenez le boulot ? »

Elle connaissait son point faible. Quel mal y avait-il à ça ? L'argent était l'argent.

« Il y a aussi un bénéfice secondaire à la clé, remarqua-t-elle. Cotton Malone est à bord d'Air Force One. Comme j'ai fourni ces informations à la Maison-Blanche, je pense qu'il sera aussi là bas. » Elle sourit. « Peut-être que quelqu'un finira ce que vous avez commencé aujourd'hui. »

Peut-être bien, pensa-t-il.

Knox quitta l'ascenseur au niveau du hall d'entrée du Helmsley Park Lane. Dieu merci, à presque 21 h 30, l'endroit était encore bondé. Il scruta les visages, à l'affût d'éventuels problèmes, mais ne remarqua rien. Il se dirigea tranquillement vers la porte d'entrée principale, en tenant le sac avec l'ordinateur d'une main et en gardant l'autre dans sa poche avec le pistolet. En cas de nécessité, il se fraierait un chemin en tirant.

Il sortit sur Central Park South.

Le trottoir était encombré de gens excités, et il suivit la foule vers la 5e Avenue et l'hôtel Plaza. Il fallait qu'il reprenne ses affaires pour quitter New York. Tous les agents restés au Helmsley Park Lane étaient certainement maintenant en train de découvrir l'étendue du carnage et de nettoyer la pagaille. La NIA voudrait rester maîtresse de la situation. Sans police locale ni presse. Avec un peu de chance, cela les occuperait assez longtemps pour lui permettre de quitter la ville.

Il fallait que ça cesse, mais le cauchemar semblait

loin d'être terminé. Les capitaines étaient en sécurité dans leur fief en Caroline du Nord. Lui, il était en première ligne, encaissant tous les coups, s'efforçant de rester en vie.

Était-ce un piège ? Existait-il vraiment une solution au code ?

Il fallait qu'il le sache.

Il monta dans l'ascenseur du Plaza jusqu'à son étage, et, à peine dans sa chambre, alluma l'ordinateur. En un instant, il comprit que la machine ne contenait rien. Seulement quelques programmes standards fournis avec tout ordinateur.

Il cliqua sur la messagerie, mais ne vit aucun compte.

Cet engin venait d'être acheté.

Pour servir d'appât.

Pour lui.

Autrement dit, cette journée merdique ne faisait qu'empirer.

25

Maison-Blanche
22 h 20

Cassiopée était assise dans la voiture. Ils étaient venus en cortège directement depuis Andrews Air Force Base – elle, Edwin Davis et Danny Daniels. On avait fourni un moyen de transport à Cotton et des indications pour se rendre à l'institut Garver, qui se trouvait à quelque trois quarts d'heure au sud, dans le Maryland. Elle n'aimait pas beaucoup l'idée de le voir partir seul, surtout avec les problèmes qui s'annonçaient, mais il n'y avait pas d'autre solution. Stéphanie Nelle était aussi son amie, et elle était inquiète à son sujet. Chacun devait jouer son rôle.

« J'aimerais que vous traitiez cette situation avec beaucoup de doigté, lui dit Daniels pendant que la voiture s'approchait de la Maison-Blanche. »

Elle voulait savoir. « Pourquoi moi ?

— Parce que vous êtes là, que vous êtes habile et que vous ne faites pas partie de la maison.

— Et que je suis une femme ? »

Le président acquiesça. « Ça pourrait être utile. Pauline a ses humeurs. »

Elle avait beau essayer de se rappeler ce qu'elle

savait sur la première dame, mais en fait elle ne savait presque rien. Elle ne connaissait rien non plus à la politique américaine dans la mesure où les affaires qu'elle gérait se situaient en grande partie en dehors de l'Amérique du Nord. Sa première incursion dans l'administration Daniels avait été avec Stéphanie deux ans plus tôt – la première fois qu'elle visitait la Maison-Blanche – et s'était révélée être une véritable découverte.

« Pourquoi soupçonnez-vous votre femme d'avoir fait fuiter l'information ?

— Ai-je dit que je la soupçonnais ?

— C'était tout comme.

— Elle est la seule, dit Davis, à part moi, le président, et quelques membres de mon staff à avoir été au courant depuis le début.

— Il y a un grand pas entre connaître une information et la divulguer.

— Le pas n'est pas aussi grand que vous le pensez », murmura Daniels.

Ils ne se disaient pas tout et elle en était agacée.

Le cortège de voitures s'arrêta sous un portique. Elle vit un groupe de personnes devant l'entrée illuminée. Daniels sortit sous des applaudissements et des bravos.

« Au moins, il y a quelqu'un qui m'aime », marmonna-t-il.

Daniels distribua des poignées de main et des sourires à ses fidèles.

« C'est véritablement un plaisir de travailler pour lui, dit Davis pendant qu'ils observaient la scène depuis l'intérieur de la voiture. Quand j'ai pris le poste de secrétaire général, je me suis vite rendu compte qu'il régnait à la Maison-Blanche une atmosphère de bien-être. »

Elle devait bien l'admettre, le comité d'accueil paraissait sincère.

« Ce n'est pas tous les jours qu'on essaie d'assassiner un président », dit Davis.

Elle regarda le secrétaire général. Davis était froid et calculateur, avec un cerveau en constante ébullition. La personne idéale pour protéger ses arrières.

« Vous ne remarquez rien ? » lui demanda-t-il à voix basse.

Si, elle l'avait remarqué.

Parmi la quarantaine de personnes qui avaient attendu dans l'obscurité pour accueillir Danny Daniels, il n'y avait pas la moindre trace de la première dame.

Hale faisait les cent pas dans son bureau. Les trois autres capitaines étaient partis depuis une heure. Avec un peu de chance, le Code Jefferson serait déchiffré demain matin et ils pourraient récupérer leur immunité constitutionnelle. Ces procureurs fédéraux, avec leurs accusations d'évasion fiscale, pourraient aller au diable.

Il regarda dehors : la Pamlico était devenue noire. La solitude était une des choses qu'il appréciait le plus dans sa retraite familiale. Il regarda sa montre. Presque 22 h 30. Knox aurait déjà dû revenir au rapport.

Il ne supportait pas d'être traité de pirate. Par son comptable. Par Stéphanie Nelle. Par n'importe qui, par tous ceux qui ne comprenaient pas la nature de son héritage. Certes, le Commonwealth s'inspirait beaucoup des mœurs de la piraterie, appliquant des politiques et des pratiques mises en œuvre au XVIIe et au début du XVIIIe siècle. Mais ces hommes n'étaient pas des imbéciles, et ils avaient enseigné à Hale une leçon qu'il n'avait jamais oubliée.

Se soucier d'abord de l'argent.

Politique, moralité, éthique… rien n'avait d'importance. Tout tournait autour du profit. Que lui avait enseigné son père ? Ce n'est pas de la bienveillance du boucher, du brasseur ou du boulanger que viendra notre dîner, mais de la prise en compte de nos propres intérêts. La cupidité était ce qui incitait toute entreprise à servir ses clients. C'est ce qui garantissait le meilleur produit au meilleur prix.

C'était pareil pour les corsaires. Supprimez l'attrait des richesses et vous enlevez toute motivation. Tout le monde voulait progresser.

Qu'est-ce qui s'y opposait ?

Tout, apparemment.

Le plus fou dans tout ça, c'est que rien n'était révolutionnaire. Les lettres de marque existaient depuis sept cents ans. Le mot *marque*[1] avait été emprunté au français et voulait dire « prise de

1. Au XVIIe siècle, la lettre de marque était un acte du gouvernement qui autorisait celui qui en était porteur à se faire justice lui-même aux dépens d'une nation ennemie. Ces lettres s'appelaient aussi lettres de représailles. Par la suite, la lettre de marque, qui ne se disait plus que dans le domaine maritime, fut la commission dont tout capitaine ou patron d'un navire armé en course devait être pourvu, sous peine d'être réputé pirate ou forban. (D'après le dictionnaire *Le Littré.)*

biens ». Les premiers corsaires venaient de familles marchandes cultivées, certains même de l'aristocratie. Ils étaient décrits avec respect comme des « gentlemen marins ». Leur credo ? *Ne jamais revenir les mains vides.* Leurs butins avaient alimenté les trésoreries royales, permettant aux rois de réduire les impôts dans leurs pays. Ils offraient une protection contre les ennemis de la nation et aidaient les gouvernements en temps de guerre. En tant qu'institution, la piraterie elle-même s'était arrêtée dans les années 1720, mais les corsaires avaient continué pendant cent cinquante ans encore. Il semblait maintenant que les États-Unis avaient décidé d'en effacer les derniers vestiges.

Était-il un pirate ?

Peut-être.

Son père et son grand-père n'avaient pas été offusqués par cette étiquette. Ils s'étaient même enorgueillis de leurs méthodes de boucaniers. Pourquoi n'en ferait-il pas autant ?

Le téléphone fixe sonna.

« J'ai de mauvaises nouvelles, dit Knox au bout du fil. Ils m'ont piégé. »

En écoutant le récit de ce qui s'était passé à New York, son inquiétude revint. Le salut semblait encore s'éloigner.

« Je veux que tu reviennes ici. Tout de suite.

— Je suis en route. C'est ce qui a retardé mon appel. Je voulais d'abord sortir de New York.

— Viens directement à la maison dès ton retour. Et ne dis rien aux autres. Pas encore. »

Il raccrocha.

Et composa immédiatement un autre numéro.

26

La Plata, Maryland
23 h 20

Wyatt observait le campus boisé de l'institut Garver. Le groupe de cinq immeubles en brique, de trois étages chacun, se trouvait à quelque cinq cents mètres de l'autoroute. Des nuages roulaient dans le ciel noir, recouvrant la demi-lune d'un voile. Une pluie fine le suivait depuis son arrivée sur le petit aéroport à quelques kilomètres, où Andrea Carbonell l'avait déposé. Le tonnerre résonnait au loin.

Il avait fait exprès de ne pas se garer dans un des parkings éclairés où une centaine de places étaient libres. En fait, il avait laissé la voiture que Carbonell lui avait fournie sur l'autoroute et avait marché jusque-là. Prêt à toute éventualité.

Il avait regardé partir Carbonell en direction du sud, vers le Potomac et la Virginie. Washington était au nord. Où allait-elle maintenant ?

Il profita de la présence d'une série de pins bordant l'allée pour se cacher et se rapprocher de l'immeuble où des lumières brillaient encore au deuxième étage. Carbonell lui avait dit que le bureau qu'il cherchait se trouvait là, celui du docteur Gary Voccio, un mathématicien considéré comme brillant. Le bon docteur avait été informé qu'il devait attendre qu'un agent arrive avec le mot de passe approprié, et lui fournir, et à lui seul, toutes les informations et les données concernant le Code Jefferson.

Il scruta l'obscurité, en état d'alerte maximum. Un frisson le parcourut. Il n'était pas seul. Il ne pouvait pas les voir, mais il les sentait. Carbonell l'avait averti qu'ils seraient là. Pourquoi ne s'étaient-ils pas encore avancés vers l'institut ? La réponse était évidente.

Ils l'attendaient.

Lui ou quelqu'un d'autre.

Tout lui conseillait la prudence, mais il décida de ne pas les décevoir.

Il sortit de sa cachette et se dirigea tout droit vers l'immeuble éclairé.

Hale laissa sonner le téléphone.

Une fois. Deux fois. Trois fois.

« Que se passe-t-il, Quentin ? dit finalement Andrea Carbonell dans l'appareil. Vous ne dormez pas ?

— Comme si vous n'attendiez pas mon appel.

— Knox a fait du gâchis au Helmsley Park Lane. Un agent mort, deux blessés, un autre mort à Central Park. Je ne peux pas laisser passer cela. »

On entendait du bruit sur la ligne, comme le rotor d'un hélicoptère, indiquant qu'elle se déplaçait.

« Qu'avez-vous l'intention de faire ? Nous arrêter ? Bonne chance, quand on sait à quel point vous êtes impliquée dans tout ça. J'aimerais beaucoup expliquer à la télévision quelle sale menteuse vous êtes en réalité.

— Un peu susceptible, ce soir.

— Vous ne savez pas à quel point.

— J'ai autant confiance dans le système judiciaire que vous, affirma-t-elle. Et comme vous, je préfère mes propres formes de rétribution, appliquées à ma manière.

— Je nous croyais alliés.

— Nous l'étions, jusqu'à ce que vous ayez décidé de faire quelque chose de stupide à New York.

— Ce n'était pas moi.

— Personne ne vous croirait.

— Avez-vous déchiffré le Code Jefferson ? Ou était-ce encore un mensonge ?

— Avant de répondre, je veux savoir quelque chose. »

Il n'était pas enchanté à l'idée de discuter avec cette femme, mais quel choix avait-il ? « Allez-y.

— Pendant combien de temps pensiez-vous pouvoir faire ce qui vous plaisait ? »

Cela, il pouvait en discuter. « Nous avons une délégation d'autorité constitutionnelle accordée par le Congrès et par le premier président des États-Unis pour attaquer, à volonté, les ennemis de cette nation, et ce à perpétuité.

— Vous êtes un véritable anachronisme, Quentin. Un vestige du passé qui n'a plus sa place.

— Notre Commonwealth a réussi à faire des choses qui auraient été impossibles par des moyens conventionnels. Vous vouliez le chaos économique dans certaines nations du Moyen-Orient, nous vous l'avons fourni. Vous vouliez voir certaines personnes dépouillées de leurs avoirs, nous l'avons fait. Des politiques qui ne coopéraient pas se sont mis à le faire après que nous avons agi. »

Il savait qu'elle n'aimerait pas que ces informations soient divulguées, et si quelqu'un écoutait, il devait se régaler de ce savon qu'il lui passait.

« Et pendant que vous faisiez tout ça, dit-elle, vous vous en mettiez plein les poches, bien au-delà des quatre-vingts pour cent alloués.

— Vous pouvez le prouver ? Nous donnons chaque année des sommes considérables à plusieurs agences de renseignements, dont la vôtre… des rétributions qui se chiffrent en millions. Je me demande, Andrea, tout ça ne tombe-t-il pas dans les caisses du Trésor des États-Unis ? »

Elle rit. « Comme si nous, nous touchions plein pot. Vous autres pirates et corsaires, vous avez votre propre système de comptabilité. Il y a des siècles, ça se passait en haute mer, et le butin était partagé selon vos précieux articles avant que quiconque puisse voir exactement combien avait été pris. Comment l'appeliez-vous ? Le grand-livre ? Je suis sûre qu'il y en avait deux. Un pour satisfaire le gouvernement et l'autre pour ceux qui adhéraient aux articles afin de les empêcher de se plaindre.

— Nous sommes dans une impasse, dit-il. Nous ne faisons plus rien.

— Ça explique pourquoi nous discutons à cette heure indue. »

Il fit une nouvelle tentative. « Avez-vous pu déchiffrer le code ?

— Nous avons la clé. »

Il ne savait pas s'il fallait la croire ou non. « Je la veux.

— Je n'en doute pas. Mais actuellement je ne suis pas en situation de pouvoir vous la donner. J'avoue que j'avais prévu de prendre Knox en otage et de l'utiliser comme monnaie d'échange. Peut-être même de le tuer pour en finir. Mais votre quartier-maître a été plus rapide et nous avons eu quelques victimes. C'est le prix que mes gens paient pour leurs échecs. »

Si un corsaire ou un boucanier avait traité son équipage avec le même manque d'humanité, il aurait été abandonné sur la première île venue.

Et elle le traitait *lui* de pirate.

« N'oubliez pas, dit-il, j'ai en ma possession ce que vous voulez réellement. »

Il avait capturé Stéphanie Nelle uniquement parce que Carbonell le lui avait demandé. À l'en croire, Nelle avait commencé à se renseigner sur Carbonell, enquêtant sur sa relation avec le Commonwealth ou, plus précisément, sa relation avec Hale. Aucun des autres capitaines n'était au courant de son existence, ou du moins c'était ce qu'on lui avait fait croire. Carbonell avait eu vent d'une réunion que Nelle avait organisée avec un agent exclu de la NIA qui n'éprouvait aucun sentiment de fidélité envers son ex-patronne. Elle lui avait fourni le lieu de rencontre dans le Delaware, et Knox avait enlevé Nelle à cet endroit en profitant de l'obscurité, sans témoins. Un travail rapide et propre. Elle voulait qu'il la retienne discrètement pendant quelques jours. Il s'en fichait totalement. Juste un service rendu. Mais avec tout ce qui s'était produit ces dernières heures, les circonstances avaient changé.

La NIA n'était plus une alliée.

« Comment va votre invitée ? demanda-t-elle.

— Pas mal.

— Dommage.

— Que lui voulez-vous ?

— Elle a quelque chose que je veux et qu'elle ne cédera pas de son plein gré.

— Vous pensiez donc que j'échangerais Nelle contre Knox ?

— Ça ne coûtait rien d'essayer.

— Je veux la clé du code, annonça-t-il. Si vous n'êtes pas intéressée, je pourrais traiter avec Stéphanie Nelle. je suis sûr qu'elle aimerait savoir pourquoi je l'ai kidnappée. Elle m'a l'air du genre à aimer marchander. »

Le silence à l'autre bout de la ligne confirma ses soupçons. C'était quelque chose qu'elle craignait.

« OK, Quentin. Les choses ont apparemment changé. Voyons sur quoi nous pouvons, vous et moi, nous mettre d'accord. »

Malone quitta l'autoroute et entra dans l'institut Garver. Edwin Davis lui avait dit que l'établissement était un groupe de réflexion richement doté, spécialisé dans la cryptologie, et qu'il possédait quelques programmes de décryptage particulièrement sophistiqués. Plus c'était difficile, mieux cela valait.

Il avait mis un peu plus de temps que prévu pour faire les soixante kilomètres depuis la capitale jusqu'à la région rurale du Maryland. Une tempête se dirigeait vers le nord venant de Virginie. Le vent fouettait le feuillage des arbres. Aucune sécurité ne protégeait l'entrée pas plus que les parkings éclairés. Plusieurs rangées d'arbres séparaient l'institut de l'autoroute. Davis avait expliqué que l'absence de toute sécurité apparente permettait à l'endroit de rester anonyme. Des cinq immeubles de bureaux rectangulaires de l'institut, un seul était éclairé. Daniels avait dit qu'un certain docteur Gary Voccio l'attendait. Un mot de passe lui avait été fourni par la NIA qui lui permettrait d'obtenir la solution.

Il entra dans le parking et arrêta la voiture, puis sortit dans la nuit. Tout était silencieux en dehors de quelques coups de tonnerre au loin.

Il s'était à nouveau jeté dans l'action. Difficile de faire autrement.

Une voiture démarra dans un crissement de pneus au bout d'un des immeubles. Phares éteints, moteur à plein régime, le véhicule tourna à droite, sauta par-dessus un petit trottoir et traversa le parking vide.

En plein dans sa direction.

Un bras sortit de la fenêtre du passager.

Tenant un pistolet.

27

La Maison-Blanche

Cassiopée fut conduite par Davis au premier étage où se trouvait la résidence privée de la première famille. *Un refuge sécurisé*, avait dit Davis, protégé par les services secrets. *Peut-être le seul endroit au monde où ils pouvaient vraiment être eux-mêmes.* Elle essayait encore de jauger Davis. Elle l'avait observé pendant que le personnel accueillait Daniels. La façon dont il s'était tenu à l'écart. Sur le côté. Présent, mais pas ostensiblement.

Ils arrivèrent en haut des marches et s'arrêtèrent devant un couloir éclairé qui traversait le bâtiment de bout en bout. Des portes ouvraient de chaque côté. L'une d'elles était gardée par une femme qui se tenait debout très droite contre le mur chargé d'ornements. Davis désigna une pièce en face. Ils entrèrent et il ferma la porte. Les murs de couleur pâle et les rideaux tout simples étaient réchauffés par la lueur dorée des lampes. Un magnifique bureau victorien était posé sur un tapis aux couleurs vives.

« La salle des Traités, dit Davis. La plupart des présidents ont utilisé cette pièce comme bureau privé. Lorsque James Garfield fut blessé par balles, cette pièce fut transformée en glacière avec quelques appareils rudimentaires d'air conditionné, pour essayer de lui apporter un maximum de confort pendant qu'il agonisait. »

Il était visiblement inquiet.

Bizarre.

« La guerre hispano-américaine prit fin ici quand le président McKinley signa le traité sur cette table. »

Elle se planta devant Davis. « Qu'avez-vous à me dire ? »

Il acquiesça. « On m'avait dit que vous étiez directe.

— Vous êtes tendu et je ne suis pas ici pour une visite guidée.

— Il faut que vous sachiez quelque chose. »

Danny Daniels émergea d'un sommeil profond et sentit la fumée.

La chambre était noire et remplie d'un brouillard âcre qui le fit suffoquer. Il toussa, sa gorge était pleine de carbone. Il secoua Pauline pour la réveiller puis rejeta les couvertures. Il reprit ses esprits et comprit le drame qui était en train de se produire.

La maison était en feu.

Il entendit les flammes et le craquement de la vieille construction en bois qui se désintégrait. Leur chambre à coucher était au premier étage, comme celle de leur fille.

« Oh ! mon Dieu, dit Pauline. Mary.

— Mary ! cria-t-il par la porte ouverte. Mary ! »

Le premier étage était en flammes, et l'escalier

complètement embrasé. Il avait l'impression que toute la maison avait succombé à l'incendie, sauf leur chambre.

« Mary ! hurla-t-il. Réponds-moi. Mary ! »

Pauline était maintenant à côté de lui, criant de toutes ses forces pour appeler leur fille de 9 ans.

« Je vais la chercher », dit-elle.

Il la saisit par le bras. « Impossible. Tu n'y arriveras jamais. Le plancher s'est effondré.

— Je ne vais pas rester ici pendant qu'elle est là-dedans. »

Lui non plus, mais il fallait qu'il réfléchisse.

« Mary ! cria Pauline. Réponds-moi. »

Sa femme devenait hystérique. La fumée était de plus en plus dense. Il se précipita vers la fenêtre et l'ouvrit. La pendule à côté de leur lit indiquait 3h 15. Il n'entendit aucune sirène. Sa ferme se trouvait à cinq kilomètres de la ville, sur des terres familiales, et le voisin le plus proche à huit cents mètres.

Il inspira une grande bouffée d'air frais.

« Nom de Dieu, Danny, laissa échapper Pauline. Fais quelque chose ! »

Il prit une décision.

Il rentra dans la chambre, saisit sa femme et la tira vers la fenêtre. Le sol était à quelque cinq mètres au-dessus d'une haie d'arbustes. Il était impossible de s'échapper par la porte de la chambre. C'était leur seule issue et il savait qu'elle ne partirait pas de son plein gré.

« Respire un peu », dit-il.

Comme elle toussait violemment, elle comprit qu'il avait raison. Elle se pencha à la fenêtre pour s'éclaircir la gorge. Il l'attrapa par les jambes et la poussa à travers l'ouverture, la faisant tourner de façon à ce qu'elle tombe de côté dans les branches. Elle risquait de se casser quelque chose, mais il n'était pas question qu'elle périsse dans les flammes. Elle ne lui était d'aucune aide ici. Il fallait qu'il agisse seul.

Il vit que les buissons avaient amorti sa chute et qu'elle se relevait.

« Éloigne-toi de la maison ! » lui cria-t-il.

Puis il se précipita vers la porte de leur chambre.

« Papa. Aide-moi. »

La voix de Mary.

« Je suis là, chérie, cria-t-il en direction du feu. Tu es dans ta chambre ?

— Papa. Qu'est-ce qui se passe ? Tout est en train de brûler. Je ne peux plus respirer. »

Il fallait qu'il aille la chercher, mais il n'y avait aucun moyen. Le couloir du premier étage s'était effondré et quinze mètres le séparaient de la chambre de sa fille. Encore quelques minutes, et la chambre où il se trouvait aurait disparu. La fumée et la chaleur devenaient insupportables, lui piquant les yeux, et le faisant suffoquer.

« Mary. Tu es toujours là ? » Il attendit. « Mary ? »

Il fallait qu'il aille la chercher.

Il se précipita à la fenêtre et regarda en bas. Pauline n'était nulle part en vue. Peut-être pourrait-il aider Mary depuis l'extérieur. Il y avait une échelle dans la grange.

Il sortit par la fenêtre et se suspendit au rebord de toute sa haute taille. Il lâcha prise, tomba des trois mètres restants dans les buissons et atterrit sur ses pieds. Il se fraya un chemin à travers les branches et courut à l'autre bout de la maison. Ses pires craintes furent aussitôt confirmées. L'ensemble du premier étage était englouti par le feu, y compris la chambre de sa fille. Les flammes rugissaient en sortant des murs et le toit avait disparu.

Pauline était debout, regardant fixement vers le haut, les bras serrés autour d'elle.

« Elle est morte, gémit sa femme en sanglots. Mon bébé est mort. »

« Cette nuit-là le hante depuis trente ans, murmura Davis. Le seul enfant des Daniels est mort, et Pauline ne pouvait plus en avoir. »

Elle ne savait pas quoi dire.

« Le feu s'est déclenché à cause d'un cigare abandonné dans un cendrier. À cette époque, Daniels était conseiller municipal et il appréciait un bon cigare de temps en temps. Pauline l'avait supplié d'arrêter, mais il avait refusé. Les détecteurs de fumée étaient alors très rares encore. Le rapport officiel a conclu que le feu aurait pu être évité. »

Elle comprenait toute la portée de cette conclusion.

« Comment leur mariage a-t-il survécu à ça ? demanda-t-elle.

— Il n'a pas survécu. »

Wyatt entra dans le bureau du docteur Gary Voccio au premier étage. Ce dernier avait répondu à l'interphone et déclenché la serrure électronique à l'énoncé du mot de passe. L'homme le salua depuis son bureau encombré de papiers avec trois écrans LCD allumés. Voccio approchait de la quarantaine, affichant une vigueur spartiate et des cheveux roux avec une frange juvénile. Il paraissait débraillé, les manches retroussées et les yeux fatigués.

Sûrement pas un adepte du grand air, en conclut Wyatt.

« Je ne suis pas un couche-tard, dit Voccio quand ils se serrèrent la main. Mais la NIA paie les factures, aussi nous nous efforçons de les contenter. Alors j'ai attendu.

— J'ai besoin de tout ce que vous avez.

— Ce code était un vrai casse-tête. Nos ordinateurs ont mis presque deux mois pour le déchiffrer. Et même avec eux, il nous a fallu un peu de chance pour trouver la solution.

Les détails n'intéressaient pas Wyatt. Il traversa la pièce encombrée et s'approcha des fenêtres qui donnaient sur le parking devant. L'asphalte mouillé luisait sous l'éclairage à la vapeur de sodium.

« Quelque chose ne va pas ? » demanda Voccio.

On allait bien voir. Il continua à regarder au-dehors.

Des phares surgirent.

Une voiture tourna en provenance de la voie d'entrée, roula jusqu'au parking vide, puis s'arrêta.

Un homme en sortit.

Cotton Malone.

Carbonell avait raison.

Une autre voiture fit son apparition, venant de sa gauche. Phares éteints. Fonçant sur Malone.

Des coups de feu retentirent.

Hale écoutait Andrea Carbonell. Elle ne parlait pas comme quelqu'un qui était acculé. Elle parlait plutôt d'un ton léger, comme quelqu'un de perplexe.

« Vous vous rendez compte, dit-il, que je peux

facilement libérer Stéphanie Nelle après avoir passé quelques accords avec elle. Après tout, elle est à la tête d'une agence de renseignements respectée.

— Vous allez trouver difficile de travailler avec elle.

— Plus qu'avec vous ?

— Quentin, je suis la seule à détenir la clé du code.

— Je n'ai aucun moyen de le vérifier. Vous nous avez déjà menti une fois.

— La mésaventure avec Knox ? Je le couvrais, c'est tout. D'accord. Vous avez gagné ce round. Écoutez-moi plutôt. Je vous fournis la clé. Et une fois que vous aurez trouvé les deux pages manquantes, nous serons tous deux dans une meilleure position pour négocier.

— Je suppose qu'en retour vous voudrez que j'élimine ce qui est en ma possession ?

— Cela ne devrait pas vous poser de problème.

— Je ne bénéficie d'aucune immunité en la matière, même si je trouve les pages manquantes. »

Elle savait parfaitement que la lettre de marque ne le protégeait pas s'il commettait un meurtre délibéré.

« Cela n'a pas semblé vous arrêter par le passé, et il y a un homme au fond de l'Atlantique qui serait d'accord avec moi. »

Sa réflexion le surprit, puis il comprit. « Votre informateur ?

— Les espions sont parfois utiles. »

Mais elle lui avait jeté un os. Il savait maintenant où chercher. Et elle savait ce qu'il allait faire.

« Vous faites le ménage ? » demanda-t-il.

Elle rit. « Disons seulement que je peux être très généreuse quand je veux. Appelons cela une preuve de ma bonne volonté. »

Au diable Stéphanie Nelle. Peut-être serait-elle plus précieuse morte. « Donnez-moi la clé. Quand j'aurai ces deux pages entre les mains, votre problème disparaîtra. »

28

La Maison-Blanche

Cassiopée entra dans une pièce sans apparat contiguë à la chambre à coucher présidentielle. L'endroit ressemblait à un petit salon confortable. Pauline Daniels était assise sur un canapé en chintz de couleurs vives.

L'agent des services secrets de garde dans le couloir avait refermé la porte derrière elle.

Elles étaient seules.

Les cheveux blonds ternes de la première dame retombaient en mèches par-dessus des oreilles délicates et un petit front. Elle ne paraissait pas les 60 ans passés qu'elle devait avoir. Des lunettes octogonales sans monture abritaient ses beaux yeux bleus. Assise bien droite sur son siège, elle avait l'air quelque peu compassée avec ses mains aux veines très apparentes croisées sur les genoux, son tailleur classique en laine et ses ballerines Chanel.

« On m'a dit que vous vouliez m'interroger, dit Mme Daniels.

— Je préférerais simplement bavarder avec vous.

— Et qui êtes-vous ? »

Elle perçut le ton défensif de la question. « Quelqu'un qui n'a pas particulièrement envie d'être ici.

— Dans ce cas, nous sommes deux. »

La première dame fit un geste et Cassiopée prit place sur une chaise face au canapé. Deux mètres les séparaient, comme une sorte de zone démilitarisée. Le moment était particulièrement délicat pour plusieurs raisons, notamment ce qu'Edwin Davis venait de lui raconter concernant Mary Daniels.

Elle se présenta puis demanda : « Où étiez-vous lors de l'attentat contre le président ? »

La première dame ne quittait pas des yeux le tapis ornant le parquet.

« Votre question semble si impersonnelle. C'est mon mari.

— Je suis obligée de vous poser cette question, et vous le savez bien.

— Eh bien, Danny est parti à New York sans moi. Il m'a dit en avoir seulement pour quelques heures et qu'il serait de retour vers minuit. Pour moi, les choses étaient simples. »

La voix était distante, lointaine.

« Quelle a été votre réaction quand vous avez su ? »

La première dame leva les yeux, son regard bleu rivé sur elle.

« Ce que vous me demandez en réalité, c'est si cela m'a fait plaisir ? »

Cette franchise surprit Cassiopée, et elle essaya de se souvenir si elle avait lu le moindre écho dans la presse évoquant une dissension au sein du couple présidentiel. Leur mariage avait toujours été considéré comme solide. Mais si cette femme voulait jouer à ce jeu, libre à elle. « Cela vous a-t-il fait plaisir ?

— Je ne savais pas quoi penser, surtout pendant les minutes qui ont suivi l'événement, avant qu'on me dise qu'il allait bien. Mes pensées étaient… confuses. »

Un silence pénible s'installa entre les deux femmes.

« Vous êtes au courant, n'est-ce pas ? lui demanda la première dame. Au sujet de Mary. »

Elle acquiesça.

Le visage de son interlocutrice était glacial, un masque d'indifférence. « Je ne le lui ai jamais pardonné.

— Pourquoi êtes-vous restée ?

— C'est mon mari. je me suis engagée pour le meilleur et pour le pire. Ma mère m'a appris que ce n'étaient pas des mots en l'air. »

La première dame inspira profondément, comme pour se donner du courage. « Ce que vous voulez vraiment savoir, c'est si j'ai parlé à quelqu'un du voyage à New York. »

Cassiopée attendit.

« Oui. J'en ai parlé. »

Malone plongea derrière sa voiture et saisit le semi-automatique que les services secrets lui avaient fourni. Il s'attendait à quelque chose mais pas aussi vite. La voiture qui fonçait sur lui ralentit tandis que le pistolet sortant par la fenêtre tirait trois coups. L'arme était équipée d'un silencieux et les tirs ressemblaient davantage à ceux d'un pistolet d'enfant que d'une arme sophistiquée.

La voiture s'arrêta brusquement à une quinzaine de mètres.

Deux hommes en sortirent, l'un du côté du conducteur, l'autre de l'arrière. Tous deux armés. Il décida de ne pas leur laisser le temps de réfléchir et tira dans la cuisse de l'homme le plus proche. Il tomba à terre en hurlant de douleur. L'autre se réfugia derrière le véhicule.

La pluie s'intensifiait et des gouttes lui piquèrent le visage.

Il regarda autour de lui pour voir s'il y avait d'autres menaces mais il n'en vit aucune.

Au lieu de viser l'homme au pistolet, il braqua son arme vers la portière avant du passager qui était ouverte et tira.

Hale raccrocha le téléphone. Il ne croyait pas un traître mot de ce qu'avait dit Andrea Carbonell. Elle cherchait à gagner du temps.

Mais lui aussi en faisait autant.

Ce qui l'inquiétait, c'était qu'elle soit au courant du meurtre en mer. Il y avait un espion parmi eux.

Il fallait s'en occuper.

Il passa en revue dans sa tête l'équipage de *L'Aventure.* Beaucoup d'entre eux remplissaient d'autres tâches, certains dans l'atelier de métallurgie où Knox avait certainement fabriqué ses armes télécommandées. Chaque homme recevait une part déterminée du butin annuel du Commonwealth et cela le peinait de penser que l'un d'eux avait trahi l'association.

Justice devait être faite.

Les articles accordaient à l'accusé un procès devant ses pairs, le quartier-maître faisant office de président, et l'équipage, y compris les capitaines, de jurés. Un vote à la majorité simple déterminerait son sort, et, s'il était jugé coupable, la punition ne faisait aucun doute.

La mort.

Lente et douloureuse.

Il se rappelait ce que son père lui avait dit à propos d'un traître condamné plusieurs dizaines d'années auparavant. Ils avaient eu recours aux méthodes anciennes. Une centaine de membres d'équipage s'étaient rassemblés pour administrer chacun un seul coup de chat à neuf queues. Mais à la moitié, l'homme était déjà mort.

Il décida de ne pas attendre le quartier-maître.

Bien qu'il soit presque minuit, il savait que son secrétaire était au bout du couloir. Jamais il ne serait parti avant lui.

Il l'appela, et quelques instants plus tard la porte s'ouvrait.

« Je veux que l'équipage du sloop soit rassemblé tout de suite. »

Cassiopée garda son calme. Apparemment, l'instinct de Danny Daniels ne l'avait pas trompé.

« Êtes-vous mariée ? » lui demanda la première dame.

Elle secoua la tête.

« Quelqu'un en particulier dans votre vie ? »

Elle acquiesça, bien que cela lui parût étrange de l'admettre.

« Vous l'aimez ?
— Je le lui ai dit.
— C'était sincère ?
— Je ne l'aurais pas dit, autrement. »

Un sourire malicieux se dessina sur les lèvres minces de la femme. « J'aimerais bien que ce soit aussi simple. Vous aime-t-il ? »

Elle acquiesça.

« J'ai fait la connaissance de Danny à 17 ans. Nous nous sommes mariés un an après. Je lui ai dit que je l'aimais à notre deuxième rendez-vous. Lui me l'a dit au troisième. Il a toujours été un peu lent. Je l'ai vu gravir les échelons de la politique. Il a commencé comme conseiller municipal et il a fini par être président des États-Unis. S'il n'avait pas tué notre petite fille, je crois vraiment que je l'adorerais.

— Il ne l'a pas tuée.

— Mais si. Je l'avais supplié de ne pas fumer dans la maison et de faire attention à ses cendres. À l'époque, personne ne se souciait du tabagisme passif. Tout ce que je savais, c'était que je ne voulais pas qu'il fume. »

Les mots s'enchaînaient rapidement comme s'il fallait qu'ils sortent. « Je revis cette nuit chaque jour. Tout à l'heure, quand on m'a dit que quelqu'un avait essayé de tuer Danny, j'y ai repensé. Je l'ai haï pour m'avoir jetée par la fenêtre. Haï pour avoir été aussi borné. Haï pour ne pas avoir sauvé Mary. » Elle se reprit. « Mais je l'aime aussi. »

Cassiopée restait silencieuse.

« Vous devez me croire folle, dit la première dame. Quand on m'a dit que quelqu'un allait venir m'interroger, quelqu'un d'extérieur à la Maison-Blanche, j'ai compris que j'allais devoir être honnête. Vous me croyez honnête ? »

C'était la seule chose dont Cassiopée était sûre.

« À qui avez-vous parlé du voyage New York ? » demanda-t-elle, essayant de revenir sur le sujet.

Pauline Daniels prit un air d'intense compassion. Ses yeux bleus semblaient au bord des larmes et Cassiopée se demanda ce qui pouvait bien se passer dans la tête de cette femme perturbée. Pour autant qu'elle le sache, la première dame était un personnage posé, respecté, ne suscitant jamais de critique. À tout moment, elle se comportait de la façon la plus correcte, mais apparemment cette femme gardait ses émotions enfouies au fond d'elle-même, profitant de la sécurité de ces murs qui avaient été sa maison au cours de ces sept dernières années, le seul endroit où elle pouvait se laisser aller à les exprimer.

« Une amie. Une amie proche. C'est à elle que j'en ai parlé. »

Son regard était éloquent.

« Une amie à laquelle je ne veux pas que mon mari parle. »

29

Maryland

Wyatt vit Cotton Malone repousser ses attaquants en tirant sur la voiture arrêtée à une quinzaine de mètres de lui.

Carbonell avait eu raison en disant que les autres viendraient aussi.

« Qu'est-ce qui se passe dehors ? » dit Voccio en s'approchant de la fenêtre.

Wyatt se tourna vers lui. « Il faut que nous partions. »

D'autres coups de feu retentirent en bas. L'homme commençait à s'inquiéter, son regard anxieux ressemblant à celui d'un animal pris au piège.

« Il faut appeler la police, dit Voccio.

— Vous avez toutes les données ? »

L'homme acquiesça et montra une clé USB. « Là-dessus.

— Donnez-la-moi. »

L'universitaire lui tendit l'objet. « Pourquoi êtes-vous venu jusqu'ici pour la chercher ? »

Drôle de question.

« J'ai transmis ces données par e-mail à la directrice du NIA il y a quelques heures. »

Vraiment ? Un détail que Carbonell avait oublié de mentionner. Mais cela n'aurait pas dû l'étonner.

« Vous avez une voiture en bas ?

— Dans le parking derrière. »

Il fit un geste en direction de la porte. « Prenez les clés et allons-y. »

La pièce s'obscurcit tout à coup.

Chaque ampoule s'éteignit avec un grand fracas. Seuls les écrans d'ordinateur restaient allumés. Même le ronronnement de la ventilation s'était arrêté. Le niveau d'alerte de Wyatt passa de l'orange au rouge.

Ils pouvaient parfaitement eux aussi être la cible de cette attaque.

« Les ordinateurs fonctionnent avec une batterie de secours, dit Voccio, devant la lumière des écrans. Que peut-il bien se passer ? »

Wyatt ne pouvait pas lui dire que des hommes étaient venus pour les tuer tous les deux.

Mieux valait faire simple.

« Nous devons partir. »

Malone ne voulait pas toucher qui que ce soit mais seulement inciter le conducteur à éloigner la voiture, et quelques balles bien placées devaient suffire.

Ce fut le cas.

Le moteur s'emballa, les roues tournèrent et le véhicule s'éloigna.

Le tireur de l'autre côté s'aperçut soudain qu'il venait de perdre son seul moyen de retraite. Il se trouvait à présent au milieu d'un parking vide, sous les lumières des lampadaires, sans la moindre possibilité de repli. Il vida aveuglément son arme automatique, déchiquetant la voiture de Malone et faisant éclater les vitres.

Malone resta tapi derrière, écoutant le bruit des balles qui déchiraient le métal, attendant le moment propice. Quand les tirs s'arrêtèrent, il se leva, visa et stoppa le tireur avec une balle dans l'épaule.

Il se précipita vers lui et éloigna le fusil d'un coup de pied.

L'homme se tordait de douleur sur la chaussée mouillée, et du sang coulait de sa blessure.

La tempête s'intensifiait et des rafales de vent secouaient les arbres. Il scruta l'obscurité et remarqua quelque chose.

Toutes les lumières de l'immeuble précédemment éclairé étaient maintenant éteintes.

Knox descendit de l'avion à l'aéroport de Greenville en Caroline du Nord. Il s'était rendu à New York à bord du jet du Commonwealth, pilotant lui-même l'avion à douze places. Il avait appris à piloter dans l'armée de l'air. Son père l'avait incité à s'engager, et les six années qu'il y avait passées lui avaient fait beaucoup de bien. Ses fils l'avaient suivi. L'un d'eux rentrait tout juste de mission au Moyen-Orient et l'autre était sur le point de s'engager. Il était fier que ses enfants veuillent servir leur pays. C'étaient de bons Américains, comme lui.

Le petit aéroport régional était à quarante minutes à l'ouest de Bath. Il se dirigea rapidement vers une Lincoln Navigator garée à côté du hangar privé du Commonwealth. L'avion et le bâtiment appartenaient visiblement à une des compagnies de Hale et servaient aux directeurs à se déplacer pour leurs affaires. Trois pilotes faisaient partie du personnel, mais Knox ne faisait jamais appel à eux. Ses déplacements étaient privés, moins il y avait de témoins, mieux cela valait. Il était encore préoccupé par ce qui s'était passé à New York. Mais au moins, il avait réussi à en réchapper en un seul morceau.

Il ouvrit la porte arrière de la voiture et jeta son sac de voyage à l'intérieur. L'endroit était tranquille et bien calme pour un samedi soir. Un mouvement dans son angle de vision attira son attention. Une silhouette sortit de l'ombre et annonça : « Je vous attendais. »

Il regarda fixement l'ombre sans visage, comme une tache d'encre dans la nuit, et dit : « Je devrais vous tuer. »

La femme gloussa. « C'est drôle, je me disais la même chose à votre propos.

— Notre accord n'a plus cours. »

Andrea Carbonell s'avança. « Pas du tout. Nous sommes loin d'en avoir terminé l'un avec l'autre. »

Malone récupéra les armes des deux hommes à terre puis courut vers l'entrée de l'immeuble. Les portes vitrées avaient été brisées et la serrure électronique détruite. Il entra dans le hall et se réfugia aussitôt derrière un canapé entouré de chaises. Un comptoir de réception se trouvait devant un mur, deux ascenseurs sur un autre. Trois portes en verre successives menaient vers ce qu'il pensait être des bureaux, mais tout était noir. D'autres portes en verre à l'extrémité ouvraient sur l'arrière de l'immeuble. Il repéra l'escalier et le panneau SORTIE en rouge faiblement éclairé par une batterie.

Il s'approcha doucement et ouvrit prudemment la porte.

Il entendit du mouvement.

Des pas.

Au-dessus de lui.

Wyatt conduisit Voccio hors du bureau et le long du couloir sur lequel donnaient des portes tantôt ouvertes, tantôt fermées. Un éclairage de secours indiquait l'escalier, et, dans la lumière tamisée du panneau éclairé, il aperçut la porte de sortie.

Qui s'ouvrait lentement.

Il saisit Voccio par le bras, lui faisant signe de se taire, puis ils se dirigèrent à l'écart dans le premier espace venu. Une sorte de salle de conférence, dont le mur opposé était entièrement vitré, avec des panneaux en verre couverts de pluie et éclairés de l'extérieur par des lampadaires. Il fit signe au chercheur d'attendre dans un coin, puis jeta un coup d'œil dans le couloir.

Deux formes avançaient dans l'obscurité, toutes deux munies de fusils automatiques. Il crut percevoir des lunettes à vision nocturne sur leurs têtes. Ces hommes étaient venus équipés.

Dieu merci, lui aussi s'était préparé.

Knox n'était pas d'humeur à supporter le cinéma de Carbonell. Il lui avait vendu son âme en faisant quelque chose qui allait à l'encontre de tous ses principes.

Mais elle avait réussi à le convaincre.

Le Commonwealth était fini.

Les quatre capitaines passeraient au moins une dizaine d'années dans une prison fédérale. Chaque sou qu'ils avaient gagné et tous leurs avoirs tangibles seraient saisis par le gouvernement. Plus d'équipages. Plus de lettres de marque. Plus de quartiers-maîtres.

Knox avait le choix entre survivre à la catastrophe ou se laisser entraîner dans l'abîme.

Dieu soit loué, il avait choisi la survie.

La NIA était au courant de la tentative d'assassinat parce qu'il le leur avait dit. Ça avait été sa monnaie d'échange, la seule information que ni la NIA ni personne ne connaissait.

Son billet de sortie.

Carbonell l'avait écouté avec attention.

« Ils vont assassiner Danny Daniels ? demanda-t-elle.

— Trois des capitaines pensent que c'est la meilleure solution.

— Et vous, qu'en pensez-vous ?

— Ils sont fous et au comble du désespoir. C'est pour ça que je m'adresse à vous.

— Que voulez-vous ?

— Voir mes enfants finir leurs études universitaires. Profiter de mes petits-enfants. Je ne veux pas passer le reste de mes jours en prison.

— Je peux arranger cela. »

Oui, se dit-il, elle pouvait.

« Laissez leur projet se mettre en place. Ne faites rien d'inhabituel. Mais tenez-moi au courant. »

Il se détestait d'avoir à trahir. Il détestait les capitaines de l'avoir forcé à agir ainsi.

« Une chose, lui dit-elle. Si vous gardez des informations pour vous ou si vous me donnez la moindre information fausse, notre accord est caduc. Mais vous ne tomberez pas avec eux. »

Il savait ce qu'elle ferait dans ce cas.

« Je leur dirai que vous les avez trahis et je vous laisserai entre leurs mains. »

Il n'avait aucun doute à ce sujet.

Il avait donc fabriqué les armes et les avait livrées à New York, puis fourni à Carbonell des cartes pour ouvrir les deux chambres, selon sa demande. Elle lui avait dit ensuite de mettre l'attentat à exécution, comme prévu, sans rien arrêter.

Cela l'avait intrigué.

« C'était tout juste, lui dit-il. Je n'étais pas certain que vous alliez arrêter l'opération. Le type suspendu à la fenêtre. C'était quelqu'un de chez vous ?

— Une complication imprévue, mais ça a marché. Bien joué pour Scott Parrott. »

Il avait tué Parrott uniquement parce qu'il savait que c'était ce que les capitaines attendaient de leur quartier-maître. La duplicité était quelque chose d'intolérable. Tout autre chose que la force directe aurait été suspecte.

« Vous l'avez laissé tomber sans scrupule, lui dit-il.

— Vous auriez peut-être préféré avoir un autre témoin susceptible de vous vendre ? »

Non. Pas question. C'était aussi pourquoi il avait agi ainsi.

« Aviez-vous l'intention de me tuer à New York ? »

Elle rit. « Tant s'en faut. C'était une faveur que je vous faisais. Au cas où, pour une raison quelconque, vous ne vous seriez pas occupé de Parrott. »

Il ne comprenait pas.

Elle dit : « Comment mieux cacher votre trahison envers vos anciens amis que de vous mettre dans une situation où votre vie est en péril et dont vous réussissez à vous échapper ?

— Tout ça était une mise en scène ?

— Pas pour les agents. Ils ne savaient rien, sauf qu'il fallait vous arrêter. Mais je savais que vous étiez capable de vous débrouiller.

— Eux aussi, vous les avez sacrifiés ? Vous n'avez pas le moindre respect pour les gens qui travaillent pour vous ? »

Elle haussa les épaules. « À cinq contre un, ils avaient toutes les chances de pouvoir vous maîtriser. Ce n'est pas de ma faute s'ils ont échoué. »

Maudite créature. Dire que rien de tout cela n'était nécessaire.

Ou peut-être que si ?

Les deux incidents lui fourniraient en effet une excellente couverture.

« Le capitaine Hale et les autres membres du Commonwealth sont certainement complètement paniqués. Mais il semble que les capitaines travaillent autant en concertation que les agences de renseignements. »

Il ne pouvait pas discuter sur ce point. Ils devenaient tous de plus en plus combatifs, plus irrationnels. Il savait que Hale avait récemment tué son comptable de toujours. Qui allait être le prochain ?

« Hale veut la solution du code, dit-elle. Mais je n'ai pas particulièrement envie de la lui donner.

— Dans ce cas, ne le faites pas.

— Si seulement c'était aussi simple.

— Comme je vous l'ai dit, nous en avons terminé. J'ai rempli mon contrat.

— J'ai enregistré nos conversations. En ce moment même, je vous enregistre. Vos capitaines pourraient trouver nos conversations instructives.

— Je pourrais aussi vous tuer tout de suite.

— Je ne suis pas seule. »

Il scruta l'obscurité autour de lui. Si les capitaines étaient au courant de sa trahison, il ne serait plus en sécurité nulle part. Ils se donnaient le nom de corsaires, mais il y avait un pirate en chacun d'eux. La trahison n'avait jamais été admise et plus on était haut dans la hiérarchie, plus la punition était épouvantable.

« Ne vous faites aucun souci, Clifford, dit finalement Carbonell. Je vous ai rendu un autre service. »

Il attendait.

« J'ai un deuxième informateur. Quelqu'un qui m'a fourni des informations indépendamment de vous. »

Voilà qui était nouveau.

« Et je viens juste de vendre cette source à Hale. »

Il se demandait comment il allait pouvoir satisfaire la demande des capitaines concernant l'espion.

« En retour, vous n'aurez qu'une toute petite chose à faire », dit-elle.

Décidément, elle ne faisait rien gratuitement.

« Tuer Stéphanie Nelle. »

30

Washington D.C.
Dimanche 9 septembre
0 h 10

Cassiopée mit les pleins gaz et la moto fila sur l'autoroute 95, vers le sud de la Virginie. Edwin Davis lui avait proposé différents moyens de transport, et elle avait choisi un deux-roues des services secrets. Elle s'était aussi changée et avait enfilé un jean, des bottes de cuir et un pull noir.

Sa conversation avec la première dame l'avait perturbée.

Pauline Daniels était pleine de contradictions.

« *Je ne déteste pas mon mari, lui avait dit la première dame.*

— *Vous lui en voulez, et vous avez gardé ce ressentiment pour vous pendant trente ans.*

— *La politique est une drogue puissante, lui avait dit la femme. Si vous réussissez, les effets sont ceux d'un sédatif. Adoration. Respect. Sentiment de se sentir nécessaire. Des choses qui peuvent vous faire oublier. Et parfois, ceux d'entre nous qui abusent de cette drogue commencent à croire que tout le monde les aime, que le monde irait moins bien sans eux. Nous en arrivons même à penser que c'est un droit. Et je ne vous parle même pas de ce qui se passe quand vous êtes président des États-Unis. Le monde politique peut occuper une place énorme ou toute petite, tout dépend de l'image que nous en avons. »*

Elle accéléra le long de l'autoroute obscure. Il n'y avait pas beaucoup de circulation à cette heure, sinon un défilé de camions profitant de la fluidité du trafic.

« Quand Mary est morte, avait dit Pauline, Danny était conseiller municipal. L'année suivante, il est devenu maire, puis sénateur, puis gouverneur. Comme si notre drame avait contribué à son succès. Il a noyé son chagrin dans la politique. Il a succombé à ce sédatif. Pour ma part, je n'ai pas eu cette chance.

— Vous en avez discuté avec lui ? Vous avez essayé d'affronter la situation ? »

Elle secoua la tête. « Ce n'est pas sa façon de faire. Il n'a plus jamais parlé de Mary après l'enterrement. Comme si elle n'avait jamais existé.

— Mais ce n'était pas votre cas.

— Non, non. Je n'ai pas dit cela. Je n'étais pas non plus immunisée contre la politique. Au fur et à mesure que Danny avançait, j'avançais aussi. »

La voix s'estompait et Cassiopée se demanda à qui elle pouvait bien parler en réalité.

« Que Dieu me le pardonne, j'ai essayé d'oublier ma fille. »

Ses yeux las se remplirent de larmes. « J'ai essayé, mais je n'ai pas pu.

— Pourquoi me racontez-vous tout cela ?

— Quand Edwin m'a dit que vous alliez venir me voir, il m'a également dit que vous étiez quelqu'un de bien. J'ai confiance en lui. C'est quelqu'un de bien aussi.

Il est peut-être temps que je me débarrasse de ce fardeau. Tout ce que je sais, c'est que j'en ai assez de porter ce chagrin.

— Que voulez-vous dire ? »

Quelques instants d'un silence pénible s'écoulèrent.

« Je me suis habituée à ce que Danny soit là, dit la première dame, d'une voix toujours monotone. Il l'a toujours été. »

Le non-dit ne lui avait pas échappé. Pourtant, vous lui en voulez encore pour la mort de Mary. Tous les jours que Dieu fait.

« Mais quand on m'a dit qu'on avait essayé de le tuer… »

Cassiopée attendit la fin de la phrase.

« Je me suis aperçue que j'étais contente. »

Elle doubla une voiture à toute allure et entra en Virginie ; Fredericksburg était à une quarantaine de kilomètres.

« Vivre avec Danny n'est pas facile, dit Pauline. Il compartimente tout. Il passe d'une chose à une autre sans le moindre problème. Je suppose que c'est grâce à ça qu'il est un bon dirigeant. Et il agit toujours sans la moindre émotion. »

Pas forcément, pensa Cassiopée. On disait la même chose d'elle. Même Cotton lui avait reproché son manque de sentiment. Mais ce n'est pas parce qu'on ne les montrait pas qu'ils n'existaient pas.

« Il n'est jamais allé sur sa tombe, dit la première dame. Pas une seule fois depuis l'enterrement. Nous avons perdu tout ce que nous possédions dans cet incendie. La chambre de Mary et le reste de la maison, tout a été réduit en cendres. Il n'est pas resté une seule

photo d'elle. Je crois qu'il en était presque content. Il ne voulait aucun souvenir.

— Et vous, vous en vouliez trop. »

Elle la regarda. La souffrance pouvait se lire dans ses yeux.

« Peut-être. »

Les nuages encombraient le ciel noir au-dessus de sa tête. On ne voyait pas la moindre étoile. La route était humide. La pluie avait cessé. Elle se rendait dans un endroit où elle aurait préféré ne pas aller. Mais Pauline Daniels s'était confiée à elle, lui révélant un secret connu de deux personnes seulement. Et Danny Daniels n'en faisait pas partie. Juste avant qu'elle prenne la route, le président lui avait demandé sa destination, mais elle avait refusé de le lui dire.

« Vous m'avez demandé de m'occuper de ça, dit-elle. Laissez-moi faire. »

Wyatt mit la main dans sa poche et sortit la bombe incandescente. Une invention à lui, mise au point il y a plusieurs années. Il avait pris à cœur le conseil de Carbonell et prévu qu'il pourrait y avoir des visiteurs qui l'attendaient, des gens pas particulièrement amicaux, dont on pouvait raisonnablement penser qu'ils viendraient équipés de lunettes à vision nocturne.

« Fermez les yeux », chuchota-t-il à Voccio.

Il enleva la goupille et jeta l'engin entouré de papier dans le couloir.

Un éclair de lumière aveuglant lui fit fermer les yeux l'espace de quelques secondes. Puis l'intensité diminua.

On entendit des cris.

Il savait ce qui se passait.

Les deux assaillants, pris par surprise, étaient momentanément aveuglés, leurs yeux aux pupilles dilatées par les lunettes s'étant refermés brusquement sous l'effet de la lumière éblouissante.

S'ensuivraient la douleur, puis une certaine confusion.

Il trouva son pistolet, sortit de l'embrasure de la porte et tira.

Malone entendit deux coups de feu. Il était dans l'escalier, attendant devant une porte métallique qui donnait au premier étage. Les fentes autour du cadre de la porte furent illuminées par un éclair brillant, qui disparut presque immédiatement. Quelque chose ricocha de l'autre côté et la porte s'ouvrit brusquement. Deux individus se précipitèrent dans l'escalier en se prenant la tête à deux mains et en jurant. Tandis que, en pleine confusion, ils arrachaient leurs lunettes à vision nocturne, Malone en profita pour se glisser dans l'escalier vers l'étage au-dessus et se cacher sur le palier.

« Espèce de salaud », souffla l'un d'eux.

Il y eut un moment de silence pendant que les deux hommes se remettaient de leurs émotions et préparaient leurs armes.

« Ne remets pas tes lunettes », dit l'un.

Malone entendit la porte s'ouvrir doucement.

« Ils doivent aller vers l'autre bout.

— Peut-être vers l'autre escalier qui descend.

— Trois, ici Deux », dit un homme à voix basse.

Il parlait dans son talkie-walkie.

Silence. Puis : « Les sujets se dirigent vers vous. »
À nouveau le silence. « Dehors.
— Finissons-en », dit un des hommes.
Un petit clic signala la fermeture de la porte métallique.
Malone risqua un œil vers le bas.
Les deux hommes étaient partis.

« Pourquoi est-ce que je tuerais Stéphanie Nelle ? demanda Knox à Carbonell.
— Parce que vous n'avez pas le choix. Si les capitaines apprennent votre trahison, combien de temps pensez-vous rester en vie ? C'est simple de tuer quelqu'un. Cela ne devrait pas vous poser de problème.
— Vous croyez que je fais ça ? Tuer des gens tout le temps ?
— C'est en tout cas ce que vous avez fait ces dernières heures. J'ai deux agents morts pour le prouver, et deux autres à l'hôpital.
— Grâce à vous. »
Il s'étonnait de son revirement. « Vous savez que Hale a pris de gros risques en la capturant pour vous. Vos instructions étaient qu'on ne devait lui faire aucun mal. »
Elle haussa les épaules. « Il le faisait pour obtenir une faveur de ma part. C'est clair. Mais les choses ont changé. Nelle pose maintenant un problème plus important.
— Je suppose que vous ne m'expliquerez pas pourquoi.
— Clifford, vous vouliez vous en sortir. Je vous

en ai donné les moyens. À présent, je vous indique le prix. »

Il n'y avait pas la moindre trace de colère dans sa voix, ni de mépris, ni d'amusement.

« Une fois le Commonwealth dissous, dit-elle, ce qui sera bientôt le cas, vous serez libre de faire ce que vous voudrez. Vous pourrez vivre votre vie. Profiter de votre butin. Et personne n'en saura rien. Si vous voulez, je serais même prête à vous engager. »

Il voulait savoir. « Avez-vous vraiment déchiffré le Code Jefferson ?

— Quelle importance ?

— Je veux savoir. »

Carbonell hésita un instant avant de répondre. « Oui. Nous l'avons déchiffré.

— Alors pourquoi ne pas avoir tué Nelle vous-même ? Pourquoi nous avoir impliqués ?

— D'abord, je n'avais pas la solution du code quand j'ai demandé à Hale de s'emparer de Nelle. Maintenant je l'ai. Ensuite, contrairement à ce qui se passe au cinéma, ce n'est pas si facile d'éliminer une cible dans le cadre de mon travail. Les gens qui font ce genre de boulot demandent trop en échange de leur silence.

— Et ce n'est pas mon cas ?

Elle haussa les épaules. « Pas quelque chose d'impossible.

— Vous n'avez pas répondu à ma question. Et si Hale ne veut pas que Nelle soit tuée ?

— Je suis tout à fait certaine qu'il ne le veut pas, en tout cas pas pour le moment. Mais moi, si. Alors débrouillez-vous pour le faire. Et vite. »

Il était exaspéré. Cela dépassait les bornes. « Vous m'avez dit que vous aviez donné une autre source. Hale connaît l'individu en question ?

— Il sait où il faut commencer à chercher, ce qu'il doit certainement être en train de faire. Il fera sûrement appel à vous d'ici peu. Son fidèle serviteur, tout juste rentré du champ de bataille à New York. Vous voyez ce que j'ai fait pour votre image ? Vous êtes un héros. Que voulez-vous de plus ? Et pour vous prouver ma bonne foi, pour vous montrer clairement que nous sommes tous dans le même bateau, je vais vous donner le nom de ma source et vous dire exactement comment vous pourrez prouver qu'il est un traître. »

C'était précisément ce qu'il voulait savoir. Les capitaines exigeraient qu'il soit jugé, inculpé et puni sur-le-champ. S'il réussissait personnellement à accomplir cette tâche, il en deviendrait d'autant plus précieux.

Et surtout, cela détournerait l'attention de lui.

Maudite créature.

« Donnez-moi le nom et je ferai en sorte que Stéphanie Nelle disparaisse. »

31

Fredericksburg, Virginie

Cassiopée salua la femme qui répondit à la porte. La maison était une grande demeure de style géorgien, spacieuse, remplie de plantes, avec trois chats et des antiquités exquises. L'extérieur baignait dans une lumière jaune et la grille en fer fermant une allée en briques avait été ouverte. Son hôtesse portait une tenue de jogging Nike avec des chaussures de tennis Coach. Elle était visiblement de la même génération que la première dame, d'âge et d'allure à peu près comparables, sinon que les cheveux de Shirley Kaiser étaient longs et ondulés avec des reflets roux doré.

Son attitude était également différente.

Alors que le visage de Pauline Daniels était blême et crispé, celui de Kaiser débordait de bienveillance. Ses traits animés étaient mis en valeur par des pommettes saillantes et des yeux marron pleins de vie. Elles entrèrent dans une pièce éclairée par des appliques en cristal et des lampes Tiffany. On lui proposa une boisson qu'elle refusa, mais elle accepta en revanche un verre d'eau.

« Je crois que vous avez des questions à me poser.

Pauline m'a dit que vous étiez une personne de confiance. Je me le demande. On y va ? »

Elle remarqua le « on » et décida de prendre des gants avec cette femme, plus en tout cas qu'elle ne l'avait fait avec Pauline.

« Depuis combien de temps vous connaissez-vous, la première dame et vous ? »

Kaiser prit un air amusé. « Vous êtes quelqu'un de futé, vous. Me faire parler de moi d'abord.

— Je ne suis pas une novice en la matière. »

Elle s'amusait de plus en plus. « J'en suis sûre. Pour qui travaillez-vous ? Les services secrets ? Le FBI ?

— Ni l'un ni l'autre.

— Non, vous n'en avez pas l'air. »

Elle se demanda à quoi ressemblait cet « air », mais se contenta de déclarer : « Disons seulement que je suis une amie de la famille. »

Kaiser sourit. « Ça, ça me plaît. D'accord, l'amie. Pauline et moi, nous nous connaissons depuis vingt ans.

— C'est-à-dire environ dix ans après la mort de sa fille.

— Oui, à peu près. »

Cassiopée en avait déjà conclu que Kaiser était un oiseau de nuit. Ses yeux qui auraient dû être un peu las étaient très animés. Cette femme avait disposé de deux heures pour se préparer. La première dame n'aurait pas permis une visite impromptue, et les portables étaient entrés en jeu pour communiquer un bref texto.

« Vous connaissez le président depuis vingt ans ? avança-t-elle.

— Malheureusement.

— Je suppose alors que vous n'avez pas voté pour lui.

— Pas du tout. Je ne l'aurais pas épousé non plus. »

Alors que Pauline avait voulu taire les choses, cette femme n'hésitait pas à dire ce qu'elle avait sur le cœur.

Mais Cassiopée n'était pas disposée à lui servir d'exutoire. « Que diriez-vous d'arrêter ce petit jeu pour m'expliquer ce que vous avez derrière la tête ?

— J'aimerais beaucoup. Pauline est morte à l'intérieur. Vous n'avez pas vu ça ? »

Si.

« Danny sait cela depuis le jour de l'enterrement de Mary. Mais est-ce qu'il s'en soucie ? Est-ce que cela le perturbe ? Personne ne s'en est jamais étonné. S'il traite sa femme avec autant de dureté, imaginez comment il traite ses ennemis. Est-ce étonnant que quelqu'un ait voulu lui tirer dessus ?

— Comment savez-vous ce qu'il ressent ?

— Je suis allée là-bas pendant vingt ans. Pas une seule fois je ne l'ai entendu mentionner le nom de Mary. Jamais il n'a évoqué l'existence de sa fille. C'est comme si elle n'avait jamais existé.

— Peut-être est-ce sa façon à lui de traiter sa peine, dit-elle.

— C'est exactement ça. Il n'éprouve aucune peine. »

Wyatt profita de l'effet de surprise de sa bombe pour avancer avec Voccio en direction d'un autre escalier indiqué par celui-ci, à l'autre bout du premier étage, qui permettait aux employés de se rendre plus vite à la cafétéria. Son compagnon était paniqué, ne s'étant visiblement jamais trouvé dans ce genre d'affrontement.

Pour lui, heureusement, ce n'était pas une première.

Quelqu'un était venu pour *balayer et nettoyer,* comme on disait dans le métier. Lui-même avait participé à quelques-unes de ces actions. Il se demandait si c'était la CIA, la NSA ou une combinaison des deux, ou bien si Carbonell elle-même les avait envoyés.

Ce qui lui semblait le plus probable.

Il se précipita au bout du couloir et ouvrit la porte de sortie, tendit l'oreille, puis fit signe à Voccio de le suivre. Il s'engouffra le premier dans l'escalier obscur en se servant de la rampe métallique pour se guider.

Il s'arrêta juste avant d'atteindre le bas.

« Votre voiture est loin ? » chuchota-t-il.

Wyatt entendait respirer avec difficulté, mais Voccio ne lui répondit pas.

« Docteur, j'ai besoin de votre aide pour nous sortir de là.

— Pas loin… juste près de la porte de derrière. À droite… quand nous arrivons en bas dans l'entrée. »

Il descendit les dernières marches avec précaution. Sa main trouva la porte de sortie et il l'ouvrit doucement.

Le hall d'entrée était silencieux.

Il lui fit signe de se baisser et de se diriger vers la droite.

Ils sortirent par la porte.

Alors la fusillade se déclencha.

Malone avait observé depuis la porte de l'escalier les deux tireurs qui avaient parcouru le couloir en L et tourné à une quinzaine de mètres. Il remarqua une lueur sortant d'un des bureaux. Curieux, étant donné que le courant était coupé.

Il s'avança et jeta un coup d'œil à l'intérieur.

Trois écrans d'ordinateur étaient allumés. Une plaque sur la porte indiquait VOCCIO. L'homme qu'il était venu voir.

Il commença à fouiller le bureau, mais un concert de tirs éclata en bas.

Cassiopée avait envie de défendre Danny Daniels. Elle ne savait pas vraiment pourquoi, mais cette femme l'énervait avec ses jugements lapidaires.

« Ce que Danny éprouve, dit Kaiser, c'est de la culpabilité et non du chagrin. Un jour, un an environ avant la mort de Mary, il avait déjà causé un début d'incendie dans la maison avec son cigare. Ça n'avait détruit qu'un fauteuil. Pauline l'avait supplié d'arrêter ou de fumer dehors, n'importe où sauf dans la maison. Pendant un moment, il y a consenti. Puis Danny a fait ce qu'il a toujours fait. Ce qu'il veut. Cet incendie n'aurait jamais dû se produire, et il le sait. »

Cassiopée décida d'en arriver au but de sa visite.

« Quand la première dame et vous avez parlé du voyage à New York ?

— Vous ne voulez plus savoir ce que je pense de la situation ?

— J'aimerais que vous répondiez à ma question.

— Pour voir si mes réponses correspondent à celles de Pauline ?

— En quelque sorte. Mais puisque vous avez déjà communiqué toutes les deux, ça ne devrait pas vous poser de problème. »

Kaiser secoua la tête. « Écoutez, mademoiselle, Pauline et moi, nous nous parlons au moins une fois par jour, parfois plus. Nous parlons de tout. Elle m'a parlé de la visite de Danny à New York il y a environ deux mois. Elle était seule à la Maison-Blanche. Les gens ne l'ont peut-être pas remarqué, mais elle se montre de moins en moins. Moi, j'étais ici. »

Exactement ce qu'elle savait déjà. La première dame avait précisé aussi qu'elle n'utilisait jamais de téléphone portable quand elle parlait avec Kaiser. Toujours une ligne fixe. Interrogée, celle-ci lui confirma qu'elle en faisait autant de son côté.

« Le texto était pour nous une première, dit Kaiser. Ai-je réussi le test ? »

Cassiopée se leva. « Je dois vérifier s'il y a des écoutes.

— C'est pour ça que je suis debout à cette heure. Faites ce que vous avez à faire. »

De sa poche, elle sortit un détecteur électromagnétique fourni par les services secrets. La maison elle-même n'avait certainement pas de micros cachés. Cela aurait nécessité que chaque centimètre carré soit à portée d'un dispositif d'écoute. Elle décida donc de commencer par les téléphones eux-mêmes.

« Où sont les boîtiers contenant les câbles électriques et téléphoniques ? »

Kaiser resta assise. « Le long du garage. Derrière la haie. Les projecteurs extérieurs sont déjà allumés pour vous. Dites-moi ce dont vous avez besoin. »

Elle sortit et suivit l'allée en briques qui contournait la maison. Elles n'avaient même pas abordé les questions les plus sensibles, mais il faudrait qu'elles viennent sur la table, soit par son intermédiaire, soit par l'intermédiaire de gens à qui ni l'une ni l'autre n'aimeraient parler. Elle se dit qu'il fallait être patiente. Il y avait beaucoup de sujets à passer en revue ici, désagréables pour la plupart.

Elle repéra les boîtes de dérivation qui approvisionnaient la maison. Elle progressa lentement sur le côté du bâtiment entre des haies mouillées qui lui arrivaient à la poitrine et activa son détecteur. Ce n'était pas un appareil fiable à cent pour cent, mais suffisamment bon pour détecter des émissions électromagnétiques qui demanderaient un contrôle plus poussé ultérieurement.

Elle pointa l'appareil vers les boîtes en métal.

Rien.

Des fils électriques reliaient la maison à la ligne téléphonique à travers le plafond à caissons, alimentant chaque prise intérieure. Il fallait qu'elle les contrôle une par une, car ce qu'elle cherchait pouvait très bien être caché à l'intérieur des téléphones eux-mêmes.

« Vous avez trouvé quelque chose ? » demanda quelqu'un.

Surprise, elle lâcha le détecteur qui tomba par terre.

Elle se retourna.

Kaiser la regardait du coin du bâtiment, par-delà l'extrémité de la haie. « Je ne voulais pas vous faire peur. »

Elle n'en croyait pas un mot.

Le détecteur se mit à clignoter, son indicateur passant du vert au rouge, avec des signaux de plus en plus rapides. Si elle n'avait pas éteint la fonction audio, un bip résonnerait en ce moment dans la nuit. Elle se baissa et dirigea le détecteur dans plusieurs directions pour finalement comprendre qu'il fallait chercher vers le bas. Elle creusa dans le sol mouillé et ses doigts touchèrent quelque chose de dur. En enlevant la boue, elle découvrit une petite boîte en plastique, d'environ huit centimètres carrés, avec le câble de téléphone souterrain qui le traversait de bout en bout.

Le détecteur continuait à émettre son signal d'alerte.

La situation venait encore d'empirer.

Les téléphones de Kaiser avaient été mis sur écoute.

32

Wyatt plongea sur le sol carrelé et s'assura que Voccio était toujours baissé, non loin de lui.

Des balles ricochaient contre les murs.

Il ne pouvait pas dire combien il y avait de tireurs en face d'eux. L'entrée restait plongée dans l'obscurité et la seule source de lumière susceptible de les aider venait du parking. Deux grands fauteuils les séparaient de leurs assaillants à environ quinze mètres.

Il attira Voccio un peu plus près.

« Restez couché », chuchota-t-il.

Les portes en verre qu'il essayait de repérer, celles dont Voccio avait dit qu'elles menaient au parking à l'arrière, se trouvaient sept mètres plus loin, au bout d'un petit renfoncement. Il fallait qu'ils se sortent tous les deux de là. Son cœur battait plus fort comme il le faisait toujours dans de telles circonstances, et le silence autour de lui était perturbé uniquement par la respiration accélérée de Voccio. Il posa une main rassurante sur le bras de l'homme et secoua la tête pour lui faire signe de garder son calme. Si lui l'entendait respirer, leurs assaillants risquaient de l'entendre aussi.

Il se demandait ce qui était arrivé à Malone. Comment son adversaire s'était-il débrouillé ? Il n'avait pas vu la fin de la séquence dans le parking, et se demandait si Captain America, le superhéros, était blessé, mort, ou de l'autre côté de la pièce en train de tirer.

Dehors, la pluie s'était calmée.

« Je n'en peux plus », dit Voccio.

Wyatt n'était pas d'humeur à abandonner.

« Restez avec moi. Je sais ce que je fais. »

Malone descendit les marches, revenant sur ses pas en direction du rez-de-chaussée, plus près des tirs. Il trouva la porte de sortie, l'ouvrit doucement et aperçut des ombres traversant le hall d'entrée. Le peu de lumière lui permit de distinguer deux hommes avec des fusils automatiques aux prises avec une cible au bout de la salle. Ça ne pouvait pas être les deux précédents. Ils avaient disparu dans le couloir du premier étage, en direction de l'autre côté du bâtiment et d'un autre escalier.

Ça devait être les hommes à l'autre bout du talkie-walkie.

Quels que soient les gens que ces individus pourchassaient, leurs proies étaient prises entre deux feux maintenant, avec des hommes devant et d'autres derrière. Il ne pouvait pas se montrer, l'anonymat étant apparemment son meilleur atout, mais il ne pouvait pas non plus se contenter d'attendre pour voir ce qui allait arriver.

Il visa donc et tira.

Wyatt entendit des tirs et vit des éclairs sortant d'un canon au-delà de l'endroit où il avait repéré les ombres en mouvement.

Il y avait quelqu'un d'autre derrière ses deux adversaires.

Malone ?

Certainement lui.

Malone tira à nouveau, touchant une des ombres à l'épaule, et la forme tomba en avant contre le mur avec un bruit sourd. L'autre ombre réagit en faisant volte-face et en lâchant une rafale de tirs. Il recula d'un bond dans la cage d'escalier et laissa la porte métallique se refermer.

Des balles ricochèrent bruyamment dessus.

Apparemment, personne ne s'attendait à le voir surgir.

Wyatt entendit la porte de l'escalier s'ouvrir derrière lui et Voccio, et il se retourna, alerté par le mouvement dans l'obscurité.

Il y avait d'autres hommes derrière lui.

Le tireur qu'il pensait être Malone avait abattu un des hommes dans l'entrée, et l'autre tirait maintenant en direction d'une deuxième sortie éclairée. Il fit demi-tour au sol, sans se relever, et tira sur la porte à moins de trois mètres.

Il fallait qu'ils sortent de là.

Voccio pensait apparemment la même chose. Le chercheur se mit à ramper en direction de la sortie.

Pas très malin.

Les possibilités de couverture étaient rares jusque là-bas, heureusement les principales menaces de l'autre côté de l'entrée paraissaient occupées ailleurs.

Voccio parvint jusqu'aux portes vitrées, donna un coup sur la barre antipanique et sortit subrepticement. L'autre assaillant, celui qui tirait sur Malone, entendit le bruit, se retourna et visa en direction des portes. Sans attendre, Wyatt envoya trois balles dans sa direction. L'homme tourna sur lui-même, vacilla en arrière et tomba sur le sol.

Et de deux.

Voccio courut à l'extérieur.

Un instant plus tard, les deux hommes abattus se relevaient, fusil en main.

Il comprit.

Ils portaient des gilets pare-balles.

Ni lui ni Malone n'avaient éliminé qui que ce soit.

Malone s'éloigna de la porte de la cage d'escalier pour remonter vers le rez-de-chaussée. Il emprunta un couloir similaire à celui de l'étage au-dessus menant au deuxième escalier à l'autre bout. Il allait se jeter sur les deux hommes aperçus plus tôt mais, au moment où il tournait le coin vers la sortie, la porte de l'escalier s'ouvrit.

Il se précipita dans le premier bureau venu et regarda prudemment par l'embrasure. Un homme avec un fusil scruta le couloir puis, voyant que tout était tranquille, s'y engouffra. Malone posa son pistolet sur le tapis et se prépara, dos au mur, guettant sa cible. Quand l'homme passa devant lui, il se précipita sur lui, lui entoura le cou par-derrière d'un bras et saisit son fusil de l'autre.

Il lui arracha l'arme, retourna l'homme et lui flanqua un coup de genou dans l'entrejambe. Il avait senti le gilet pare-balles et savait qu'il fallait viser au-dessous de la ceinture.

Son adversaire se plia en deux et hurla de douleur.

Un autre coup de genou dans la mâchoire et le corps tomba en arrière. Il se préparait à lui en assener un troisième en plein visage lorsque l'homme planta soudain son pied dans le rein gauche de Malone.

Une vague de douleur le submergea.

Son adversaire ignora le fusil sur le tapis et battit en retraite en direction de la porte de l'escalier.

Malone reprit ses esprits et se lança à sa poursuite.

L'ombre en fuite se retourna, un pistolet à la main.

Son arme de rechange.

Le coup partit.

Wyatt s'accroupit et se dirigea vers les portes de sortie. En se rapprochant de la vitre, il se retourna, prêt à tirer, mais il n'y avait personne.

Il profita du silence pour ouvrir les portes et s'enfuit dans la nuit. Puis il prit position près de la sortie, à l'abri du mur en briques, et regarda prudemment à travers les portes dans le hall d'entrée.

Trois hommes sortirent précipitamment de l'immeuble par la grande porte.

Il crut d'abord qu'ils voulaient faire le tour pour tenter une attaque par l'extérieur, mais il vit la lumière des phares à l'avant du parking et les trois hommes qui se précipitaient vers une voiture qui les attendait.

Incroyable que ces types aient pu tirer aussi mal.

Ils les guettaient, lui et Malone, parfaitement équipés, mais ils n'avaient réussi qu'à faire un vacarme d'enfer.

Un autre coup de feu troubla le silence.

Venant de l'intérieur, à l'étage.

Où était Voccio ?

Dans l'obscurité il aperçut le chercheur, à une quinzaine de mètres, courant en direction d'une voiture garée. Il remplaça le chargeur de son pistolet puis regarda à nouveau à l'intérieur. Quelqu'un surgit de l'escalier de l'autre côté de l'entrée et sortit par les portes de devant.

La fête était terminée.

Quelque chose clochait.

Il se retourna et vit Voccio monter dans la voiture. Il aurait dû partir lui aussi, avec le chercheur.

Puis il comprit.

C'était justement ce qu'ils voulaient qu'il fasse. La conclusion était évidente.

Le moteur toussa avant de démarrer.

Il ouvrit la bouche pour crier.

La voiture de Voccio explosa.

33

Fredericksburg, Virginie

Cassiopée examina l'appareil qu'elle avait découvert en creusant. Quelqu'un s'était donné beaucoup de mal pour mettre le téléphone de Kaiser sur écoute. Pas un amateur.

« Qui peut savoir que vous téléphonez à la première dame ? demanda-t-elle à Kaiser. Et que ces communications sont nombreuses et très personnelles.

— Danny Daniels évidemment. Qui d'autre ça peut-il être ? »

Cassiopée se releva et sortit de derrière la haie qui entourait le garage afin de se rapprocher de Shirley Kaiser.

« Ce n'est pas le président, dit-elle dans un chuchotement.

— Il sait que Pauline et moi sommes proches.

— Vous êtes mariée ? »

La question parut surprendre Kaiser. Edwin Davis lui avait décrit la maison, le quartier, et précisé que Kaiser était un membre actif de la bonne société de Virginie et de la capitale. Ses nombreuses activités bénévoles comprenaient un poste au conseil d'administration de la bibliothèque de Virginie et au sein de plusieurs comités consultatifs de l'État. Mais il n'avait pas dit grand-chose dc sa vie privée.

« Je suis veuve.

— Madame Kaiser, aujourd'hui quelqu'un a voulu tuer le président des États-Unis. Quelqu'un qui savait exactement quand et où il serait à New York. Vos téléphones sont sur écoute. Il faut que vous répondiez à ma question. Qui pouvait avoir intérêt à faire ça ? Ou vous vous confiez à moi, ou je fais venir les services secrets pour que vous leur disiez ce que vous savez.

— Pauline est au bord de la dépression nerveuse, dit Kaiser. Je l'entends dans sa voix. Elle vit un enfer depuis bien trop longtemps. Ce qui est arrivé aujourd'hui à Danny pourrait la faire basculer. Si vous maintenez cette pression sur elle, elle va craquer.

— Dans ce cas, elle a besoin de se faire soigner.

— Ce n'est pas si facile quand vous êtes la première dame.

— Ce n'est pas si facile pour une femme qui veut continuer à reprocher à son mari la mort tragique de leur fille. Une femme qui n'a pas eu le courage de quitter cet homme, et qui, au contraire, reste, garde tout enfoui et prétend que tout ce qui lui arrive est de la faute de cet homme.

— Vous êtes une admiratrice de Danny, n'est-ce pas ?

— Oui. J'adore les hommes de pouvoir. Ça m'excite. »

Kaiser comprit le sarcasme. « Ce n'est pas ce que je voulais dire. Il fait de l'effet aux femmes. D'après un sondage il y a plusieurs années, presque quatre-vingts pour cent des femmes étaient en sa faveur. Comme elles représentent la majorité des électeurs, c'est facile de voir pourquoi il n'a jamais perdu une élection.

— Pourquoi le détestez-vous ?

— Je ne le déteste pas. C'est seulement que j'adore Pauline et que je sais qu'il ne se soucie absolument pas d'elle.

— Vous n'avez toujours pas répondu à ma question, dit-elle.

— Ni vous à la mienne. »

Elle aimait les femmes fortes. Comme celle-là. Kaiser savait être elle-même, à l'aise, naturelle, donnant et recevant sans poser de questions, sans la moindre arrière-pensée. Elle avait espéré ne rien trouver ici. Tomber sur une impasse. Malheureusement, il n'en était rien.

« Pauline a toujours eu besoin de parler à quelqu'un, dit Kaiser. Une personne en qui elle puisse avoir confiance. Je joue ce rôle depuis longtemps auprès d'elle. Depuis qu'elle est installée à la Maison-Blanche, c'est encore plus important.

— Sauf qu'on ne peut pas vous faire confiance. »

Elle vit que Kaiser avait compris ce que signifiait l'appareil qui se trouvait dans le sol à quelques mètres.

« Qui d'autre était au courant de ce voyage à New York ? demanda-t-elle à nouveau.

— Je n'en sais rien.

— Très bien. Procédons d'une autre manière. »

Elle prit son portable et appuya sur la touche directe en relation avec la Maison-Blanche. Deux sonneries retentirent et une voix d'homme répondit.

« Allez-y », déclara Cassiopée. Puis elle raccrocha.

« Un agent des services secrets est en contact avec le fournisseur de vos lignes fixe et mobile. Vous avez deux comptes. La société a déjà été citée à comparaître en tant que témoin et tient les renseignements à notre disposition. Nous ne voulions pas empiéter sur votre vie privée, sauf si cela s'avérait nécessaire. »

Son téléphone sonna. Elle répondit, écouta, puis raccrocha.

Shirley Kaiser avait l'air défait.

Comme prévu.

« Parlez-moi des cent trente-cinq appels entre vous et Quentin Hale. »

Hale entra dans ce qui avait été autrefois une cuisine d'extérieur et un fumoir. À présent, le bâtiment avec ses murs en pin, ses fenêtres à guillotine et sa coupole vernissée, servait de salle de réunion pour les quatre familles. Les seize membres de l'équipage de *L'Aventure* avaient été tirés de leurs lits, ainsi que le capitaine du yacht. La plupart habitaient à une demi-heure du domaine sur des terres achetées par leurs familles, des générations auparavant. Il pouvait difficilement s'imaginer qu'un seul d'entre eux soit capable de trahir leur héritage.

Mais apparemment quelqu'un l'avait fait.

Les seize hommes qui se tenaient debout devant lui avaient signé les articles actuels, jurant loyauté et obéissance en échange d'une part déterminée du butin pris par le Commonwealth. Leurs pourcentages respectifs étaient certes modestes mais, en y ajoutant assurance santé, assurance accident et indemnités d'invalidité, leur niveau de vie était confortable.

Les visages étaient inquiets. S'il n'était pas rare que des choses se produisent au milieu de la nuit, il était inhabituel que des événements impliquent la totalité du personnel à terre.

« Nous avons un problème », leur dit-il.

Il observa les visages, les jaugea, se souvenant des trois qui avaient jeté par-dessus bord la cage renfermant son comptable qui hurlait.

« L'un d'entre vous est un traître. »

II savait que ces mots allaient faire leur effet.

« Aujourd'hui, nous étions tous en mission, une mission d'une grande importance pour l'ensemble de notre organisation. Un traître est mort, et l'un de vous a rompu le silence que nous avions tous juré de garder. »

Aucun des seize ne dit mot. Cela valait mieux. Le capitaine parlait jusqu'au moment où il se déclarait prêt à écouter.

« Je suis attristé de penser que l'un de vous nous a trahis. »

Et c'était ainsi qu'il voyait le monde. *Nous.* Une grande société bâtie sur la loyauté et la réussite. Dans le passé lointain, les vaisseaux pirates avaient appris à frapper vite, avec adresse et dans l'urgence, les équipes fonctionnant comme des unités soudées. La paresse, l'incompétence, la déloyauté et la couardise n'étaient jamais tolérées car elles mettaient le groupe en danger. Son père lui avait appris que les meilleurs plans devaient être simples, intelligibles et suffisamment souples pour s'adapter à n'importe quelle éventualité.

Et il avait raison.

Il se mit à faire les cent pas.

Les capitaines se devaient d'être des tacticiens hardis. Les équipages les élisaient au mépris des traditions de la marine qui conférait le commandement sans se soucier de la compétence.

Mais aujourd'hui les capitaines n'étaient plus élus.

L'hérédité suffisait. Il s'imaginait souvent à la barre d'un de ces bateaux du passé, poursuivant une proie, la suivant à bonne distance pendant des jours, tout en jaugeant ses forces et ses faiblesses. Si la cible se révélait être un puissant navire de guerre, il pouvait changer de cap et chercher des proies plus faibles. Si elle semblait vulnérable, ils pouvaient l'attaquer par surprise ou de front.

Question de choix.

Et de patience.

Patience dont il entendait bien faire usage ici ce soir.

« Aucun de vous ne quittera cette pièce tant que je n'aurai pas trouvé le traître. À l'aube, vos comptes seront examinés, vos maisons fouillées, vos factures de téléphone épluchées. Vous signerez toutes les décharges nécessaires ou donnerez les permissions requises…

— Ce ne sera pas nécessaire. »

Il fut surpris par l'interruption avant de se rendre compte que la voix était celle de Clifford Knox, qui venait d'entrer dans la pièce.

Les quartiers-maîtres n'étaient pas tenus aux mêmes obligations de silence.

« Je sais qui est le traître. »

34

Maryland

Malone se précipita dans le bureau à deux mètres. La balle qu'on avait tirée sur lui se ficha dans le mur. D'autres tirs crépitèrent et les projectiles sifflèrent dans l'air. Il prépara son pistolet et se dirigea vers la grande table en rampant. Une porte se referma dans le couloir.

L'homme était parti.

Une explosion fit trembler les fenêtres, suivie par une lueur vacillante. Quelque chose brûlait dehors.

Il s'approcha de la fenêtre sans se relever, en guettant toujours la porte derrière lui. Une voiture était en feu en dessous. De l'autre côté du couloir, dans un autre bureau, une lumière passa devant plusieurs fenêtres. Il s'y précipita et aperçut un homme sauter dans une voiture sur le parking de devant et s'éloigner à toute allure. Il fallait qu'il parte lui aussi, et vite. Ces bureaux avaient beau se trouver en pleine campagne, quelqu'un avait peut-être entendu les tirs ou l'explosion et appelé la police.

Mais d'abord…

Il retourna rapidement dans le bureau de Voccio.

Les trois écrans d'ordinateur étaient encore allumés. En regardant le premier, il n'en crut pas ses yeux.

Le fichier affiché expliquait la solution du Code Jefferson.

Voccio avait dû partir précipitamment.

Il referma le fichier, accéda à la messagerie et envoya un e-mail à sa propre adresse en y joignant le document. Il effaça ensuite le message et le fichier.

Pas de quoi lui assurer une véritable sécurité, mais assez pour lui permettre de gagner du temps.

Il regarda par la fenêtre.

La voiture brûlait encore.

Des rafales de pluie cinglaient la vitre. Sur sa droite, à une centaine de mètres des flammes, il aperçut une silhouette.

En train de courir.

Wyatt jugea qu'il était plus sûr de battre en retraite. Voccio était mort. Il avait dit à ce malheureux de ne pas le quitter d'une semelle, et s'il avait obéi, l'homme serait toujours vivant.

Ça n'aurait pas dû lui donner mauvaise conscience. Et pourtant, c'était le cas.

Il continua à courir.

Carbonell l'avait attiré ici en doublant sa prime, espérant qu'il ne s'en sortirait pas. Ces hommes étaient les siens.

Il fallait qu'ils se parlent.

Selon ses conditions à lui.

Et il savait exactement comment il allait faire.

Knox entra dans la salle et regarda l'équipage de *L'Aventure.* Quentin Hale garda le silence, attendant de voir ce que son quartier-maître avait à dire.

« Capitaine Hale, quand nous nous sommes parlé plus tôt, je ne pouvais pas vous dire tout ce que je savais, car nous étions sur le réseau téléphonique public. »

Il appliquait avec rigueur une des stratégies que son père lui avait enseignée. *Avoir toujours un plan.* Contrairement au mythe populaire, les boucaniers n'attaquaient jamais aveuglément, par sécurité. Que leur cible soit sur terre ou sur mer, une première équipe se livrait d'abord à une reconnaissance préalable. Le moment idéal pour livrer l'assaut était l'aube, ou bien un dimanche, ou une fête religieuse, ou, comme maintenant, tard dans la nuit, l'élément de surprise servant à empêcher les fuites et étouffer toute résistance.

« De temps en temps, je procède à des contrôles, dit-il. Je cherche tout ce qui pourrait sortir de l'ordinaire. Achats importants. Train de vie inhabituel. Problèmes à la maison. C'est curieux de voir comment une femme peut inciter un homme à faire des folies. »

Il laissa le temps à cette dernière phrase de faire son effet et observa l'équipage du yacht en prenant bien soin de ne jamais se focaliser sur un homme en particulier.

Pour l'instant, en tout cas.

En réalité, son auditoire était réduit à une seule personne. Quentin Hale. Du moment que Hale était convaincu, le reste n'avait aucune importance.

Il se concentra.

Expose ton cas.

Ensuite, trouve comment tuer Stéphanie Nelle.

Malone quitta l'immeuble en courant et inspecta rapidement la voiture détruite. Le corps derrière le volant était maintenant la proie des flammes. La plaque d'immatriculation était calcinée, mais encore lisible, et il enregistra les chiffres dans sa mémoire eidétique.

Il contourna l'immeuble et trouva son véhicule de service. Les vitres étaient brisées, les côtés criblés de balles. Heureusement l'essence ne fuyait pas en tout cas, et les pneus étaient intacts. D'ici peu, l'endroit serait envahi par les lumières bleues et rouges des gyrophares, et grouillerait de policiers.

Le vent gémissait à travers les arbres comme pour l'inciter à partir. Il regarda le ciel : les nuages et la pluie se dispersaient, laissant apparaître quelques étoiles à peine visibles.

Le vent avait raison.

C'était le moment de partir.

35

Cassiopée était assise dans le salon de Shirley Kaiser. Ses parents avaient une pièce semblable dans leur maison de Barcelone. Bien que milliardaires, ils vivaient simplement, discrètement, entre eux, en se consacrant à elle, à l'un et à l'autre, et aux affaires de famille. Jamais elle n'avait entendu la moindre chose désagréable à leur sujet. Ils semblaient mener une vie exemplaire, et étaient morts septuagénaires, à quelques mois de distance. Elle avait toujours espéré trouver quelqu'un à qui elle pourrait se dévouer ainsi.

Peut-être l'avait-elle trouvé en la personne de Cotton Malone.

Mais, pour l'instant, elle était préoccupée par la femme assise devant elle, qui, contrairement à ses parents, recelait une foule de secrets.

À commencer par ces cent trente-cinq appels téléphoniques.

« Quentin Hale est mon amant, dit Kaiser.

— Depuis quand ?

— À peu près un an. »

Kaiser lui expliqua que Hale était marié et avait trois enfants adultes. Il était séparé de sa femme depuis presque dix ans. Elle vivait en Angleterre et lui en Caroline du Nord. Ils s'étaient rencontrés au cours d'une réception et s'étaient plu aussitôt.

« Il avait insisté pour que nous restions discrets, dit Kaiser. Je pensais qu'il se souciait de ma réputation. À présent, je comprends. »

Cassiopée acquiesça.

« Quelle imbécile, dit Kaiser. Je me suis fourrée dans un sacré pétrin. »

On ne pouvait pas dire le contraire.

« Je n'ai jamais eu d'enfants. Mon mari... il ne pouvait pas. Cela ne m'a jamais vraiment dérangée. Je n'avais vraiment aucun instinct maternel. Mais en vieillissant, je me surprends à regretter. Je me sens seule parfois. »

Cassiopée comprenait ce sentiment. Elle avait beau avoir vingt ans de moins que Kaiser, elle aussi avait ressenti cet instinct maternel.

« Allez-vous me dire en quoi ma relation avec Quentin a quelque chose à voir avec ce que vous avez déterré ? demanda Kaiser. J'aimerais savoir. »

Répondre à cette question pouvait s'avérer délicat. Mais sachant qu'ils allaient avoir besoin de la coopération de cette femme, elle décida de jouer cartes sur table.

« Il se peut que Hale soit impliqué dans la tentative d'assassinat du président. »

Kaiser ne réagit pas. Elle restait pensive.

« Nous parlions souvent de politique, dit enfin Kaiser. Mais il ne paraissait pas s'en soucier. C'était un partisan de Danny et qui avait donné beaucoup d'argent pour les deux campagnes présidentielles. Il ne disait jamais rien de mal. Contrairement à moi. » Son ton était laconique, comme si elle se parlait à elle-même, essayant de mettre de l'ordre dans ses pensées, se préparant à répondre aux questions qu'on allait lui poser. « Mais pourquoi aurait-il dit du mal ? Il voulait gagner ma confiance.

— À qui précisément avez-vous parlé du voyage à New York ?

— Seulement à Quentin. »

Kaiser la regardait fixement avec un air apeuré. « Nous parlions souvent de Pauline. Vous devez comprendre, Pauline et Quentin sont mes deux amis les plus proches. »

Cela se passait de tout commentaire.

Et l'un d'eux m'a trahie.

« Nous en avons discuté il y a deux mois environ, juste après que Pauline m'en a parlé. Je n'y attachais aucune importance particulière. Pauline ne m'avait jamais dit que le voyage était un secret. Je ne savais absolument pas que ça n'allait pas être divulgué. Elle m'a simplement dit que Danny allait se rendre à New York pour un dîner destiné à fêter une mise à la retraite. »

Hale avait donc parfaitement compris la signification du silence de la Maison-Blanche et il avait décidé d'agir.

« J'ai besoin d'en savoir plus sur Hale et sur vous, dit Cassiopée. Les services secrets vont vouloir connaître les moindres détails.

— Ce n'est pas compliqué. Quentin est connu dans la bonne société. C'est un navigateur émérite.

Il a participé deux fois à la coupe de l'America. Il est riche, beau et charmant.

— Pauline est-elle au courant ? »

Kaiser secoua la tête. « J'ai gardé cette relation pour moi. Il n'était pas nécessaire de lui en parler. »

Elle n'avait plus son air supérieur, et on sentait qu'elle était de plus en plus désolée à mesure qu'elle comprenait ce qui s'était passé.

« Il s'est servi de vous. »

Il était facile d'imaginer ce que cette femme pouvait ressentir.

« Madame Kaiser…

— Vous ne croyez pas que nous pourrions nous en tenir à Shirley et Cassiopée ? J'ai l'impression que nous n'en avons pas fini l'une avec l'autre. »

Effectivement. « Je vais devoir faire un rapport complet, mais il restera confidentiel. C'est la raison de ma présence ici au lieu des services secrets. J'ai une proposition à vous faire. Aimeriez-vous avoir l'occasion de rendre la pareille à Hale ? »

Elle savait comment procéder maintenant pour débusquer Hale. Il n'aurait aucune raison de douter de Kaiser.

« Ça me plairait, dit Kaiser. Beaucoup. »

Mais quelque chose la gênait encore. Ce que Pauline Daniels lui avait dit. *Une amie à laquelle je ne veux pas que mon mari parle.* Pauline avait peur de ce que Kaiser savait sur elle. Quelque chose qui risquait de s'ébruiter si l'on posait trop de questions.

Et tout à coup, elle comprit.

« La première dame a une liaison. C'est bien ça ? »

La question ne parut pas surprendre Kaiser. Comme si elle s'y attendait.

« Pas tout à fait. Mais presque. »

Malone sortit de la voiture sous le porche du Jefferson, le grand hôtel de Richmond, en Virginie. Le bâtiment de style Beaux-Arts, construit à la fin du XIXe siècle, se trouvait en bas de la ville à quelques pâtés de maisons du capitole[1]. Sa vaste entrée qui rappelait l'âge d'or du capitalisme triomphant était ornée d'une statue de Jefferson en marbre blanc. Malone y était descendu à plusieurs reprises. Il aimait cet endroit. Il s'amusa aussi du coup d'œil surpris du porteur quand il lui tendit un billet de cinq dollars et les clés de la voiture criblée de balles.

« Ma future ex-femme a fini par me retrouver. »

Le type parut comprendre.

À 3 heures du matin, il y avait encore quelqu'un à la réception. On lui trouva une chambre, mais, avant de monter, il se fit ouvrir le centre d'affaires moyennant vingt dollars. Une fois à l'intérieur, porte close, il se frotta les tempes, ferma les yeux et essaya de se vider la tête. Il était épuisé, mais il ne pouvait pas s'arrêter en route, malgré le risque qu'il allait prendre.

Il tapa sur le clavier et trouva l'e-mail qu'il s'était envoyé.

Hale regardait fixement celui qu'on avait désigné comme étant le traître. Un des membres de l'équi-

1. Le capitole de l'État de Virginie, achevé en 1788, fut reconstruit huit fois après avoir été détruit par des incendies pendant la période coloniale.

page de *L'Aventure*, un homme qui faisait partie de l'entreprise depuis huit ans seulement. Pas un de ceux qui étaient là depuis des générations, mais un collaborateur pourtant digne de confiance. Un procès avait été immédiatement organisé – présidé, comme le stipulaient les articles, par le quartier-maître. Hale et les autres membres de l'équipage de *L'Aventure* faisaient office de jurés.

« Mon contact au sein de la NIA s'était vanté d'avoir un espion parmi nous, dit Knox. Il était tout à fait au courant de l'exécution d'hier à bord de *L'Aventure*.

— Que savent-ils exactement ? demanda Hale.

— Que votre comptable est au fond de l'Atlantique. Les noms des membres de l'équipage qui l'ont jeté à la mer et de tous ceux qui étaient à bord. Tous, et vous inclus, sont coupables de meurtre avec préméditation. »

Il vit combien ces informations avaient ému les jurés, maintenant qu'ils étaient tous impliqués. C'était l'essence même de la justice. Des hommes qui vivaient, se battaient, mouraient et rendaient un jugement ensemble.

« Qu'as-tu à dire ? demanda Knox à l'accusé. Nies-tu les faits ? »

L'homme resta silencieux. Mais ce n'était pas un tribunal ordinaire. Pas question de plaider le cinquième amendement. Le silence pourrait, et serait, utilisé contre lui.

Knox expliqua que le mariage du prisonnier était menacé, et qu'il s'était tourné vers une autre femme qui était tombée enceinte. Il lui avait proposé de l'argent pour se faire avorter, ce qu'elle avait refusé, disant qu'elle avait l'intention de garder le bébé. Elle l'avait également menacé de tout dire à sa femme s'il refusait de l'entretenir.

« La NIA a proposé de l'argent contre des informations, ajouta Knox. Et cet homme l'a accepté.

— Comment le savez-vous ? » demanda un des membres de l'équipage.

On les incitait à poser des questions à tout moment.

« Parce que j'ai tué l'homme qui avait conclu l'accord. »

Knox se tourna vers l'accusé. « Scott Parrott. Un agent de la NIA. Il est mort. »

L'accusé resta stoïque.

« J'ai longuement parlé avec Parrott, dit Knox. Il jubilait de tout savoir sur nos activités. C'est pour ça qu'il était prêt aujourd'hui à arrêter l'attentat contre Daniels. Il connaissait exactement l'endroit et l'heure. Il avait aussi prévu de me tuer, raison pour laquelle il ne se privait pas de me donner ces informations. Heureusement, il a échoué. »

Hale regarda l'accusé bien en face et voulut en avoir la certitude « Nous as-tu trahis ? »

L'homme se précipita vers la porte.

Deux hommes l'arrêtèrent dans sa course et le firent tomber au sol. Il se débattait pour leur échapper.

Knox s'adressa aux jurés. « En avez-vous vu et entendu suffisamment ? »

Tous acquiescèrent, chacun à son tour.

« Le verdict est : coupable ! » cria l'un d'eux.

Knox demanda : « Y a-t-il des objections ? »

Aucune.

Le prisonnier continuait à se débattre en hurlant : « Pas question. C'est faux. »

Hale savait ce que disaient les articles. Trahir l'équipage, déserter ou abandonner une bataille est passible du châtiment décidé par le quartier-maître ou la majorité.

« Amenez-le », ordonna Hale.

L'homme fut contraint de se mettre debout.

Ce misérable l'avait mis dans une position intenable vis-à-vis d'Andrea Carbonell. Pas étonnant qu'elle ait été si sûre d'elle. Elle savait tout. Tout ce qu'il avait prévu risquait maintenant d'être compromis. La mort de cet homme serait atroce. Un exemple pour tous.

Knox sortit un pistolet.

« Qu'est-ce que tu fais ? demanda Hale au quartier-maître.

— J'inflige le châtiment. »

L'accusé fut pris de panique en se rendant compte de ce qui l'attendait. Il recommença à se débattre malgré les deux hommes qui le retenaient.

« Ce sera de la manière dont le quartier-maître *ou la majorité* le décide, dit Hale en citant les articles. Que dit la majorité ? »

L'équipage de *L'Aventure* obéit à son signal et déclara comme un seul homme : « Ce que vous voulez, capitaine. »

Chacun était soulagé de ne pas être à la place du condamné.

Normalement, un capitaine ne contredisait jamais le quartier-maître devant l'équipage, et *vice versa*. Mais en temps de guerre, comme maintenant, personne n'osait s'opposer au capitaine.

« Il mourra à 7 heures, en présence de toute la compagnie. »

36

3 h 14

Cassiopée s'éloigna de chez Shirley Kaiser, gara sa moto dans le parking désert d'un centre commercial et appela la Maison-Blanche.

« Ce que j'ai à vous dire ne va pas vous faire plaisir », dit-elle à Edwin Davis.

Et elle lui raconta tout, sauf la dernière chose dont elle avait discuté avec Kaiser.

« Cela nous ouvre des possibilités, en tout cas, dit-elle. Si nous jouons bien nos cartes, nous pourrons faire sortir Hale du bois.

— Je vois. »

Elle avait beaucoup d'autres choses à lui dire, mais elle était fatiguée et ça pouvait attendre.

« Je vais aller dormir. Nous pourrons nous parler demain matin. »

Un moment de silence s'écoula avant que Davis ne dise : « Je serai là. »

Elle raccrocha.

Avant qu'elle puisse redémarrer la moto pour aller chercher un motel, le téléphone sonna à nouveau. Elle regarda l'écran. Cotton. Il était temps.

« Que s'est-il passé ? demanda-t-elle.

— Juste une nouvelle soirée de rigolade. J'ai besoin que les services secrets vérifient une plaque d'immatriculation. Mais je crois déjà savoir à qui appartient la voiture. »

Il lui donna les renseignements figurant sur la plaque du Maryland.

« J'ai aussi une bonne nouvelle », ajouta-t-il.

Tant mieux, elle en avait bien besoin.

« Le code a été déchiffré. Je connais maintenant le message qu'Andrew Jackson a laissé pour le Commonwealth.

— Où es-tu ? demanda-t-elle.

— À Richmond. Dans un charmant hôtel du nom de Jefferson.

— Je suis à Fredericksburg. C'est loin ?

— À une heure environ.

— Je te rejoins. »

Au cours de mes recherches préliminaires dans les archives nationales, j'ai trouvé un courrier que Robert Patterson, un professeur de mathématiques à l'université de Pennsylvanie, a envoyé à Thomas Jefferson en décembre 1801. À ce moment-là, Jefferson était devenu président des États-Unis. Patterson comme Jefferson étaient des membres éminents de la Société philosophique américaine, un groupe qui encourageait la recherche scientifique dans les sciences et les humanités. Tous les deux étaient des passionnés de codes et s'en échangeaient régulièrement. Patterson écrivait que, « depuis toujours, l'art de l'écriture secrète a retenu l'attention de l'homme d'État aussi bien que du philosophe ». Mais Patterson remarquait que la plupart des codes étaient « loin d'être parfaits ». Pour Patterson, le code parfait devait obéir à quatre critères : (1) il devait être adaptable à toutes les langues ; (2) être facile à apprendre et à mémoriser ; (3) facile à lire et à écrire ; (4) et surtout « être totalement inviolable pour tous ceux qui ne détiennent pas la clé ou le secret pour le déchiffrer ».

Patterson avait accompagné sa lettre d'un exemple de code tellement difficile à déchiffrer qu'il constituerait un « défi à l'ingéniosité de la race humaine tout entière ». Des paroles audacieuses pour un homme du XIXe *siècle, mais c'était avant l'existence des algorithmes des ordinateurs ultrarapides.*

Patterson rendit la tâche particulièrement difficile, expliquant dans sa lettre qu'il écrivait tout d'abord un texte vertical, en colonnes, de gauche à droite, utilisant des lettres minuscules ou des espaces, par rangées de cinq lettres. Il ajoutait ensuite à chaque ligne des lettres au hasard. Il mélangeait enfin les lignes et insérait au début de chacune d'elles une ou plusieurs autres lettres aléatoires. Pour déchiffrer le code, il fallait connaître l'ordre dans lequel ces lignes étaient transcrites et le nombre de lettres aléatoires ajoutées au début de chaque ligne.

Voici les lettres du message d'Andrew Jackson :

XQXFOONA
APKLJXRERIID
TSNDP :
EJSYMO
PZKLRIEEAOΔ
OPFUANE
POBOMNIX

MLZKRWSAΦ
EPRISZXNHBLΘ

La clé pour déchiffrer ce code est une série de nombres à deux chiffres. Patterson expliquait dans sa lettre que le premier chiffre de chaque paire indiquait le nombre de lettres ajoutées au début d'une ligne, le deuxième chiffre, la position de cette ligne dans le texte. Évidemment, Patterson ne révéla jamais la clé pour les nombres, raison pour laquelle le code n'avait pu être décrypté pendant cent soixante-quinze ans. Afin de dégager un sens des schémas linguistiques à l'époque de Patterson et de Jefferson, j'ai étudié les caractéristiques de quatre-vingt mille caractères de lettres contenues dans les discours sur l'État de l'Union faits par Jefferson. Ensuite, j'ai fait un certain nombre d'hypothèses bien étayées telles que le nombre de lignes par section, quelles sont les deux lignes qui doivent se suivre et le nombre de lettres aléatoires insérées dans une ligne. Pour confirmer ces hypothèses, j'ai utilisé un algorithme d'ordinateur et ce qu'on appelle la programmation dynamique qui résout des problèmes très importants en découpant le puzzle en composantes et en reliant ensuite les résultats entre eux. L'ensemble des calculs d'analyse était inférieur à cent mille, ce qui n'est pas tellement fastidieux. Il est important de noter que les programmes qui sont à ma disposition sont inconnus du public, ce qui pourrait expliquer pourquoi le code n'a pas été décrypté. Après une semaine de travail sur le code, l'ordinateur a découvert la clé numérique.

33, 72, 17, 11, 65, 24, 38, 46, 79.

Pour utiliser la clé, revenons aux rangées du code et alignons-les les unes après les autres, selon les instructions de Patterson :

XQXFOONAAPKLJXRERIIDTSNDP :
EJSYMOPZKLRIEEAOΔOPFUANEPOB
OMNIXMLZKRWSAΦEPRISZXNHBLΘ

Si nous appliquons la première clé numérique, 33, aux lettres, nous sautons 3 caractères dans la première ligne et identifions les 5 lettres suivantes, FOONA. Le nombre suivant, 3, indique la position originale de cette rangée de lettres. En appliquant 72, vous comptez 7 lettres puis identifiez 5 lettres qui sont positionnées dans la rangée 2. En appliquant les autres clés aux lettres, la grille apparaît dans son ordre d'origine :

JSYMO
ERIID
FOONA
FUANE
EEAOΔ
RWSAΦ
SNDP :
OMNIX
NHBLΘ

Ce message peut être lu verticalement sur cinq colonnes de gauche à droite, ce qui donne :

JEFFERSONSROUE
WNMHYIOAASDNBMINNOAPILODAE
ΔΦ: XΘ

Malone relut le rapport de Voccio et le message codé d'Andrew Jackson.

Jefferson roue, ou la roue de Jefferson, aujourd'hui appelée cylindre.

Suivi par vingt-six lettres aléatoires et cinq symboles.

Il avait déjà surfé sur l'Internet et compris à quoi correspondait le cylindre de Jefferson. Vingt-six disques en bois, sur lesquels étaient gravées les lettres de l'alphabet dans un ordre aléatoire. Chaque disque était numéroté de 1 à 26, et en fonction de l'ordre dans lequel ils étaient enfilés sur une broche en fer et la façon dont ils étaient alignés, des messages codés pouvaient être transmis. Il fallait seulement que l'émetteur et le receveur soient en possession des mêmes disques et qu'ils les disposent dans le même ordre. Jefferson avait lui-même conçu le système à partir de codes sécurisés dont il avait pris connaissance dans des journaux français.

Le problème ?

Il n'existait plus qu'un seul cylindre.

Celui de Jefferson.

Qui, après avoir disparu pendant des décennies, était maintenant exposé à Monticello, le domaine de Jefferson en Virginie. Malone supposa que les vingt-six lettres aléatoires indiquées dans le message de Jefferson permettraient d'aligner les disques.

Mais dans quel ordre les disques devraient-ils être ?

Puisque rien n'était spécifié, il estimait que ce serait dans l'ordre numérique. Donc, une fois les disques enfilés dans la bonne séquence, puis correctement arrangés, vingt-cinq lignes contiendraient des suites de lettres sans aucun sens.

Une seule révélerait un message compréhensible.

Il n'avait pas dit à Cassiopée ce qu'il avait trouvé.

Pas au téléphone.
Monticello était à moins d'une heure à l'ouest.
Ils s'y rendraient le lendemain.

Wyatt trouva un hôtel juste à l'extérieur de Washington, un établissement appartenant à une chaîne qui mettait un ordinateur à disposition dans chaque chambre. Dans un avenir proche, cet accessoire serait aussi standard qu'un sèche-cheveux et une télévision.

Il inséra la clé USB et lut ce que Voccio avait déchiffré.

Un type intelligent.

Dommage qu'il soit mort, mais c'était sa faute. Ces hommes étaient venus pour les pousser tous les deux vers la voiture. Juste tirer quelques coups de feu, lui permettre de faire ce qu'il avait à faire et le laisser croire qu'il avait réussi, puis attendre et regarder la bombe régler deux problèmes à la fois.

Carbonell effaçait ses traces. En le poursuivant, la NSA et la CIA lui avaient peut-être flanqué la trouille. Un témoin de moins contre vous n'était jamais une mauvaise chose.

Il s'en voulait. Il aurait dû s'en douter. Mais il avait besoin de l'argent, et pensait qu'il pourrait toujours garder de l'avance.

Heureusement que la chance s'en était mêlée.

Sur un site Web de Monticello, il apprit ce qu'était le cylindre de Jefferson, et nota qu'il était exposé à l'intérieur du manoir. Le domaine était situé à proximité. Il s'y rendrait demain et se débrouillerait pour mettre la main sur le cylindre.

Il regarda sa montre. 4 h 10.

Quelques clics sur le clavier, et il apprit que Monticello ouvrait à 9 heures.

Ce qui lui laissait cinq heures pour s'occuper d'Andrea Carbonell.

TROISIÈME PARTIE

37

Washington D.C.
5 heures

Wyatt admira la résidence. L'endroit était spacieux, élégant, cossu. Il avait pu entrer facilement, la porte n'étant fermée que par une simple serrure. Pas d'alarme, pas de chien, pas de lumières. Elle était située non loin du périphérique dans une zone chic, avec magasins tendance et restaurants à la mode. Un portail métallique défendait l'entrée du domaine. Une entrée contrôlée à distance devait constituer un bon argument de vente pour des acquéreurs potentiels ravis à l'idée que leurs invités soient obligés d'attendre l'ouverture du portail. Son propre immeuble en Floride comportait à la fois portail et gardien, ce qui lui coûtait, à lui et à plusieurs milliers d'autres copropriétaires, quelques centaines de dollars de charges en plus par mois.

Mais ça en valait la peine. Ça empêchait la racaille d'entrer.

Il étudia le décor, un curieux mélange de style minimaliste et d'influences des Caraïbes, à base d'onyx, de fer forgé et de terre cuite. La faible lumière provenant des fenêtres laissait entrevoir un ensemble de couleurs éclatantes. Une pile de CD affichait une thématique résolument latino – mambo, salsa et jazz latino. Pas vraiment sa tasse de thé, mais il comprenait que cela puisse convenir à la propriétaire de l'appartement.

Andrea Carbonell.

Grâce à de vieilles connaissances, il avait pu obtenir son adresse. Contrairement à la plupart de ses collègues, elle vivait en dehors du district de Columbia proprement dit et elle faisait quotidiennement les trajets entre chez elle et son bureau dans une voiture de service avec chauffeur. La même source lui avait également indiqué que Carbonell était à bord d'un hélicoptère de la NIA qui atterrirait à Dulles dans trente minutes. Elle avait déjà informé son bureau qu'elle n'arriverait pas avant 8 heures. Cela pouvait vouloir dire qu'elle passerait rapidement par chez elle. Elle n'était pas rentrée de la nuit, s'étant rendue quelque part dans le sud après l'avoir déposé dans le Maryland. Pour quelqu'un d'aussi organisé dans sa tête, il se demandait comment elle pouvait être aussi négligente avec son emploi du temps. Il se posait aussi des questions concernant l'attaque dans le Maryland. Carbonell savait-elle déjà que le docteur Gary Voccio était mort ? Sans doute.

Hier, toute la journée, elle avait eu une longueur d'avance sur lui.

Aujourd'hui, c'était lui qui menait le bal.

Il n'y avait rien de personnel nulle part. Pas de photos, ni de souvenirs, rien. Elle n'avait apparemment ni mari, ni petit ami, ni enfants, ni amie, ni animal domestique.

Mais il ne pouvait pas lui jeter la pierre sur ce plan.

Lui non plus n'avait rien de tout ça. Il vivait seul, depuis toujours. Il n'avait eu aucune femme dans sa vie depuis des années. Plusieurs prétendantes – divorcées, veuves ou encore mariées – lui avaient exprimé leur intérêt, mais il n'avait jamais donné suite. La simple pensée de se livrer, en échange d'une intimité avec l'autre personne, le dégoûtait. Il préférait la solitude et la tranquillité dont il jouissait maintenant.

Un bruit interrompit le cours de ses pensées.

Il se tourna aussitôt vers la porte d'entrée.

On entendait gratter.

Pas le bruit d'une clé entrant dans une serrure, mais plutôt quelqu'un essayant de forcer le mécanisme.

Comme il venait de le faire.

Il prit son pistolet et recula jusqu'à une chambre à coucher, se postant de façon à pouvoir regarder par l'interstice le long du montant.

La porte d'entrée s'ouvrit lentement laissant apparaître une forme sombre.

Une silhouette masculine. Sensiblement de la même taille et de la même corpulence que lui, avec des vêtements noirs, avançant silencieusement.

Apparemment, il n'était pas le seul à s'intéresser à Carbonell.

Knox fit un détour pour passer chez lui, se doucher et changer de vêtements. Sa femme l'accueillit avec sa gaieté habituelle, sans poser la moindre question sur l'endroit où il était, ni sur ce qu'il avait fait. Les choses avaient été réglées au départ. Son travail pour le Commonwealth était confidentiel. Pour elle, les raisons en étaient évidentes : il fallait légitimement protéger les intérêts de l'entreprise ainsi que ses secrets professionnels. Par des assassinats présidentiels, des enlèvements, des meurtres et quantité d'autres crimes mineurs qui faisaient son quotidien. Elle savait seulement que son mari l'aimait, que leurs enfants ne manqueraient de rien et qu'ils étaient heureux. Le côté secret de sa vie lui avait donné d'innombrables occasions d'en prendre à son aise. Son père, qui avait également été quartier-maître, lui avait appris que le risque était proportionnel à la récompense.

Est-ce injuste pour ta mère que je connaisse d'autres femmes ? lui avait dit son père. Eh bien, oui. Mais c'est moi qui suis là, dehors, pas elle. Si je suis pris, j'irai en prison. Pas elle. En fin de compte, je reviens toujours vers elle. Je subviens à ses besoins. Je vieillirai avec elle. Mais tant que je le peux, j'ai le droit de vivre selon mon bon plaisir.

Il n'avait pas compris cette attitude égoïste avant que son tour ne vienne et qu'il soit témoin des exigences de ce poste. Deux cent quatorze hommes faisaient partie actuellement de l'entreprise, répartis entre les quatre familles. Il était à leur service, et en échange ils comptaient sur lui. Mais les quatre capitaines exigeaient aussi qu'il protège leurs intérêts. Et même si les capitaines ne pouvaient pas le renvoyer, ils pouvaient lui pourrir la vie.

Échouer dans l'un ou l'autre cas et la pénalité était sévère.

Un bon quartier-maître finissait par comprendre cet équilibre. Et, c'est vrai, un petit coup à l'occasion avec une femme ou une autre qu'il pouvait rencontrer permettait de soulager le stress. Mais lui n'avait jamais succombé. Il aimait sa femme et sa famille. Il ne pouvait pas envisager de les tromper. Son père n'avait pas eu raison sur tout. Pas sur la vie maritale, ni sur le Commonwealth. Les choses avaient changé depuis l'époque de son père, et il se demandait souvent ce que cet homme aurait fait face aux défis actuels. Les capitaines se faisaient la guerre avec un acharnement grandissant qui menaçait l'existence même de la compagnie. Les liens qui les unissaient de longue date semblaient avoir atteint leur point de rupture. Malgré cela, il avait commis une terrible erreur en s'engageant auprès d'Andrea Carbonell. Heureusement, le traître qu'elle lui avait désigné s'était compromis sans la moindre ambiguïté. Curieusement, il éprouvait de la sympathie envers cette âme damnée.

Piégée. Sans possibilité de repli.

À la merci des autres.

« Tu as l'air fatigué, lui dit sa femme à la porte de la salle de bain. »

Il était sur le point de prendre une douche et de se raser.

« La nuit a été longue.

— Nous pourrions aller à la plage le week-end prochain et nous détendre. »

Ils possédaient une petite maison qu'il avait héritée de son père près du cap Hatteras.

« Formidable, dit-il. Juste nous deux. Le week-end prochain. »

Elle sourit et l'entoura de ses bras par-derrière.

Il étudia son visage dans le miroir.

Ils se connaissaient depuis vingt-cinq ans, s'étaient mariés jeunes et avaient eu trois enfants. Elle était sa meilleure amie. Malheureusement, une grande partie de sa vie restait un mystère pour elle. Son père avait gardé les secrets et trompé sa femme, et lui n'avait gardé que les secrets. Il se demandait ce qu'elle ferait si elle connaissait ses véritables activités.

Si elle savait qu'il tuait des gens.

« Le temps devrait être superbe, dit-elle. Agréable et frais. »

Il se retourna pour l'embrasser. « Je t'aime », dit-il.

Elle sourit. « J'adore entendre ça. Je t'aime aussi.

— J'aurais préféré ne pas être obligé de retourner au domaine. »

Il vit qu'elle avait compris le sous-entendu.

« Que dirais-tu de cette nuit ? »

Il sourit à cette perspective. « Je serai là. »

Elle l'embrassa à nouveau puis le laissa seul.

Il se replongea dans ses réflexions.

Il fallait que cette histoire de traître prenne fin. Les craintes des capitaines devaient être apaisées. Rien ne pouvait attirer l'attention sur lui. Il savait maintenant pourquoi Carbonell lui avait permis de tuer Scott Parrott. Pourquoi pas ? Bien sûr, cela lui servait vis-à-vis des capitaines, de faire ce qu'ils attendaient de lui, mais la mort de Parrott éliminait aussi la seule personne au sein de la NIA avec laquelle il ait jamais traité.

Ce qui le rendait totalement dépendant d'elle.

Ce n'était pas bon.
Il se redressa.
Encore deux heures et il devrait être à l'abri.

Wyatt observa le nouveau venu. Le cambrioleur n'avait même pas cherché à savoir s'il y avait quelqu'un, probablement certain que l'appartement serait inoccupé. Il posa un sac noir par terre et en vida rapidement le contenu. Il prit une chaise de la salle à manger et la plaça devant la porte d'entrée. Puis il fixa ce qui semblait être un pistolet avec des pinces au dossier, et bloqua les pieds de la chaise avec le canapé qu'il glissa derrière. Il enfonça ensuite des pitons dans le plafond, le chambranle et la porte elle-même, et enfila une ficelle à travers chaque piton pour relier la détente du pistolet à la poignée.

Il comprit ce qui était en train de se préparer.

Un pistolet piégé. Utilisé autrefois pour protéger son bien dans des endroits isolés. Attaché à une porte ou à une fenêtre de manière à ce que quelqu'un entrant par effraction soit abattu. Ce genre d'installation était illégal depuis des décennies. Un peu désuet et passé de mode, mais efficace.

L'homme termina son travail, testa la rigidité de la ficelle, puis il ouvrit prudemment la porte et disparut.

Une question lui vint à l'esprit.

Qui d'autre pouvait aussi avoir perdu patience ?

38

Bath, Caroline du Nord

Hale n'arrivait pas à dormir. Après le procès, il était rentré chez lui et s'était retiré dans sa chambre à coucher, espérant s'assoupir aussitôt. Mais il était en proie à trop de pensées perturbantes. Au moins l'affaire du traître paraissait résolue. Knox avait traité le problème exactement comme un quartier-maître devait le faire. Dans peu de temps, les capitaines allaient pouvoir montrer à toute la compagnie ce qui arrivait à ceux qui violaient les articles. Un petit rappel en la matière n'était jamais une mauvaise chose. Ce qui le préoccupait surtout, c'était le déchiffrage du code.

Carbonell était-elle en mesure de le fournir ?

Parrott avait menti à Knox.

Est-ce qu'elle lui mentait également ?

Allait-il réussir là où son père, son grand-père, son arrière-grand-père et son arrière-arrière-grand-père avaient échoué ?

« *Il est indéchiffrable, lui avait dit son père. Rien que des lettres sur une page. Sans ordre ni raison.*

— *Pourquoi en avons-nous besoin ? avait-il demandé,*

avec toute l'innocence de son jeune âge. Nous ne sommes pas menacés. Notre lettre de marque est respectée.

— C'est vrai. Ce président y a été attentif et la plupart l'ont été aussi. Wilson, au cours de la Première Guerre mondiale, s'est montré reconnaissant pour tous nos efforts. Roosevelt aussi, pendant la Seconde Guerre mondiale. Mais quatre fois, notre gouvernement a choisi de ne pas honorer notre accord, en se basant sur le fait qu'il n'existe aucune approbation explicite de notre lettre par le Congrès. Ils se sont moqués de nous, tout comme Andrew Jackson, sachant que, légalement, notre lettre de marque n'était pas exécutoire. Ces quatre hommes ont commencé à poser un problème. »

Son père ne lui avait jamais parlé de cela.

« Quels quatre hommes ?

— Ceux qui sont morts par balle. »

Avait-il bien entendu ?

« Quentin, tes frères et sœurs ignorent ce que je fais réellement. Ils savent seulement que nous possédons et que nous contrôlons de nombreuses entreprises. Ils sont, bien entendu, conscients de notre héritage maritime, comme tu l'es toi aussi, et ils sont fiers du rôle que nous avons joué dans la création de ce pays. Mais ils ignorent ce que nous avons fait depuis. »

Lui aussi l'avait ignoré jusque-là, mais, jour après jour, son père l'affranchissait.

« Au cours de la guerre de Sécession, l'Union a fait appel à nous pour empêcher les confédérés de continuer à être approvisionnés par la mer. Nous avons été incités à attaquer des navires marchands français et anglais. Pendant que la marine de l'Union faisait le blocus des ports clés du Sud, nous étions occupés à piller des navires en mer. Mais nous ne pouvions pas oublier que

nous venions du Sud. Nous en avons donc laissé passer quelques-uns. Suffisamment pour que les confédérés puissent survivre plus longtemps qu'ils n'auraient dû. »

Il n'avait jamais entendu parler de tout ça.

« Lincoln était furieux. Pendant la guerre, il avait besoin de nous. Il savait ce qu'avait fait Jackson – que nos lettres de marque étaient sans fondement – mais il préféra ignorer ce problème et encouragea nos forces. Quand la guerre fut gagnée, il changea d'avis. Des mandats d'arrêt furent lancés et le Commonwealth dut être jugé pour piraterie. »

Son père s'arrêta un instant, ses yeux sombres rivés sur son fils. « Je me souviens du jour où mon père m'a dit ce que je suis sur le point de te raconter. »

Son père approchait de ses 70 ans et il n'était pas en bonne santé. Quentin était le plus jeune des enfants, et il avait dû attendre que son père ait presque 50 ans pour être mêlé aux affaires. Son frère aîné et ses sœurs étaient bien plus instruits et avaient bien mieux réussi que lui. Pourtant c'est lui qui avait été choisi.

« Lincoln savait que, avec deux pages manquantes dans le registre du congrès, nos lettres de marque n'avaient pas de valeur. Bêtement, nous lui avions fait confiance. Si nous passions en jugement, nous n'aurions aucune chance. Les capitaines seraient allés en prison, ou peut-être auraient été fusillés en tant que traîtres.

— Mais aucun Hale n'est jamais allé en prison. »

Son père acquiesça. « Parce qu'on s'est assuré que Lincoln serait assassiné. »

Il se souvenait encore de sa stupeur en écoutant son père lui raconter ce que le Commonwealth avait fait, rapprochant ainsi Andrew Jackson et Abraham Lincoln.

« Abner Hale tenta d'assassiner Andrew Jackson. Il recruta Richard Lawrence et l'encouragea à tuer le président. Jackson s'en rendit immédiatement compte. C'est pour cela qu'il riposta en retirant la référence aux lettres de marque. La raison pour laquelle Abner avait agi ainsi était le refus de Jackson de gracier deux pirates condamnés pour avoir pillé un navire américain. Ce fut un procès très suivi à l'époque, avec tous les ingrédients qui nous sont aujourd'hui familiers : avocats célèbres, personnages hors normes, allégations de fautes en toute connaissance de cause. Les verdicts de culpabilité furent tellement controversés qu'ils entraînèrent des menaces de mort sur Jackson. L'une provint d'un acteur shakespearien flamboyant. Il écrivit une note cinglante dans laquelle il menaçait de couper la gorge du président pendant son sommeil, ou de le faire brûler sur un bûcher à Washington, s'il n'accordait pas son pardon. L'auteur de ces mots se nommait Junius Brutus Booth. » Son père marqua une nouvelle pause. « Il s'agissait du père de John Wilkes qui, vingt ans plus tard, fut utilisé par le Commonwealth pour assassiner Abraham Lincoln. »

Quentin comprenait maintenant comment les capitaines de 1865 avaient pu échapper aux poursuites.

« Nous mîmes fin à la menace, dit son père, en recrutant le jeune Booth, ce qui n'était pas particulièrement difficile. Il y a beaucoup de gens qui défendent une cause ou une autre au fond de leur cœur et nourrissent des rancœurs. La plupart sont instables et facilement manipulables. L'assassinat de Lincoln sema le chaos dans le gouvernement. Il ne fut plus question d'arrêter les nôtres. Mieux encore, Booth fut tué en essayant de s'échapper. Quatre autres conspirateurs furent rapidement appréhendés, jugés et pendus. Cinq autres furent

emprisonnés. Ces neuf-là ignoraient tout de nous. Nous avons donc survécu. »

Aujourd'hui encore, le Commonwealth survivrait.

Mais tout reposait sur Andrea Carbonell et sa volonté d'éliminer Stéphanie Nelle.

Cette carte-là, il fallait la jouer avec précaution.

Un coup frappé à la porte de sa chambre à coucher le tira de ses pensées.

Son secrétaire entra. « J'ai vu la lumière et j'ai décidé de vous prévenir. »

Il attendait.

« Le prisonnier a demandé à vous voir.

— Lequel ?

— Le traître.

— Pour quelle raison ?

— Il ne l'a pas dit. Seulement qu'il voudrait vous parler. Seul à seul. »

Malone se réveilla et regarda la pendule à côté de son lit. 6 h 50.

Cassiopée était couchée près de lui, encore endormie. Ils dormaient depuis moins de deux heures. Il portait son maillot de corps et son caleçon. Elle était nue, comme à son habitude au lit, ce qui l'enchantait. Il contempla les contours de son corps. Pas une seule imperfection sur sa peau basanée. C'était vraiment une belle femme.

Si seulement ils avaient davantage de temps.

Il se tourna et posa les pieds par terre.

« Qu'est-ce que tu fais ? » demanda-t-elle.

Il savait maintenant qu'elle avait le sommeil léger.

« Nous devons partir.

— Qu'est-ce qui s'est passé hier soir ? »

Il lui avait promis une explication au réveil. Il lui raconta donc tout, puis ajouta : « J'ai effacé la solution du code sur le serveur de Garver, mais ça ne devrait pas retarder les autres plus de quelques heures. Ils savent probablement déjà que je me suis envoyé une copie par e-mail. »

Il attendit qu'elle comprenne.

« Ce qui signifie qu'ils savent que tu es ici, dit-elle.

— Je me suis enregistré sous un autre nom et j'ai payé en espèces. Ça m'a coûté un pourboire de cent dollars, mais le réceptionniste ne m'a pas demandé de carte d'identité. Je lui ai dit que je ne voulais pas que ma femme sache où j'étais. »

Il prit ses vêtements. « Quand j'ai accédé hier soir à cet e-mail, je savais qu'ils pourraient remonter la piste jusqu'ici. Mais je veux savoir qui *ils* sont. Il est possible qu'ils nous mènent jusqu'à Stéphanie.

— Tu crois qu'ils vont tenter quelque chose ?

— Sûrement. Je pense même qu'ils nous attendent en bas. La question qui se pose est de savoir s'ils sont prêts à faire du ramdam. Nous avons en tout cas un avantage. Un élément qu'ils ignorent. »

Et il vit qu'elle avait compris.

« Et cet élément, c'est toi », dit-il.

39

Washington D.C.

Wyatt regardait par la fenêtre un 4 x 4 entrer dans le parking. Personne d'autre n'avait pénétré dans l'appartement de Carbonell et le piège était prêt à se déclencher. Il avait contrôlé le gadget en se demandant s'il n'avait pas été installé par le Commonwealth. Ce genre d'engin correspondait bien en tout cas à leur mode opératoire. Il était clair que Carbonell avait doublé plus d'un participant dans cette affaire, et que ni le Commonwealth ni les services de renseignements ne pouvaient être satisfaits de son comportement. Mais il ne pouvait pas s'empêcher de penser que, peut-être, comme hier soir, elle l'avait commandité elle-même.

Qu'avait-elle en tête ?

Il regarda Carbonell sortir du véhicule, la lumière intérieure permettant de voir qu'elle portait les mêmes vêtements que la veille. Elle dit quelque chose au chauffeur, puis se dirigea vers l'entrée de l'immeuble. Son appartement se trouvait au premier étage, après une porte au rez-de-chaussée qui n'était pas fermée. Le 4 x 4 attendait sur le parking, lumières éteintes.

Il s'approcha du pistolet.

Les pitons avaient été plantés de manière ingénieuse, de façon à ce que la porte, en s'ouvrant, tire sur le fil et actionne la détente. L'arme était un pistolet automatique. Il l'avait déjà vérifié. Chargé à bloc avec plus de balles que nécessaire pour éliminer toute créature vivante à moins d'un mètre de distance.

Il vérifia le fil de nylon encore une fois.

Tendu comme une corde de guitare.

Quelle importance cela aurait-il si elle mourait ?

Cassiopée sortit tranquillement de l'ascenseur et déboucha dans le hall du Jefferson. Elle avait déjà appelé la réception pour demander que sa moto lui soit amenée devant l'entrée. Elle l'avait fait garer par le voiturier en arrivant.

Quatre policiers attendaient à sa gauche, près de la statue en marbre de Thomas Jefferson qui occupait le centre du hall.

Apparemment, cela ne s'annonçait pas comme un affrontement très subtil.

Elle s'approcha d'eux comme si de rien n'était, précédée par le cliquetis de ses bottes. Dehors, de l'autre côté des portes vitrées, elle aperçut trois voitures de la police municipale de Richmond. Ceux qui avaient attaqué Cotton hier soir avaient apparemment décidé de rester dans l'ombre aujourd'hui et de laisser les forces locales endosser la responsabilité. Elle nota quelques regards inquiets de la part des clients qui allaient et venaient, avec un journal du matin à la main, ou une serviette, ou leur valise à roulettes.

Mais elle les ignora tous et examina les alentours.

L'entrée était immense, en forme de L. À sa gauche, un escalier majestueux descendait vers un atrium bordé de ce qui ressemblait à des colonnes de marbre, lequel marbre s'avéra après examen être une peinture en trompe-l'œil. Le plafond s'élevait à plus de vingt mètres jusqu'à une ouverture au sommet ornée de vitraux. Des tapisseries et des meubles de l'époque victorienne conféraient à l'endroit un charme suranné. À l'extrémité de l'atrium sur deux étages, elle repéra d'autres portes vitrées, à côté du restaurant.

Elle échafauda un plan.

Restait à savoir si elle pourrait le mettre à exécution.

Bien sûr.

Il y avait suffisamment de place pour manœuvrer.

Hale entra dans la prison qui avait servi autrefois d'écurie pour les chevaux du domaine. Stéphanie Nelle était enfermée au premier étage, le traître au rez-de-chaussée. Il avait exigé qu'ils ne se voient pas, et encore moins qu'ils puissent se parler. Il avait d'abord hésité à venir, mais il voulait entendre ce que cet homme avait à dire.

L'accusé était assis sur un lit de camp et il ne bougea pas en voyant Hale. Hale décida de rester à l'extérieur de la cellule et de lui parler à travers les barreaux. Il avait ordonné que la porte au-dessus soit fermée et qu'une radio soit allumée à l'étage, de manière à ce qu'on ne puisse pas les entendre.

« Que veux-tu ? demanda-t-il sans élever la voix.

— Vous devez savoir certaines choses. »

Il n'y avait pas le moindre signe de peur chez lui. Cet homme semblait affronter son sort avec courage. Il aimait ça. Son équipage était coriace. L'image du marin enrôlé de force sur un navire pirate, se débattant à coups de pied en criant, l'avait toujours amusé. En réalité, quand un capitaine faisait courir la nouvelle que son bateau allait appareiller, chaque taverne, chaque bordel et chaque ruelle bruissaient à cette perspective. Si ce capitaine avait réussi ses dernières sorties, les anciens compagnons de bord étaient généralement les premiers à signer. Les autres, désireux de se joindre à eux et de profiter de l'aubaine, ne tardaient pas à arriver. L'activité de pirate payait bien, et les hommes de cette époque voulaient le meilleur retour possible sur cet investissement risqué. Aucun ne voulait mourir. Tous voulaient revenir au port et profiter de leur part du butin. Toutefois, un capitaine devait être prudent dans ses choix. Une fois que les articles avaient été acceptés et que le bateau avait pris la mer, il pouvait être destitué par cet équipage. Bien entendu, ce n'était plus le cas. L'hérédité suffisait désormais au capitaine. Mais il y avait encore des risques, et cet homme en était le parfait exemple.

« Je suis là. Parle.

— J'ai parlé à la NIA du meurtre sur *L'Aventure*. Ça, je l'admets. Ils m'ont offert de l'argent et je l'ai accepté. »

Hale savait déjà cela mais il était curieux : « Tu es fier de ce que tu as fait ?

— Je me rends bien compte que toute cette

histoire de compagnie est importante pour vous. Tous pour un, un pour tous, et tout ça. Mais à dire vrai, c'est vous qui prenez le gâteau et il nous reste les miettes.

— Ces miettes sont bien plus conséquentes que tout ce qu'on t'offrait ailleurs.

— Exact. Mais je n'ai jamais gobé tout ça. »

Le recrutement avait toujours été effectué par le quartier-maître, généralement au sein de familles de confiance qui avaient travaillé pour le Commonwealth. Comme par le passé, les équipages modernes étaient généralement peu éduqués et venaient de milieux pauvres, sinon modestes. Mais quand même…

« Ta parole ne vaut-elle rien ? demanda Hale. Tu as signé les articles et prêté serment. Ça ne veut rien dire ? »

L'homme haussa les épaules. « Je l'ai fait pour l'argent. Et Knox m'a aussi tiré d'un mauvais pas. Ça, je l'ai apprécié. Je m'y entends à travailler le métal. Alors, quand il m'a offert le boulot, je l'ai pris.

— Apparemment, tu n'as pas suffisamment apprécié les choses pour respecter ta parole et être loyal.

— C'est vous qui avez tué ce type sur le bateau. Il représentait une menace pour vous. Pas pour moi, ni pour aucun des autres. C'est vous que j'ai trahi, pas eux.

— Est-ce ça que tu voulais me dire ? »

L'homme prit un air dégoûté.

« Je voulais que vous sachiez que j'ignorais tout d'une tentative d'assassinat. La première fois que j'en ai entendu parler, c'était à la télévision, après les faits. Oui, j'ai fabriqué le fusil dans l'atelier de ferronnerie, et je l'ai d'ailleurs reconnu lorsqu'on l'a montré aux informations. Mais on ne nous avait rien dit quant au moment et à l'endroit où ça allait être utilisé. Je n'en savais rien, et je n'ai rien dit à la NIA.

— Tu es un menteur et un traître. On ne peut rien croire de ce que tu dis. »

L'homme haussa les épaules. « Comme vous voulez. Mais sachez seulement qu'il y a deux traîtres dans votre précieuse organisation, et que l'un d'eux est toujours en liberté.

— Pourquoi me dis-tu cela ?

— Deux raisons. La première, comme je l'ai dit, je n'ai jamais trahi mes amis, et ils doivent savoir qu'il y a un espion parmi eux. Et la deuxième, c'est que je sais que je ne vais pas sortir d'ici, alors quand ma dernière heure sera arrivée, j'espère qu'au moins vous vous montrerez clément. »

40

Richmond, Virginie

Malone entra dans l'ascenseur. Cassiopée était allée en reconnaissance au rez-de-chaussée du Jefferson, et avait noté que trois voitures de la police de Richmond gardaient l'entrée principale, mais que la deuxième sortie donnant sur West Main Street à l'extrémité sud du hall n'était pas surveillée. Elle lui avait précisé par mobile interposé que tout ça ressemblait à une opération locale et qu'il n'apprendrait donc rien en restant sur place. Il avait espéré que quelques-uns des protagonistes se montreraient. Le fait de connaître la solution du Code Jefferson lui donnait de quoi marchander, et il aurait voulu avoir l'occasion d'en profiter. Puisque ce n'était pas le cas, ce qui l'attendait à Monticello semblait maintenant beaucoup plus prometteur.

Malheureusement, il y avait le problème de la police.

Cassiopée avait descendu trois interminables volées de marches couvertes de moquette jusqu'au hall en faux marbre, puis elle avait parcouru une trentaine de mètres en direction des portes vitrées à l'extrémité sud du vestibule. Elles étaient fermées et la réceptionniste du restaurant voisin lui précisa que les portes n'ouvraient jamais avant 9 heures. Apparemment, la police avait décidé, compte tenu de ces portes fermées à clé, qu'il lui suffisait de surveiller le hall supérieur, les escaliers et l'entrée principale. Comme il ne s'était pas enregistré sous son vrai nom, une fouille de chaque chambre n'était pas réaliste. Il était plus facile de le guetter à la sortie de l'ascenseur pour l'appréhender.

Mais ils ne connaissaient pas Cassiopée Vitt.

Elle lui avait fait part de son scénario au téléphone. Il avait secoué la tête puis dit : *OK. Pourquoi pas ?*

La porte de l'ascenseur s'ouvrit.

Il en sortit et tourna à gauche, puis se dirigea vers la réception, avec l'intention de tourner à nouveau à gauche et d'emprunter l'escalier menant au niveau inférieur. C'était peine perdue, et, comme prévu, trois policiers en uniforme surgirent de sa droite et lui crièrent de s'arrêter.

Ce qu'il fit.

« Cotton Malone, dit l'officier principal, apparemment un capitaine. Nous avons un mandat d'amener à votre endroit.

— Je sais que je n'ai pas payé toutes mes contraventions. Je les déchire. Je ne devrais pas, mais…

— Mettez les mains dans votre dos », lui intima un deuxième policier.

Cassiopée regarda le voiturier arriver en trombe sur sa moto. La Honda NT700V était équipée d'un moteur nerveux de 680 cm^3, avec huit soupapes, et le jeune homme avait visiblement apprécié sa course depuis le parking. Il descendit, laissant tourner le moteur, et maintint la machine de plus de deux cents kilos pendant qu'elle l'enfourchait.

Elle lui tendit un billet de cinquante dollars.

Il la remercia d'un signe de tête.

Deux voitures de police stationnaient au-delà de la porte cochère, juste devant elle, et une autre était garée derrière elle, toutes avec quelqu'un au volant. Elle avait remarqué que le policier à côté d'elle admirait ses fesses moulées dans son jean serré.

« J'ai un service à vous demander, dit-elle au voiturier.

— Dites. »

Elle désigna une des entrées du hall.

« Vous pourriez m'ouvrir cette porte vitrée ? »

Malone se retourna pour obéir à l'officier. L'important était que les pistolets restent dans leurs étuis et, jusque-là, personne n'avait dégainé.

« De quoi s'agit-il ? demanda-t-il.

— Les agents fédéraux s'intéressent à vous, dit le premier policier en attrapant Malone par les poignets. Ils veulent vous parler.

— Pourquoi ne sont-ils pas ici ? » demanda-t-il.

La pression sur ses poignets s'accentua.

« Cotton, dit un autre policier. Où avez-vous déniché un nom pareil ? »

Le vrombissement d'une moto s'intensifia tandis qu'une porte en verre s'ouvrait à quinze mètres sur sa gauche.

« Trop long à raconter », dit-il, voyant Cassiopée à l'extérieur sur sa moto.

Il sourit.

Comment pouvait-on ne pas l'aimer ?

Cassiopée emballa les soixante-cinq chevaux de son moteur et remarqua dans son rétroviseur que le policier derrière ne quittait pas ses fesses des yeux sans se préoccuper du reste. Il n'avait visiblement prêté aucune attention au voiturier à dix mètres qui maintenait la porte ouverte.

Elle tourna le guidon à droite, passa en première et accéléra. Puis elle braqua encore à droite en faisant patiner les roues, redressa et s'engouffra à toute vitesse dans le hall par la porte ouverte.

Knox faisait face à la compagnie rassemblée dans la cour devant la prison depuis 7 heures précises. Deux cent quatre sur les deux cent quatorze étaient présents, les absents ayant été excusés uniquement parce qu'ils n'étaient pas en ville. La règle était claire. Il n'était pas question d'ignorer un appel au rassemblement.

Puisque aucun des trois enfants Hale ne se trouvait au domaine, la réunion pouvait se tenir en privé. Le portail d'entrée était fermé, contrôlé par vidéo depuis le centre de sécurité par du personnel qui suivait électroniquement le déroulement du châtiment. Cet endroit était sacré. C'était l'endroit où la compagnie se réunissait depuis l'instauration du Commonwealth. Depuis deux cent cinquante ans, des milliers d'hommes étaient restés debout pour écouter des déclarations, enterrer des capitaines, élire des quartiers-maîtres ou, comme aujourd'hui, assister à un châtiment.

Il avait personnellement supervisé la préparation

du prisonnier, s'assurant que ses mains étaient liées et sa bouche bâillonnée. Il voulait éviter les éclats ou les discours. Il fallait que cette affaire prenne fin ici et maintenant.

Mais il était troublé par ce que le geôlier lui avait rapporté. Le prisonnier avait demandé à parler en privé avec Hale, et le capitaine avait consenti et passé quelques minutes avec l'homme.

Perturbant. Sans aucun doute.

Il se concentra sur les quatre capitaines, regroupés au bout de la cour. Le prisonnier était attaché à un pieu en pin au centre, et la compagnie rassemblée à l'autre bout.

Il s'avança.

« Cet homme a été jugé et condamné pour trahison. Il a été proclamé que la mort serait son châtiment. »

Il s'arrêta pour laisser les mots faire leur effet. Le châtiment devait être mémorable.

Il se tourna vers les capitaines. « Que choisissez-vous comme méthode ? »

Au cours des siècles, différentes options avaient prévalu. Enchaîné, puis emprisonné sans nourriture ni eau ? Cela prenait des jours. Pendu à un mât jusqu'à ce que les éléments et la faim fassent leur œuvre ? Plus rapide. Fouetté avec un chat à neuf queues ? Encore plus rapide puisque les lanières nouées au bout entraînaient la mort en quelques minutes.

Aujourd'hui encore, diverses options se présentaient.

Pendaison. Par balle. Noyade.

« Le supplice du bâton ! » cria Hale.

41

Washington D.C.

Wyatt attendait à côté du piège pendant qu'une clé pénétrait dans la serrure, de l'autre côté de la porte.

Il regarda la poignée tourner.

Andrea Carbonell était sur le point d'entrer chez elle. Comment aurait-elle pu se douter que cet acte banal risquait de lui coûter la vie ?

La porte s'ouvrit.

La cordelette de nylon émit un bruit strident en se tendant à travers les œillets.

Les gonds pivotèrent de trente degrés, puis de quarante, de quarante-cinq.

Il avait déjà estimé qu'il fallait un arc d'au moins soixante degrés pour engager la détente.

Avec le pied, il stoppa l'ouverture de la porte et coupa la cordelette avec des ciseaux.

Il retira sa chaussure et laissa la porte s'ouvrir en grand.

Carbonell le dévisagea, puis regarda le pistolet, et enfin la corde qui pendait. Son visage n'exprimait pas la moindre surprise.

« La décision a été difficile ? » demanda-t-elle.

Il tenait encore les ciseaux. « Plus que je ne le pensais.

— Apparemment, tout cela n'est pas de votre fait. Qui ? »

Il haussa les épaules.

« Un homme est venu, a mis tout cela en place et est reparti.

— Et vous ne l'avez pas arrêté. »

Il haussa à nouveau les épaules. « Ça ne me regarde pas.

— Je suppose que je devrais vous être reconnaissante de votre présence ici.

— Dites plutôt reconnaissante d'avoir coupé la corde. »

Elle entra et referma la porte. « Pourquoi l'avez-vous fait ? Vous devez être furieux pour l'épisode d'hier soir.

— Je le suis. Vous vouliez ma mort.

— Allons, Jonathan. Je respecte beaucoup trop vos talents. »

Il se rua sur elle et lui enserra le cou de la main droite, en acculant sa silhouette mince contre le mur. Des cadres accrochés à côté tremblèrent sur leurs pitons.

« Vous vouliez mettre à profit mes talents pour me tuer. Vous vouliez que je fasse sortir Voccio de là-bas. Nous attirer tous les deux dans la voiture pour nous faire sauter.

— Vous êtes venu pour me tuer ? » dit-elle en respirant avec difficulté car il ne la lâchait pas. Mais elle ne manifestait pas la moindre inquiétude.

Le message était passé. Il desserra sa prise.

Elle resta debout devant lui à le regarder fixement tout en reprenant contenance. Puis elle caressa l'arme du piège et l'admira. « Gros calibre, automatique. Combien de coups ? Trente ? Quarante ? Il ne serait pas resté grand-chose de moi. »

Il s'en fichait complètement. « Vous avez la solution du code.

— Voccio me l'a envoyée par e-mail quelques heures avant votre arrivée. Mais je suppose que vous le savez déjà. D'où votre colère.

— J'ai bien d'autres raisons pour être furieux. »

Elle le regarda avec attention pendant un bon moment. « Je le suppose.

— Cette solution ne restera pas longtemps secrète.

— Jonathan, *vous* doutez tellement de *mes* capacités. Je l'ai fait envoyer par e-mail depuis l'extérieur de l'institut. Seul Voccio savait d'où. À présent, il est mort.

— Et ça vous arrange. »

Elle comprit ce qu'il voulait dire. « Vous croyez que les hommes qui étaient là-bas hier soir venaient de ma part. »

Elle montra le piège. « Vous pensez probablement aussi que c'est moi qui ai installé ça.

— Avec vous, tout est possible.

— Ça ne me servirait à rien de persister à nier quoi que ce soit. Vous ne me croiriez pas. Alors je n'essaierai même pas. »

Elle lui enleva les ciseaux des mains. « Ce sont ceux de mon bureau ? »

Il ne dit rien.

« Je vous aime bien, Jonathan. Je vous ai toujours bien aimé.

— Je ne savais pas que vous aimiez les cigares. »

Il en avait humé l'odeur persistante, et avait trouvé trois boîtes à cigares anciennes pleines.

« Mon père en fabriquait jadis. Ma famille vivait à Ybor City à Tampa. De nombreux immigrants cubains s'y sont installés dans les années 1960. La Floride ressemblait à chez nous. C'était un endroit formidable. Vous y êtes déjà allé ? »

Il secoua la tête.

« Espagnols, Cubains, Italiens, Juifs, Chinois. Nous vivions tous en parfaite entente. Tout le monde tirait son épingle du jeu. Quel endroit merveilleux. Tellement vivant. Puis tout s'est arrêté, et on a construit une autoroute en plein milieu. »

Il se taisait, la laissait parler. Elle essayait de gagner du temps. Très bien.

« Mon père ouvrit une usine de fabrication de cigares qui prospéra. Il y en avait beaucoup à Ybor dans les années 1920, avant la grande dépression, mais, peu à peu, elles ont toutes disparu. Il était déterminé à les faire revivre. Pour lui, pas de machines. Tous ses cigares étaient roulés à la main, un par un. J'y ai pris goût assez jeune. »

Il savait que ses parents avaient fui Castro dans les années 1960 et qu'elle était née et avait grandi ici. Pour le reste, elle demeurait un mystère.

« Vous avez toujours été aussi silencieux ?

— Je dis ce que j'ai besoin de dire. »

Elle contourna l'arme et se rapprocha de lui. « Mes parents étaient riches lorsqu'ils vivaient à Cuba. C'étaient des capitalistes et Castro détestait les capitalistes. Ils ont tout laissé et sont repartis de zéro ici, bien décidés à faire leurs preuves une nouvelle fois. Ils adoraient les États-Unis et, au début, ce pays leur a donné une deuxième chance. Puis les problèmes économiques et de mauvais choix ont tout balayé. Ils ont tout perdu. »

Elle s'arrêta et le dévisagea dans l'obscurité. « Ils sont morts fauchés. »

Il se demandait pourquoi elle lui racontait tout ça.

« Les aventuriers qui ont fui Cuba dans les années 1980. Ceux de Mariel[1]. Ils ont essayé de composer avec Castro, et quand ils ont vu que ça ne pouvait pas marcher, ils ont décidé de venir ici. Tout ce qu'ils ont réussi à faire, c'est de compliquer les choses pour les autres, y compris mes parents. Ils devraient être renvoyés pour vivre sous le régime pour lequel ils ont milité. » Elle marqua une pause. « J'ai travaillé pour gravir les échelons. Une marche après l'autre. Personne ne m'a fait de cadeau. Quand mon père est mort, je lui ai juré de ne pas faire les mêmes erreurs que lui. Que je ferais attention. Malheureusement, aujourd'hui, j'ai fait une erreur. » Elle ne le quittait pas des yeux. « Et pourtant vous m'avez accordé un sursis. Pourquoi ? Pour pouvoir me tuer vous-même ?

— Je cherche le cylindre de Jefferson, lui dit-il. Si vous vous en mêlez, je tuerai celui que vous enverrez, et je *vous* tuerai ensuite.

— Qu'est-ce que ça peut bien vous faire ? Tout ça ne vous concerne plus.

1. Entre avril et octobre 1980, le port de Mariel a été le point de départ d'un exode massif de Cubains vers les États-Unis.

— Un homme est mort hier soir uniquement pour avoir fait son travail. »

Elle se mit à rire. « Et ça vous affecte ?

— C'est *vous* que ça affecte. »

Il vit qu'elle avait compris. Il pouvait lui causer des problèmes. Changer ses plans. Bousiller sa vie.

« Malone aussi a la clé du code, dit-elle. Il se l'est envoyée par e-mail hier soir depuis l'ordinateur de Voccio, puis l'a effacée du serveur de l'institut. Il n'y a pas d'autre enregistrement de la solution. Seuls vous, lui et moi l'avons.

— Il va aller tout droit à Monticello. »

Il la contourna et se dirigea vers la porte.

Elle lui attrapa le bras, le visage à quelques centimètres du sien. « Vous ne pouvez pas faire ça tout seul et vous le savez très bien. »

C'était vrai. Trop d'inconnues. Trop de risque. Et il n'était pas bien préparé.

« Vous ne me dites pas la vérité, Jonathan. Il ne s'agit pas de moi, ni de ce qui est arrivé hier soir. C'est Malone. Vous ne voulez pas qu'il réussisse. Je le vois dans vos yeux.

— Je veux peut-être simplement vous voir échouer.

— Allez à Monticello. Trouvez ce que nous voulons tous les deux. Ce que vous faites avec Malone, c'est votre affaire. Ce que nous faisons tous les deux reste entre nous. Je parie que vous pouvez parfaitement séparer les deux. Vous avez besoin de moi. C'est pour ça que je suis toujours en vie. »

Elle ne se trompait pas.

C'était la seule raison.

« Allez chercher ce cylindre, dit-elle.
— Pourquoi ne pas y aller vous-même ?
— Comme je vous l'ai dit à New York, je préfère vous devoir quelque chose à vous seulement. »

Ce qui voulait dire qu'elle se rapprochait du terme de ce qu'elle avait planifié. Impliquer ses propres agents aurait nécessité un nouveau nettoyage.

« Vous vouliez vraiment la mort de Scott Parrott, n'est-ce pas ?
— S'il avait fait son travail, il ne serait pas mort.
— Il n'avait aucune chance.
— Contrairement à ces trois agents que vous avez fait intervenir après avoir assommé Malone avec un pistolet ? Eux *avaient* une chance, n'est-ce pas ? »

Il referma le poing droit, avant de se contrôler. C'était exactement la réaction qu'elle souhaitait.

« Allez chercher le cylindre, Jonathan. Ensuite nous parlerons. »

Malone se retourna et donna un coup de pied dans le tibia d'un des policiers de Richmond. Il envoya ensuite une droite à un autre et un coup de genou au troisième.

Tous trois tombèrent au sol.

Le rugissement d'une moto dans le hall d'accueil avait fait diversion et produit les quelques instants d'inattention dont il avait besoin pour agir.

Cassiopée se précipitait vers lui à toute vitesse sur le sol en marbre. Elle ralentit juste assez pour qu'il puisse monter derrière elle, puis elle accéléra et tourna à gauche en direction de l'escalier à quinze mètres. Il lui entoura la taille d'un bras et empoigna son pistolet de l'autre main. Il se retourna pour voir les flics se relever et dégainer leurs armes.

La moto ralentit à l'approche de l'escalier.

Les marches descendaient sur trois étages interminables, avec deux larges paliers. En tout, quelque trente mètres de dénivellation.

C'était la partie la moins agréable de la course.

« On y va », dit-elle.

Il visa et tira un coup au-dessus des policiers. Ils plongèrent au sol, cherchant à se réfugier derrière la statue de Jefferson.

Cassiopée n'avait jamais descendu un escalier à moto. Le chemin de moquette recouvrant la pierre des marches faciliterait probablement la descente, mais le parcours allait être chaotique.

Elle rétrograda en seconde et plongea en avant.

La moto se cabra pendant que Malone et elle cherchaient leur équilibre. Elle manœuvra le guidon pour qu'ils restent stables. Elle connaissait bien cette machine. Un centre de gravité bas la rendait particulièrement maniable. La police en Europe l'avait utilisée pendant des années. Un modèle plus ancien était entreposé dans le garage de son château français. C'était justement pour sa familiarité avec cet engin qu'elle l'avait choisi pour son voyage à Fredericksburg, plutôt qu'une des voitures des services secrets.

Cotton se cramponnait à elle tandis que, de son côté, elle tenait fermement le guidon.

Ils arrivèrent au premier palier.

Elle augmenta les gaz, puis donna un petit coup

de frein avant de se réengager sur d'autres marches. Sur le deuxième palier, l'avant de la moto vira à gauche. Elle tira immédiatement à droite sur le guidon, et la roue avant attaqua la dernière série de marches, propulsée par la force de gravité vers l'étage en dessous.

« Nous avons de la compagnie », dit-il.

Puis un coup de feu retentit.

Venant de Cotton.

Encore quelques mètres cahoteux et ils atteignirent une surface lisse.

Elle accéléra et ils s'éloignèrent rapidement, par-dessus les tapis, entre les chaises et les canapés, à travers la salle en faux marbre, sous le plafond en vitraux.

Des gens qui étaient assis se levèrent en hâte pour s'écarter.

Les portes de sortie les attendaient à trente mètres.

Malone était surpris qu'ils aient pu arriver jusque-là. Il n'aurait jamais compté sur plus de trente pour cent de réussite. Ils avaient pris la police par surprise, et il était ravi de voir que la route devant eux était dégagée. Le problème venait de derrière. Il avait aperçu les flics dévaler l'escalier quatre à quatre jusqu'au premier palier et se préparer à tirer. Au cours de leur descente de la seconde série de marches, il avait tiré trois fois en faisant ricocher les balles sur le marbre, ce qui avait dispersé leurs attaquants.

Il espérait n'avoir touché personne.

« Cotton », dit Cassiopée.

Il se retourna et regarda devant.

Des portes vitrées, fermées comme prévu jusqu'à 9 heures, leur barraient la route. Au-delà, la belle matinée ensoleillée était synonyme de liberté.

Quinze mètres.

« Quand tu veux », dit-elle, en poursuivant sa course.

Il visa au-dessus de son épaule et tira trois fois, faisant éclater les portes en verre.

Cassiopée dirigea la moto vers le milieu de l'ouverture.

Ils sortirent en trombe sur le trottoir et elle freina.

Ils posèrent ensemble les pieds sur le pavé.

Une rue animée passait perpendiculairement à l'hôtel.

Il observa la circulation, aperçut une trouée leur permettant de s'y glisser et dit : « Sors-nous d'ici. »

42

Bath, Caroline du Nord

Hale était satisfait des préparatifs. Le choix du supplice du bâton avait certainement surpris Knox qui avait hésité avant d'accepter d'un signe de tête, puis demandé quelques minutes pour préparer les éléments nécessaires. Il remarqua que les trois autres capitaines semblaient inquiets. Le choix de la punition venait de lui, mais ils avaient tous voté leur accord.

« Tuer ton comptable était une stupidité, lui dit Surcouf.

— Comme cet homme d'équipage, il m'avait déçu.

— Tu prends trop de risques, remarqua Cogburn. Bien trop.

— Je fais ce que j'ai à faire pour survivre. »

Un capitaine n'était pas obligé de s'expliquer devant les autres tant que ce qu'il faisait le regardait personnellement. Et c'était le cas puisqu'il s'agissait du comptable de la famille de Hale. Pas très différent du temps où les capitaines étaient responsables de leurs propres navires, et que l'avis d'un autre capitaine n'était pertinent que lorsque les compagnies se regroupaient.

Knox attira son attention et indiqua que tout était prêt.

Il s'avança et s'adressa à tous ceux qui étaient rassemblés sous le soleil du matin. « Chacun d'entre nous a prêté serment de loyauté aux articles. Vous menez une vie satisfaisante, vous disposez d'un bon revenu. Notre compagnie fonctionne parce que nous travaillons ensemble. » Il désigna l'homme ligoté au pieu. « Il a craché sur tout ce qui nous est cher, et il a mis en péril chacun d'entre vous. »

Les hommes s'agitèrent.

« Les traîtres n'ont que ce qu'ils méritent », cria-t-il.

Une clameur monta, indiquant qu'ils étaient tous d'accord. Un frisson lui parcourut le dos. Quel sentiment, celui d'être responsable. Il manquait seulement l'air marin et le roulis du pont.

« Soyez témoins du châtiment », cria-t-il.

Knox se tenait à côté de l'homme attaché et bâillonné, et Hale regarda le quartier-maître donner ses instructions à deux autres membres de l'équipage. Le châtiment choisi était particulièrement rude, bien que simple de conception. Deux planches étaient réunies à chaque bout par des lanières en cuir d'environ un mètre de long. La tête du prisonnier était placée entre les deux lanières, les hommes qui se tenaient de chaque côté tenant les planches des deux mains.

Il espérait que Stéphanie Nelle serait en train de regarder. Il l'avait fait déplacer d'une cellule sans fenêtre à une autre d'où elle pouvait voir ce qui se passait dans la cour. Il voulait qu'elle sache ce dont il était capable. Il n'avait toujours pas eu de nouvelles d'Andrea Carbonell concernant la solution du code, si bien que le sort de Nelle restait indécis.

Les deux membres de l'équipage se mirent à tourner les planches, faisant s'enrouler les lanières jusqu'à ce qu'elles serrent le crâne de l'homme. Le prisonnier secoua la tête essayant de contrarier leur effort, ce qui s'avéra inutile.

Knox jeta un dernier regard à Hale.

Hale regarda les trois autres capitaines, qui acquiescèrent.

Il se tourna à nouveau vers Knox et signifia son propre acquiescement d'un signe de tête.

L'ordre de poursuivre fut donné, et les planches à nouveau tournées. Pendant quelques tours, le crâne résista en dépit du serrage des lanières. Au sixième tour, la pression augmenta. Le prisonnier se débattit. Sans bâillon, l'homme aurait certainement poussé des hurlements de douleur.

Les planches continuaient à être tournées.

Les pupilles s'écarquillèrent, les globes oculaires saillant anormalement. Hale savait ce qui était en train de se passer. La pression exercée sur le crâne les forçait à sortir.

Les trois autres capitaines le voyaient aussi.

Il savait que ces hommes n'avaient pas l'habitude d'être témoins de violence. Ils pouvaient ordonner qu'elle soit perpétrée sans le moindre remords, mais y assister était une autre affaire.

Encore quelques tours.

Sous la pression, le visage de l'homme devenait cramoisi.

Un globe oculaire jaillit de son orbite.

Du sang se déversa du trou béant.

Le serrage continua, plus lentement maintenant étant donné que les lanières étaient presque à bout.

Son père lui avait parlé du supplice du bâton. Des dernières secondes qui étaient les pires. Une fois les yeux sortis, il ne restait plus au crâne qu'à craquer. Malheureusement pour la victime, le crâne était dur. C'était la particularité de cette forme de punition, souvent elle ne tuait pas la victime.

L'autre globe oculaire s'échappa et le sang inonda encore un peu plus le visage.

Hale s'avança vers le centre de la cour.

Le prisonnier avait cessé de remuer, son corps s'était affaissé, la tête maintenue seulement par les lanières.

Knox ordonna qu'on arrête de tourner.

« Sachez seulement qu'il y a deux traîtres dans votre précieuse organisation.

— Pourquoi me dis-tu cela ?

— Quand ma dernière heure sera arrivée, j'espère qu'au moins vous vous montrerez clément. »

Il n'avait pas arrêté d'y penser depuis que l'homme avait prononcé ces paroles moins d'une heure auparavant.

Deux traîtres dans votre précieuse organisation.

Bien que le prisonnier ait déclaré qu'il n'avait jamais adopté la mentalité de la compagnie, il avait tort. *C'est vous que j'ai trahi, pas eux.* Il se souciait de ses compagnons de l'équipage.

Et cela l'incitait à croire cet homme.

Il regarda fixement le visage ensanglanté. Puis il sortit son pistolet de sa veste et lui tira dans la tête.

« La punition a été administrée, annonça-t-il. Rompez. »

Les hommes d'équipage commencèrent à quitter la cour.

Il se tourna vers Knox. « Fais jeter le corps à la mer. Puis viens chez moi. Nous devons parler. »

Cassiopée passa en cinquième et maintint la moto sur la route 250. Ils avaient délibérément évité l'autoroute 64 vers l'ouest, choisissant une voie secondaire, espérant ainsi pouvoir échapper à toute alerte en provenance des comtés limitrophes. Mais elle était de l'avis de Cotton. Ayant échoué dans leur tentative, ceux qui avaient ordonné son arrestation n'auraient peut-être plus tellement envie d'en impliquer d'autres. La prochaine fois, ils se débrouilleraient tout seuls, à leur manière.

Cotton lui donna une petite tape sur le ventre et lui dit à l'oreille :

« Arrête-toi là. »

Elle tourna dans le parking d'un restaurant en ruines, où les mauvaises herbes poussaient à travers l'asphalte. Elle gagna l'arrière et arrêta la moto.

« Personne sur nos traces, lui dit-il en descendant. Nous devons reparler à Edwin Davis. »

Elle sortit son téléphone et composa le numéro. Davis répondit à la deuxième sonnerie. Elle mit le haut-parleur. Ils lui avaient parlé un peu plus tôt, juste avant que Cassiopée ne descende dans le hall d'accueil pour sa mission de reconnaissance.

« Heureux de savoir que vous avez pu en sortir, dit Davis. Pas trop de dégâts à l'hôtel, j'espère.

— Il est assuré, lui dit Cotton.

— Le mort dans la voiture de l'institut Garver est le docteur Gary Voccio, dit Davis. Nous avons pu identifier le corps et c'était bien sa voiture. »

Ils écoutèrent Davis expliquer comment le FBI et la NIA avaient fondu sur l'institut. Les lignes d'électricité et de téléphone avaient été délibérément coupées, l'entrée d'un des immeubles détruite, et une pluie de balles avait balayé les deux étages.

« Le grand homme n'est pas content, dit Davis. Encore des morts.

— Nous sommes en route vers Monticello, dit Cotton.

— Quand vous avez effacé la clé du code du serveur de l'institut, dit Davis, vous l'avez totalement éliminée. Voccio n'avait rien sauvegardé. Tout a disparu. Ce fichier contenait toutes ses notes et ses résultats.

— Nous au moins nous l'avons, dit-elle.

— Mais il faut se demander qui d'autre a réussi à l'obtenir.

— Il va falloir que nous obtenions l'accès au cylindre, dit Cotton. Le site Web du domaine dit qu'il est exposé dans le cabinet de Jefferson, près de sa bibliothèque et de sa chambre à coucher.

— Je suis en route pour Monticello, dit Davis. Je vous attendrai à l'accueil des visiteurs. »

Cotton sourit. « Nous tombons vraiment à pic aujourd'hui.

— Il fallait qu'on s'en occupe, en même temps

que de l'autre affaire soulevée par Cassiopée avec les téléphones. »

En l'occurrence, il avait raison, pensa Cassiopée, et plutôt deux fois qu'une. « Nous devrions y être d'ici trois quarts d'heure environ. »

Elle raccrocha.

« C'est quoi le problème ? lui demanda Cotton.

— Qui t'a dit qu'il y en avait un ?

— Appelle ça une intuition de ton chéri. Je l'ai lu sur ton visage. Qu'est-ce qui s'est passé avec la première dame ? Tu m'as donné une version expurgée. »

C'était vrai. Elle avait résumé les événements, omettant de mentionner la dernière partie de sa conversation avec Shirley Kaiser.

La première dame a une liaison. C'est ça ?

Pas tout à fait. Mais presque.

« Je me demande comment utiliser cette écoute téléphonique à notre avantage, dit-elle. C'est le moyen le plus rapide dont nous disposons pour faire sortir Hale du bois. »

Il lui prit tendrement le bras. « Ce n'est pas tout. Tu me caches quelque chose. Tant pis, moi non plus je ne te dis pas tout. Mais quoi qu'il en soit, si tu as besoin de mon aide, demande. »

Elle aimait ça chez lui, il n'essayait pas d'être l'homme providentiel. Il était son partenaire et il protégeait ses arrières.

Et il était probable qu'elle accepte son offre.

Mais pour l'instant, ce *quelque chose* était son problème à elle.

43

Bath, Caroline du Nord
8 h 30

Knox était inquiet. Quentin Hale s'était entretenu en tête à tête avec le prisonnier avant l'exécution, et maintenant il était convoqué dans la grande maison sans la moindre explication. Le corps était en route vers la mer où il serait lesté et jeté dans le Gulf Stream. Peut-être le traître avait-il dit à Hale qu'il avait parlé du meurtre du comptable, mais pas de la tentative d'assassinat du président. Mais pourquoi Hale l'aurait-il cru ? Et même si Hale avait des doutes, rien ne désignait Knox en particulier, sinon qu'il faisait partie des quatre hommes qui connaissaient tous les détails depuis le début, les trois autres étant les capitaines. Il est vrai qu'une bonne douzaine d'hommes au moins avait collaboré à la fabrication des armes dans l'atelier de métallurgie, mais tous ignoraient à qui elles devaient servir. Étaient-ils considérés comme suspects ? Sans doute, mais de loin.

Il entra dans la résidence des Hale et se dirigea tout droit vers le bureau. Les quatre capitaines étaient là, qui attendaient, ce qui accrut encore son inquiétude.

« Bien, dit Hale, lorsque Knox referma la porte. J'étais sur le point de faire écouter quelque chose aux autres. »

Un enregistreur était posé sur la table.

Hale le mit en marche.

« Mon mariage me pose un problème depuis longtemps, Shirley. Tu le sais bien.

— Tu es la première dame de ce pays. Divorcer est hors de question.

— Mais ça sera possible à la fin du mandat, d'ici un an et demi.

— Pauline, te rends-tu compte de ce que tu dis ? Tu y as bien réfléchi ?

— Je ne pense pratiquement qu'à ça. Danny a été un élu pendant la presque totalité de notre mariage. Cela nous a servi de dérivatif à tous les deux, ni l'un ni l'autre ne voulant affronter la réalité. Dans vingt mois, sa carrière sera terminée. Il n'y aura plus que lui et moi. Sans aucun dérivatif. Je crois que je ne pourrai pas le supporter.

— Il y a cette autre chose, n'est-ce pas ?

— Tu en parles comme si c'était quelque chose de sale.

— Ça t'embrouille l'esprit.

— Non. Il me permet au contraire d'envisager les choses avec lucidité. Pour la première fois depuis des années, je peux voir. Penser. Ressentir.

— Est-ce qu'il sait que nous en parlons ?

— Je le lui ai dit. »

Hale arrêta l'enregistreur.

« On dirait que la première dame des États-Unis a un petit ami.

— Comment as-tu fait pour enregistrer ça ? demanda Surcouf.

— Il y a environ un an, j'ai noué une relation dont j'espérais qu'elle pourrait nous fournir quelques précieuses informations. » Hale marqua une pause. « Et je ne me trompais pas. »

Knox avait fait une recherche sur Shirley Kaiser, et appris que c'était une amie de longue date de Pauline Daniels. Heureusement, Kaiser était une femme extravertie, séduisante et disponible. Une rencontre supposément fortuite avait été organisée entre elle et Hale et leur relation avait pris forme. Mais ni lui ni Hale n'étaient conscients de la cassure profonde qui divisait le couple Daniels. C'était la cerise sur le gâteau.

« Pourquoi ne pas nous avoir dit ce que tu faisais ? demanda Cogburn.

— C'est facile à comprendre, Charles, dit Bolton. Il voulait jouer les sauveurs pour que nous lui soyons redevables. »

Ce qui, pensa Knox, n'était pas tellement éloigné de la vérité.

« Tu nous reproches d'agir seuls, dit Bolton. Mais tu fais la même chose, et depuis longtemps.

— La différence est que j'ai agi en connaissance de cause et en secret, alors que votre action a été stupide et publique. »

Bolton se précipita de l'autre côté de la pièce en direction de Hale, bras armé, poing serré. Hale passa la main droite à l'intérieur de sa veste, et le même pistolet que celui utilisé pour achever le prisonnier surgit.

Bolton s'arrêta.

Les hommes se dévisagèrent, furieux.

Cogburn et Surcouf ne disaient pas un mot.

Knox était ravi. Ils se battaient entre eux – encore une fois –, ce qui détournait idéalement l'attention de lui. Mais cela prouvait encore ce qu'il en avait déjà conclu avant de négocier avec la NIA. Ces hommes ne survivraient pas à la vague qui allait déferler sur leurs ponts. Trop de conflits entre eux, trop d'ego, pas assez de collaboration.

« Un jour, Quentin, dit Bolton.

— Que feras-tu ? M'assassiner ?

— J'aimerais beaucoup.

— Tu trouveras beaucoup plus difficile de me tuer que de tuer n'importe quel président. »

Wyatt arrivait à Monticello. Il avait parcouru les cent quatre-vingt-dix kilomètres depuis Washington en moins de deux heures, et s'était garé dans un parking arboré à côté d'un bel ensemble d'immeubles bas appelé *Centre d'accueil des visiteurs Thomas Jefferson* et *Centre d'éducation Smith*. La pente de leurs toits suivait le contour des coteaux alentour, et leurs murs s'harmonisaient avec la forêt environnante. Ces bâtiments comprenaient un café, une boutique de souvenirs, un théâtre, des salles de cours et un hall d'exposition.

Carbonell avait raison. Il ne pouvait pas laisser Malone réussir. Il avait impliqué son adversaire à New York pour le mettre en danger, peut-être même l'éliminer, pas pour lui fournir une nouvelle occasion de sauver sa mise.

Carbonell avait aussi eu raison sur un autre point.

Il avait besoin d'elle. En tout cas à court terme.

Elle lui avait fourni des renseignements utiles sur Monticello, dont sa topographie, son système de sécurité ainsi que des cartes pour les routes d'accès. Après avoir quitté sa voiture, il monta un escalier menant à une cour plantée de robiniers. Il trouva le bureau de vente et acheta un ticket pour la première visite de la journée qui commençait dans moins de vingt minutes, alors que la résidence ouvrait à 9 heures.

Il se promena aux alentours et lut les pancartes, apprenant que Jefferson avait travaillé pendant quarante ans sur le domaine, nommé *Monticello* – petite montagne en italien –, créant ainsi ce qu'il considérait comme son « mémoire en architecture ».

Le domaine était exploité. Avec notamment un élevage de bétail, des cochons et des moutons, une scierie pour débiter le bois de charpente. Deux autres moulins produisaient du maïs et du blé. Un atelier fabriquait des tonneaux pour la farine. Du bois pour le feu était coupé dans les forêts alentour et négocié. Jefferson avait cultivé du tabac qu'il vendait aux Écossais, avant de passer au seigle, au cresson, aux pommes de terre et aux petits pois. Il pouvait faire quinze kilomètres dans n'importe quelle direction sans jamais quitter ses terres.

Wyatt enviait cette indépendance.

Mais à l'intérieur du hall d'exposition, il apprit que Jefferson était mort ruiné, avec des milliers de dollars de dette, et que ses héritiers avaient tout vendu, y compris ses esclaves, pour rembourser ses débiteurs. La maison était passée de main en main jusqu'à ce qu'elle soit rachetée par une fondation, qui avait œuvré pour lui restituer son lustre d'antan.

En se promenant parmi les différents objets exposés, il continua à s'instruire. Le rez-de-chaussée de la maison comportait onze pièces, chacune faisant partie de la visite officielle. Chaque pièce ouvrait sur la suivante et l'utilisation habile de l'espace et de la lumière naturelle, grâce à des portes en verre, visait à donner un sentiment de liberté et d'ouverture. On ne cachait rien. Les premier et deuxième étages n'étaient pas accessibles aux visiteurs, mais les caves, en revanche, étaient ouvertes au public.

Il étudia le plan des lieux.

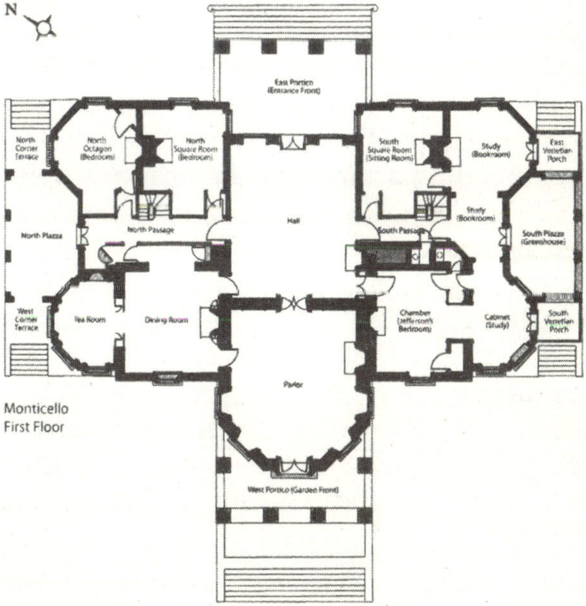

Satisfait, il ressortit. Cette matinée de fin d'été était radieuse et il décida qu'agir rapidement était la meilleure façon d'accomplir son boulot.

Il se dirigea vers l'endroit d'où une navette les emmènerait, lui et le premier groupe, à trois cents mètres plus haut sur la colline. Le groupe d'une cinquantaine de personnes était composé surtout d'adolescents. Une statue en bronze de Jefferson grandeur nature se dressait à proximité du trottoir. Un homme de grande taille, de presque deux mètres.

Il remarqua la ressemblance de cette statue avec quelques-uns de ces jeunes.

« Ça va être chouette », dit l'un d'eux.

Il était d'accord.

Enfin un peu d'amusement.

Comme au bon vieux temps.

Malone et Cassiopée arrivèrent à moto au Centre d'accueil des visiteurs de Monticello. Edwin Davis les attendait au pied d'un escalier. Cassiopée ignora le préposé du parking qui la dirigeait vers des places libres et alla jusqu'au trottoir avant de couper le moteur.

« Je me suis arrangé pour que vous puissiez voir le cylindre, leur dit Davis. J'ai parlé au président de la fondation et le directeur du domaine est là pour nous guider. »

Malone n'avait jamais visité la maison d'un ancien président. Il avait toujours eu l'intention de venir ici et de se rendre à Mount Vernon[1], mais il

1. Mount Vernon : domaine de George Washington (1732-1799) situé dans l'État de Virginie. Washington y repose ainsi que sa femme Martha.

n'en avait jamais trouvé le temps. C'était une de ces excursions qu'on faisait avec son fils. Il se demandait ce que Gary, son fils de 16 ans, faisait aujourd'hui. Il lui avait téléphoné vendredi quand ils étaient arrivés à New York et ils avaient parlé pendant une demi-heure. Gary poussait à toute vitesse. Il paraissait équilibré et s'était montré ravi de savoir que son père s'était enfin déclaré à Cassiopée.

Elle est sexy, avait dit le garçon.

Ce qu'elle était en effet.

« Le directeur vous attend près de l'arrêt de la navette avec une voiture, dit Davis. Seuls les véhicules du domaine sont autorisés à monter. Nous pourrons nous glisser dans la première visite et voir le cylindre. Il est exposé au rez-de-chaussée. Nous pourrons ensuite l'emporter en haut pour l'examiner tranquillement.

— Cotton peut y aller, dit Cassiopée. Il faut que nous parlions, vous et moi. »

Malone remarqua son regard. Quelque chose la tracassait visiblement.

Sa suggestion était sans appel.

« D'accord, dit Davis. Nous resterons ici tous les deux. »

44

Bath, Caroline du Nord

Hale attendait que Bolton cède et, comme prévu, à la fin, le plus faible des deux se réfugia de l'autre côté de la pièce.

La tension baissa d'un cran sans pour autant se dissiper.

« Le président Daniels ne voudra pas voir déballer sa vie privée, dit-il. Il n'y a jamais eu le moindre soupçon de scandale à propos de lui ou de sa femme. L'Amérique voit en eux le couple parfait. Vous vous imaginez ce que les chaînes d'information et l'Internet feraient de ça ? Daniels passerait à la postérité comme le président cocu. Il ne le tolérera jamais. Messieurs, nous pouvons mettre cela à notre profit. »

Il vit que les trois autres n'étaient pas entièrement d'accord.

« Quand avais-tu l'intention de nous dire tout ça ? demanda Cogburn à nouveau. Edward a raison d'être furieux. Et nous le sommes tous, Quentin.

— Il n'y avait aucune raison de parler de cette affaire avant d'être certain de pouvoir l'utiliser. Maintenant je le suis. »

Surcouf alla au bar et se versa un verre de bourbon. Hale en aurait bien voulu un lui aussi, mais il préférait garder la tête froide.

« Nous pouvons exercer discrètement une pression et faire arrêter ces poursuites, dit-il. Comme je vous l'ai dit à tous les trois il y a un mois, inutile de vous donner la peine de tuer un président. Les beaux parleurs de la télévision et les blogueurs de tout poil s'en chargeront à votre place. Ce président n'a pas manifesté la moindre courtoisie à notre égard. Nous ne lui devons rien, à moins qu'il n'accède à présent à nos demandes.

— Qui est la femme que tu retiens en prison ? » interrogea Cogburn.

Il se demandait à quel moment quelqu'un poserait cette question.

« Stéphanie Nelle. Elle dirige une agence de renseignements dépendant du département de la Justice, la division Magellan.

— Pourquoi la détenons-nous ? »

Il ne pouvait pas leur dire la vérité. « Elle commençait nous poser un problème. Elle enquêtait.

— Est-ce qu'elle n'arrive pas un peu tard ? demanda Bolton. On a toujours enquêté sur nous.

— Je l'ai vue regarder l'exécution depuis sa cellule », dit Cogburn.

Enfin. L'un d'entre eux y avait prêté attention. « J'espérais que cela lui servirait de leçon.

— Quentin, dit Surcouf, as-tu la moindre idée de ce que tu es en train de faire ? On a l'impression que tu vas dans plusieurs directions différentes à la fois. Prendre un otage risque d'accentuer encore la pression sur nous.

— Plus que de vouloir tuer un président ? Et je suis désolé de continuer à insister là-dessus, mais personne en dehors de nous ne sait que ma prisonnière est ici. Pour l'instant, en ce qui les concerne, elle a simplement disparu. »

Bien entendu, il n'incluait pas Andrea Carbonell dans ce démenti. Ce qui lui remit en mémoire le deuxième traître. S'il existait bien, lui ou elle pouvait très bien être au courant de la présence de Stéphanie Nelle. Mais dans ce cas, pourquoi personne n'était venu à son secours ?

La réponse à cette question le rassura.

Surcouf montra l'enregistreur. « Tu as peut-être raison, Quentin. Daniels pourrait ne pas vouloir divulguer ça.

— D'autant que le prix pour notre silence est très raisonnable, dit-il. Nous demandons simplement que le gouvernement américain tienne sa parole.

— Il y a des chances pour que Daniels s'en moque, dit Bolton. Il pourrait te dire d'aller te faire foutre, comme il l'a fait la première fois que tu es allé mendier chez eux. »

Il n'appréciait pas beaucoup cette remarque, mais il y avait autre chose qu'il fallait mentionner. « Avez-vous remarqué une omission au cours de l'enregistrement de cette conversation ?

— Moi oui, dit Cogburn. Il n'y a pas de nom. Qui est l'homme avec qui la première dame a une liaison ? »

Il sourit. « Ah ! voilà, c'est ça qui rend cette histoire tellement passionnante. »

Wyatt entra dans Monticello avec le premier groupe de la journée. Il savait que les visiteurs étaient regroupés par trente, et escortés par un guide qui décrivait chaque pièce et répondait aux questions. La plupart des guides n'étaient plus très jeunes. Il s'agissait probablement de bénévoles. Les groupes ne se dispersaient pas et se succédaient toutes les cinq minutes.

Il se trouvait dans l'entrée de la demeure, juste à l'intérieur du portique est. La vaste pièce sur deux étages ressemblait à un musée. Telle avait été l'intention de Jefferson, comme l'expliqua le guide. On pouvait y voir exposés des cartes, des trophées, des sculptures, des tableaux et des objets d'art. On distinguait le premier étage à travers un balcon semi-octogonal. Des balustres étroits, très rapprochés, surmontés d'une main courante en acajou, protégeaient la bordure extérieure. L'attention du groupe fut attirée par l'horloge à double face de Jefferson, qui indiquait l'heure et le jour de la semaine, ses contrepoids en forme de boulets de canon descendant à travers des trous dans le parquet jusqu'à la cave. Il fit semblant de s'intéresser à deux toiles anciennes ainsi qu'aux bustes de Voltaire, de Turgot et d'Alexander Hamilton, tout en se familiarisant avec le plan.

Puis ils se dirigèrent lentement vers un salon à côté du hall.

La fille de Jefferson, Martha, et sa famille avaient installé leurs appartements privés dans cet espace restreint. Il se réfugia dans un coin pour que le reste du groupe puisse passer avant lui dans la salle suivante. Il avait remarqué que le guide attendait pour fermer la porte de la pièce précédente avant de s'adresser au groupe dans la suivante. Il s'agissait probablement de faire en sorte que chaque groupe puisse profiter pleinement de sa visite.

« Vous êtes ici dans le saint des saints de Jefferson. Son endroit le plus privé », dit le guide au groupe dans le nouvel espace.

Wyatt examina la bibliothèque.

La plupart des murs étaient toujours couverts d'étagères. Du temps de Jefferson, expliqua le guide, elles auraient été cachées par des boîtes en pin empilées les unes sur les autres – en bas des folios, suivi par des in-quarto, des in-octavo, des in-douze, avec des petits formats en haut. Presque six mille sept cents volumes à son apogée, vendus ensuite aux États-Unis pour constituer la bibliothèque du Congrès après que les Britanniques avaient brûlé le Capitole en 1814, détruisant la première collection de livres de la nation. De grandes portes-fenêtres ouvraient sur une véranda à claire-voie et une serre.

Mais ce qui attira l'attention de Wyatt se trouvait à l'autre extrémité. Une pièce semi-octogonale entourée de fenêtres. Ce que le guide appelait le cabinet.

Il remarqua un secrétaire, un fauteuil tournant en cuir, une pendule astronomique et le fameux polygraphe de Jefferson qui dupliquait des lettres au fur et à mesure qu'elles étaient écrites. Une table d'architecte se trouvait devant une des fenêtres.

Parmi une profusion d'instruments scientifiques, sur une table annexe, était posé le fameux cylindre. Long d'environ quarante-cinq centimètres. Ses disques, taillés dans du bois, faisaient une quinzaine de centimètres de diamètre, et le tout reposait dans une vitrine. Le guide débitait son commentaire d'un ton monotone, expliquant que Jefferson passait la majeure partie de ses matinées et de ses fins d'après-midi à lire et à répondre à son courrier dans son cabinet, au milieu de ses livres et ses instruments scientifiques. Peu de gens étaient admis dans cet endroit, à l'exception de ses proches. Wyatt se souvint de ce qu'il avait lu à l'accueil concernant les portes en verre, l'esprit d'ouverture et l'absence de secrets : en fait, tout ça était illusoire. Dans la réalité, il y avait un grand nombre d'endroits privés dans cette demeure, et particulièrement ici, dans l'aile sud.

Endroits qui allaient se révéler utiles.

La visite se poursuivit par la chambre à coucher de Jefferson, dont le plafond s'élevait sur une hauteur de six mètres jusqu'à une lucarne. Elle rejoignait son cabinet de travail par une alcôve dans laquelle il y avait un lit. La pièce suivante était le grand salon, situé au centre du rez-de-chaussée, avec des portes et des fenêtres ouvrant sur le jardin à l'arrière et le portique ouest. Le guide referma consciencieusement la porte de la chambre à coucher après que le dernier visiteur fut entré dans le salon. Des portraits à l'huile tranchaient sur les murs couleur crème. Des rideaux cramoisis encadraient les fenêtres hautes. Le mobilier était à la fois anglais, français et américain.

Il mit la main dans sa poche et trouva une bombe éclairante. Il la dégoupilla discrètement et, pendant que le guide commentait les œuvres d'art sur les murs et expliquait l'admiration que Jefferson portait à John Locke, Isaac Newton et Francis Bacon, il se baissa et fit rouler l'explosif sur le parquet.

Un. Deux. Trois.

Il ferma les yeux lorsqu'une explosion de lumière et de fumée envahit la pièce.

Il tenait déjà en main sa deuxième bombe qu'il dégoupilla. Il la jeta à terre, puis il saisit la poignée de la porte de la chambre juste au moment où une nouvelle explosion semait la terreur dans le salon.

Malone était en voiture avec le directeur du site. Ils progressaient sur l'allée à deux voies qui serpentait à flanc de colline. La circulation se faisait en sens unique, tournant autour de la maison au sommet, puis redescendant en passant devant la tombe de Jefferson jusqu'au Centre d'accueil des visiteurs.

« Nous avons eu de la chance de pouvoir récupérer le cylindre, dit le directeur. Presque tout ce que Jefferson possédait a été vendu après sa mort pour payer ses créanciers. Robert Patterson, le fils de l'ami de longue date de Jefferson, a racheté le cylindre à la succession à ce moment-là. Son père avait aidé Jefferson à le fabriquer, ce qui expliquait un attachement sentimental. Le vieux Patterson et Jefferson partageaient l'amour des codes. »

Malone fit le rapprochement avec ce que Daniels lui avait dit. Le fils, Robert Patterson, avait travaillé pour le gouvernement et fourni à Andrew Jackson le code de son père. Apparemment, il avait aussi suggéré d'incorporer le cylindre dans le processus de décodage. Puisqu'il n'en existait qu'un seul exemplaire au monde, celui que Patterson possédait, Old Hickory ne se tracassait probablement pas, sachant que le Commonwealth ne déchiffrerait jamais rien.

« Jefferson cessa d'utiliser le cylindre en 1802, dit le directeur. Il fut remis en service en 1890 par un fonctionnaire du gouvernement français et utilisé pendant un certain temps. Puis de nouveau, au cours de la Première Guerre mondiale, les Américains le rapportèrent et il servit à crypter des messages jusqu'au début de la Seconde Guerre mondiale.

Ils franchirent un virage et s'approchèrent d'un petit terrain pavé, sans voitures. Une des navettes partait après avoir déposé d'autres visiteurs. L'entrée principale de la demeure se trouvait une trentaine de mètres plus loin.

« C'est agréable de visiter avec le responsable, dit-il. Ça vous rend les choses beaucoup plus proches.

— Ce n'est pas tous les jours que nous avons une téléconférence avec le secrétaire général de la Maison-Blanche et le chef des services secrets. »

Le directeur arrêta le moteur.

Malone descendit de voiture. La matinée était radieuse, l'air sec et chaud en cette fin d'été. Il leva les yeux en direction de la résidence avec son dôme caractéristique, le premier à avoir été construit au-dessus d'une maison américaine.

Un éclair illumina quelques instants certaines fenêtres du bâtiment.

On entendit des hurlements venant de la maison.

Un autre éclair.

Quelqu'un surgit par la porte de devant.

« Il y a une bombe à l'intérieur. Sauvez-vous. »

45

Cassiopée et Edwin Davis étaient seuls à l'extrémité d'un parking, au-delà duquel des visiteurs continuaient à arriver en masse.

« Je veux tout savoir à propos de la première dame et de vous », lui dit-elle.

Davis paraissait effondré. « Maintenant, vous comprenez pourquoi il fallait que ce soit vous qui traitiez cette affaire. »

Cela, elle l'avait déjà compris.

« Lorsque les services secrets nous ont dit qui ils avaient en garde à vue, j'ai convaincu le président de vous impliquer tous les deux. Je n'ai pas eu beaucoup de mal. Il a une grande confiance en vous et en Cotton. Il n'a pas oublié ce que vous avez fait pour lui la dernière fois. Je savais que Pauline serait immédiatement suspectée, sachant que très peu de gens étaient au courant du voyage si longtemps avant. Toute enquête sur elle devait être menée en totale discrétion.

— Vous saviez depuis le début que la fuite venait d'elle ?

— L'idée qu'elle avait parlé du voyage à quelqu'un tombait sous le sens.

— Quand votre relation avec la première dame a-t-elle commencé ? »

Il était mal à l'aise. Cassiopée savait que c'était dur pour lui. Mais il l'avait mise dans le coup et il fallait qu'elle aille jusqu'au bout.

« Je suis arrivé à la Maison-Blanche il y a trois ans en tant qu'adjoint au conseiller du président pour les questions de sécurité nationale. J'ai fait la connaissance de Pauline… la première dame… à ce moment-là.

— Ne vous souciez pas des convenances, dit-elle. Il n'y a que vous et moi ici. Dites-moi ce qui est arrivé.

— Cela me préoccupe malgré tout. » Son visage exprima soudain la colère. « Je m'en veux, dit-il. Je ne me suis jamais comporté ainsi. J'ai 60 ans et je ne me suis jamais mis dans une situation aussi gênante. Je ne sais pas ce qui m'a pris.

— Bienvenue au club. Avez-vous jamais été marié ? »

Il secoua la tête.

« J'ai eu très peu de relations sérieuses dans ma vie. Le travail est toujours passé avant tout. J'étais celui vers qui les autres se tournaient en cas de problème. Quelqu'un sur qui on pouvait compter. À présent… »

Elle tendit la main et lui prit doucement le bras. « Dites-moi simplement ce qui est arrivé. »

Il parut baisser un peu la garde. « C'est une femme terriblement malheureuse, et cela depuis longtemps. Ce qui est vraiment dommage parce que c'est quelqu'un de bien. Ce qui s'est passé avec sa fille l'a profondément affectée. Elle n'a jamais pu l'accepter. »

Et Danny Daniels non plus, se dit-elle.

« Maintenant, elle ne voyage que très rarement avec le président, dit Davis. Ils ont des emplois du temps différents, ce qui n'a rien d'anormal. Alors il est arrivé qu'il soit loin et que nous nous rendions visite. Rien de déplacé, en tout cas. Rien du tout. Juste un déjeuner ou un dîner pendant lequel je lui tenais compagnie et nous parlions. Elle aime lire, surtout des romans d'amour. La plupart des gens l'ignorent. Plus c'est sexy, mieux c'est. C'est Shirley qui les lui apportait. » Il sourit. « Ils lui apportent une certaine joie et ce n'est pas à cause du sexe. Ce qui lui plaît, ce sont les fins heureuses. Ils terminent tous sur une note positive, et c'est cela qu'elle aime. »

Il se détendait, s'ouvrait, comme s'il avait trop longtemps vécu sur les nerfs.

« Nous parlions de livres, du monde, de la Maison-Blanche. Elle n'avait pas à faire semblant avec moi. J'étais la personne la plus proche du président. Rien ne m'échappait. Avec le temps, nous en sommes arrivés à parler de Mary, de son mari et de son mariage.

— Elle m'a fait clairement comprendre qu'elle rend le président responsable de tout.

— Ce n'est pas vrai, se hâta-t-il de dire. Pas comme vous le croyez. Peut-être qu'au début elle lui en voulait. Mais je crois qu'elle a fini par se rendre compte que c'était ridicule. Malheureusement, une partie d'elle est morte cette nuit-là avec

Mary. Une partie qu'elle n'a jamais pu retrouver, et il lui a fallu des dizaines d'années pour comprendre cette perte.

— Avez-vous joué un rôle dans ce processus ? »

Il sembla percevoir une nuance critique dans ses mots.

« J'ai vraiment essayé de ne pas intervenir. Mais quand j'ai été promu secrétaire général, nous avons passé encore plus de temps ensemble. Nous avons abordé des sujets de plus en plus intimes. Elle me faisait confiance. » Il hésita. « Je sais écouter.

— Mais vous ne vous contentiez pas d'écouter, dit-elle. Vous vous mettiez à sa place. Vous vous rapprochiez. Tout en tirant de cette relation quelque chose d'également bénéfique pour vous. »

Il acquiesça. « Nos conversations allaient dans les deux sens. Et elle a fini par s'en rendre compte. »

Elle aussi avait dû affronter les mêmes émotions. Partager ses sentiments les plus intimes avec quelqu'un était toujours difficile.

« Pauline a un an de plus que moi, dit-il, comme si cela avait une importance. Elle plaisante en me disant que je suis son jeune homme. Je dois avouer que ça ne me déplaît pas de m'entendre appeler ainsi.

— Daniels se doute-t-il de quelque chose ?

— Grands dieux, non. Mais comme je l'ai déjà dit, il ne s'est jamais rien passé entre nous.

— Sauf que vous êtes tombés amoureux l'un de l'autre. »

Il prit un air résigné. « Vous avez probablement raison. C'est exactement ce qui s'est passé. Elle et le président ne sont plus mari et femme depuis longtemps, et ils semblent en avoir tous deux pris leur parti. Il n'y a aucune intimité dans leur relation. Et je ne parle pas seulement de relations physiques. Ils ne partagent rien. Ils se cachent leurs côtés vulnérables. Comme s'ils étaient des colocataires, des collègues. Avec une cloison entre eux. Aucun mariage ne peut résister à cela. »

Elle savait ce qu'il voulait dire par là. Jamais, par le passé, elle n'avait été intime avec quelqu'un comme avec Cotton. Il y avait eu des hommes à qui elle s'était un peu dévoilée, mais jamais entièrement. Confier ses espoirs et ses craintes tout en sachant que l'autre personne n'en abuserait pas était un véritable acte de foi.

Et pas seulement pour elle, mais pour Cotton aussi.

Davis avait raison. L'intimité semblait bien être le ciment de l'amour.

« Connaissiez-vous la relation entre Quentin Hale et Shirley Kaiser ? demanda-t-elle.

— Pas du tout. Je n'ai rencontré Shirley qu'une seule fois, à la Maison-Blanche. Mais je sais que Pauline lui parle tous les jours. Sans elle, elle se serait écroulée depuis longtemps. La seule personne à qui Pauline aurait pu parler du voyage à New York est Shirley. Je sais aussi que Shirley est au courant pour moi. C'est pourquoi je voulais que ce soit vous qui vous occupiez de cette histoire. Je me disais que les choses pouvaient rapidement déraper. »

Ce qui était arrivé.

« Maintenant Quentin Hale est au courant, dit-elle. Mais l'intéressant, c'est que pour l'instant il n'a rien fait de cette information.

— Quand il est venu me voir ce jour-là à la Maison-Blanche, il savait sûrement. Cette rencontre était une façon de tester s'il lui fallait ou non jouer son joker. »

Elle était d'accord. Ça tombait sous le sens. Et ce n'était pas tout. « Je suis convaincue que c'est Hale qui détient Stéphanie. Son enquête sur Carbonell impliquait forcément le Commonwealth. Il n'y a plus aucun doute maintenant.

— Mais si nous agissons de façon imprudente, nous risquons non seulement de révéler une situation embarrassante pour tous les protagonistes, mais aussi de mettre en jeu la vie de Stéphanie.

— C'est vrai mais… »

Une alarme se déclencha dans le Centre d'accueil des visiteurs.

« Que se passe-t-il maintenant ? » dit-elle.

Ils retournèrent en courant vers le groupe de bâtiments et se précipitèrent dans le bureau du directeur.

Son assistant était visiblement soucieux. « Je pense qu'une bombe a explosé dans la grande maison. »

46

Les joujoux de Wyatt avaient parfaitement rempli leur office. La panique régnait à l'intérieur de la résidence. Les gens hurlaient, se bousculaient, essayant de s'échapper. Il avait utilisé un mélange modifié qui produisait encore davantage de fumée, amplifiant ainsi les effets. Dieu merci, il en avait fait envoyer un lot à New York, n'étant pas sûr de ce qui pourrait arriver une fois Cotton Malone mêlé aux réjouissances.

Il s'était réfugié dans la chambre à coucher de Jefferson et avait coincé la porte avec une chaise sous la poignée. Il savait qu'un nouveau groupe passerait du salon à la bibliothèque, et ensuite au cabinet. Il s'avança avec précaution sur le parquet en direction du lit. Le guide avait évoqué un peu plus tôt l'habitude qu'avait Jefferson de se lever dès que le jour lui permettait de distinguer les aiguilles d'une pendule à obélisque placée devant son lit. Un édredon en soie cramoisie – « cousu suivant les indications de Jefferson », avait précisé le guide – couvrait le lit niché dans une alcôve entre la chambre à coucher et le bureau. Il rampa sur le lit et regarda prudemment au bout, de l'autre côté des arcades, pour voir les gens dans la bibliothèque à six ou sept mètres de distance. Le guide semblait prendre la mesure de cette situation hors normes et, entendant les cris venant de l'autre extrémité de la maison, il incita les gens à garder leur calme.

Wyatt lança une bombe dans leur direction et ferma les yeux à l'instant où elle éclata en produisant un éclair et un nuage de fumée.

Des cris retentirent.

« Par ici », dit une voix couvrant le vacarme.

Il regarda derrière lui et vit le guide qui conduisait le groupe à travers la fumée, par les portes à claire-voie, jusqu'à la serre et l'air frais.

Il reporta son attention sur le cylindre à code.

Qui se trouvait à moins d'un mètre.

Malone était dans le grand hall d'entrée de Monticello. La fumée sortait en volutes par des portes vitrées ouvertes à l'autre bout, et des hurlements venant de la même direction indiquaient que quelque chose venait de se produire sur sa gauche.

Le directeur du site était à côté de lui.

Un flot de gens s'était enfui de la maison quelques instants plus tôt par les grandes portes derrière lui. Tous parlaient d'une voix excitée et ils paraissaient terrorisés.

« Qu'est-ce qu'il y a par là ? demanda-t-il en désignant l'endroit sur la gauche d'où semblait venir l'agitation.

— Les appartements privés de Jefferson. La bibliothèque, le cabinet, la chambre à coucher.

— Est-ce là qu'est exposé le cylindre ? »

L'homme acquiesça.

Malone prit son pistolet. « Dehors. Et ne laissez entrer personne. »

En fait, ce n'était pas une bombe. Juste une explosion de lumière et une détonation. Une diversion. Le même bruit que la veille au soir au cours de l'attaque des hommes portant des lunettes à vision nocturne.

Qui diable pouvait bien être là ?

Wyatt sortit de sa poche de pantalon le fourre-tout en nylon qu'il avait apporté. Le cylindre était plus grand qu'il ne pensait, mais le léger sac suffirait. Il devrait faire attention car les disques en bois semblaient fragiles. Rien d'étonnant, puisqu'ils avaient plus de deux cents ans.

Il descendit du lit, entra dans le cabinet, ôta le couvercle en verre et souleva le cylindre qu'il enfouit soigneusement dans son sac en nylon. Puis il prit deux disques qui avaient été exposés séparément et les déposa dans le sac. Il faudrait qu'il tienne le paquet dans ses bras, en le maintenant bien contre sa poitrine pour éviter de l'abîmer.

Il le soupesa.

Un peu plus de deux kilos probablement.

Facile.

Malone traversa une pièce avec des murs vert pâle et une cheminée. Une pancarte la désignait comme étant la Chambre carrée sud. Au-dessus du manteau blanc de la cheminée, était accroché un portrait de femme. Une autre porte conduisait vers ce dont il se souvenait avoir lu comme étant le saint des saints de Jefferson, qui occupait tout le côté sud du bâtiment.

Pistolet en main, il ouvrit la porte et tomba sur un mur de fumée.

Il scruta le brouillard et aperçut des gens à l'extérieur par les fenêtres de la pièce qui occupaient toute la hauteur du mur et qui s'ouvraient sur une véranda ensoleillée remplie de plantes en pot. Il inspira et plongea dans la fumée en longeant le mur et en se cachant derrière un classeur en bois. Devant, sur sa gauche, des étagères étroites étaient remplies de livres reliés en cuir. Des arcades soutenaient le plafond de bout en bout, et à l'extrémité, dans une alcôve semi-octogonale, il aperçut un homme qui enfournait le cylindre dans un sac.

Il le regarda attentivement.

Il connaissait ce visage.

Et tout devint clair.

Wyatt perçut du mouvement à travers le brouillard. Quelqu'un était entré dans la bibliothèque de l'autre côté.

Il termina sa tâche, prit le cylindre dans ses bras et empoigna son pistolet.

Un homme le regardait fixement.

Cotton Malone.

Il tira.

Malone plongea derrière le classeur juste au moment où Wyatt envoyait une balle dans sa direction. Cela faisait combien de temps ? Huit ans. Au moins. Il ne savait pas ce que Wyatt était devenu depuis qu'il avait été renvoyé, mais il avait entendu dire qu'il travaillait en free-lance.

La personne qui avait préparé le piège, en se servant de Stéphanie Nelle comme appât, en l'attirant dans cette chambre d'hôtel. L'auteur du mot laissé à son intention. La voix à la radio venant du Grand Hyatt qui indiquait sa position. La manipulation de la police et des services secrets. Tout venait de Wyatt.

Quelque chose vola à travers la pièce et tomba sur le sol.

Petit, rond, roulant dans sa direction.

Il sut aussitôt ce qui allait arriver, et tourna brusquement la tête à droite tout en fermant les yeux.

Wyatt s'éloigna du classeur, puis quitta la chambre à coucher pour se frayer un chemin vers le salon, s'éloignant de Malone. Il aurait pourtant aimé rester pour s'amuser un peu, mais c'était hors de question.

Pas maintenant.

Il avait le cylindre et c'était tout ce qui comptait. Il pouvait l'utiliser pour avancer dans la recherche des deux pages manquantes du journal du congrès. À moins peut-être qu'il ne détruise la chose pour en finir.

Comme ça, personne ne gagnerait.

Pour l'instant, il n'était sûr de rien.

Malone décida de ne pas suivre Wyatt. Il savait que les pièces du rez-de-chaussée se rejoignaient au centre, aussi il ouvrit sur sa droite une porte donnant sur un petit couloir qui débordait sept mètres plus loin sur le hall d'entrée.

De la fumée venait dans sa direction.

La visibilité n'était pas bonne et Wyatt n'allait sûrement pas sortir par la porte d'entrée. Immédiatement à sa droite, une série de marches étroites en forme de coin montait en colimaçon vers le premier étage. Une chaîne avec une pancarte en interdisait l'accès. Il se souvint du hall d'entrée et de la balustrade ouverte au premier étage et décida qu'il serait mieux en hauteur. Il enjamba la chaîne et monta.

Wyatt avait l'intention de partir, mais pas par le rez-de-chaussée. Il pensait gagner la cave pour sortir par la porte nord en contrebas en direction de la forêt, au-delà de l'allée de service. Ça paraissait être la voie la plus sûre, étant donné que toute l'excitation serait concentrée sur le côté est de la maison. Mais Malone n'était qu'à quelques mètres, essayant probablement de revenir vers le hall d'entrée.

Il s'arrêta dans le salon et écouta.

La fumée était encore épaisse. Il n'y avait personne aux alentours. Malone avait probablement fait boucler la maison. Puis une pensée lui traversa l'esprit et il leva les yeux vers le plafond.

Évidemment.

Il en aurait fait autant lui aussi.

47

Bath, Caroline du Nord

Knox observait les trois autres capitaines tandis que Quentin Hale jubilait. Lui aussi avait été sidéré quand il avait écouté les enregistrements des conversations pour la première fois. L'affaire était incroyable. La première dame des États-Unis ayant une liaison avec le secrétaire général de la Maison-Blanche ?

« Depuis combien de temps dure cette affaire ? demanda Cogburn à Hale.

— Suffisamment longtemps pour que ni l'un ni l'autre ne puisse le démentir. Le moins qu'on puisse dire, c'est que les conversations sont extrêmement embarrassantes. Jamais la politique américaine n'a été sujette à ce genre de problème. Son aspect totalement inédit va déchaîner la presse et le public. Daniels risque de ne plus pouvoir rien faire jusqu'à la fin de son mandat. »

Même Edward Bolton qui rejetait par principe tout ce qui émanait d'un Hale comme étant à des fins personnelles, impossible à réaliser ou stupide, restait assis sans rien dire, réfléchissant probablement aux éventualités.

« Profitons-en, dit Surcouf. Tout de suite. Pourquoi attendre ?

— Son exploitation doit être programmée avec précision, dit Hale. Comme vous aimez à me le rappeler tous les trois, quand je suis allé *mendier* à la Maison-Blanche, j'avais déjà cette information. Mais j'y suis allé pour voir si nous serions contraints de nous en servir. J'ai demandé que nos lettres de marque soient respectées et j'ai été rembarré. Donc maintenant, nous n'avons plus le choix. Pourtant, se précipiter pour aller en avertir le président serait contre-productif. Mieux vaudrait exercer une pression sur les deux protagonistes, leur permettre de mesurer les conséquences éventuelles de leurs actes, puis attendre qu'ils se chargent eux-mêmes de le persuader à notre place. »

Pour Knox aussi, c'était la première dame et le secrétaire général de la Maison-Blanche qui auraient le plus d'influence sur le président Daniels. Mais plaideraient-ils en faveur du Commonwealth ? Certainement pas. C'était complètement irrationnel. Le genre de supposition qui lui avait fait préférer un accord avec la NIA plutôt que d'affronter la tempête sur ce navire prenant l'eau.

« Ils peuvent dire ce qu'ils veulent à Daniels, dit Hale. Peu importe. Nous voulons seulement que le gouvernement des États-Unis honore les lettres de marque.

— Comment t'es-tu procuré ces enregistrements ? demanda Bolton. Y a-t-il le moindre indice susceptible de les mener jusqu'ici ? Comment sais-tu s'il ne s'agit pas d'une fausse piste ? Toute cette affaire est trop invraisemblable. Trop parfaite pour être vraie. C'est peut-être un piège.

— Effectivement, dit Cogburn. Ça tombe vraiment à point. »

Hale secoua la tête. « Messieurs, pourquoi êtes-vous aussi sceptiques ? Je fréquente cette femme depuis plus d'un an. Elle partage avec moi des choses qu'elle ferait mieux de garder pour elle.

— Alors pourquoi mettre son téléphone sur écoute ? demanda Bolton à Hale.

— Enfin, Edward, tu ne crois tout de même pas qu'elle me dise tout ? Et pour que ça marche, nous avons besoin que la première dame elle-même en parle. Donc j'ai voulu tenter le coup et j'ai mis sa ligne sur écoute. Heureusement, car nous n'aurions pas obtenu une preuve aussi flagrante.

— Ce qui ne m'empêche pas d'être inquiet, dit Cogburn. Ce pourrait être un piège.

— Si c'est une ruse, elle serait particulièrement élaborée. » Hale secoua la tête. « C'est vrai. J'en mettrais ma tête à couper.

— La question, rétorqua Bolton, est de savoir si nous, nous serions prêts à mettre notre tête à couper à propos de cette affaire. »

Malone se glissa le long d'un couloir qui allait du nord au sud, d'une extrémité du premier étage à l'autre. Sans avoir jamais pénétré à l'intérieur de Monticello, il en savait assez sur Thomas Jefferson pour deviner qu'il y aurait un autre escalier à l'extrémité. Jefferson admirait tout ce qui était français. Pièces sur deux étages, dômes, alcôves pour les lits, lucarnes, commodités à l'intérieur, escaliers étroits :

autant d'éléments caractéristiques de l'architecture française. Comme la symétrie. Ce qui voulait dire qu'il y aurait un deuxième escalier à l'extrémité nord permettant de descendre. Mais entre, il y avait le balcon qui donnait sur le hall d'entrée, et la fumée devant lui en était la confirmation.

Il parvint au bout du couloir et regarda en bas dans le hall d'entrée. De l'autre côté de la balustrade, tout était calme. La fumée était toujours dense, se dissipant à mesure qu'elle s'élevait. Il s'éloigna de la rambarde et, longeant le mur, traversa le balcon. Devant, à quelques mètres au bout d'un autre couloir, il aperçut un deuxième escalier en colimaçon reliant le rez-de-chaussée au deuxième étage.

Un objet jaillit de cet escalier, rebondit sur le parquet du couloir et roula dans sa direction. Il plongea en arrière en direction du balcon juste au moment où la bombe éclairante explosait en produisant de la lumière et de la fumée.

Il releva la tête et regarda en bas, de l'autre côté de la rambarde.

Wyatt braquait un pistolet vers le haut.

Hale regarda Edward Bolton avec colère.

« À mon avis, lança-t-il, tu ferais mieux de croire à la réussite de notre projet. » Il marqua un temps d'arrêt. « Pour nous tous. À moins que tu n'aies une meilleure idée.

— Je n'ai aucune confiance dans tes manœuvres », dit Bolton.

Charles Cogburn s'avança. « Je dois me ranger à

son avis, Quentin. Ceci pourrait se révéler aussi stupide que ce que nous avons tenté.

— L'assassinat n'était pas une chose stupide, rétorqua aussitôt Bolton. Ça a marché dans le passé. Regardez ce qui est arrivé à McKinley. Il était déterminé à nous poursuivre, lui aussi. »

Le père de Hale lui avait parlé de William McKinley qui, comme Lincoln, s'était d'abord servi du Commonwealth. À l'époque de la guerre hispano-américaine, grâce au traité de Paris de 1856, plus de cinquante nations avaient décrété illégale l'activité des corsaires. Et bien que ni l'Espagne ni l'Amérique n'aient signé ce traité, ils avaient accepté de ne pas engager de corsaires lors de leur guerre à l'aube du XXe siècle. N'étant soumis à aucun accord international, le Commonwealth avait fondu sur la flotte espagnole. Malheureusement, la guerre n'avait pas duré plus de quatre mois. La paix signée, les Espagnols exigèrent des rétributions, remettant en question la parole des Américains puisqu'ils avaient violé leur accord d'avant la guerre. McKinley finit par céder à la pression et autorisa des poursuites, s'appuyant sur le fait que les lettres de marque du Commonwealth étaient légalement inapplicables. Si bien qu'un prétendu anarchiste passablement dérangé fut secrètement recruté et incité à tuer McKinley, ce qu'il mit à exécution le 6 septembre 1901. L'assassin fut appréhendé sur les lieux du crime. Dix-sept jours plus tard, il passait en jugement et était condamné. Cinq semaines après, il était électrocuté. Le nouveau président, Theodore Roosevelt n'éprouvait pas le moindre scrupule en ce qui concernait les attaques du Commonwealth et il se moquait bien d'apaiser les Espagnols.

Toutes les poursuites furent abandonnées.

Bien sûr, ni Roosevelt ni personne d'autre ne sut jamais rien du complot visant à tuer McKinley.

« C'est la différence entre toi et moi, dit Hale à Bolton. Je me contente d'aimer notre passé. Tu veux absolument le reproduire. Comme je l'ai dit, les balles et la violence ne sont plus de mise pour abattre un président. La honte et l'humiliation permettent de parvenir au même résultat, avec cet avantage que d'autres sont prêts à reprendre le flambeau pour nous. Il nous suffit d'allumer l'incendie.

— C'est ta maudite famille qui a causé ce gâchis, dit Bolton. Les Hale étaient déjà source de problèmes en 1835. Tout allait bien pour nous. Personne ne venait nous ennuyer. Nous avions rendu un grand service au pays et le gouvernement nous fichait la paix. Mais au lieu d'accepter la décision de Jackson de ne pas pardonner à ces pirates, ton arrière-arrière-grand-père a décidé de tuer le président des États-Unis. » Bolton montra Hale du doigt. « Une manœuvre à peu près aussi stupide que celle que nous avons tentée. La seule différence étant que nous, nous n'avons pas été pris. »

Hale ne put s'empêcher d'ajouter. « Pas encore, en tout cas.

— Que veux-tu dire par là ? »

Hale haussa les épaules. « Seulement que les enquêtes viennent à peine de commencer. Rien ne dit qu'ils ne trouveront aucune piste. »

Bolton plongea en avant, prenant apparemment

ces paroles comme une menace, puis s'arrêta à la vue du pistolet que Hale tenait toujours, même s'il l'avait baissé.

« Tu nous vendrais tous, dit Bolton. Rien que pour sauver ta peau.

— Jamais, dit Hale. Je prends au sérieux mon serment de respect aux *articles*. C'est *toi* que je prends à la légère. »

Bolton se tourna vers Surcouf et Cogburn. « Vous allez rester là à l'écouter nous parler sur ce ton ? Aucun d'entre vous n'a la moindre chose à dire ? »

Cassiopée monta avec Edwin Davis la route en pente menant à la grande maison de Monticello. Les bus avaient été suspendus dans les deux sens, le shérif local appelé. Ils entrèrent dans un parking devant la résidence. Le directeur du domaine attendait à l'extrémité d'une allée pavée qui menait à un portique à colonnes. Vingt mètres plus loin, on dirigeait les visiteurs vers un autre bus.

« Où est Cotton ? demanda-t-elle.

— À l'intérieur. Il m'a dit de condamner toutes les issues de la maison et de ne laisser entrer personne. »

Une explosion retentit à l'intérieur, suivie par un éclair éblouissant qui illumina quelques fenêtres.

« Qu'est-ce que c'est ? demanda-t-elle.

— Il y en a déjà eu d'autres comme ça », dit le directeur.

Elle descendit en courant l'allée menant à la maison.

« Il a dit que personne ne devait entrer ! » cria le directeur à son intention.

Elle prit son arme. « Ça ne s'applique pas à moi. »

La réponse vint de l'intérieur.

Un bruit qui lui était familier.

Un coup de feu.

48

Malone plongea au sol juste au moment où Wyatt tirait. La balle pulvérisa un des barreaux en bois. Il recula précipitamment à quatre pattes en direction du mur du fond, loin de la rambarde, hors de vue de son adversaire. Un autre coup de feu et la balle traversa les lames de parquet à quelques dizaines de centimètres, le bois vieux de deux cents ans n'offrant plus grande résistance.

Un troisième coup de feu.

Plus près.

Wyatt le cherchait.

Quelque chose décrivit une courbe dans l'air et rebondit sur le sol du balcon. Il connaissait ce scénario et se dépêcha de se protéger la tête tandis que la bombe éclairante produisait son effet, ajoutant une nouvelle vague de fumée à la confusion générale.

Il se releva d'un bond et regagna le couloir qui menait à l'escalier qu'il avait emprunté plus tôt. Percevant du mouvement en dessous, il regarda vers le haut en direction du second étage et décida d'inverser les rôles.

Il était temps que Wyatt joue le lapin et lui, le chasseur.

Wyatt monta sans bruit l'escalier, pistolet au poing. Il cherchait Malone à travers la fumée.

Deux choses se produisirent alors simultanément.

Il entendit les grandes portes de la maison s'ouvrir et une femme hurler « Cotton ! ».

Puis, tout en haut, il aperçut Malone.

En train de grimper jusqu'au deuxième étage.

Knox attendait que les capitaines Surcouf et Cogburn répondent à la question de Bolton.

« Je ne sais pas, Edward, dit enfin Surcouf. Je ne sais pas très bien quoi penser. Nous sommes dans la merde. Franchement, je n'aime aucune de tes deux propositions. Mais je m'étonne, Quentin. Tu ne peux pas compter faire céder Daniels uniquement parce qu'il est gêné par cette histoire.

— À sa place, dit Cogburn, je traiterais ma bonne femme de sale pute et de menteuse, et je la laisserais mijoter dans son jus. Personne n'éprouverait la moindre sympathie pour elle. »

Réaction typique, pensa Knox. Pour Cogburn, tout était noir ou blanc. Il aurait bien aimé que la vie soit aussi simple. Si c'était le cas, ils n'auraient pas été dans un tel pétrin. Mais lui aussi doutait que cette stratégie suffise elle seule à obtenir quoi que ce soit de la Maison-Blanche.

« J'ai toujours Stéphanie Nelle, dit Hale.

— Qu'est-ce que tu vas en faire ? »

Knox aussi était curieux de connaître la réponse à cette question.

« Je n'ai rien décidé. Mais elle pourrait se révéler précieuse.

— Justement, parlons-en, dit Bolton. Est-ce que tu entends ce que tu racontes ? Un otage ? Au XXIe siècle ? C'est comme la tentative d'assassinat dont tu nous as parlé. Tu vas téléphoner à la Maison-Blanche pour dire que tu la détiens et que tu veux passer un accord ! Tu te fais des illusions à propos de cette femme. Elle ne sert à rien. »

À moins qu'on ne puisse montrer son cadavre à Andrea Carbonell, pensa Knox.

Alors, elle vaudrait une fortune.

Pour lui en tout cas.

« Pourquoi ne me laissez-vous pas estimer sa valeur ? » dit Hale.

Cogburn pointa un doigt accusateur. « Tu as autre chose en tête. Qu'est-ce que c'est encore, Quentin ? Dis-nous tout, nom de Dieu, sinon je vais m'allier à Edward pour te pourrir la vie. »

Cassiopée ne distinguait pas grand-chose à travers la fumée. Le hall d'entrée baignait sur deux étages dans un brouillard gris. Elle se réfugia près du mur, derrière une table en pin, sous une paroi ornée de trophées.

Elle comprit ce qu'elle devait faire.

Pas la manœuvre la plus maligne, mais efficace.

« Cotton ! » cria-t-elle.

Malone atteignait le haut de l'escalier au deuxième étage. Il n'avait même pas essayé de se dissimuler. Wyatt l'avait certainement vu ou entendu et se dirigeait vers lui.

D'ailleurs il l'espérait.

Quelqu'un cria son nom.

Cassiopée.

Wyatt ignorait qui était la femme, mais apparemment elle connaissait Malone. Il aurait pu simplement descendre à la cave et partir, mais il se souvenait que l'escalier devant lui débouchait en bas dans une pièce réservée au personnel, et non dans un espace public. Il se demanda si certains employés y étaient restés, ou si on leur avait demandé d'évacuer les lieux. Il ne voulait surtout pas tuer quelqu'un et causer du chagrin. Mieux valait être un simple voleur et ne causer qu'un petit dommage matériel.

Il regarda vers le haut.

Le deuxième étage comprenait la pièce sous le dôme. Seuls les escaliers nord et sud y menaient. Malone cherchait visiblement à l'attirer dans un espace confiné.

Pas aujourd'hui, Cotton.

Il s'éloigna discrètement de l'escalier à l'extrémité du couloir et jeta un coup d'œil dans le hall d'entrée. La femme s'était mise à couvert près des fenêtres, derrière une table à l'autre bout de la pièce où il se trouvait. Il visa au-dessus de sa tête et fracassa les fenêtres à petits carreaux juste derrière elle.

Hale réfléchissait à la meilleure façon de répondre à la menace de Cogburn. Pour la première fois, il voyait un semblant de colonne vertébrale chez un de ces hommes.

Il choisit donc de dire la vérité.

« Je suis en train de résoudre le code, leur dit-il.

— Comment ? demanda Cogburn, pas du tout impressionné.

— J'ai passé un accord avec la directrice de la NIA. »

Malone se trouvait à l'intérieur d'une pièce octogonale aux murs jaune vif, couronnée par un dôme et un oculus en verre. Des œils-de-bœuf ménagés dans six des murs laissaient entrer le soleil radieux du matin. La fumée était encore à peine perceptible à cet étage.

Comment allait-il affronter Wyatt ?

Une détonation retentit en dessous.

Knox resta imperturbable, mais ce qu'il venait d'entendre lui faisait froid dans le dos.

Carbonell jouait toutes ses cartes. Le coinçant. Traitant avec son patron. Avait-il été compromis ? Était-ce la raison de sa présence ici ? Il se prépara à réagir, mais Hale tenait toujours un pistolet, et lui était sans arme.

« Quel genre d'accord avez-vous passé ? demanda Bolton à Hale.

— La NIA a déchiffré le code.

— Dans ce cas, où est le problème ? demanda Surcouf.

— Il y a un prix. »

Les trois autres attendaient la suite.

« Stéphanie Nelle doit mourir pour que nous obtenions la solution.

— Alors tue-la, dit Cogburn. Tu nous reproches toujours de répugner à répandre le sang. Qu'est-ce que tu attends ?

— La directrice de la NIA n'est pas quelqu'un à qui on peut faire confiance. Et bien sûr, nous ne pouvons tuer Mlle Nelle qu'une seule fois. Cette mort doit donc produire les résultats escomptés. »

Bolton secoua la tête. « Tu es en train de nous dire que tu peux mettre un terme à tout ça simplement en tuant cette femme dans la prison ? Nous nous en tirerons tous ? Nos lettres de marque seront confirmées ? Et tu te poses des problèmes ?

— Mon seul souci, Edward, est de m'assurer que si ça se produit, nous n'aurons pas de problèmes.

— Non, Quentin, dit Bolton. Ce dont tu t'assures, c'est que toi, tu n'auras pas de problèmes. »

Cassiopée s'accroupit au maximum derrière la table.

Deux détonations.

Coup sur coup.

Et les fenêtres derrière elle fracassées par les balles.

Elle reprit ses esprits et répliqua par une salve dans le brouillard en direction de l'endroit d'où venaient les tirs.

En supprimant les fenêtres derrière la femme, Wyatt lui avait procuré une sortie facile. Elles s'élevaient à plus deux mètres du sol, comme des portes, et on pouvait facilement les enjamber.

Mais elle ne partait pas.

Pour le coup suivant, il visa la table derrière laquelle elle s'était réfugiée.

Au quatrième coup, il serait peut-être moins grand seigneur.

Malone devait regagner le rez-de-chaussée et s'inquiéter de Cassiopée. Elle et Wyatt étaient engagés dans un duel à coups de pistolet. Mais l'escalier sud, celui par lequel il était monté, ne menait pas au bon endroit. Il décida de se diriger vers le côté nord du bâtiment et le deuxième escalier.

Il le retrouva rapidement et descendit.

Cassiopée décida qu'il serait plus malin de battre en retraite. Trop de balles, trop de fumée.

Combien d'assaillants y avait-il ?

Et pourquoi Cotton n'avait-il pas répondu ?

Elle tira une nouvelle fois, puis se précipita par l'encadrement béant derrière elle et sauta du portique.

Wyatt vit la femme s'enfuir et choisit d'en faire autant.

Malone était probablement en train de redescendre.

Ça suffisait.

Malone atteignit le rez-de-chaussée. Un petit couloir sur sa gauche revenait vers le hall d'entrée, mais il préféra l'éviter et entra dans ce qui semblait être une salle à manger.

Une autre porte ouvrait sur un grand salon, dont les murs intérieurs étaient couverts de tableaux. Celui donnant sur l'extérieur était percé de fenêtres avec tentures et de portes à double battant, mais l'air y était encombré de volutes de fumée.

Il entra et regarda derrière lui, à travers d'autres portes vitrées, en direction du hall d'entrée.

Cassiopée roula jusqu'au portique en se baissant au maximum, en direction de la fenêtre aux vitres brisées. Il fallait qu'elle retourne à l'intérieur.

Elle se releva et se colla contre les briques extérieures, puis se glissa dans le hall enfumé.

Elle scruta l'obscurité.

De l'autre côté, au-delà des portes vitrées, dans une autre pièce enfumée pleine de fenêtres et de portraits, quelque chose bougeait.

Elle visa et tira.

49

Bath, Caroline du Nord

Hale était à bout de patience. Ces trois imbéciles n'avaient pas la moindre idée de ce qu'il fallait mettre en œuvre pour gagner cette guerre. Les Hale avaient toujours dominé le Commonwealth. C'était eux qui étaient venus voir George Washington et le Congrès continental en leur proposant l'idée de coordonner les offensives des corsaires. Avant ça, les vaisseaux opéraient en toute indépendance, en agissant à leur guise quand ils en avaient envie. Certes, ils s'étaient montrés efficaces, mais infiniment moins qu'après avoir été placés sous commandement unique. Pour leur peine, les Hale avaient droit à une certaine part de chaque prise, et ils s'étaient associés à des corsaires depuis le Massachusetts jusqu'à la Géorgie, en s'assurant que les attaques contre les navires anglais continuent au même rythme. Les Surcouf, les Cogburn et surtout les Bolton étaient là aussi, mais ils n'en avaient pas fait autant que les Hale. Son père lui avait recommandé de coopérer avec ses confrères les capitaines, mais également de toujours se tenir à distance et de cultiver ses relations personnelles.

Tu ne peux pas compter sur eux, fils.

Il acquiesça. « Je n'en peux plus d'être accusé et menacé.

— Nous n'en pouvons plus d'être tenus à l'écart, dit Bolton. Tu passes des accords avec ceux-là mêmes qui font tout pour nous mettre en prison.

— La NIA est notre alliée.

— Drôle d'alliée, dit Cogburn. Ils n'ont rien fait pour empêcher quoi que ce soit. Ils ont ensuite introduit un espion au sein de la compagnie et interféré dans notre action contre Daniels.

— Ils ont résolu le code.

— Et ne nous l'ont toujours pas fourni, dit Bolton. Drôles d'amis.

— Quel effet a eu ce traître sur tes tractations avec la NIA ? s'enquit Surcouf. Pourquoi avoir besoin d'un espion parmi nous ? »

C'était la première bonne question qui était posée. Et la réponse restait incertaine.

« Notre seule certitude est que la directrice de la NIA souhaite l'élimination de Stéphanie Nelle… déclara Hale.

— Pourquoi ? demanda Cogburn.

— Il y a un élément personnel là-dedans. Elle n'a rien expliqué, sinon que Nelle enquêtait à la fois sur elle et sur nous et qu'il fallait l'en empêcher. Elle m'a demandé de le faire, je me suis donc exécuté. Le genre de service qu'on se rend entre amis.

— Pourquoi ce besoin d'espion alors qu'elle t'avait ? demanda Surcouf.

— Parce que c'est un menteur, un voleur et un assassin, éructa Bolton. Un sale pirate malhonnête à qui on ne peut pas faire confiance. Son arrière-arrière-grand-père serait fier. »

Hale se raidit. « J'en ai assez de tes insultes, Edward. Je te lance un défi. Ici et maintenant. »

Ce qui était son droit.

Dans le passé, chaque fois que les navires se regroupaient dans un but commun, le risque de conflits internes était multiplié. Les capitaines étaient indépendants par nature, soucieux de leurs équipages, mais indifférents aux autres. Les guerres entre bateaux étaient jugées particulièrement contre-productives. Le propos était de piller des vaisseaux marchands, pas de se combattre entre eux. Et jamais les querelles n'étaient réglées en mer, car les équipages ne voulaient pas risquer leur vie ni endommager le navire sous prétexte d'une banale querelle.

Une autre solution avait donc été trouvée.

Le défi.

Un drame dans lequel les capitaines pouvaient montrer leur courage sans rien mettre en danger, sinon eux-mêmes.

Histoire de prouver qui avait le plus de cran.

Bolton restait silencieux, le regard fixe.

« Typique, dit Hale. Tu n'as même pas le courage de te battre.

— Je relève ton défi. »

Hale se tourna vers Knox.

« Prépare-le. »

Malone entendit le coup de feu et plongea au sol, se précipitant sous une table entourée de chaises.

Des portes vitrées se fracassèrent à deux mètres.

D'autres tirs parvenaient dans sa direction, et il préféra rester au sol.

Cassiopée décida d'attaquer. Elle tira une fois, deux, puis une troisième fois, sans prendre de risques, avançant vers ce qui bougeait.

Malone garda la tête baissée et attendit que la fusillade s'arrête. Il allait faire sortir Wyatt, mais il ne devait pas rater son coup. Il s'aplatit sous la table et serra son revolver, se préparant à agir.

À travers la fumée, une ombre approchait. Venant du hall d'entrée, en direction du petit salon.

Il attendait que son adversaire se rapproche.

Puis il abattrait Wyatt de quelques coups bien ciblés.

Wyatt atteignit la cave, heureux de constater qu'aucun membre du staff n'occupait le petit bureau au pied de l'escalier. Une série de pièces aux murs en briques constituait à la fois les fondations de la maison et des réserves en sous-sol. Elles se succédaient le long d'un couloir qui s'étendait sur toute la longueur du bâtiment, éclairé par des appliques incandescentes sortant des murs en pierre brute. Il se souvint d'après les vitrines au Centre d'accueil des visiteurs que les pièces servaient de celliers pour la nourriture, la bière et le vin. Il regarda à l'extrémité du passage nord, à quelque deux cents mètres, qui ouvrait à l'extérieur dans le soleil matinal.

Rien à l'horizon.

Il se précipita.

Il savait que derrière lui se trouvaient ce que Jefferson avait appelé les dépendances. La partie sud comprenait la cuisine, le fumoir, la laiterie et quelques quartiers pour les esclaves. Ici, du côté nord, se trouvaient la remise pour les voitures, les étables et la glacière. Il arriva au bout du couloir et hésita près d'une porte signalée comme étant les commodités nord.

Endroit idéal, pensa-t-il. Au niveau du sol, à l'extérieur des murs, privé.

Il prit son téléphone mobile et appuya sur la touche ENVOI pour expédier le message qu'il avait préparé plus tôt.

PRÊT POUR RAMASSAGE. CÔTE NORD.

C'est ce qui avait été prévu.

Si quelque chose avait changé, le message aussi aurait changé.

Il avait su dès le départ qu'entrer à Monticello se révélerait facile. En sortir ? C'était une tout autre affaire. C'est pourquoi il avait accepté de l'aide de la part d'Andrea Carbonell.

Il quitta en courant la dépendance nord et traversa la route asphaltée. Il était en lieu sûr, à l'opposé de l'entrée principale, au milieu des arbres et des buissons. Une vérification préalable sur Google Maps lui avait montré un champ à découvert à une centaine de mètres au nord-est de la maison.

Un endroit parfait pour atterrir.

Trois coups de feu retentirent alors à l'intérieur de la maison, ce qui le fit sourire.

Avec un peu de chance, la femme tuerait Malone sa place.

Cassiopée savait qu'il y avait quelqu'un dans la pièce voisine. Elle avait perçu du mouvement avant son tir de barrage, mais n'avait rien vu d'autre à travers le brouillard. Elle s'inquiétait toujours pour Cotton.

Où était-il ?

Qui lui avait tiré dessus ?

Un couloir ouvrait sur sa droite où la fumée était moins dense. Elle aperçut la base d'un escalier.

La personne ou les personnes qui étaient dans la pièce à côté savaient qu'elle était là.

Mais ils restaient dissimulés.

À l'attendre.

Malone visa la tache noire à travers la fumée.

Encore un peu et il pourrait tirer sans risque. Il ne voulait pas rater sa cible. Il avait essayé d'attirer Wyatt dans les étages. En vain.

À présent, il le tenait.

Il retint son souffle, le doigt crispé sur la gâchette.

Un.

Deux.

Cassiopée s'était trop avancée.

Elle était à découvert, et le savait.

Elle se précipita vers la droite, s'abritant dans le couloir, puis cria : « Cotton, où es-tu ? »

Malone poussa un soupir de soulagement.

Il abaissa son pistolet.

« Ici, dit-il.

— Il vaut mieux que tu viennes de ce côté », répondit-elle.

Il se releva et sortit du salon. Cassiopée surgit de la fumée à sa gauche.

« C'était tout juste, dit-il.

— Moins une. Que s'est-il passé là-dedans ?

— J'ai trouvé l'origine de tous nos problèmes. »

Un nouveau bruit troubla le silence. Un battement sourd et rythmé avec une tonalité de basse profonde résonnant dans l'air. Qui se rapprochait.

Un hélicoptère.

Wyatt portait le cylindre contre lui, soucieux de ne pas l'abîmer. Il regarda derrière lui. Personne ne le suivait. Il disparut dans les arbres et descendit la pente en direction du champ.

Un hélicoptère apparut à l'ouest, évita les arbres bordant le champ et se posa sur l'herbe.

La porte de la cabine s'ouvrit et il sauta à l'intérieur.

Malone et Cassiopée sortirent par le portique est, et virent un hélicoptère se poser à quelque trois cents mètres.

Bien trop loin pour pouvoir agir.

Au bout d'à peine une minute passée sous les arbres, le battement des rotors s'intensifia et l'hélicoptère remonta dans le ciel matinal, en direction de l'ouest.

Malone avait compris que, sans le cylindre, il était impossible de savoir ce qu'Andrew Jackson avait fait. Et comme il n'en existait pas d'autre, il comprenait aussi que le décryptage du code venait de s'envoler.

« Nous pouvons suivre cet engin à la trace, non ? demanda Cassiopée.

— Pas assez rapidement. Il va atterrir dans les parages et déposer son passager.

— Celui qui m'a tiré dessus ? »

Il acquiesça.

Le directeur du domaine se précipita vers eux, accompagné d'Edwin Davis. Malone retourna à l'intérieur et se dirigea tout droit vers le cabinet de Jefferson.

Les autres le suivirent.

Sur une table, se trouvait la vitrine vide.

« Ces fenêtres avaient des vitres du XIXe siècle, dit le directeur. Les encadrements dataient de l'époque de Jefferson. Irremplaçables.

— Ce n'est pas un site classé au Patrimoine mondial, non ? demanda-t-il, désireux de soulager la tension.

— En fait, il l'est depuis 1987. »

Il sourit. Stéphanie serait ravie. Combien avait-il de sites à son tableau de chasse ? Quatre ? Cinq ?

Il entendit qu'on ouvrait les fenêtres dans toute la maison et vit que la fumée se dissipait. Un nouveau visage apparut. Une femme entre deux âges avec des cheveux auburn et des taches de rousseur. On la présenta comme étant la conservatrice en chef, en charge des objets du domaine. Elle était visiblement très bouleversée de voir que le cylindre avait disparu.

« C'est un objet unique au monde, dit-elle.

— Qui est venu ici ? lui demanda Edwin Davis.

— Un vieil ami, qui en veut à quelqu'un apparemment. »

Il fit signe à Davis et à Cassiopée de l'accompagner en direction de la bibliothèque pendant que la conservatrice et le directeur du domaine s'entretenaient dans le cabinet. Il leur parla de Jonathan Wyatt. « Je ne l'avais pas vu depuis huit ans, déclara-t-il. La dernière fois, c'était lors du conseil de discipline qui a conclu à son renvoi. »

Davis sortit aussitôt son téléphone, appela quelqu'un, attendit quelques instants, puis raccrocha.

« Il travaille en free-lance maintenant, dit Davis. Pour qui veut bien l'embaucher. Il vit en Floride. »

Malone repensa au message codé du document écrit par Jackson. Vingt-six lettres, cinq symboles.

WNMHYIOAASDNBMINNOAPILODAE
GYUOINESCVOQXWJTZPKLDEMFHR
ΔΦ: ΧΘ

« Sans ce cylindre, impossible de déchiffrer le message final, dit-il. Nous sommes cuits. Il faut que nous nous concentrions sur Stéphanie maintenant.

— Monsieur Malone », dit une voix féminine.

Il se retourna en entendant son nom.

La conservatrice.

« Je comprends que c'était le cylindre codé qui vous intéressait. »

Elle se dirigea vers lui sous les arcades de la pièce.

Il acquiesça. « C'est pour ça que nous sommes venus. Nous en avions besoin, mais, comme vous l'avez dit, c'est le seul qui existe dans le monde entier.

— L'unique cylindre original au monde, dit-elle. Pas le seul cylindre. »

Il était tout ouïe.

« Au Centre d'accueil des visiteurs, nous voulions que les enfants aient une approche pratique de Jefferson. Nous avons donc recréé beaucoup de ses inventions et de ses mécanismes. Nous les avons fabriqués de façon à ce qu'ils puissent les toucher et comprendre leur fonctionnement. Il y a un cylindre là-bas. Je l'ai fait faire moi-même. C'est du plastique et il ressemble à peu de chose près à l'original. Il y a vingt-six disques, chacun avec vingt-six lettres gravées sur le bord. Je n'avais aucune autre indication, aussi j'ai dit à la société qui l'a fabriqué de reproduire exactement les disques de Jefferson. »

50

Bath, Caroline du Nord

Hale regarda Knox effectuer les préparatifs. Six verres venant du bar furent alignés sur une table. Dans chacun, on versa une gorgée de whisky. Knox sortit une fiole en verre qui contenait un liquide de couleur jaune. Les capitaines regardèrent attentivement le contenu. Bolton fit signe de la tête de continuer. À tout instant, un capitaine mis au défi pouvait reculer, s'avouer vaincu.

Mais pas aujourd'hui.

Dans un des verres, Knox versa quelques gouttes du liquide jaunâtre. Le poison provenait d'un poisson des Caraïbes. Inodore, insipide, fatal en quelques secondes. Un élément de base du Commonwealth depuis des siècles.

« Tout est prêt », dit Knox.

Hale s'approcha de la table, le regard fixé sur le troisième verre à partir de la gauche où se trouvait le poison mélangé avec le whisky couleur d'ambre.

Bolton s'approcha également.

« Tu acceptes toujours de relever mon défi ? demanda Hale.

— Je n'ai pas peur de mourir, Quentin. Et toi ? »

Ce n'était pas le sujet. Il s'agissait de donner à ces trois-là une leçon – une leçon qu'ils n'oublieraient jamais. Il ne quittait pas Bolton des yeux et dit à Knox : « Mélange les verres. »

On entendit le fond des verres glisser sur le dessus de la table tandis que Knox les intervertissait, rendant impossible de savoir lequel contenait le poison. La tradition exigeait que les deux adversaires ne se quittent pas des yeux. Depuis des siècles, il était de coutume que les équipages observent attentivement la manœuvre, puis parient entre eux sur le nom du capitaine qui ferait le mauvais choix.

« C'est prêt », dit Knox.

Les six verres attendaient bien rangés, leur contenu ayant fini de tourner à l'intérieur. Hale avait lancé le défi. Il lui appartenait de choisir le premier.

Un sur six.

Il n'y aurait pas mieux.

Il prit le quatrième verre, le porta à ses lèvres et avala le contenu d'un trait.

L'alcool lui brûla la gorge.

Il regarda Bolton dans les yeux et attendit.

Rien.

Il sourit. « À toi. »

Wyatt s'installa dans le compartiment passager de l'hélicoptère. Il avait réussi sa sortie exactement comme prévu, laissant Malone les mains vides. À présent, il n'existait plus aucun moyen de connaître la partie suivante du message d'Andrew Jackson.

Mission accomplie.

Il posa son pistolet sur le siège à côté de lui et prit le sac en nylon. Il sortit l'objet avec précaution et disposa son cadre en métal en équilibre en travers de ses genoux. L'hélicoptère avait décollé du champ et s'éloignait de Monticello en direction de l'ouest. La matinée était ensoleillée et sans la moindre perturbation.

Il trouva les deux disques indépendants et étudia la façon de les assembler. Une tige en métal passait par le centre des vingt-quatre autres disques, fixés au cadre et maintenus en place par une attache. Il remarqua que les disques, larges d'environ six millimètres, s'emboîtaient parfaitement, sans le moindre jeu, sauf à l'extrémité où il restait de la place pour deux de plus.

Il examina les deux disques indépendants. Comme les autres, chacun comportait les lettres de l'alphabet, gravées sur leur bord, interrompues par des lignes sinueuses au-dessus et en dessous. Il s'était suffisamment documenté sur le cylindre pour savoir que les disques devaient être disposés sur la tige dans un certain ordre. Mais Jackson n'avait inclus aucune indication à ce propos, ajoutant seulement les cinq curieux symboles à la fin. Il décida de tenter ce qui lui paraissait évident : il tourna le premier disque apparent sur la tige et vit un 3 gravé sur sa face interne. Les deux disques mobiles comportaient un 1 et un 2 au même endroit. Peut-être l'ordre était-il simplement numérique ?

Il libéra le pignon central du cadre, le tint fermement pour que les disques restants ne se libèrent pas et glissa les deux disques sur la tige dans le bon ordre. Il rattacha la tige et sortit le message d'Andrew Jackson, dont il avait pris note précédemment.

Hale percevait la tension qui régnait dans la pièce, déjà intense après un premier choix.

C'était au tour de Bolton maintenant.

Son adversaire foudroyait du regard les cinq verres restants. Surcouf et Cogburn regardaient, l'air abasourdi. Ces deux-là finiraient par comprendre qu'il valait mieux s'abstenir de lui lancer un défi.

Bolton se concentrait sur les verres.

Curieusement, ce pauvre imbécile ne manifestait aucune peur. Était-ce la colère qui l'immunisait ? Ou l'inconscience ?

Bolton finit par choisir, leva le verre et avala son contenu.

Une seconde. Deux. Trois. Quatre.

Rien.

Bolton sourit. « À nouveau à toi, Quentin. »

Wyatt étudia la séquence des vingt-six lettres derrière lesquelles Andrew Jackson avait dissimulé le Code Jefferson.

WNMHYIOAASDNBMINNOAPILODAE

En commençant à gauche, par le disque qui portait le numéro 1, il tourna jusqu'à trouver un W. Il poursuivit avec le disque suivant, repérant un N. Il continua à chercher les lettres correspondant à celles de la séquence.

L'hélicoptère passa tout près des faubourgs de

Charlottesville, au-dessus de l'université de Virginie. Carbonell l'attendait quelques kilomètres plus loin. Ils étaient convenus de s'abstenir de tout appel téléphonique ou contact radio pendant le vol pour diminuer les chances d'être écoutés ou suivis. Le pilote était employé par la NIA et loyal à sa patronne.

Wyatt commençait à comprendre pourquoi les disques étaient tellement serrés sur la broche. Le frottement les empêchait de bouger une fois que la lettre souhaitée avait été trouvée.

En dessous, la forêt arborait de somptueuses couleurs automnales pendant qu'ils volaient en direction de l'ouest vers d'autres arbres encore.

Il ne lui restait plus beaucoup de temps.

Il fallait qu'il continue à chercher les lettres.

Hale avala son deuxième verre de whisky sans perdre de temps à choisir. Il attendit cinq secondes, sachant que le poison agissait incroyablement vite.

Son père lui avait parlé d'un autre défi, un défi ancien avec Abner Hale. Après l'attentat manqué contre Andrew Jackson et la mise au rencart des lettres de marque du Commonwealth, la tension entre les quatre capitaines avait atteint son comble quand un Surcouf avait défié un Hale. Un bourbon du Kentucky avait alors été la boisson choisie. Au deuxième verre, celui qu'il venait de boire, les yeux d'Abner s'étaient révulsés et il était tombé raide mort. Cela ne s'était pas produit dans la pièce où ils se trouvaient maintenant, mais quelque part à l'emplacement de la maison actuelle dans un petit salon pas tellement différent de celui-là. La mort d'Abner Hale avait soulagé la pression au sein du Commonwealth. Son successeur, l'arrière-grand-père de Hale, était plus modéré et ne souffrit pas des conséquences de l'attitude de son père.

C'était encore une caractéristique de la société des pirates.

Chaque homme devait prouver ce dont il était capable.

Le whisky atteignit son estomac.

Pas de poison.

Les chances venaient de se réduire pour Bolton.

Une sur trois.

Wyatt aperçut leur destination à quelque sept cents mètres. Une zone industrielle en déshérence avec une aire pavée qui s'étendait devant un ensemble de bâtiments délabrés. Deux 4 x 4 attendaient. Il n'y avait qu'une seule personne sur l'asphalte, qui regardait dans sa direction.

Andrea Carbonell.

Il avait trouvé la vingt-sixième lettre.

Un E.

Il appuya sur les disques au bout à gauche et à droite et les tourna tous les vingt-six ensemble. Quelque part dans le cercle, entre les vingt-six différentes combinaisons de lettres, il devait y avoir un message cohérent qui s'étalerait sur toute la longueur des disques.

Un quart de tour plus tard, il apparut.

Cinq mots.

Il fit en sorte de les mémoriser, puis mélangea à nouveau les disques.

Knox voyait qu'Edward Bolton avait du mal à choisir la deuxième fois, et il remarqua l'hésitation du capitaine devant les trois verres restants.

Le seul fait de l'observer lui mettait les nerfs à vif.

Il n'aurait jamais pensé, même en rêve, qu'il serait témoin d'un défi. Son père lui en avait parlé, aucun n'étant jamais allé si loin. Mais c'était justement là tout le propos de quelque chose d'aussi hasardeux, un message sans ambiguïté. Ne vous battez pas. Trouvez une solution. Mais aucun capitaine n'avait jamais voulu faire preuve de lâcheté, aussi Edward Bolton tenait bon, sachant que l'un des trois verres restants allait se révéler fatal.

Hale ne le quittait pas des yeux, et son regard vert et perçant le fixait sans ciller.

Bolton porta un verre à ses lèvres.

Il en jeta le contenu au fond de sa gorge et avala.

Cinq secondes s'écoulèrent.

Rien.

Surcouf et Cogburn soufflèrent de concert.

Bolton sourit, visiblement soulagé.

Pas mal, pensa Knox.

Pas mal du tout.

51

Hale considérait les deux verres restants, posés sur la table de bois verni.

L'un d'eux contenait le breuvage mortel.

« Ça suffit, dit Cogburn. Vous avez tous les deux fait valoir votre position. D'accord. Vous êtes des hommes, vous pouvez passer l'éponge. Arrêtez ça tout de suite. »

Bolton secoua la tête. « Pas question. C'est son tour.

— Et si je choisis mal, tu es débarrassé de moi, dit Hale.

— Tu m'as lancé un défi. Pas question de nous arrêter. Choisis un verre. »

Hale baissa les yeux. Le liquide ambré reposait comme une mare dans chacun. Il prit un verre et en fit tourner le contenu.

Puis l'autre.

Bolton l'observait avec fascination.

Hale désigna un verre. « Celui-ci. »

Il le porta à ses lèvres.

Les trois capitaines le dévisageaient, comme

Knox. Hale ne les quittait pas des yeux non plus. Il voulait qu'ils sachent qu'il était vraiment courageux. Il déversa le contenu dans sa bouche, le fit tourner entre ses gencives et avala.

Ses yeux s'écarquillèrent, sa respiration devint haletante. Il s'étrangla tandis que les muscles de son visage se crispaient. Il porta la main à sa poitrine.

Puis il s'affaissa sur le sol.

Wyatt attendit que l'hélicoptère se pose sur la zone d'atterrissage ; le cylindre avait regagné le sac en nylon. Il avait travaillé dans le renseignement dès sa sortie de l'université, après avoir été recruté pendant qu'il était à l'armée. Il n'était ni libéral ni conservateur, ni républicain ni démocrate. Il se considérait simplement comme un Américain ayant servi son pays jusqu'à ce qu'il ait été jugé trop incontrôlable pour le job. Il avait apporté sa contribution au renseignement en collectant des informations dans quelques-uns des points les plus chauds de la planète. Il avait joué un rôle clé dans la découverte de deux agents dormants au sein de la CIA, tous les deux ayant été jugés et condamnés comme espions. Il avait aussi éliminé un agent double, mettant à exécution un ordre secret de tuer l'homme, bien que, officiellement, l'Amérique n'assassinât personne.

Pas une seule fois, il n'avait violé les ordres.

Pas même ce jour-là avec Malone, quand deux hommes étaient morts. Désormais, il n'était plus lié par aucune règle ni considération éthique.

Il pouvait agir à son gré.

Ce qui était une autre raison pour laquelle il ne s'était pas retiré de cette bagarre.

Il descendit de l'hélicoptère, qui décolla aussitôt et s'éloigna. Il regagnerait probablement bientôt un hangar, loin des regards indiscrets.

Carbonell l'attendait, seule. Sans chauffeur au volant du 4 x 4.

« Je vois que vous avez réussi », dit-elle.

Elle s'était changée et portait maintenant une jupe courte bleu marine avec une veste blanche ajustée qui épousaient ses formes voluptueuses, et des sandales petits talons qui mettaient ses jambes en valeur. Il se tenait à quelques mètres, avec le cylindre dans son sac. Son pistolet était dans son dos, coincé dans sa ceinture.

« Et maintenant ? » lui demanda-t-il.

Elle fit un geste en direction d'un des véhicules. « Les clés sont dessus. Prenez-la quand vous voulez. »

Il fit semblant de s'intéresser au 4 x 4. « Je peux le garder ? »

Elle gloussa. « Si ça peut vous faire plaisir. Je m'en moque complètement. »

Il se tourna vers elle.

« Vous avez manipulé le cylindre et vous connaissez l'endroit, n'est-ce pas ? demanda-t-elle.

— Effectivement.

— Pouvez-vous vous procurer les deux pages manquantes ?

— Je suis la seule personne au monde qui en soit capable. »

Il était conscient de la position singulière dans laquelle il se trouvait en cet instant. À cet endroit, tenant la seule chose au monde dont cette femme avait besoin. Grâce à cet objet, elle pourrait retrouver les deux pages du journal du Congrès et finaliser le plan qu'elle avait conçu. Sans lui, elle n'était pas plus avancée que les autres.

Il jeta le sac en nylon sur les pavés et entendit les disques en bois vieux de deux cents ans se briser.

« Vous pourrez toujours les recoller. Ça vous prendra à peine une semaine. Bonne chance. »

Et il se dirigea vers le 4 x 4.

Knox fixait le corps de Quentin Hale étendu sur le sol. Ni Surcouf ni Cogburn n'avaient bronché.

Bolton n'avait pas détourné les yeux, visiblement soulagé. Puis il dit : « Bon débarras. »

Il restait un verre sur la table.

Le vainqueur le prit. « C'est à cause des Hale que nous sommes dans un tel pétrin, et il ne fallait pas compter sur eux pour nous en sortir. Je prétends qu'il faut se servir de cette Stéphanie Nelle et marchander.

— Comme si ça allait marcher, dit Cogburn.

— Tu as une meilleure idée, Charles ? demanda Bolton. Et toi, John ? Et toi, quartier-maître ? »

Mais Knox se moquait bien d'eux. Il voulait seulement se sauver, lui, et maintenant plus que jamais. Ces hommes n'étaient pas seulement incontrôlables, ils étaient stupides. Aucun d'eux ne faisait attention à rien.

Bolton leva le dernier verre et porta un toast. « À notre défunt capitaine. Puisse-t-il être heureux en enfer. »

Knox fit un bond en direction de Bolton et lui

arracha le whisky de la main. Le verre roula bruyamment sur le parquet, son contenu se répandit.

Bolton le dévisageait avec stupéfaction.

« Nom d'un chien !

— Bon sang, Clifford », dit Hale en se relevant.

La stupeur se lisait sur le visage des trois capitaines.

« Je le tenais, dit Hale. Il l'aurait avalé d'un trait et serait mort. »

Bolton était visiblement secoué.

« Parfaitement, Edward, dit Hale. Une seconde de plus et tu étais mort.

— Espèce de sale tricheur, éructa Bolton.

— Moi ? Tricheur ? Dis-moi. Si je n'avais pas fait semblant de mourir, aurais-tu bu le dernier verre, sachant qu'il contenait le poison ? »

Ce à quoi les autres se seraient attendus pour mettre un terme au défi. Bien sûr, si le dernier verre contenait le poison, le capitaine confronté au choix de le boire pouvait toujours renoncer, donnant ainsi la victoire à l'autre.

« J'ai besoin de savoir, Edward. Tu l'aurais fait ? »

Silence.

Hale gloussa. « Exactement ce que je pensais. Je n'ai pas triché. Je me suis contenté de t'aider à suivre un chemin que tu n'aurais jamais pris. »

Knox avait vite compris que Hale n'était pas mort. La façon dont il avait réagi au poison était anormale. Il avait suffisamment utilisé la substance pour connaître exactement la façon dont elle affectait le corps humain. Scott Parrott en avait été le dernier exemple quelques heures auparavant.

Hale foudroyait du regard ses trois compatriotes. « Je ne veux plus entendre le moindre mot de votre part à tous. Ne vous risquez plus à m'arnaquer. »

Tous se taisaient.

Knox avait deux raisons de se réjouir.

Premièrement, Edward Bolton savait qu'il venait de lui sauver la vie. Deuxièmement, les deux autres capitaines aussi le savaient.

Les deux choses finiraient certainement par compter.

52

Monticello

Malone pénétra dans la salle Griffin consacrée à la découverte, située au sous-sol du Centre d'accueil des visiteurs. La conservatrice avait expliqué que l'endroit avait été conçu comme un centre d'activités manuelles pour les enfants, dans le but de les instruire sur le domaine, sur Jefferson ainsi que sur la vie quotidienne à la fin du XVIIIe siècle et au début du XIXe. Disposés à divers endroits, se trouvaient une reproduction du domaine, une copie du lit de Jefferson, un atelier de fabrication de clous, une habitation d'esclaves, un atelier de tisserand, une installation qui permettait le maniement d'un marteau de forgeron et une reproduction du détecteur de mensonges de Jefferson. Sous le regard de leurs parents, plusieurs enfants profitaient des activités mises à leur disposition.

« Cet endroit est particulièrement fréquenté », lui dit la conservatrice.

Cassiopée, Edwin Davis et le directeur du domaine les avaient accompagnés.

Il repéra la reproduction du cylindre. Trois

gamins étaient en train de faire tourner ses disques brun clair.

« Il est en résine, dit la conservatrice. L'original est beaucoup plus fragile. Ses disques ont été sculptés dans un bois vieux de plus de deux cents ans, ils font à peu près six millimètres d'épaisseur et se fendent facilement. »

Il perçut l'inquiétude dans sa voix et voulut la rassurer. « Je suis certain que le voleur va y faire attention. »

Tant qu'il n'aura pas déchiffré le message, ajouta-t-il *in petto*.

Les gosses délaissèrent le cylindre pour se diriger vers quelque chose de nouveau. Malone s'en approcha et examina les vingt-six disques enfilés sur une tige métallique. Sur le bord de chacun, il y avait des lettres noires, séparées par des lignes noires.

« Avez-vous noté la séquence quelque part ? demanda la conservatrice.

— Il n'en a pas besoin », dit Cassiopée avec un sourire.

Effectivement, il n'en avait pas besoin.

Son cerveau eidétique les recracha dans l'instant.

WNMHYIOAASDNBMINNOAPILODAE

Il fit tourner les disques pour les assembler dans le bon ordre.

Wyatt continuait à se diriger vers la voiture.

« Je savais que vous aviez déchiffré le message », cria-t-elle.

Il s'arrêta et se retourna.

Elle était en plein soleil, un masque à la place du visage. Le sac en nylon était resté sur l'asphalte. Il comprit qu'elle avait fait le tour des choix qui s'offraient à elle et qu'elle n'avait plus aucune carte à jouer, sinon de traiter avec lui. Détruire les disques lui avait garanti la sécurité, car à présent il était le seul à connaître l'endroit.

Elle se dirigea vers lui, avant de s'arrêter tout près. « Triplez votre tarif. Une moitié déposée dans les deux heures à la banque de votre choix. Le reste quand vous me remettrez les deux documents intacts. »

Une chose était pourtant évidente : « Vous êtes consciente que le Commonwealth serait prêt à payer beaucoup plus pour les avoir.

— Bien sûr. Mais, comme ce matin, vous avez visiblement besoin de quelque chose que je suis la seule à pouvoir fournir. C'est justement pourquoi vous êtes en train de discuter avec moi au lieu de vous éloigner au volant de votre nouveau 4 x 4. »

Elle avait raison. Pour suivre les instructions d'Andrew Jackson, il lui fallait certains éléments qu'il n'avait pas le temps de se procurer lui-même. « J'ai besoin d'un passeport vierge.

— Et où iriez-vous ? »

Comme de toute façon il savait qu'il ne pourrait pas lui cacher ses déplacements, il mentionna l'île de Paw, en Nouvelle-Écosse, puis il insista : « Vous et moi sommes les seuls à connaître cet endroit. Donc vous et moi seulement pouvons en parler à quelqu'un d'autre.

— C'est votre façon de me forcer à être honnête ?

— Si quelqu'un devait surgir là-bas, tout ce que je trouverai partira dans les flammes. Et vous et le Commonwealth, vous pourrez aller au diable.

— C'est votre manière de montrer que vous êtes meilleur que moi ? »

Il secoua la tête. « C'est ma manière de faire. »

Elle lui décocha un sourire entendu. « C'est ce que j'aime chez vous, Jonathan. Vous savez exactement ce que vous voulez. Très bien. Nous allons procéder à votre manière. »

Cassiopée regardait par-dessus l'épaule de Cotton pendant qu'il ordonnait les disques. Elle et Edwin Davis avaient laissé leur conversation en plan, et même si elle était loin d'être close, elle devrait attendre. Dire qu'elle avait pris l'avion simplement pour passer un week-end romantique à New York. Voilà qu'elle se retrouvait à présent dans le pétrin. Elle sourit à cette expression, une des préférées de son père. Il adorait le cricket et avait sponsorisé plusieurs équipes espagnoles de niveau national. Le sport comptait beaucoup pour lui. Malheureusement, elle n'avait pas hérité de sa passion. Mais elle était vraiment dans le pétrin, exactement comme lorsque la balle de cricket rebondit dans n'importe quelle direction sur la croûte dure recouvrant un sol humide. Il en allait de même ici. Quantité de secrets, d'ego et de personnalités. Sans oublier que deux des protagonistes comptaient parmi les gens les plus célèbres de la planète.

Cotton termina sa tâche et dit : « Ces cinq symboles à la fin du message de Jackson ne figurent pas sur ces disques. Ils doivent donc appartenir à autre chose. »

Il maintint les vingt-six disques en place et les fit tourner ensemble.

« Le voilà », dit-il.

Elle se concentra sur les lettres noires. Sur toute la longueur de la rangée, les lettres formaient des mots attachés, sans espace entre eux.

ISLEPAWBAIEMAHONEADOMINION

« Il nous faut un ordinateur », dit Cotton.

La conservatrice les conduisit dans un bureau attenant à la salle d'exposition où se trouvait un ordinateur. Cassiopée décida de prendre les devants et tapa : île de Paw, baie de Mahone.

L'écran se remplit de sites et elle en choisit un.

La baie de Mahone était située à 44°30 N, 64° 15 O, au large de la Nouvelle-Écosse, une immense étendue d'eau qui communiquait avec l'océan Atlantique. Son nom venait du français *mahonne,* sorte de bateau utilisé autrefois par les autochtones. Parsemée de près de quatre cents îles, dont la plus célèbre était l'île Oak, où pendant plus de deux cents ans des chasseurs de trésors avaient foré un puits dans le lit rocheux, à la recherche d'un or qu'ils n'avaient pas trouvé. L'île de Paw était au sud d'Oak et comportait un fort britannique depuis longtemps abandonné, appelé jadis Dominion.

« Jackson avait choisi son site avec soin, dit Cotton. On peut difficilement faire plus reculé. Mais c'est idéal.

Cette zone a longtemps été synonyme de piraterie. C'était un havre pour les pirates au XVIIIe siècle. » Il se tourna vers Davis. « J'y vais.

— Je suis d'accord. C'est ce qu'il y a de mieux pour Stéphanie. Il nous faut ces pages. »

Cassiopée savait déjà ce que Cotton attendait d'elle. « Je vais les ralentir en utilisant les écoutes téléphoniques, déclara-t-elle. Nous pouvons fournir à Hale toutes les informations qui nous arrangent. »

Il acquiesça. « Vas-y. Wyatt a le cylindre et lui aussi va se diriger vers le nord.

— Je vais retrouver Stéphanie », lui dit-elle.

Il se tourna vers la conservatrice. « Vous avez dit avoir fait fabriquer cette reproduction de la roue. Le fait que ce soit une reproduction exacte de l'original apparaît-il quelque part ? »

La femme secoua la tête. « Le fabricant et moi sommes les seuls à le savoir. Le directeur du domaine n'était même pas au courant : je viens de le lui apprendre. Ça n'avait pas grande importance. »

Mais Cassiopée avait compris à quel point ce détail était capital. « Wyatt pense qu'il est le seul à savoir. »

Cotton acquiesça.

« Exact. Ce qui signifie que, pour la première fois, c'est nous qui menons la danse. »

QUATRIÈME PARTIE

53

Bath, Caroline du Nord
11 h 15

Knox faisait les cent pas dans l'herbe à l'ombre des chênes et des pins. Il avait été dispensé de la réunion des capitaines juste après la résurrection de Hale, et on lui avait dit d'attendre à l'extérieur. Il arrivait que les quatre capitaines discutent certains sujets sans lui, mais il était inquiet de la conversation que Hale avait eue en tête à tête avec le traître.

De quoi les capitaines discutaient-ils ?

L'Aventure avait à présent passé l'estuaire de l'Ocracoke et débouché dans l'Atlantique pour se débarrasser du corps au large.

Qu'allait-il faire ensuite ?

La porte de devant s'ouvrit.

Bolton, Surcouf et Cogburn sortirent dans le soleil de midi. Ils descendirent de la véranda et se dirigèrent vers une voiture électrique. Bolton l'aperçut et vint vers lui tandis que les deux autres continuaient en direction du véhicule.

« Je voulais te remercier, dit Bolton.

— Mon job consiste à veiller sur tous les capitaines.

— Hale a tort. Ça ne va pas marcher. Je sais, ce que nous avons tenté de faire était pour le moins désespéré. Mais il ne fait pas mieux. »

Knox haussa les épaules. « Je crains qu'aucun de nous ne sache plus quoi faire. »

Le visage de l'autre homme s'assombrit, marqué par la défaite. Bolton tendit la main et Knox la serra.

« Merci encore. »

C'était bon de savoir que son geste se révélait payant. Il pourrait avoir besoin d'Edward Bolton avant que tout ça soit terminé.

« Monsieur Knox. »

Il se retourna.

Le secrétaire particulier de Hale attendait sur la véranda.

« Le capitaine va vous recevoir. »

Hale se versait un verre quand Knox pénétra à nouveau dans le bureau. Il s'agissait du même whisky que celui qui avait été utilisé pour le défi. Il leva le verre en direction de son quartier-maître et dit : « Au moins celui-là ne risque pas de me tuer. »

Le verre que Knox avait fait tomber de la main de Bolton était toujours sur le parquet, et son liquide mortel avait été absorbé par les lames de bois.

« Personne ne doit toucher cette tache, insista Knox. Il faut qu'elle s'évapore.

— Je la conserve comme un rappel de mon triomphe sur la bêtise. Tu aurais dû le laisser mourir.

— Vous savez bien que je ne pouvais pas.

— Ah ! oui. Ton sens du devoir. Le fidèle quartier-maître qui défend en même temps les intérêts du capitaine et ceux de l'équipage. Élu par un groupe, mais dominé par l'autre. Comment *fais-tu* pour y arriver ? »

Il n'essayait même pas de dissimuler son ton sarcastique.

« Leur avez-vous fait part de votre position ? demanda Knox calmement.

— Ce que tu veux savoir en réalité, c'est ce dont nous venons de discuter en ton absence.

— Vous me le direz le moment venu. »

Hale fit couler le whisky au fond de sa gorge et l'avala.

Il reposa ensuite bruyamment le verre sur la table, prit son pistolet et braqua l'arme sur Knox.

Malone se cala dans le siège d'un Executive Gulfstream et alluma l'écran LCD à côté du siège en cuir blanc. Il était seul dans la cabine spacieuse, en phase de décollage sur la piste du Reagan National Airport. Il réfléchissait à ce qui l'attendait à mille deux cents kilomètres au nord, de l'autre côté de la frontière canadienne.

Il avait besoin de l'Internet et, heureusement, il n'eut pas à attendre qu'ils aient atteint trois mille mètres pour pouvoir utiliser un des appareils électroniques autorisés. Il se connecta sur quelques sites et en apprit un maximum sur la Nouvelle-Écosse, une étroite péninsule canadienne à peine reliée au Nouveau-Brunswick et cernée par l'océan Atlantique. Cinq cents kilomètres de long, quatre-vingts de large, sept mille sept cents kilomètres de côtes. Un mélange d'ancien et de moderne avec des criques déchiquetées, des plages sablonneuses et des vallées fertiles. La côte sud, de Halifax à Shelburne, comportait d'innombrables baies, dont la plus grande était celle de Mahone. Les Français avaient découvert la baie en 1534 et les Britanniques en avaient pris le contrôle en 1713.

Une chose qu'il ignorait s'était produite à cet endroit.

Pendant la révolution américaine, des forces coloniales avaient occupé la région dans le but d'annexer le Canada et d'en faire la quatorzième colonie. L'idée avait été d'inciter les nombreux Français mécontents vivant encore là à prendre leur parti contre les Anglais, mais l'entreprise avait échoué. Le Canada était resté britannique, et encore plus après la Révolution, quand les loyalistes avaient émigré vers le nord, fuyant les États-Unis nouvellement créés.

Il avait raison. La baie de Mahone était devenue un havre pour les pirates.

La construction navale s'était développée au point de devenir une véritable industrie. Brouillards denses et marais périlleux sujets aux marées constituaient une protection idéale pour plusieurs centaines d'îles. Les lieux n'étaient pas tellement différents de Port Royal en Jamaïque ou Bath en Caroline du Nord qui, toutes deux, avaient été de célèbres refuges de pirates.

L'île Oak, qui se trouvait dans la baie de Mahone, était mentionnée dans beaucoup de sites, et il lut tout ce qu'il pouvait à son propos. Son histoire remontait à une journée d'été de 1795 quand Daniel

McGinnis, un jeune homme d'une vingtaine d'années, découvrit une clairière où des chênes avaient été abattus, ne laissant que les souches. Au milieu de la clairière, on remarquait une empreinte circulaire de quatre mètres de large environ. Une grande branche s'avançait au-dessus du trou. Selon une version, la poulie d'un navire avait été attachée à la branche. Une autre version mettait l'accent sur le fait que l'arbre portait des marques étranges. Une troisième indiquait que la clairière était couverte de trèfle rouge, une plante qu'on ne trouvait pas habituellement sur l'île. Quelle que soit la version accréditée, ce qui s'était produit ensuite ne faisait aucun doute.

Les gens avaient commencé à creuser.

D'abord McGinnis et ses amis, puis d'autres, puis des consortiums dédiés à la recherche de trésors. Ils creusèrent sur une soixantaine de mètres et trouvèrent des couches de charbon, de bois, de fibres de noix de coco, de dalles et d'argile. Si l'on en croit la légende, ils déterrèrent une pierre étrange avec des marques curieuses. Deux astucieux tunnels de drainage fixés dans le conduit avaient été conçus pour s'assurer que quiconque creuserait suffisamment profondément ne trouverait que de l'eau.

Et c'était exactement ce qu'ils avaient trouvé.

L'inondation avait contrarié toute tentative visant à résoudre le mystère.

D'innombrables théories avaient été alors échafaudées.

Certains disaient que c'était une cache de pirates, creusée par le capitaine William Kidd en personne.

D'autres en attribuaient la propriété au corsaire Sir Francis Drake ou aux Espagnols, comme un endroit à l'écart pour planquer leur fortune. Des gens plus pragmatiques évoquèrent une implication militaire – des coffres contenant les soldes cachés par les Français ou les Anglais au cours de leur lutte incessante pour prendre le contrôle de la Nouvelle-Écosse. Puis il y avait ceux qui étaient venus de loin.

Atlantes antédiluviens, voyageurs interplanétaires, Maçons, Templiers, Égyptiens, Grecs, Celtes.

Plusieurs hommes perdirent la vie, beaucoup leur fortune, mais aucun trésor n'avait jamais été trouvé.

L'île Oak n'était même plus une île. Une chaussée étroite, construite pour permettre à du gros matériel de forage de passer dans les deux sens, la reliait à présent au continent. Un article récent paru au Canada avait évoqué une possible acquisition du territoire par le gouvernement provincial afin d'en faire une destination touristique.

Ce qui rapporterait enfin une fortune, pensa-t-il.

Il trouva quelques mentions de l'île de Paw, à quelques kilomètres au sud-est d'Oak. D'environ un kilomètre cinq cents de long, et moitié moins large, en forme de chêne comme son nom l'indiquait. Deux baies en son centre faisaient face au nord, avec d'autres plus petites le long du rivage. Sa façade ouest arrondie était couverte d'arbres, et des falaises dominaient les côtes à l'est et au sud. Les Français l'avaient explorée au XVIIe siècle à la recherche de fourrures, et les Anglais y avaient construit un fort, surnommé Wildwood, qui faisait face à l'Atlantique et gardait la baie. La Nouvelle-Écosse ne comportait pratiquement pas de ruines. Rien n'y était jamais gâché. Les maisons étaient démantelées poutre par poutre, les gonds, les poignées de portes, les clous, les briques, le mortier et le ciment étant tous réutilisés. Un certain bâtiment était décrit ainsi : *Planches du XXIe fixées par des clous du XVIIIe, sur des solives du XIXe.*

Mais le fort en calcaire sur l'île de Paw faisait figure d'anomalie.

Ce qu'expliquait l'histoire.

En 1775, quand l'armée continentale américaine avait déferlé, s'emparant des forts britanniques, Wildwood avait été pris et rebaptisé Dominion. Mais les Américains n'allaient pas tarder à être vaincus à la bataille de Québec et à se retirer du Canada en 1776. Avant de quitter l'île de Paw, ils avaient incendié le fort. L'endroit n'avait jamais été reconstruit, il était resté livré aux éléments, ses murs calcinés se dressant toujours en souvenir de l'affront.

À présent, les oiseaux y avaient élu domicile.

« Monsieur Malone, dit une voix dans l'interphone, nous avons du retard à cause des perturbations. On nous demande de ne pas décoller.

— Je pensais que ces règles ne s'appliquaient pas aux services secrets.

— Malheureusement, il y a un méchant orage entre ici et le Maine, et même les services secrets doivent se soumettre à ça.

— Nous sommes pressés, ne l'oubliez pas.

— Cela pourrait durer un moment. Ils ne paraissaient pas très optimistes. »

Il tapa sur le clavier et trouva une carte de la baie de Mahone, afin de choisir la meilleure manière de se rendre à l'île de Paw. Ils se poseraient sur une petite piste au sud, évitant Halifax qui était une plaque tournante aérienne internationale et que Wyatt risquait d'emprunter. Les services secrets avaient vérifié tous les vols à destination de la Nouvelle-Écosse mais aucune place n'avait été réservée au nom de Wyatt. Ce qui n'était pas surprenant, car il voyageait certainement sous un faux nom avec d'autres papiers d'identité, à moins qu'il n'ait loué un jet privé.

Ça n'avait pas d'importance.

Il voulait que son adversaire puisse accéder à l'île sans problème.

Ils renoueraient connaissance là-bas.

54

La Maison-Blanche

Cassiopée suivit Edwin Davis dans une pièce à peine plus grande qu'une penderie. À l'intérieur, se trouvait une petite table avec une console et un moniteur LCD. L'écran affichait une pièce pleine de portraits occupée par une table de conférence imposante, dont les sièges furent rapidement occupés par des hommes et des femmes. Elle était revenue à Washington avec Davis. Elle retournerait ensuite au sud à Fredericksburg pour activer les écoutes téléphoniques de Kaiser.

« Il m'a donné l'ordre de les convoquer ici, dit Davis, en désignant l'écran. Les directeurs des dix-huit plus grandes agences de renseignements. CIA, NSA, NIA, le Renseignement pour la Défense, le Contre-terrorisme, la Sécurité intérieure, le Centre de recherche des fonds terroristes à l'étranger, la Géospatiale nationale, le Centre de surveillance des installations souterraines. Vous pouvez me citer n'importe quelle agence de sécurité, nous avons quelqu'un qui s'en occupe moyennant finances.

— Je parie qu'ils se demandent ce qui se passe. »

Davis sourit. « Ces gens-là n'aiment pas les surprises, et ne s'apprécient pas non plus pour cette raison. »

Elle vit sur l'écran le président des États-Unis débouler dans la pièce et se placer hors de vue au bout de la table. La caméra avait été installée derrière son fauteuil pour que seuls soient filmés les participants.

Tout le monde s'assit.

« C'est un plaisir de voir que vous allez bien, dit un des participants à Daniels.

— Cela fait plaisir d'aller bien.

— Monsieur le président, nous avons été prévenus de cette réunion au dernier moment, et rien n'a été préparé. On ne nous en a même pas dit le sujet. »

« C'est le chef du Renseignement central, souffla Davis. Le président me doit cinq dollars. J'avais parié qu'il serait le premier à poser une question. Lui avait dit que ce serait la NSA. »

« Vous tous, vous adorez me répéter que vous êtes les meilleurs, dit Daniels. Que ce pays serait menacé de toutes parts si nous ne dépensions pas des milliards de dollars chaque année dans vos domaines respectifs. Vous aimez bien aussi vous retrancher derrière ce secret auquel vous estimez avoir droit. Je ne peux pas me permettre le luxe de travailler en secret. Je dois faire ce que j'ai à faire avec une horde de reporters campés à moins de trente mètres de l'endroit où je travaille. Grands dieux, je ne sais même pas où se trouvent la moitié de vos bureaux et encore moins ce que vous faites. »

« Ils savent que nous regardons ? » demanda Cassiopée.

Davis secoua la tête. « Caméra trou d'épingle. Les services secrets l'ont installée il y a quelques années. Personne n'est au courant sinon la garde rapprochée. »

« Cette monstruosité de notre gouvernement dite sécurité intérieure est ridicule, dit le président. Je n'ai pas encore trouvé quelqu'un qui sache combien ça coûte, combien de personnes y sont employées, combien il y a de programmes et, plus important encore, combien il y a de doublons. Mais je peux au moins dire qu'il existe environ mille trois cents organisations différentes travaillant à la sécurité du territoire ou au renseignement. En plus des quelque deux mille officines privées. Près de neuf cent mille personnes ont une accréditation qui implique le secret absolu. Comment espérer garder secret quoi que ce soit avec autant d'yeux et d'oreilles ? »

Personne ne réagit.

« Tout le monde avait dit qu'on allait unifier les choses après le 11-Septembre. Vous avez tous juré que vous alliez enfin vous mettre à travailler ensemble. Au lieu de cela, vous avez créé trois cents nouvelles agences de renseignements. Vous produisez plus de cinquante mille rapports par an. Qui prend le temps de les lire ? »

Aucune réponse.

« Effectivement. Personne. Alors à quoi serventils ? »

« Il les prend à la gorge, dit-elle à Davis.

— C'est tout ce qu'ils comprennent. »

« Je veux savoir qui a engagé Jonathan Wyatt et l'a fait venir hier à New York, demanda le président, rompant le silence.

— C'est moi. »

« C'est elle ? » demanda Cassiopée.

Davis acquiesça. « Andrea Carbonell. Directrice de la NIA. »

Elle avait remarqué l'entrée de cette femme, avec son teint basané, ses cheveux noirs et un air latino comparable au sien. « D'où vient-elle ?

— Fille d'immigrants cubains. Née ici. Elle a gravi tous les échelons jusqu'à finir par décrocher la direction de la NIA. Ses états de service sont exemplaires, excepté ses liens avec le Commonwealth. »

Carbonell était assise très droite, les mains croisées sur la table, les yeux rivés sur le président. Son visage ne trahissait pas la moindre émotion, malgré le courroux du commandant en chef qui lui faisait face.

« Pourquoi avez-vous fait venir Wyatt à New York ? lui demanda Daniels.

— J'ai demandé une assistance extérieure pour contrer la pression que mettaient sur moi la CIA et la NSA.

— Expliquez-vous.

— Il y a quelques heures, quelqu'un a essayé de me tuer. »

Un murmure parcourut la salle.

Carbonell s'éclaircit la gorge. « Je n'avais pas l'intention d'y faire allusion au cours de cette réunion, mais une arme automatisée m'attendait chez moi. »

Daniels hésita un instant. « Quelle importance ? Sinon que vous pourriez être morte.

— Wyatt était à New York pour m'aider à décrypter les récentes actions de certains de mes collègues. Nous nous étions retrouvés pour discuter de la situation. Mais un directeur adjoint de la CIA et un autre adjoint de la

NSA ont interrompu cette réunion et ont emmené Wyatt. J'aimerais connaître le but de cette manœuvre. »

Elle est forte, pensa Cassiopée. Carbonell n'avait toujours pas répondu à la question, mais elle s'était débrouillée pour détourner l'attention sur autre chose qu'elle-même. Sa demande intéressait visiblement certains autour de la table, qui dévisageaient le représentant de la CIA et un autre homme que Davis identifia comme étant le directeur de la NSA.

« Monsieur le président, dit CIA. Cette femme conspire depuis longtemps avec le Commonwealth. Elle peut très bien avoir été impliquée dans l'attentat perpétré contre vous.

— En avez-vous la preuve ? demanda Carbonell d'une voix calme.

— Je n'ai pas besoin de preuve, lui dit Daniels. Ma conviction me suffit. Dites-moi plutôt si vous avez été, de près ou de loin, impliquée dans l'attentat contre moi.

— Je ne l'ai pas été.

— Alors comment Wyatt s'est-il retrouvé mêlé à tout ça ? Il était au Grand Hyatt. Nous le savons. Il a dirigé des agents sur Cotton Malone. Il a mouillé Malone dans toute l'affaire.

— Il a une revanche personnelle à prendre contre Malone, dit Carbonell. Il a piégé Malone en l'impliquant à mon insu dans la tentative d'assassinat contre vous. Je l'ai congédié juste avant que la CIA et la NSA ne l'emmènent.

— Wyatt vient de déclencher une fusillade à Monticello, dit Daniels. Il a volé un objet rare. Un cylindre codé. Est-ce vous qui êtes derrière tout ça ?

— Les coups de feu ou le vol ?

— À vous de choisir. À propos, je n'aime pas du tout qu'on joue au plus malin avec moi.

— Comme je vous l'ai dit, monsieur le président, je me suis séparée de Wyatt hier. Il ne travaille plus pour moi. Je crois que la CIA ou la NSA sont mieux placées pour savoir ce qui s'est produit après que je l'ai liquidé.

— Dans ce cas, l'un d'entre vous sait-il la moindre chose à propos du complot visant à me tuer ? » demanda le président.

L'assemblée frémit devant une question aussi directe.

« Nous ignorions l'existence d'un complot, dit l'un d'entre eux.

— Évidemment qu'il y en avait un, dit Daniels. J'ai posé une question. Madame Carbonell, si vous répondiez la première.

— Je n'étais absolument pas au courant d'un complot destiné à vous assassiner.

— Vous êtes une menteuse », dit CIA.

Carbonell resta de marbre. « Je sais seulement que Wyatt a attiré Cotton Malone au Grand Hyatt, espérant que Malone stopperait l'attentat. Puis Wyatt a dirigé les agents vers Malone. Il pensait visiblement qu'un d'entre eux le tuerait. Il m'en a rendu compte plus tard. J'ai compris aussitôt que les choses avaient dérapé. Aussi j'ai coupé tous les ponts avec lui.

— Vous auriez dû l'arrêter, dit un des assistants.

— Comme je l'ai déjà précisé, il était sous la garde de la CIA et de la NSA après que j'ai pris les mesures qui me semblaient nécessaires. C'est plutôt à eux d'expliquer pourquoi il n'a pas été arrêté. »

« Elle est vraiment très forte, dit Cassiopée.

— Et elle ne dit pas tout », dit Davis.

Cassiopée eut un regard éloquent.

« Je sais, dit Davis. Je fais la même chose. Mais pouvons-nous garder les choses secrètes pendant encore un petit moment ?

— Dans quel but ?

— Si seulement je savais. »

« Où est Wyatt maintenant ? demanda Daniels à l'assistance.

— Il a agressé les deux hommes que nous avons envoyés pour l'interroger, dit CIA. Et il s'est échappé.

— Aviez-vous l'intention de rendre le moindre compte de tout ça ? » demanda le président.

Pas de réponse.

« Qui a envoyé la police sur les traces de Cotton Malone à Richmond en Virginie ?

— C'est nous, dit CIA. Nous avions établi que Malone s'était envoyé à lui-même par e-mail un document classifié. Il l'a ensuite consulté depuis un hôtel à Richmond. Nous avons demandé aux locaux d'aller le chercher pour l'interroger.

— Fichez-lui la paix dorénavant, ordonna Daniels. Madame Carbonell, êtes-vous en relation avec le Commonwealth ? »

Elle secoua la tête. « Mon contact avec eux a été retrouvé mort hier soir à Central Park, tout comme un autre de mes agents dans un hôtel voisin. Deux autres ont été gravement blessés. Ils ont apparemment été la cible d'un agent du Commonwealth qu'ils tentaient d'appréhender.

— Vous avez quatre morts ? lui demanda CIA.

— Effectivement. C'est tragique. Nous avons voulu aussitôt régler la situation et l'étouffer. À présent, nous sommes à la recherche de cet agent du Commonwealth. Nous le trouverons.

— Pourquoi la CIA et la NSA voulaient-elles parler à Wyatt ? demanda Daniels.

— Nous aussi, dit CIA, étions curieux de connaître l'implication de Wyatt dans ce qui était arrivé à New York.

— Pourquoi ? »

La question incisive du président plongea l'assemblée dans un silence total.

« C'est pourtant une question simple, dit Daniels. D'ailleurs comment saviez-vous que Wyatt était à New York ? »

Le silence persistait.

Puis venant de NSA : « Nous étions en train de surveiller la NIA et Mme Carbonell.

— Pourquoi ? »

« Il se fout d'eux, dit Davis. Il me fait ça tout le temps. Un pourquoi après l'autre, pour vous forcer à en arriver à ses conclusions. Il attend simplement que vous le rattrapiez. »

« Elle interfère dans nos poursuites contre le Commonwealth, dit NSA. Ce groupe est bien connu de nous tous et constitue un danger pour notre sécurité nationale. La décision avait été prise de l'éliminer. La NIA et Mme Carbonell ne sont pas d'accord avec cette décision. Nous nous sommes demandé pourquoi. Elle fait preuve de trop de loyauté compte tenu des circonstances. Nous savions qu'elle avait engagé Wyatt, nous ignorions seulement que tout ça allait se produire. Si nous l'avions su, nous aurions pris des mesures préventives.

— Cela me rassure, dit Daniels d'un ton sarcastique.

— Quand nous avons appris que Malone était

l'homme de la vidéo, dit CIA, nous avons compris que quelque chose de bizarre se passait.

— D'accord, dit Daniels. Voyons si je comprends bien, quelqu'un de non identifié tente de me faire sauter. Un type sous contrat, Jonathan Wyatt, est impliqué. Trois agences de renseignements au moins savent que Wyatt était à New York en train de mijoter quelque chose. Deux d'entre vous étaient déjà en train d'enquêter sur la NIA et sa directrice. Ce que Wyatt faisait à New York, aucun d'entre vous ne semble vouloir l'admettre. Mais deux d'entre vous sont suffisamment curieux pour mettre Wyatt en garde à vue, et pourtant il réussit à s'échapper. Et, plus important encore, quatre agents sont descendus. »

Personne ne soufflait mot.

« Décidément, vous tous autant que vous êtes, vous êtes des bons à rien. Et à ce propos, lequel d'entre vous a envoyé des hommes hier soir à l'institut Garver et tué un de ses employés ? »

Aucune réponse.

« Personne ne va s'en vanter ? murmura Davis. Ça ne m'étonne pas.

— Carbonell l'a probablement fait elle-même », dit Cassiopée.

Davis acquiesça. « Probable. »

« Je veux que chacun d'entre vous sache que nous enquêtons là-dessus, indépendamment de vous. Si Wyatt a attiré Malone à New York, c'est qu'il connaissait la suite. S'il le savait, d'autres le savaient aussi. Donc, c'est un complot.

Il faut que nous retrouvions Wyatt », dit quelqu'un.

« Le directeur du FBI, remarqua Davis. Le seul

autour de cette table à qui nous pouvons vraiment faire confiance. Un type droit. »

« *Je dirais que cela devrait arriver en tête de vos priorités, dit Daniels. Et qu'en est-il de ces deux armes automatisées placées dans les chambres de l'hôtel ? Qu'avez-vous appris ?*

— Des engins très sophistiqués, dit le directeur du FBI. Très bien conçus. Malone en a annihilé une en tirant dessus avec l'autre et en détruisant son électronique. Elles étaient toutes les deux contrôlées par radio. Mais il n'y a aucun moyen de savoir exactement d'où, même si le receveur avait une portée d'environ quatre kilomètres et demi.

— Cela fait beaucoup d'immeubles dans New York, dit Daniels. Quelque trente mille chambres d'hôtel au choix, non ?

— Quelque chose comme ça.

— Étant donné que Wyatt semble être le seul pour l'instant à avoir su quelque chose à l'avance, dit Daniels, c'est la meilleure piste. Au moins, il a réussi à envoyer Malone là-bas. C'est mieux que ce dont vous pouvez vous vanter tous.

— Cotton Malone est-il chargé de conduire votre enquête ? demanda NSA.

— Quelle importance ?

— Aucune, monsieur. J'étais simplement curieux de le savoir.

— Comme je vous l'ai déjà dit. Aucun d'entre vous ne touche à Malone. C'est un ordre. Il travaille pour moi. Les gens qui ont assassiné le docteur Gary Voccio hier soir ont également essayé de tuer Malone, et, curieusement, Wyatt aussi. Ce qui signifie que Wyatt n'est

peut-être pas mon ennemi. J'ai bien l'intention de savoir qui a ordonné cette frappe. »

Personne ne dit rien.

« Autre chose, Stéphanie Nelle a disparu depuis plusieurs jours.

— Disparu où ? demanda CIA.

— Je ne sais pas. Elle a juste disparu.

— Avez-vous l'intention de divulguer quoi que ce soit de cette affaire ? demanda quelqu'un.

— Je ne vais rien faire, précisa Daniels. Pas avant que vous tous fassiez ce qu'on attend de vous et que vous me fournissiez quelques informations substantielles. »

Daniels revint dans le champ de la caméra tandis qu'il se dirigeait vers la porte.

Les gens autour de la table se levèrent sur son passage.

« Monsieur le président. »

Le directeur de la NSA.

Daniels s'arrêta sur le seuil de la porte.

« Votre évaluation de notre efficacité est erronée, dit l'homme de la NSA. Pour ma seule agence, nous interceptons tous les jours près de deux milliards d'e-mails, d'appels téléphoniques et autres communications internationales. Quelqu'un doit bien les analyser. C'est ainsi que les menaces dirigées contre nous sont transmises. C'est ainsi que nous avons commencé à soupçonner Mme Carbonell à cause de ses liens avec le Commonwealth. Nous fournissons un service vital.

— Et qui trie ces deux milliards de communications que vous interceptez tous les jours ? » demanda Daniels.

Le directeur de la NSA commença à répondre, mais Daniels leva la main. « Ne vous donnez pas la peine. Je connais la réponse. Personne. Vous en triez une infime partie. Et de temps en temps, vous avez la veine de tomber sur quelque chose, comme avec la NIA, et de vous vanter ensuite de votre importance. C'est intéressant de constater comment, malgré tout votre argent, vos gens et votre équipement, une bande de gardiens de chèvres devenus terroristes au fin fond de l'Afghanistan a réussi à planter deux avions dans le World Trade Center et un autre dans le Pentagone. Sans la bravoure de quelques Américains ordinaires, un autre avion aurait détruit la Maison-Blanche. Vous n'aviez pas la moindre idée de ce qui allait arriver.

— Avec tout le respect que je vous dois, monsieur, je n'admets pas vos insultes.

— Avec tout le respect que je vous dois, je n'admets pas de gaspiller soixante-quinze milliards de dollars par an – officiellement – pour vos imbécillités. Je n'admets pas que ces avions soient parvenus jusque-là. Je n'admets pas votre arrogance. Nous méritons une communauté du renseignement qui travaille ensemble comme une équipe dans tous les sens du mot. Nom de Dieu, si la Seconde Guerre mondiale avait été menée de cette façon, nous aurions perdu. Je n'avais pas prévu de faire ça, mais avant la fin de mon mandat, je vais secouer cet arbre pourri de fond en comble. Alors tenez-vous prêts. Quelqu'un a-t-il quelque chose à ajouter ? »

Personne ne dit rien.

« Retrouvez Stéphanie Nelle, dit Daniels.

— Avant les assassins ? demanda l'un d'eux.

— Trouvez-en un et je suis certain que vous trouverez l'autre. » Le président sortit.

Les autres s'attardèrent quelques instants, puis à leur tour commencèrent à partir.

« Très bien, dit Davis. À nous. »

55

Bath, Caroline du Nord

Knox savait qu'il allait se faire tuer. L'arme était de moyen calibre, la balle le traverserait probablement de part en part.

Apparemment, le traître l'avait vendu.

Hale baissa le pistolet. « Arrête de me poser des problèmes, toi aussi. Tu n'aurais pas dû intervenir dans ce défi. »

Il poussa un profond soupir. « Tuer le capitaine Bolton n'aurait rien réglé. »

Hale posa le pistolet sur la table, saisit son verre vide et le remplit de whisky. « La solution à notre problème nous a été fournie il y a quelques minutes. La directrice de la NIA m'a appelé. »

Il se dit qu'il avait intérêt à écouter attentivement. Carbonell était à nouveau à la manœuvre. Tout comme Hale.

« La NIA a décrypté le code. Ils savent où ce filou d'Andrew Jackson a caché les deux pages manquantes. Elle m'a indiqué l'endroit.

— Et vous la croyez ?

— Pourquoi pas ?

— Ils ont fait avorter notre tentative d'assassinat

et entretenu un espion au sein de notre compagnie. »

Hale acquiesça. « Je sais. Mais, pour l'instant, la directrice de la NIA veut obtenir quelque chose de moi. Quelque chose que je suis le seul à pouvoir lui procurer.

— Notre invitée du pavillon. »

Hale but une gorgée et acquiesça. « Le fait de fournir cette information est une preuve de bonne foi de la part de la NIA. Ils ont engagé un free-lance pour aller chercher les pages manquantes. Mais l'homme n'a aucune intention de livrer ce qu'il trouve. La directrice a été très claire à ce sujet. Elle veut qu'il soit tué. C'est un endroit perdu, idéal pour ce genre d'action. Évidemment, en échange, nous pourrons garder tout ce que nous trouverons. »

Il écouta Hale évoquer la Nouvelle-Écosse, ainsi qu'un certain Jonathan Wyatt. « Carbonell m'a fourni tous les renseignements qu'elle avait sur l'île de Paw et Fort Dominion.

— Qu'est-ce qui nous empêche d'aller simplement chercher les deux pages sans nous occuper de Wyatt ?

— Rien, à condition que Wyatt ne se mette pas en travers de notre route. D'après elle, il faudra le tuer pour nous en débarrasser. Ce n'est pas le genre à vous laisser passer. »

Tout ça s'annonçait mal.

Hale fit un geste en direction de son bureau. « Il y a une photo et un dossier sur Wyatt. C'est également lui qui a arrêté la tentative d'assassinat. Je dirais plutôt que c'est toi qui lui es redevable. »

Peut-être, mais il n'était pas tout à fait certain de quoi.

« Prends le dossier. Emprunte le jet. La NIA me dit que Wyatt a quitté Boston par un vol commercial, mais l'avion est retardé à cause du temps. Débarque là-bas avant lui et tiens-toi prêt. »

Visiblement, les choses avaient encore changé, et Carbonell avait décidé de donner satisfaction au Commonwealth.

Mais était-ce vraiment le cas ?

« C'est peut-être un piège.

— Je suis prêt à jouer le jeu. »

Non, Knox voulait que *quelqu'un d'autre* joue le jeu. Mais il n'avait pas le choix. Il fallait qu'il aille au Canada. S'il pouvait être prêt avant que ce Wyatt arrive, il devrait être facile de le tuer. Une autre preuve de sa loyauté envers les capitaines, qui lui permettrait de gagner du temps.

En tout cas, le traître ne l'avait pas compromis.

« Écoute, Clifford, dit Hale d'un ton conciliant. Pourquoi nous fournir cette information si elle ment ?

— Probablement pour nous laisser faire son sale boulot. L'homme qu'elle a envoyé n'est pas sûr, donc elle compte sur nous pour l'éliminer. »

Exactement comme avec Scott Parrott.

« Si ça peut lui faire plaisir, quelle importance ? Si elle ment, nous aurons toujours Stéphanie Nelle sous la main. »

Il comprit le message. *Qu'avons-nous à perdre ?* Il connaissait la réponse qu'on attendait de lui. « Je me dirige tout de suite vers le nord.

— Encore une chose, avant que tu partes. Bolton

avait raison sur un point. L'équipement que nous avons caché chez Shirley Kaiser. Il faudrait l'enlever avant que quelqu'un ne s'en aperçoive. Nous n'en avons plus besoin. Tu as des hommes capables de le faire ? »

Il acquiesça. « Deux types que j'ai formés. Ils me secondent souvent. Ils pourront se débrouiller.

— J'ai parlé avec Kaiser il y a un ou deux jours, et elle m'a dit qu'elle devait assister ce soir à une manifestation de charité à Richmond. C'est l'occasion. »

Hale but encore un peu de whisky.

« Clifford, les autres ignorent tout de ma collaboration avec la NIA, à part les quelques renseignements que je leur ai fournis précédemment. Et je ne veux pas en dire plus avant que nous ayons réussi. Je compte sur toi pour ne rien dire pour l'instant. Contrairement à ce qu'ils pensent, je ne vais pas les abandonner, même si ça vaudrait mieux. C'est une bande d'idiots et d'ingrats. Mais je tiens à respecter mon serment. Si nous réussissons, nous réussissons tous. »

Il s'en moquait bien, mais préféra marquer de l'intérêt. « Je me pose une question. Comment avez-vous su quel verre choisir ?

— Qu'est-ce qui te fait croire que je le savais ?

— Vous êtes téméraire, mais certainement pas stupide. Pour lancer ce défi, vous deviez être certain de l'emporter.

— Mon père m'a appris un truc, dit Hale. Si on agite le verre, même légèrement, le poison remonte à la surface et trouble l'alcool l'espace d'un instant. Il faut seulement faire très attention. J'ai fait tourner tous les verres avant de boire. Évidemment, ce n'est pas sûr à cent pour cent, mais c'est mieux que le hasard pur et simple.

— Il fallait un sacré cran », dit Knox.

Hale eut un petit sourire satisfait. « Bien sûr. Il en fallait, c'est vrai. »

Wyatt embarqua à bord du vol Air Canada à l'aéroport Logan de Boston. Il était arrivé par avion de Richmond en Virginie et attendait maintenant depuis près de deux heures. Un gros orage retardait tous les vols, et il se demandait si celui-là allait bientôt partir. Le vol jusqu'à Halifax en Nouvelle-Écosse prendrait encore deux heures, ce qui le mettrait à pied d'œuvre vers le milieu de l'après-midi, à condition qu'il n'y ait pas d'autre retard. Avec un peu de chance, il serait sur l'île de Paw vers 17 heures. D'après la météo, la température devait avoisiner les vingt degrés. La région connaissait une vague de chaleur automnale assortie d'une période de sécheresse. Si nécessaire, il passerait la nuit sur l'île et finirait ce qu'il avait à faire demain. De toute façon, il en repartirait avec ces pages manquantes.

Il était arrivé à New York fin prêt avec des bombes éclairantes, des armes et des munitions, mais son passeport ne lui avait servi à rien. Les listes de passagers des compagnies d'aviation pouvaient être vérifiées par les autorités en un seul clic.

Il avait dû changer d'identité.

Ce qui l'avait obligé à traiter avec Carbonell.

La moitié de son tarif triplé avait été déposée

comme promis sur son compte au Liechtenstein. Une grosse somme en liquide, nette d'impôts. Mais un gros risque, aussi. Surtout dans le fait de traiter avec Carbonell. Elle l'avait pris à rebrousse-poil. Ravivé des sentiments qu'il pensait avoir effacés depuis longtemps. Il était un agent de renseignement américain. Il l'avait toujours été, le serait toujours.

C'était important pour lui.

Contrairement à ce que semblait penser Carbonell. Il n'admettait pas son attitude dure, égoïste. Elle n'avait pas sa place à la tête d'une agence de renseignements. Les agents sur le terrain devaient être certains que leurs supérieurs veillaient sur eux. Les choses étaient suffisamment dangereuses pour ne pas avoir à s'inquiéter de savoir si votre boss mettait inutilement votre vie en danger.

Il fallait mettre un terme à ses agissements.

C'est pourquoi il n'avait pas laissé tomber.

Malone ? La piste menant à Captain America s'achevait à Monticello. Ce n'était plus un élément crucial. Ça pouvait attendre.

Cette victoire serait la sienne et celle de personne d'autre.

Il avait préféré prendre un vol commercial pour ne pas attirer l'attention. Il louerait une voiture à l'arrivée pour parcourir les soixante-dix kilomètres jusqu'à la baie de Mahone. Pour l'occasion, il avait acheté des vêtements de plein air. Tout le reste attendrait qu'il soit arrivé sur les lieux. La Nouvelle-Écosse était un paradis pour les fans de sports de plein air, et elle était fréquentée aussi bien par des cyclistes que des golfeurs, des randonneurs, des kayakistes, des amateurs de bateau et des passionnés d'oiseaux. Le fait que ce soit un dimanche soir risquait de poser des problèmes pour les boutiques, mais il se débrouillerait. Malheureusement, il était sans arme. Il était hors de question d'en emporter une. Il avait lu le topo que Carbonell lui avait fourni, et surtout l'explication du dernier mot du message du code « Dominion » qui faisait référence à Fort Dominion, situé au sud de l'île de Paw.

Une ruine qui était déjà dans cet état du temps d'Andrew Jackson.

Ce site avait une histoire mouvementée.

Pendant la révolution américaine, après que le fort eut été pris par l'armée continentale, soixante-quatorze prisonniers britanniques y avaient péri aux mains des coloniaux. Ils avaient été provisoirement incarcérés sous le fort, dans une installation semblable à un donjon creusée dans son soubassement rocheux, et qui était submergée quand l'eau montait. Trois officiers coloniaux durent répondre de cette affaire devant une cour martiale. L'accusation leur reprochant d'avoir été prévenus par d'autres que la pièce serait inondée, mais de ne pas en avoir tenu compte. Ils furent acquittés, le témoignage concernant le risque de danger étant pour le moins contradictoire.

Il comprenait ces officiers.

Ils s'étaient contentés de faire leur devoir, en temps de guerre, loin de tout commandement. Bien sûr, ils ne connaissaient pas le luxe de bénéficier de communications instantanées. Au lieu de cela, ils devaient prendre des décisions en lieu et place.

Puis, des mois plus tard, quelqu'un avait fini par comprendre ce qui s'était passé. Contrairement à lui, ces hommes avaient échappé à la sanction, mais il supposait que leur mise en accusation avait coûté leur carrière à ces officiers.

Exactement comme pour lui.

Ce qui était arrivé à Fort Dominion était resté un point sensible dans les relations entre Américains et Britanniques jusqu'à la guerre de 1812, quand les deux nations avaient enfin aplani leurs dissensions. Il se demandait s'il y avait le moindre rapport entre ce tragique incident et ce qu'avait fait Andrew Jackson soixante ans plus tard.

Dominion avait été spécialement choisi par Jackson.

Pourquoi ?

Il avait également relu la lettre de Jackson au Commonwealth et son message caché au moyen du Code Jefferson. Les cinq symboles restaient inexpliqués.

ΔΦ: ΧΘ

Carbonell n'avait rien trouvé à leur sujet. Son conseil ? S'en occuper dès son arrivée sur les lieux au Canada.

Elle l'avait assuré une nouvelle fois que sa mission n'était connue que par eux deux. Mais elle préférait mentir, même lorsque cela n'était pas nécessaire.

En tout cas, c'était le dernier acte.

Si elle lui avait menti cette fois en quoi que ce soit… il la tuerait.

56

La Maison-Blanche

Cassiopée était assise dans le bureau ovale, Edwin Davis à côté d'elle sur un canapé capitonné. Elle y était déjà venue une fois, et rien n'avait changé. Deux Norman Rockwell ornaient toujours un mur. Le même portrait de George Washington était toujours accroché au-dessus de la cheminée. Du lierre en pot retombait du manteau. Une tradition, lui expliqua Davis, remontant à l'administration Kennedy. Deux fauteuils à dossier haut encadraient l'âtre, une scène qu'elle avait souvent vue sur des photos officielles avec le président assis à gauche et le chef d'État en visite à droite. D'après Davis, cela remontait à Franklin Roosevelt qui avait souhaité que son invité soit assis, comme lui, et qu'ainsi on remarque moins son handicap.

La porte s'ouvrit et Daniels entra.

Le président s'assit dans un des fauteuils près de la cheminée.

« La presse ne va pas tarder. Je dois faire des photos avec le nouvel ambassadeur de Finlande. Ils ne sont pas censés poser des questions à ce moment-là, mais ils le feront quand même. C'est fou, mais ils n'ont qu'une obsession, il faut qu'ils tiennent leur public en haleine. »

Elle sentit son exaspération.

« Cette tentative d'assassinat va faire la une pendant quelque temps, dit le président. Évidemment, si nous leur racontions le fin mot de l'histoire, personne ne nous croirait. Comment avez-vous trouvé notre petite réunion ?

— Ça devrait les secouer un peu, dit Davis.

— Ces salauds me rendent fou, dit Daniels. Vous avez entendu cette espèce d'arrogant de la NSA au moment où je partais ?

— Carbonell est forte, dit Davis. Elle n'a rien lâché.

— Quelle suffisance, elle aussi. Elle ne manque pas d'audace. C'est elle notre cible. Rien à faire. J'adore *Le Parrain*, le livre autant que le film. Don Corleone y enseigne à Michael que "celui qui vient vers vous en vous proposant de vous aider sera celui qui vous trahira". Je sais, je sais. C'est de la fiction. N'empêche que le scénariste a raison.

— Pourquoi leur avez-vous parlé de Stéphanie ? demanda Cassiopée.

— Je ne prenais pas grand risque. Ils sauront au moins que j'aimerais qu'ils la trouvent, et, en ce moment, je suppose qu'ils font tout leur possible. L'un d'entre eux va peut-être me surprendre et passer à l'action. Cotton est en route ? »

Davis informa son patron que le vol des services secrets avait été retardé à cause des intempéries. « Nous ignorons comment et quand Wyatt se rendra là-bas, ajouta-t-il.

— Mais il y sera, dit Daniels. Savez-vous quelque chose sur l'endroit ? »

Davis acquiesça. « Il existe une lettre aux archives nationales qu'un groupe de Cumberland en Nouvelle-Écosse a envoyée à George Washington. Les autochtones expriment leur sympathie pour la cause révolutionnaire américaine contre les Britanniques et incitent même Washington et l'armée continentale à envahir la Nouvelle-Écosse. Ils voulaient que Halifax soit incendiée et les Britanniques rayés de la carte. Nous ne les avons pas pris complètement au mot, mais nous nous sommes effectivement emparés de quelques sites stratégiques, dont Fort Dominion. Ce qui nous a permis de protéger notre flanc, en tenant les navires britanniques à l'écart de la baie de Mahone pendant que nos forces marchaient sur Montréal et Québec. Quand les Britanniques nous ont vaincus à Québec, nous avons abandonné Dominion et l'avons incendié. Jackson, en tant que militaire, connaissait certainement Fort Dominion, et il n'aurait jamais utilisé le nom britannique, Wildwood, pour désigner l'endroit. »

Cassiopée écouta Davis expliquer comment soixante-quatorze soldats britanniques étaient morts au fort dans des circonstances douteuses pendant l'occupation américaine. Les officiers coloniaux impliqués étaient passés en cour martiale, mais tous avaient été acquittés. Après la Révolution, le Canada avait cessé d'être un objectif militaire pour devenir surtout un havre pour les pirates ambitieux et les corsaires. La Nouvelle-Écosse avait fini par attirer trente mille loyalistes britanniques en provenance des États-Unis nouvellement formés, dont un dixième était des esclaves en fuite.

« Mais pendant la guerre de 1812, nous avons une nouvelle fois tenté de prendre le Canada, dit Davis. Nous avons perdu cette fois encore.

— Et qu'en aurions-nous fait ? demanda Daniels en secouant la tête. Quelle folie ! Exactement comme nos coqs dans la salle de conférence. Uniquement soucieux de leur propre survie. Qu'avez-vous trouvé à propos des cinq symboles dans le message ? »

Davis prit le dossier sur ses genoux. « J'ai fait faire des recherches à l'équipe de la sécurité nationale, des gens en qui je peux avoir confiance, ici, dans la maison. On ne trouvait rien nulle part. Mais un des membres du staff est une grande passionnée de conspiration. New age jusqu'au cou, et elle a reconnu les symboles. »

Davis tendit à Cassiopée et au président une feuille de papier.

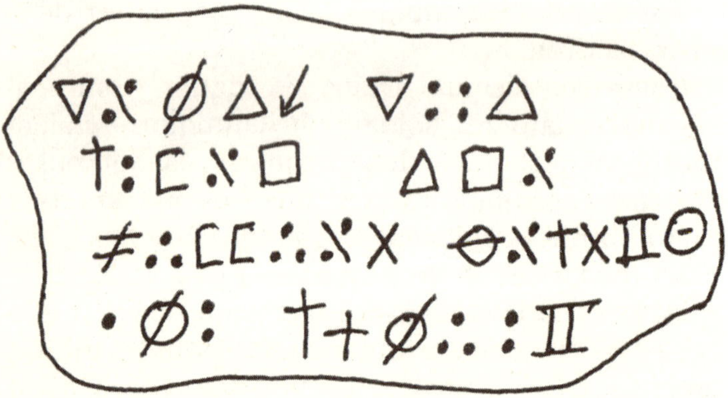

« Cette pierre a, paraît-il, été trouvée à une trentaine de mètres de profondeur dans le puits au trésor de l'île Oak. Quand ils ont atteint cette dalle, ils ont pensé qu'il y avait quelque chose de précieux à côté ou au-dessous. Malheureusement, ça n'a pas été le cas.

— Qu'est-ce que ça veut dire ? demanda le président.

— C'est un code transposé. »

Davis leur tendit une autre feuille.

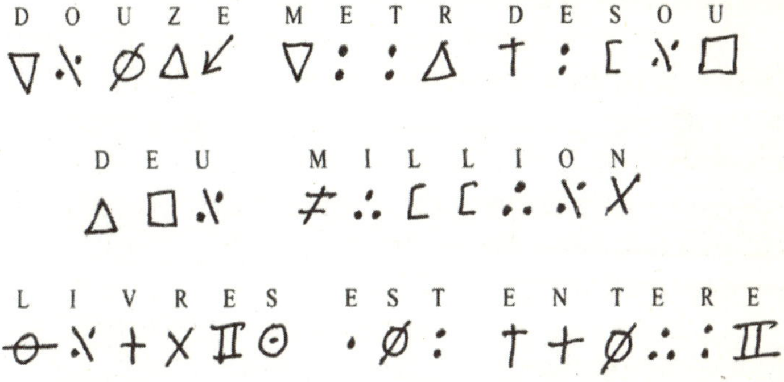

« Ça devrait signifier : douze mètres en dessous, deux millions de livres sont enterrées. »

Davis s'interrompit un instant.

« Il y a toutefois un problème. Aucun individu vivant n'a jamais vu cette pierre. Personne ne sait si elle a jamais existé. Mais tous les livres se rapportant à l'île Oak, et il y en a beaucoup, la mentionnent. »

Davis en expliqua alors l'origine.

La dalle avait apparemment été trouvée par un des consortiums fouillant l'île aux environs de 1805. Un autochtone du nom de John Smith s'en était servi pour décorer l'intérieur de sa cheminée. Elle y était restée près de cinquante ans, jusqu'à la mort de Smith. Puis elle avait disparu.

« Comment savons-nous alors à quoi elle ressemble ? demanda Daniels.

— Excellente question. Qui reste malheureusement sans réponse. Cette reproduction est celle qui figure dans tous les livres.

— Qui l'a déchiffrée ?

— Personne ne le sait non plus. Il y a de nombreuses versions de l'histoire. »

Daniels s'enfonça dans son fauteuil, les deux pages à la main. « Une pierre que personne n'a jamais vue, traduite par quelqu'un que nous ne connaissons pas, et pourtant Andrew Jackson utilise des symboles pratiquement identiques pour dissimuler deux pages du journal du Congrès ?

— Pourquoi pas, dit Davis. Jackson pouvait parfaitement avoir entendu parler de l'île Oak. En 1835, des chasseurs de trésors fouillaient l'endroit depuis des années. La baie de Mahone était également un repaire de pirates. Peut-être Jackson voulait-il pimenter le choix de sa cachette.

— Vous ne dites rien, remarqua Daniels en s'adressant à Cassiopée.

— Nous avons besoin de parler à votre femme.

— Vous avez hâte de mettre à profit ces écoutes téléphoniques ?

— Je m'inquiète pour Stéphanie.

— Nous avons placé la maison de Kaiser sous surveillance vidéo, dit Davis. Deux de nos agents s'y sont introduits avant l'aube pour y installer une caméra.

— Il faut envoyer un message à Hale, dit-elle. De quoi le faire sortir du bois. »

Le président comprenait l'importance de la situation. « Je sais. Mais je m'interroge. Ces satanés pirates ont vraiment essayé de me tuer ?

— C'est possible, dit Davis.

— Je ne plaisantais pas quand j'ai parlé à ces gens il y a quelques minutes, dit Daniels. Nous allons tous les faire tomber. »

Mais elle était parfaitement consciente du dilemme de Daniels. Cette affaire ne pouvait en aucun cas dégénérer en lutte ouverte. Ça ne serait pas bon pour la Maison-Blanche, la communauté du renseignement, ni pour le pays. Tout ce qu'il ferait devrait l'être en toute discrétion. C'était probablement pourquoi elle et Cotton étaient entrés en lice. Évidemment, seuls elle et Davis étaient au courant de ce que savait vraiment Quentin Hale. Mais elle était d'accord avec Davis : ce n'était pas le moment de mettre ça sur le tapis.

« Il faut que Cotton trouve ces deux pages, dit Daniels.

— Ça n'a peut-être pas d'importance, dit-elle. Nous pouvons faire passer tout ce que nous voulons à Hale par ces écoutes téléphoniques. Nous pouvons lui faire croire que nous les avons déjà.

— Ce qui pourrait aider Stéphanie, dit Daniels. Si ce sont les pirates qui la détiennent.

— Vous vous rendez compte, dit Cassiopée, que ce pourrait très bien être Carbonell… »

Daniels leva la main. « Je sais. Mais je viens de rappeler que Stéphanie compte beaucoup. Et si Carbonell et les pirates sont aussi proches qu'on veut bien le croire, ils recevront le message eux aussi. Espérons qu'ils comprennent tous bien. »

Elle acquiesça.

« Pauline est dans son bureau, dit Daniels. Elle doit partir d'ici peu pour assister à une manifestation. Je lui ai demandé d'attendre pour vous voir. »

Davis et Cassiopée se levèrent.

Le président avait les yeux baissés, le visage grave. « Retrouvez Stéphanie, dit-il. Faites le maximum. Mentez, trichez, volez. Je m'en fiche. Mais retrouvez-la. »

Cassiopée et Edwin Davis entrèrent dans le bureau de la première dame. Pauline Daniels attendait derrière sa table et elle se leva pour les saluer d'un ton cordial. Ils s'assirent sur des chaises regroupées devant un bureau à la française sculpté et la porte se referma.

Cassiopée avait l'impression d'être en trop, mais elle prit la direction des opérations. « Ce soir, nous allons mettre en scène une conversation sur votre téléphone, déclara-t-elle. On m'a dit que Mme Kaiser ne devait pas rentrer avant 20 h 30. Quand elle reviendra, j'aurai un texte pour vous. Retenez-en les grandes lignes, et dites-le avec vos propres mots. Edwin sera là avec vous. Je serai à l'autre bout. »

La première dame jeta un coup d'œil à Davis. « Je suis tellement navrée. Je ne me doutais de rien.

— Ce n'est pas votre faute.

— Danny pense que je l'ai trahi.

— Il a dit ça ? s'étonna Davis.

— Non. En fait, il n'a pas dit un mot. Ce n'était

pas nécessaire. » Elle secoua la tête. « J'ai failli causer sa mort.

— Ce n'est pas le moment de parler de ça, dit Cassiopée d'un ton brusque.

— Vous n'avez aucune sympathie pour nous, je suppose ?

— La vie d'une femme est en jeu. »

La première dame acquiesça. « C'est ce qu'on m'a dit. Stéphanie Nelle. Vous la connaissez ?

— Nous sommes amies.

— Je n'arrive pas à croire à tout ça. Shirley et moi avons toujours beaucoup parlé. Mais je sais peu de chose. Comme vous l'avez peut-être appris, le président et moi menons des vies séparées. J'avais été mise au courant du voyage à New York au hasard d'une remarque. Honnêtement, je croyais que ça n'avait aucune importance. Un simple aller et retour qui serait gardé sous silence jusqu'à la date donnée. »

Cassiopée remarqua son ton suppliant.

« J'ai été stupide », dit la femme.

Cassiopée était bien de cet avis, mais elle ne dit rien, tout comme Davis.

« Je suis certaine qu'Edwin a bien précisé que rien ne s'était passé entre nous.

— Il l'a dit et répété. »

Pauline esquissa un vague sourire. « J'ignore ce qu'il en est pour vous, madame Vitt, mais c'est quelque chose de nouveau pour moi. Je ne sais pas très bien quoi faire.

— Dites la vérité. Toute la vérité. »

Cassiopée attendit pour voir si tous les deux avaient compris le message.

« Je suppose qu'il est grand temps que Danny et moi parlions de Mary. Nous ne l'avons pas fait depuis longtemps.

— Je suis d'accord. Mais en ce moment deux personnes que j'aime beaucoup sont en danger, et nous avons besoin de votre aide. » Elle se leva. « Je retourne à Fredericksburg. J'appellerai Edwin vers 19 heures et lui donnerai le texte. »

Elle se dirigeait vers la porte quand elle s'arrêta et se retourna. Il y avait un autre sujet que la première dame et Davis avaient passé sous silence.

« Votre mari m'a dit quelque chose un jour : "Ne coupez jamais la queue du chien centimètre par centimètre. S'il doit hurler, autant tout couper d'un coup." Je vous recommanderais à tous les deux de suivre ce conseil. »

57

Bath, Caroline du Nord

Hale écoutait son père, qui, une nouvelle fois, parlait de choses qu'il ne connaissait pas.

« James Garfield fut le seul membre en exercice de la Chambre des représentants des États-Unis à être jamais élu président. Il a servi dix-huit ans au Congrès avant d'entrer à la Maison-Blanche. »

Son père lui avait parlé des assassinats de Lincoln et de McKinley, mais il n'avait jamais mentionné celui qui s'était produit entre les deux.

« Garfield était un général de division qui avait démissionné de l'armée en pleine guerre de Sécession, après avoir été élu au Congrès en 1863. Il avait largement contribué à inciter Lincoln à nous poursuivre en justice. Il détestait le Commonwealth et tout ce que nous faisions. Ce qui était étrange de la part de quelqu'un d'aussi dur que lui.

— Mais nous avions aidé le Sud, n'est-ce pas ? »

Son père acquiesça. « Effectivement. Comment aurions-nous pu les abandonner ? »

Son père s'était mis à tousser. Cela lui arrivait de plus en plus souvent ces derniers temps. Il allait avoir 80 ans, et soixante années de tabagie intense et d'addiction à la boisson avaient fini par le rattraper. Il se mourait. Ses dernières volontés étaient prêtes, toutes les clauses de son testament avaient été vérifiées par les avocats, et les enfants informés de ce qu'ils devraient faire après sa mort. Il avait doté chacun avec une grande générosité, conformément à ce que l'on pouvait attendre de la part des patriarches de la famille Hale. Quentin était en plus le destinataire d'un legs personnel, qu'un seul héritier Hale pouvait recevoir. L'adhésion au Commonwealth. Qui allait de pair avec la maison et les terres de Bath.

« Quand Lincoln est mort, dit son père, le pays s'est retrouvé en proie au chaos. Les factions politiques se battaient les unes contre les autres, sans le moindre espoir de compromis. Andrew Johnson, qui avait succédé à Lincoln, s'est retrouvé pris dans cette tourmente et a été soumis à la procédure d'impeachment. Corruption et scandale ont rongé le gouvernement fédéral pendant des décennies. Garfield était membre du Congrès à cette époque. Finalement, en 1880, il a été choisi par les républicains comme candidat de compromis, désigné à la convention du parti au trente-sixième tour de scrutin. »

Son père secoua la tête.

« C'était bien notre chance. Nous avons milité contre lui lors de l'élection générale. Nous avons perdu du temps et de l'argent. Winfield Hancock était le candidat démocrate et il a remporté tous les États au sud de la ligne Mason-Dixon[1]*. Garfield avait gagné le Nord et le Midwest. Neuf millions de bulletins furent mis dans les*

1. Ligne Mason-Dixon : initialement conçue entre 1763 et 1767 par Charles Mason et Jeremiah Dixon pour résoudre un conflit frontalier entre des colonies britanniques dans l'Amérique coloniale, cette ligne finira par symboliser la séparation entre le Nord libéral et le Sud esclavagiste.

urnes en ce mois de novembre et Garfield battit Hancock de 1898 votes seulement. Cette élection reste la plus serrée de toute notre histoire. Ils avaient chacun remporté dix-neuf États, mais ceux de Garfield lui valurent cinquante-neuf voix de grands électeurs en plus et il l'emporta.

Son père lui avait raconté ce qui s'était passé ensuite.

Garfield prêta serment le 4 mars 1881 et diligenta aussitôt une enquête sur le Commonwealth. Il avait l'intention de poursuivre en justice les quatre capitaines, qui étaient encore en vie seize ans après la guerre de Sécession. Il convoqua un tribunal militaire spécial et choisit personnellement sa commission d'enquête. Les quatre capitaines n'en attendaient pas moins de lui et consacrèrent le délai entre l'élection de 1880 et l'investiture de mars 1881 à se préparer. Charles Guiteau, un avocat passablement détraqué de l'Illinois, persuadé d'être le seul artisan de l'élection de Garfield, fut recruté. Ses demandes insistantes pour un poste au sein du gouvernement après la prestation de serment de Garfield avaient toutes été rejetées. Pendant des mois, il avait hanté la Maison-Blanche et le département d'État pour obtenir la récompense espérée. Il était devenu tellement pressant qu'on avait fini par le chasser. À la fin, il se persuada que Dieu lui avait ordonné de tuer le président. Quand on lui eut fourni l'argent, il acheta un revolver, un British Bulldog calibre 44 de marque Webley avec une crosse en ivoire, jugeant qu'il ferait une plus belle pièce de musée après l'assassinat.

Il se mit alors à suivre Garfield pendant tout le mois de juin 1881.

« Les présidents n'avaient alors aucune protection, avait dit son père. Ils se mêlaient à la foule comme n'im-

porte qui. Ils empruntaient les transports publics. Stupéfiant, vraiment, sachant qu'à cette époque l'un d'entre eux avait déjà été tué. Mais nous étions encore innocents. »

Finalement, le 2 juillet 1881, Guiteau se retrouva face à face avec Garfield à la gare de Washington et tira deux fois sur lui sous les yeux des deux fils de Garfield, le secrétaire d'État James Blaine et son secrétaire à la Guerre, Robert Todd Lincoln.

Une balle lui égratigna l'épaule, mais l'autre se logea dans sa colonne vertébrale.

« Cet imbécile lui avait tiré dessus à bout portant et ne l'avait pas tué, avait dit son père. Garfield a traîné onze semaines avant de mourir. Neuf mois plus tard, Guiteau était pendu. »

Hale sourit à l'évocation d'un autre des succès du Commonwealth.

Audacieux, brillant.

Guiteau avait été le choix idéal. À son procès, il avait récité des poèmes épiques et chanté *John Brown's Body*[1]. Il avait demandé des conseils en matière de droit à l'assistance et dicté son autobiographie au *New York Herald*. Aurait-il impliqué quelqu'un que personne ne l'aurait cru.

Le père de Hale était mort trois mois après lui avoir parlé de Garfield. Ses funérailles avaient été

---

1. Chanson célébrant John Brown, abolitionniste, qui en appela à l'insurrection armée pour supprimer l'esclavage. Il est l'auteur du massacre de Pottawatomie en 1856 au Kansas et d'une tentative d'insurrection sanglante à Harpers Ferry en 1859 qui se termina par son arrestation, sa condamnation à mort pour trahison contre l'État de Virginie et sa pendaison.

solennelles. La compagnie tout entière y avait assisté. Hale avait aussitôt été intronisé comme capitaine.

C'était il y a trente ans.

Les hommes évoquaient toujours son père avec respect. À présent, il était sur le point de faire ce que son père n'avait jamais réussi à faire.

Assurer leur salut.

Un coup frappé à la porte du bureau l'arracha à ses pensées.

Il leva les yeux depuis son fauteuil et vit son secrétaire. « Elle est en ligne, monsieur », dit-il.

Il prit le téléphone, une ligne fixe, sécurisée, vérifiée quotidiennement.

« Qu'y a-t-il, Andrea ?

— Wyatt est retardé par les intempéries à Boston. Son avion est revenu au terminal. On me dit qu'il devrait décoller d'ici deux heures. Je suppose que votre homme n'est plus là.

— Il est parti.

— Il devrait arriver le premier, bien que son vol soit plus long. Il pourrait aller jusqu'au fort et attendre. Vous voyez, Quentin, j'essaie de me montrer coopérative.

— Bonne nouvelle. »

Carbonell gloussa.

« Knox saura se débrouiller, dit-il. Il est doué. Mais je voudrais tout de même savoir quelque chose. Avez-vous un second espion parmi nous ?

— Je préférerais répondre à cette question une fois que votre quartier-maître aura réussi sa mission.

— Très bien. Nous attendrons. Quelques heures

devraient suffire. Je vous demanderai alors de répondre à ma question.

— Quentin, je pense que lorsque vous aurez ces deux pages et que vos lettres de marque auront été confirmées, vous vous occuperez de cette autre affaire dont nous avons discuté. »

Autrement dit, tuer Stéphanie Nelle.

« Vous ne pouvez pas la relâcher », dit-elle.

Non, ce n'était pas possible. Mais on pouvait être deux à jouer ce jeu-là.

« Je préférerais répondre à cette question après que vous aurez répondu à la mienne. »

Wyatt commençait à s'impatienter. La pluie recouvrait l'aéroport de Boston, et l'agent d'embarquement avait averti les passagers que le temps devrait s'arranger d'ici une heure et que les vols reprendraient peu après. Ce qui voulait dire qu'il ferait presque nuit quand il atteindrait l'île.

Tant pis. Ce qu'il cherchait avait attendu cent soixante-quinze ans, quelques heures de plus ne devraient pas poser de problème.

Son mobile vibra dans sa poche. Il l'avait rallumé une fois à l'intérieur du terminal. C'était un téléphone carte acheté la veille à New York. Une seule personne en connaissait le numéro.

« Apparemment, il fait un temps épouvantable, dit Carbonell.

— Assez moche.

— Je reviens juste de la Maison-Blanche. Le président sait tout sur vous. »

Ce qui n'était pas surprenant, après que Malone l'eut repéré.

« Heureusement que je voyage sous un autre nom, dit-il à voix basse, réfugié de l'autre côté du hall près d'une porte déserte.

— Que ce soit la CIA ou la NSA, ils ne savent rien, dit-elle. Malone a effacé la solution de sa messagerie et son serveur danois ne garde pas les messages en mémoire. Mais Malone n'a pas le cylindre de Jackson.

— Vous êtes en train de recoller les disques ?

— Pourquoi le ferais-je ? Je vous ai vous.

— Pourquoi m'appelez-vous ?

— Je pensais que ça vous plairait de savoir où vous en êtes, compte tenu de ce problème de temps. Bien que la Maison-Blanche soit en train d'enquêter, vous avez toujours le champ libre jusqu'à la ligne de but. »

Comme s'il allait la croire. Rien n'était jamais aussi facile.

« Autre chose ? demanda-t-il.

— Bonne chance. »

Et il coupa la communication.

58

Mahone Bay, Nouvelle-Écosse
16 h 10

Malone entra en voiture dans la ville de Mahone Bay, fondée, comme le proclamait la pancarte de bienvenue, en 1754. Elle était nichée tout près de la baie du même nom, sillonnée par des rues tortueuses et bordée par des constructions à l'architecture victorienne. Trois flèches d'église imposantes montaient la garde. Yachts et bateaux à voile s'alignaient le long des quais. Un soleil de fin d'après-midi distillait de pâles rayons gris cendré à travers un air délicieusement frais.

Avant d'atterrir à quelques kilomètres au sud de la ville, ils l'avaient survolée et il avait étudié la baie constellée d'îles. Ils avaient trouvé l'île de Paw et effectué une reconnaissance aérienne de ce bloc de roche noire, couverte d'herbes folles, de chênes et d'épicéas. Des falaises calcaires surplombaient la rive sur laquelle se dressait le fort en ruine. Malone avait repéré plusieurs endroits favorables pour échouer un bateau sur la rive sud et avait également remarqué les oiseaux. Des milliers qui étaient disséminés sur les murs délabrés, sur les falaises, les arbres. Fous de Bassan, mouettes tridactyles, mouettes à pattes rouges, sternes et guillemots, si nombreux que par endroits ils empêchaient de voir le sol.

Il se gara près d'un ensemble de boutiques, de galeries d'art et de cafés. Malgré l'heure avancée de ce dimanche après-midi, il était content de voir que la plupart des commerces étaient encore ouverts. Une boulangerie attira son attention, et il se dit qu'il devrait s'y rendre avant de repartir, ainsi que chez le marchand de fruits voisin. Il serait bon d'avoir quelque chose à manger. Il n'avait pas la moindre idée du temps qu'il allait passer sur l'île.

Des bâtiments longeaient la baie au-dessus de rochers qui protégeaient le rivage de la marée. On pouvait louer des kayaks, des canots à moteur et des bateaux à voile. Il se dit qu'une vedette rapide et robuste ferait l'affaire. L'île de Paw était à environ neuf kilomètres par la mer.

Quelques renseignements sur les lieux pourraient également se révéler utiles.

Il décida donc de se documenter sur le fort avant de se diriger vers l'île.

Cassiopée entassa son linge sale dans son sac à bandoulière. Elle n'avait pas pris grand-chose pour son week-end new-yorkais, préférant voyager léger. Davis lui avait offert de profiter de ce qu'il appelait la chambre Bleue au premier étage de la Maison-Blanche. Elle avait une salle de bains attenante, ce qui lui avait permis de prendre une douche. Pendant qu'elle faisait ses ablutions et se reposait – le manque de sommeil commençait à se faire sentir –, le personnel lui avait lavé ses vêtements. Elle n'avait pas besoin de se presser pour retourner à Fredericksburg. Shirley Kaiser ne serait pas rentrée chez elle avant quatre heures. Ils avaient dit à Kaiser de ne rien changer à ses habitudes. De rester à sa soirée aussi longtemps qu'elle le faisait généralement. D'être fidèle à elle-même.

Quelqu'un frappa discrètement à la porte et elle traversa la pièce pour aller ouvrir.

Danny Daniels était à l'extérieur.

Elle eut un mouvement de recul.

« Il faut que je vous parle », dit-il à voix basse.

Il entra et s'assit sur un des lits jumeaux. « J'ai toujours aimé cette pièce. Mary Lincoln était restée couchée ici en état de choc après l'assassinat d'Abe. Elle refusait d'entrer dans leur chambre à coucher au bout du couloir. Reagan s'en servait pour faire sa gymnastique. D'autres présidents ont installé leurs jeunes enfants ici. »

Elle attendait de connaître l'objet de sa visite.

« C'est ma femme qui m'a trahi, n'est-ce pas ? »

Elle s'étonna de la question. « Comment ça ?

— J'ai écouté Edwin quand il m'a dit ce qui était arrivé avec Shirley. Il est convaincu que les motifs de Pauline étaient parfaitement innocents. » Le président se tut un instant. « Mais je m'interroge. »

Elle se demandait comment répondre à cette question.

« Edwin vous a parlé de Mary ? »

Elle acquiesça.

« Je lui avais demandé de le faire. Je ne parle jamais d'elle. J'en suis incapable. Vous comprenez cela, n'est-ce pas ?

— Pourquoi me dites-vous ça ?

— Parce que je ne peux le dire à personne d'autre.

— Vous devriez le dire à votre femme. »

Daniels avait un regard lointain. « Je crains que nous n'ayons plus grand-chose à nous dire. Nous avons été heureux et c'est terminé.

— Vous l'aimez ?

— Plus maintenant. »

Cassiopée fut choquée par son aveu.

« Je ne l'aime plus depuis longtemps. Ce n'est ni de la méchanceté, ni de la haine, ni de la colère. Je n'éprouve rien, c'est tout. »

Son ton tranquille l'énervait. Elle était habituée à sa voix tonitruante.

« Elle le sait ?

— Comment pourrait-elle l'ignorer ?

— Pourquoi me dire tout ça ? demanda-t-elle à nouveau.

— Parce que la seule autre personne à qui je pourrais en parler est en danger et a besoin de votre aide.

— Stéphanie ? »

Daniels acquiesça. « À Noël dernier, avec tout ce qui est arrivé au père de Malone, elle et moi avons commencé à parler. C'est une femme extraordinaire qui a eu une vie difficile. »

Cassiopée avait connu le défunt mari de Stéphanie, et elle était présente, dans le Languedoc, quelques années auparavant, quand les événements tragiques s'étaient déroulés.

« Elle m'a parlé de son mari et de son fils. Je crois

qu'elle aurait voulu que je lui parle de Mary, mais je ne pouvais pas. »

Le visage du président s'assombrit.

« Stéphanie est allée là-bas à cause de moi. Et maintenant, elle a disparu. Il faut que nous la retrouvions. Je voudrais envoyer une centaine d'agents du FBI dans ce repaire de pirates à Bath. Il se peut qu'elle y soit. Mais je sais que ce serait de la folie. Ce que vous prévoyez de faire est beaucoup mieux.

— Est-ce que vous avez une liaison avec Stéphanie ? »

Elle espérait qu'il ne s'offusquerait pas de la question, il fallait qu'elle la pose. Surtout au regard de ce qu'elle savait déjà.

« Pas du tout. Je ne pense pas qu'elle ait même accordé la moindre attention à nos conversations. Mais j'ai aimé le fait qu'elle veuille bien m'écouter. Stéphanie a beaucoup de respect pour vous. Je ne sais pas si vous en êtes consciente. C'est pourquoi je suis tombé d'accord avec Edwin. Nous avons besoin de vous *deux* dans cette affaire. »

Un silence gêné s'installa.

« Stéphanie m'a dit que vous et Cotton étiez en couple. C'est vrai ? »

Il était bizarre d'avoir cette conversation avec le président des États-Unis.

« Apparemment.

— C'est un homme bien. »

À ce propos justement. « Que va-t-il se passer en Nouvelle-Écosse, selon vous ?

— Cotton et Wyatt vont se retrouver. Reste à voir si le Commonwealth se montre. Si Carbonell joue leur jeu, c'est très possible. Mais Cotton est solide. Il pourra se débrouiller. »

Daniels se leva du lit. « Accepteriez-vous un petit conseil de la part d'un vieil imbécile ?

— Bien sûr. Mais je n'irais pas jusqu'à vous traiter d'imbécile.

— En fait, je suis l'un des pires. Suivez votre cœur. Il vous trompe rarement. C'est de trop réfléchir qui nous vaut des ennuis. »

59

Baie de Mahone

Malone décida de louer un hors-bord monomoteur à la coque en V de dix pieds, avec deux réservoirs d'essence. Il était presque 17 heures. Il était en retard sur ses prévisions à cause de l'attente due aux intempéries à Washington, mais Wyatt l'était certainement aussi. D'après ce qu'on lui avait dit, tous les vols sur la côte est avaient été affectés.

Il s'était rendu à la boulangerie et au marché. Le bateau était équipé d'un projecteur puissant et de batteries de secours. Il allait sans doute devoir passer la nuit sur l'île de Paw. Heureusement, il était armé, étant arrivé par un jet des services secrets avec un laissez-passer officiel canadien. Aucune question de la part de qui que ce soit. Wyatt n'aurait pas ce luxe s'il empruntait un vol commercial, ou même un charter, car les douanes fouilleraient aussi bien l'avion que ses affaires.

Avant de quitter la ville, il voulut se rendre dans une librairie qui avait attiré son attention. Quand il travaillait pour Stéphanie au département de la Justice et que ses missions étaient terminées, il en trouvait toujours une où qu'il soit dans le monde.

Cette boutique était située dans une maison en bardeaux de couleurs vives dont la décoration évoquait la mer : cartes, cordages, et même une figure de proue. Les étagères le long des murs débordaient de récits sur la baie, les villes et l'île Oak. Davis lui avait expliqué l'éventuel rapport entre les cinq symboles du message de Jackson et une mystérieuse dalle trouvée à trente mètres sous terre par des chercheurs de trésors sur l'île Oak. Il repéra la dalle dans un des livres et la montra à la femme derrière le comptoir. Elle avait un certain âge et ses cheveux bruns étaient striés de mèches rousses.

« Ce dessin… lui demanda-t-il. Cette pierre avec des écritures dessus, où est-elle située ?

— Pas très loin. C'est une reproduction de l'original qui est exposée. Vous vous passionnez pour l'histoire de l'île Oak ?

— Pas vraiment. Apparemment, le seul vrai trésor là-dedans, c'est l'argent que dépensent les visiteurs.

— Ce n'est pas une raison pour être aussi cynique. On ne sait jamais. Il pourrait quand même y avoir quelque chose. »

L'argument était imparable.

« Les symboles sont très originaux. Y a-t-il la moindre explication sur leur provenance ?

— On en trouve sur plusieurs îles dans la baie. »

C'était une information nouvelle.

« Ils sont fréquents par ici. Gravés sur des rochers, des arbres. Mais bien entendu, personne ne sait quand ils sont apparus. »

Il vit où elle voulait en venir. Lequel était apparu

en premier ? La dalle de l'île Oak que personne n'avait jamais vue ou les autres symboles ? Davis lui avait dit que la pierre avait probablement été trouvée en 1805, donc si la dalle existait vraiment, les symboles figurant ailleurs pouvaient être postérieurs. Il se souvint de Rennes-le-Château[1], en France, et du mysticisme attaché à cet endroit, alors que presque tout y avait été fabriqué par un hôtelier local pour faire des affaires.

« L'île de Paw fait-elle partie de ces endroits où on peut trouver les symboles ? » demanda-t-il.

Elle acquiesça. « Il y en a quelques-uns dispersés aux alentours du fort.

— J'ai survolé l'île en venant. Il y a des oiseaux partout.

— C'est le moins qu'on puisse dire, et ils n'aiment pas les visiteurs. Vous avez l'intention d'y aller ? »

Il referma le livre. « Je ne sais pas. Je pensais faire simplement le tour de la baie et voir ce qu'il y a là-bas.

— Paw est une zone protégée, dit-elle. C'est une réserve naturelle. Il faut une autorisation pour s'y rendre.

— Dans ce cas, je ne peux pas y aller, dit-il. Avez-vous des livres sur le sujet ? »

Elle montra une étagère de l'autre côté de la boutique. « Deux ou trois. Des livres de photos, quelque chose sur le fort. Que cherchez-vous ? » Elle le regarda avec méfiance. « Vous faites partie

1. Voir *L'Héritage des Templiers*, le cherche midi éditeur.

de ces ornithologues du dimanche, n'est-ce pas ? Il nous en arrive en masse. Paw est leur Disneyland. »

Il sourit. « J'avoue. Qu'est-ce que je risque en y allant ?

— Un maximum, et le garde-côte patrouille la zone sans arrêt.

— Vous savez où je pourrais trouver ces symboles sur l'île ?

— Vous allez finir en prison.

— Je prends le risque. » Il lui tendit trois billets de cent dollars. « J'aimerais une réponse à ma question. »

Elle accepta l'argent et lui tendit une carte de la boutique.

« Je vais vous dire ce que je sais sur les symboles. Mais je connais également un avocat. Vous allez en avoir besoin une fois en prison. »

Wyatt se frayait un chemin entre les arbres sur l'île de Paw. Il avait caché son bateau sur la rive nord et se dirigeait maintenant vers le sud. Il avait fini par arriver à Halifax après avoir été retardé à plusieurs reprises. Il avait alors loué une voiture et prit la direction de Chester, une ville pittoresque qui s'étendait jusqu'au nord de la baie de Mahone, avec deux ports naturels pleins de voiliers et de yachts magnifiques. On remarquait également l'opulence de ses maisons à bardeaux de couleurs vives, soigneusement entretenues, qui s'accrochaient à la côte rocheuse, composant un environnement tout droit sorti du XVIIIe siècle.

Il était 18 heures passées à son arrivée et la plupart des magasins étaient fermés. Il avait parcouru les quais désertés et repéré les canots à moteur qui y étaient arrimés. L'un deux, un douze pieds avec un moteur respectable, semblait parfait. Il avait donc mis à profit ses talents d'antan – comment faire démarrer un moteur sans clé – et volé son moyen de transport.

La traversée de la baie avait été rapide, l'eau calme. Jusqu'à présent il n'avait rien vu ni entendu sur l'île, sinon des oiseaux. Il espérait pouvoir localiser rapidement l'objet de ses recherches, un objet longtemps resté caché, mais il était la première personne en possession des bonnes informations.

La forêt de chênes s'achevait et une prairie luxuriante s'étendait devant lui.

À l'extrémité, à une centaine de mètres, se dressaient Fort Dominion et ses ruines solitaires. Des oiseaux montaient la garde. Il repéra ce qui était la porte principale, entourée par des murs délabrés, et resserra son sac à dos sur ses épaules.

Il se demanda qui d'autre il allait y trouver.

Hale traversait le domaine en voiture, profitant d'une nouvelle merveilleuse soirée de fin d'été en Caroline du Nord. Il avait décidé de pêcher un peu à partir du quai et de se détendre pendant une heure ou deux. Il n'y avait pas grand-chose à faire en attendant que Knox se manifeste. Généralement, cette heure de la journée était propice à une pêche fructueuse, quand les eaux gris-brun s'apaisaient pour la nuit et avant l'apparition des prédateurs. Il avait enfilé des bottes résistantes, un pantalon large, une veste en cuir, et coiffé une casquette. Il avait besoin d'appât, mais il devrait en trouver sur le quai.

Son portable se mit à sonner.

Il arrêta la voiturette et regarda l'écran.

Shirley Kaiser.

Il n'était pas question de l'ignorer. « J'avais l'intention de vous appeler un peu plus tard, dit-il. Je croyais que vous étiez à une soirée de bienfaisance.

— J'ai préféré laisser tomber.

— Vous ne vous sentez pas bien ?

— Pas du tout. Je suis en pleine forme. À tel point que j'ai décidé de faire un petit voyage. Je suis ici, en Caroline du Nord, garée à la porte du domaine. Pensez-vous pouvoir me laisser entrer ? »

60

Nouvelle-Écosse

Knox était satisfait.

Il était arrivé sur l'île de Paw avant Wyatt, et avec deux comparses il occupait une position stratégique au sommet des murs délabrés de Fort Dominion. Ils avaient volé un bateau sur le ponton privé d'une maison inoccupée sur la rive nord de la baie, en prenant bien soin d'éviter la ville de Chester où Wyatt risquait de surgir. Le bateau était équipé de lampes électriques et il avait transporté trois armes à bord du jet d'affaires – les douanes canadiennes ne lui ayant pas posé beaucoup de questions à son arrivée.

Cet endroit de l'île était à la fois isolé et désert, si l'on exceptait des milliers d'oiseaux nauséabonds. La tombée de la nuit imminente devrait leur assurer une totale discrétion. L'un dans l'autre, ce devrait être une mise à mort facile. Retrouver les pages manquantes ne prendrait peut-être pas trop longtemps, bien que les informations fournies à Hale par Carbonell aient été pour le moins obscures. Cinq symboles. Elle avait dit que c'était tout ce qu'elle avait, et qu'avec un peu de chance leur signification deviendrait évidente une fois sur le terrain. Il serait soulagé quand ce cauchemar serait terminé. Il attendait avec impatience de se retrouver le week-end prochain sur la plage avec sa femme. Un peu de détente lui ferait du bien.

Il avait apporté une paire de jumelles et en profita pour observer l'endroit où la forêt s'achevait et où la prairie herbeuse commençait. Un terrain dégagé s'étendait sur une centaine de mètres environ à partir des arbres jusqu'à la porte d'entrée du fort, sans la moindre clôture ni limite d'accès. Leur arrivée à l'intérieur un peu plus tôt avait provoqué un soulèvement chez les résidents, mais le calme était revenu au royaume des oiseaux.

Il perçut un mouvement dans la lumière déclinante.

Dans les jumelles, il vit un homme sortir des arbres.

Il se focalisa sur son visage.

Jonathan Wyatt.

Il attira l'attention d'un de ses hommes qui était posté sur un autre rempart et lui envoya un signal.

Leur cible était arrivée.

Hale fit entrer Shirley Kaiser chez lui. Elle était déjà venue deux fois lui rendre visite, et chaque fois il s'était assuré que rien d'anormal ne se produise sur les lieux. Ils appelaient cela le « mode visiteur ». Évidemment, les invités n'étaient jamais conduits dans certaines zones, comme le bâtiment de la prison, dont l'extérieur ressemblait à une simple grange à un étage, et ils n'étaient pas incités à se promener à leur gré.

Il se demanda ce qu'elle faisait là.

« Que me vaut ce plaisir ? » lui demanda-t-il.

Elle était superbe. Bien que frisant la soixantaine – ou même 65, il n'était sûr de rien –, elle avait l'allure d'une femme dans la cinquantaine. Il avait eu grand plaisir à la séduire, et elle semblait l'avoir apprécié également. Leur relation, bien que purement intéressée de sa part, n'avait pas été désagréable. Elle se montrait très passionnée, et étonnamment libérée pour une femme de sa génération. Elle était également une précieuse source d'informations sur la première famille et appréciait qu'il ait paru sincèrement s'intéresser à elle. C'était le secret des relations avec les femmes, avait toujours dit son père. Leur faire croire qu'on s'intéresse à elles.

« Vous m'avez manqué, lui dit-elle.

— Nous avions prévu de nous voir dans quelques jours.

— Je ne pouvais plus attendre, si bien que j'ai loué un avion et je suis venue. »

Il sourit. Son arrivée tombait plutôt bien. La soirée était calme. Il avait déjà vérifié où en étaient les trois autres capitaines. Tous étaient rentrés chez eux ; la journée avait été suffisamment riche en péripéties.

« Comme vous le voyez, dit-il, j'allais à la pêche. Je suppose que vous n'avez pas envie de vous joindre à moi.

— Pas vraiment. » Elle montra un petit sac. « J'ai apporté quelques tenues spéciales. »

Il en avait déjà vu quelques échantillons.

« Ne seraient-elles pas plus intéressantes que la pêche ? »

Wyatt trouvait que Fort Dominion aurait mieux surpris en Écosse ou en Irlande, avec ses murs en calcaire écartés à la base puis renforcés par des tours, ses bastions délabrés mais encore relativement intacts. Des fortifications en terre érodées et des douves à sec empêchaient toute approche par le nord, l'ouest ou l'est, et l'océan montait la garde au sud. Le soleil couchant nimbait la pierre grise d'un reflet rose, mais toute impression d'invincibilité était démentie par les gravats. D'après ce qu'il avait lu, l'endroit avait été jadis le théâtre d'importants événements, sa mission étant de protéger la baie de Mahone pour le compte du roi George. Mais à présent, ce n'était plus qu'un tas de ruines.

Des macareux étaient alignés au sommet des murs. Des centaines d'autres voletaient dans le ciel du soir. Il avait entendu le brouhaha des guillemots marmettes, des mouettes et des fous de Bassan à son approche – une rumeur profonde, sensuelle, hypnotique, qui enflait comme le tonnerre. Des milliers d'oiseaux occupaient les ruines et leurs cris aigus s'élevaient puis retombaient ensuite dans une harmonie obsédante, les murs s'animant d'un mouvement incessant.

Il traversa le champ herbeux en direction de la grande porte.

Le sol était jonché d'oiseaux morts.

Apparemment, il n'y avait aucun charognard ici à part les bactéries. L'odeur, à peine perceptible dans l'anse, devenait maintenant irrespirable. Un remugle suffocant provenant des innombrables créatures rassemblées, un relent écœurant de vie, de mort et d'excréments.

Il s'approcha de la grande porte.

Un vacarme croissant provenant des résidents marqua leur désapprobation à son arrivée.

Il franchit la porte, sous une rangée d'arcades en pierre parallèles.

La lumière déclinait.

Il entra dans une salle intérieure où il faisait totalement sombre. Seuls filtraient par des brèches dans les murs des rayons poussiéreux de lumière bleue. D'autres pierres rongées par les intempéries s'élevaient sur deux étages autour de lui. Différentes constructions se pressaient autour, les murs intérieurs étant percés par des fenêtres qui ne retenaient plus rien sinon des plantes grimpantes.

On éprouvait un très net sentiment de sécurité ici, mais également celui d'être coincé.

Il fallait qu'il explore l'endroit.

Il s'avança donc à l'intérieur.

Malone échoua le bateau sur la rive sud de l'île de Paw. L'air du soir était empreint d'une odeur de sel et de végétation et d'autre chose aussi, d'acide et d'astringent. Le ciel avait pris une teinte d'ardoise tandis que la forêt projetait des ombres violettes sur l'anse sablonneuse. Des goélands argentés ornaient les arbres.

Ses semelles de caoutchouc piétinaient des coquilles de crabes et d'oursins séchés. Une épaisse forêt de chênes se dressait devant lui, sur un parterre de fougères et de bruyère. Il se retourna et scruta la baie pour voir s'il y avait des bateaux. Le soleil déclinant projetait des taches cramoisies à la surface de l'eau. Il n'y avait toujours rien à l'horizon.

La libraire lui avait indiqué où dans le fort on pouvait trouver des symboles. Était-ce des éléments décoratifs ? Des graffitis ? Étaient-ils anciens ? Récents ? Pendant les mois d'été quand les visites étaient autorisées, au moins cinquante personnes parcouraient quotidiennement l'île, autrement dit, d'après elle, « les symboles pouvaient provenir de n'importe où ». Sauf qu'Andrew Jackson connaissait déjà leur existence en 1835.

Peut-être le président lui-même les avait-il fait mettre là ?

Comment savoir ?

Cassiopée gara la moto devant un Comfort Inn juste à l'entrée de Fredericksburg. En venant, elle avait réfléchi au coup de téléphone à Quentin Hale. La conversation devrait être subtile et rusée, laissant entendre à Hale que la Maison-Blanche avait peut-être ce qu'il cherchait.

Les services secrets avaient pris une chambre ici un peu plus tôt, à trois kilomètres environ de la demeure de Kaiser, d'où ils pouvaient surveiller discrètement les images de la caméra qui avait été installée dans une des chambres du premier étage, en face du garage.

Elle frappa et on lui ouvrit.

Deux agents étaient en service, un homme et une femme.

« Kaiser est partie il y a environ trois heures, dit

la femme. Elle a pris une petite valise et un porte-vêtements. »

Ils savaient que Kaiser devait assister à Richmond à une manifestation charitable pour récolter des fonds. Aucune filature n'avait été prévue. Mieux valait ne rien faire pour ne pas alerter Hale. Ils avaient pris suffisamment de risques en installant une caméra, mais ils devaient s'assurer que l'endroit demeure sous surveillance. Un petit écran LCD montrait, pris d'en haut, le garage de Kaiser et la haie qui protégeait son mur extérieur. La lumière déclinait et elle regarda l'homme mettre la caméra en vision nocturne. L'image prit une teinte verdâtre mais montrait toujours le bâtiment et la haie.

Quand Kaiser serait de retour, Cassiopée lui ferait une innocente visite entre femmes qui n'attirerait pas l'attention. Sa conversation avec Danny Daniels la perturbait toujours. De toute évidence, le mariage des Daniels était terminé, et le président avait parlé de Stéphanie d'une curieuse façon. Elle se demanda ce qui s'était passé entre eux. On comprenait facilement qu'il ait pu se sentir bien auprès d'elle. La vie de Stéphanie avait également *été* endeuillée par des événements tragiques – le suicide de son mari, la disparition de son fils, une prise de conscience tardive d'un passé difficile.

Il était intéressant de constater que les présidents étaient aussi des gens comme les autres. Ils avaient des désirs, des besoins et des peurs, comme tout un chacun. Ils étaient détenteurs d'un lourd fardeau émotionnel, et, pire, étaient contraints de le dissimuler.

Malheureusement pour Danny et Pauline Daniels, leur fardeau avait fait les frais de remarques insouciantes et d'un excès de confiance mal placée.

« Regardez ici », dit la femme en désignant l'écran.

Elle revint à la réalité.

On apercevait deux hommes près du garage de Shirley Kaiser, en train d'examiner les alentours, avant de se glisser entre la haie et le bâtiment.

« On dirait que nous avons des visiteurs, dit l'homme. Je vais appeler des renforts.

— Non, dit Cassiopée.

— Ce n'est pas la procédure, lui dit-il.

— Qui semble être un peu trop standard pour toute cette opération. » Elle désigna la femme. « Comment vous appelez-vous ?

— Jessica.

— Jessica, vous et moi, nous allons régler ça. »

61

Wyatt caressa les pierres noircies et imagina des hommes en armes en train d'escalader les murs, les canons prêts à faire feu. Il pouvait entendre des cloches sonner et sentir le poisson cuisant à la broche. La vie devait être rude dans cet avant-poste isolé il y a deux cent trente ans. On comprenait facilement que soixante-quatorze hommes aient pu y perdre la vie.

Il remarqua un escalier qui montait à angle droit.

Mieux valait se trouver en hauteur. Il grimpa les marches raides et pénétra dans ce qui avait été jadis une grande salle. Des fenêtres ouvraient sur toute la longueur de chaque côté, les grilles et le verre ayant disparu depuis longtemps. Il n'y avait plus de plafond, la pièce était livrée aux éléments, avec un chemin de ronde tout en haut. Des flaques d'eau stagnante entretenaient une herbe marron qui poussait comme du chaume. L'air était toujours imprégné de la puanteur des oiseaux, dont beaucoup voletaient tout autour.

Son regard fut attiré par la cheminée et il se fraya

un chemin entre des blocs de pierre. L'âtre aurait pu contenir une demi-douzaine d'hommes debout les uns à côté des autres. À certains endroits, des planches recouvraient le sol de pierre, certaines coupées à la scie et visiblement plus récentes, d'autres pourries et dangereuses.

Il remarqua une pièce de l'autre côté d'un passage obscur. Il emprunta un petit couloir et pénétra dans cet espace vide. Un deuxième escalier montait vers le haut. Probablement jusqu'au chemin de ronde qu'il avait aperçu tout autour des remparts.

Quelque chose attira son attention sur sa droite, près d'un tas de ruines envahi par l'herbe.

Des taches sur le sol rocheux.

Des pas. En direction du second escalier.

D'autres taches coloraient les marches. Fraîches, humides.

Il y avait quelqu'un au-dessus de lui.

Knox attendait sur les remparts que Wyatt émerge de l'ensemble des bâtiments délabrés. Bien que les plafonds aient disparu, comme la plupart des murs, il subsistait de nombreux endroits où se cacher. Il avait vu Wyatt entrer dans le fort. Avant qu'il le tue, il espérait que Wyatt indiquerait l'endroit où se trouvaient les pages manquantes. Il avait apporté le texte complet du message de Jackson, dont les cinq symboles étranges. Au lieu de passer toute la nuit à chercher, il pourrait laisser Wyatt l'y conduire.

Mais son adversaire semblait errer, comme s'il était perdu.

Apparemment, il ignorait où se trouvait la cachette d'Andrew Jackson.

Il ferait mieux de le tuer et d'en finir.

Wyatt savait depuis longtemps que lorsque votre ennemi s'attend à ce qui est prévisible, il est préférable de ne pas le décevoir. C'est pourquoi il n'avait pas hésité à entrer à l'institut Garver par la grande porte. Près de l'escalier, où l'on remarquait d'autres empreintes dans la boue et les excréments menant vers le haut, une fenêtre béante creusée dans le mur extérieur donnait sur la mer. Il se glissa jusque-là et passa prudemment la tête à l'extérieur pour regarder plus haut.

Il fallait grimper environ trois mètres pour arriver jusqu'en haut, mais la pierre érodée offrait de nombreuses prises.

Il jeta un coup d'œil sur l'aplomb de trente mètres qui plongeait jusqu'au rivage rocheux battu par la mer. Des oiseaux s'élançaient des murs semblables à des falaises et se laissaient porter par la brise. Les cris étouffés des mouettes rythmaient leur valse. Il se réfugia à l'intérieur et trouva une pierre de la taille d'un ballon de football. Les remparts au-dessus devaient être également peuplés d'oiseaux. Il gravit prudemment une volée de marches et regarda vers le haut. Le ciel était de plus en plus sombre.

Il lança la pierre par l'ouverture, mais n'attendit pas qu'elle retombe.

Il préféra se réfugier en bas près de la fenêtre.

Knox se trouvait juste de l'autre côté de Wyatt, sur le mur nord du fort. Un de ses hommes attendait sur le rempart sud et l'autre sur le mur ouest. Le silence était oppressant, troublé seulement par le bruit des vagues et un vent obsédant.

Des oiseaux en masse s'envolèrent brusquement du mur sud dans un grand désordre.

Pourquoi une telle panique ?

Il se focalisa sur les remparts.

Wyatt se cramponnait au calcaire gris en prenant appui dans les interstices. La pierre qu'il avait lancée en l'air avait effarouché les oiseaux et causé suffisamment de diversion pour le couvrir. Il était suspendu dans le vide au-dessus de l'océan. La nuit tombait rapidement. Ses chaussures étaient solidement plantées dans une entaille profonde du mur. Il agrippa le haut du mur d'une main, puis de l'autre, et regarda par-dessus le bord.

Il y avait un homme à trois mètres, le dos tourné, prés de l'endroit où l'escalier qu'il avait évité prenait naissance.

Il tenait un pistolet.

Exactement comme il l'avait prévu.

On l'attendait.

Cassiopée et sa nouvelle partenaire, Jessica, s'approchaient de la maison de Shirley Kaiser. Elles étaient arrivées à bord d'une voiture des services secrets, s'étaient garées en bas de la rue et avaient couru jusqu'à la clôture en fer forgé qui entourait la propriété, avant de la franchir d'un bond.

Elles se dirigèrent vers le garage.

« Tu as déjà fait ça ? chuchota Cassiopée.

— Seulement pendant ma formation à l'école de police.

— Garde ton calme. Réfléchis. Et ne fais pas de bêtise.

— Oui, madame. C'est tout ?

— Ne te fais pas tuer. »

L'autre s'abstint alors de toute réplique.

Jessica hésita, écoutant quelque chose dans son oreillette. Elles étaient en contact radio avec l'agent resté au Comfort Inn.

« Les deux types sont toujours là. »

Parce qu'ils étaient certains de ne pas être interrompus, pensa Cassiopée. Hale savait apparemment que Kaiser était sortie, mais elle se demandait pourquoi il avait décidé d'enlever le système. Savait-il qu'ils savaient ? Si c'était le cas, il ne se serait jamais approché de la maison de Kaiser. Aucune preuve matérielle ne le liait à l'installation. Non, il se couvrait. Peut-être en prévision d'autre chose.

Elle fit signe à Jessica de passer par l'arrière du garage. Elle s'approcherait par le devant et les débusquerait.

La surprise devrait jouer en leur faveur.

En tout cas, elle pouvait toujours l'espérer.

Knox regarda vers la muraille sud, où son homme attendait. Les oiseaux s'étaient calmés, certains ayant regagné leur perchoir, d'autres s'étant fondus dans un ciel de plus en plus sombre. Un homme surgit soudain de l'extérieur du mur, face à l'océan, se tenant en équilibre sur le rempart.

Son identité ne faisait aucun doute.

Wyatt se précipita en avant et attaqua. La lutte fut brève et silencieuse grâce à la distance et au vent.

Un pistolet apparut dans la main de Wyatt.

Un coup de feu, la riposte étouffée comme le bruit d'un applaudissement, et un homme se retrouva à terre.

Knox leva son arme, visa et tira.

62

Malone remarqua le soudain envol des oiseaux de la crête du fort. Il se trouvait juste devant la grande porte, comptant sur l'obscurité environnante pour se dissimuler, sans savoir s'il y avait quelqu'un dans les parages.

Il entendit une détonation sourde, puis une autre, et comprit qu'il n'était pas seul.

Il fallait qu'il entre dans le fort, mais cela impliquait de traverser quinze mètres à découvert. La seule protection sur laquelle il pouvait compter était un amas de ruines à trois mètres. Il s'y précipita et sauta de l'autre côté pour se mettre à l'abri.

Deux balles s'enfoncèrent dans le mur calcaire derrière lui.

En provenance des remparts.

Il garda la tête baissée et regarda par une ouverture entre deux pierres. On voyait du mouvement sur le chemin de ronde, à gauche de la porte qu'il voulait atteindre. Attendre ne servirait à rien sinon permettre à son attaquant de se préparer. Il visa en direction de l'endroit où il avait remarqué quelque chose et tira deux coups, puis en profita pour se précipiter par la porte.

Aucune réplique.

L'escalier prenait à gauche, et un passage s'enfonçait dans le fort juste devant, avec un espace ouvert au-dessus. Une tour délabrée.

Il regarda vers le haut.

Le chemin de ronde était à découvert.

Un pressentiment l'envahit.

Quelque chose lui disait qu'il était parvenu jusqu'ici beaucoup trop facilement.

Wyatt plongea au sol juste avant que l'homme de l'autre côté du fort ne tire sur lui. Il avait aperçu le second assaillant un instant avant de tuer le premier – et l'avait reconnu.

Clifford Knox.

Carbonell l'avait vendu au Commonwealth.

Mais il fallait qu'il garde son calme, il s'en préoccuperait ultérieurement.

La pierre éclata à quelques centimètres sous l'effet des balles tirées vers lui dans la pénombre. Heureusement, les remparts le protégeaient et il était maintenant en possession de l'arme du mort.

Mais cela ne décourageait pas Knox.

Qui continuait à tirer.

Cassiopée traversa en hâte l'allée pavée. À condition de bien choisir leur moment, elles devraient pouvoir prendre les deux individus par surprise et les maîtriser facilement. Que Hale décide de procéder ainsi avait changé sa façon de voir les choses. La preuve irréfutable d'un délit donnerait à la Maison-Blanche un avantage immédiat dans la négociation : Hale serait alors certainement aux abois. Suffisamment peut-être pour garantir la sécurité de Stéphanie. C'est vrai qu'on ne disposait encore d'aucune preuve tangible concernant l'implication du Commonwealth dans la tentative d'assassinat ou la disparition de Stéphanie. Mais cette fois, il y aurait un lien direct avec un cambriolage et la violation de diverses lois concernant les écoutes, et aucune lettre de marque, valide ou non, ne les protégerait, Shirley Kaiser n'étant pas une ennemie de la nation.

Quelque chose de métallique heurta une surface dure.

Un mouvement de l'autre côté du garage indiqua que les deux hommes avaient entendu le bruit également.

« Pas un geste », cria Jessica.

Un coup de feu retentit.

Malone examina la tour. Un escalier à découvert montait en colimaçon jusqu'à mi-hauteur, le reste étant tombé en ruine depuis longtemps. Les planches en bois qui séparaient autrefois les différents niveaux avaient disparu, tout comme les poutres du toit. Transperçant le ciel obscur, le clair de lune se répandait sur les ruines comme de la fumée.

Sur le chemin de ronde au-dessus, une ombre apparut. La tour devait faire une dizaine de mètres de diamètre, avec des murs envahis par le lichen et rongés par le vent et la pluie. Sa hauteur lui offrait une protection contre les balles éventuelles, à condition qu'il ne dépasse pas la porte.

Il réfléchit rapidement à la situation.

S'il battait en retraite, sa seule issue était le chemin par lequel il était venu, que l'homme au-dessus couvrait. Avancer impliquait de traverser la tour à découvert, ce qui lui poserait évidemment un problème. Il remarqua qu'il se trouvait sur une planche en bois, d'environ un mètre de large et de deux mètres de long à peine.

Il se pencha et caressa légèrement la surface.

Elle était dure, comme de la pierre.

Il passa les doigts entre le bois et le sol en terre et souleva la planche. C'était lourd, mais il pouvait y parvenir.

Il fourra son pistolet dans la poche de sa veste et il maintint la planche au-dessus de sa tête en équilibre sur ses paumes. Il se retourna d'un bond de façon à se retrouver face au passage et à la tour, abrité derrière son bouclier incliné vers le bas, dont il espérait qu'il pourrait le protéger contre d'éventuels ricochets.

Il serra les dents, prit une profonde inspiration, puis se précipita dans le passage, en faisant bien attention à maintenir la planche en équilibre.

Dix mètres environ, c'est tout ce qu'il avait à parcourir.

Des coups de feu retentirent aussitôt, et un craquement prolongé se fit entendre dans une poutre sous l'effet du plomb. Il atteignit la porte, mais s'aperçut aussitôt que la planche était trop large. Elle ne passerait pas.

On entendait un petit bruit constant dans le bois au-dessus de sa tête. La moindre balle pourrait engendrer une catastrophe si elle atteignait un endroit plus fragile.

Il n'avait pas le choix.

Il laissa le bois glisser de ses mains tandis qu'il poussait vers le haut et se précipitait par la porte.

La planche s'écrasa au sol.

Il saisit son revolver.

Cassiopée se précipita en avant, à couvert le long du mur du garage. Un homme surgit en courant dans sa direction, plus concentré sur ce qui se passait derrière lui que devant. Elle aurait voulu savoir si Jessica était indemne, mais son premier devoir était de se débarrasser de cet obstacle. Elle attendit, puis tendit la jambe. L'homme tomba dans l'herbe.

Elle braqua son pistolet sur lui et murmura : « Pas un mot ni un geste. »

Son regard était éloquent. *Ne fais pas le con.*

Elle passa à l'acte, lui asséna un coup dans la tempe gauche avec son pistolet, le mettant hors d'état de nuire.

Puis elle se retourna et avança jusqu'à l'angle du garage. Jessica avait le pistolet braqué vers le sol, les deux mains sur la gâchette. Le deuxième homme gisait sur l'herbe, blessé à la cuisse.

« Je n'avais pas le choix. »

Jessica baissa son arme. « J'ai heurté une pelle là derrière, ce qui a attiré leur attention. Je lui ai dit d'arrêter, mais il continuait à avancer. Il croyait certainement que je ne tirerais pas.

— L'autre est par terre aussi. Appelle l'ambulance. »

63

Knox tira quelques coups pour tenter de faire sortir Wyatt de sa cachette sur le mur le plus éloigné.

« Où es-tu ? dit-il dans son micro-cravate à son second acolyte.

— Il y a un autre homme, dit la voix dans son oreille. Il est armé, mais je l'ai coincé en bas. »

Deux hommes ?

Il n'attendait personne d'autre que Wyatt. Il n'avait jamais été question du moindre renfort.

« Liquide-le », ordonna-t-il.

Malone commença à gravir les marches en pierre qui montaient à angle droit. Apparemment, il y en avait d'autres à l'intérieur du fort, d'après les coups de feu qu'il avait entendus venant de divers endroits au-dessus, sur sa droite et sa gauche. La nuit était complètement tombée maintenant et l'obscurité était un atout pour lui. La torche était toujours enfouie dans sa poche de derrière, mais il n'était pas question de l'utiliser.

Il arriva au sommet et guetta le moindre mouvement.

Pas question non plus de déboucher en haut de l'escalier. Cela aurait signifié s'exposer.

Il scruta les alentours.

Un côté de la cage d'escalier, qui constituait le mur extérieur du fort, avait disparu. Dans l'obscurité, il aperçut une série d'arcades qui soutenaient les remparts au-dessus. À condition de faire attention, il pourrait y parvenir et piquer un sprint. Il enfonça le pistolet dans sa ceinture et se mit à grimper à l'extérieur. Quinze mètres plus bas, il entendit les vagues se briser sur les rochers. L'air salé était imprégné de l'odeur musquée des oiseaux. En dessous de lui, des cris se mêlaient à des battements d'ailes. Il se mit en équilibre sur la première arcade et gagna la deuxième en se cramponnant des bras et des jambes aux supports humides recouverts de gravillons.

Il atteignit l'arcade suivante, puis une autre.

Encore une et il serait suffisamment loin de l'entrée de l'escalier au-dessus pour pouvoir surprendre son attaquant.

Il tendit la main et agrippa le sommet du mur.

Une forme sombre était recroquevillée à six mètres, le dos tourné, face à l'escalier. Grimper jusqu'en haut attirerait l'attention. Il préféra se jucher de nouveau sur l'arcade et prit son pistolet. Il explora le mur au-dessus de lui et trouva d'autres renfoncements. La main tendue à nouveau vers le sommet, il cala son pied droit dans le mur, parvint à pivoter vers le haut et tira une fois.

Wyatt entendit une détonation venant de l'autre côté du fort, mais pas en provenance de Knox. Il devait y avoir quelqu'un que les hommes de Knox n'appréciaient pas. Décidant de tirer avantage de la situation, il rampa de nouveau jusqu'à l'homme qu'il avait tué. Une fouille rapide lui révéla deux autres chargeurs.

Juste ce dont il avait besoin.

Une autre balle passa à quelques dizaines de centimètres de lui, faisant éclater la pierre.

Les oiseaux s'étaient tous enfuis à la première détonation, mais leur puanteur persistait. Sans parler des pierres rendues glissantes par l'accumulation de leurs excréments.

Il trouva une ouverture qui menait vers le bas. Pas un escalier, juste un trou dans le rempart. Il saisit le bord calcaire rugueux et se laissa tomber plus bas, toujours protégé pour le moment.

Il ôta le sac à dos de ses épaules.

Malone se hissa vers le haut, son pied hésitant un instant avant de trouver une prise dans la pierre rugueuse. Sa cible tournoya, un pistolet braqué devant lui. Avant que l'homme puisse tirer, Malone visa la poitrine et appuya sur la détente. Il se laissa tomber du mur et se précipita vers l'homme, pistolet pointé, prêt.

Il roula le corps et découvrit un visage inconnu. Il chercha son pouls. En vain. Il prit le pistolet de l'homme et empocha l'arme. Une fouille sommaire lui permit de trouver quelques chargeurs et un portefeuille. Il les mit également dans sa poche, puis repéra l'endroit où il était.

Il se trouvait au sommet de la façade ouest du fort.

Des coups de feu éclatèrent en provenance de la muraille sud.

Knox ne s'était pas attendu à une attaque.

Wyatt était réapparu à quinze mètres sur un autre mur et avait commencé à tirer. Les balles pleuvaient autour de lui avec une précision redoutable.

Trop de précision, compte tenu de l'obscurité.

Wyatt était venu équipé. Carbonell lui avait fourni une paire de lunettes à vision nocturne, qui lui permettait de voir Clifford Knox recroquevillé entre les gravats. Malheureusement, sa cible ne s'était pas risquée suffisamment loin de sa cachette pour qu'il puisse l'atteindre. Il perçut un mouvement au sommet d'un autre mur et entendit un coup de feu. Il examina rapidement les remparts et aperçut un homme armé en train de fouiller une forme inanimée qui gisait sur le ventre. La taille, la silhouette et la façon de bouger lui confirmèrent l'identité de l'homme.

Malone.

Comment était-ce possible ?

Il préféra se concentrer à nouveau sur son propre problème.

« Knox ! s'écria-t-il, je sais qu'Andrea Carbonell t'a indiqué cet endroit. C'est la seule à avoir pu le faire. Elle veut que tu me tues, pas vrai ? »

En entendant la question, Knox avait compris qu'il était en mauvaise posture. Il avait perdu un homme et ne pouvait pas alerter l'autre par radio. D'autant que les coups de feu provenant de divers endroits du fort auguraient bien mal de la suite des événements. Ce contrat qu'il avait imaginé facile ne l'était pas. Il n'avait pas tout risqué pour finir dans cet endroit paumé au service de Quentin Hale ou de n'importe quel autre capitaine.

« Il y a un autre type là-bas, cria Wyatt. C'est Cotton Malone. Et ce n'est pas un de tes potes. »

Malone écouta l'échange. Rien ne l'étonnait venant de Wyatt.

Grandiose.

Une chose était certaine, il n'allait pas se mêler à la conversation.

Pas tout de suite en tout cas.

Wyatt sourit.

« Non, je devine que Malone ne va pas se montrer. Knox, je veux que tu saches que je n'ai rien contre toi.

— Moi si.

— Cette ridicule tentative d'assassinat ? Tu devrais me remercier pour l'avoir stoppée. Carbonell nous a piégés tous les deux ici. Je vais donc te donner une chance de partir. Je veux que tu transmettes un message à Quentin Hale. Dis-lui que j'ai bien l'intention de trouver ce qu'il veut et qu'il l'aura. Bien sûr, ça aura un coût, mais rien qu'il ne puisse se permettre. Dis-lui que je prendrai contact avec lui. »

Il attendit la réponse.

« Elle a dit que tu lui rapporterais ces pages, hurla Knox.

— Il fallait qu'elle respecte sa parole. Ce qu'elle n'a pas fait. Elle a fait appel à toi en espérant que tu me tuerais pour son compte. Nous sommes à deux contre un, Knox. Cotton Malone veut ces pages, lui aussi. Elles ne te serviront à rien s'il les trouve. Il travaille seulement pour Dieu et son pays.

— Et c'est toi qui vas les trouver ?

— Malone et moi, nous sommes en compte. Quand tout sera terminé, je trouverai ce que tu veux.

— Et si je reste ?

— Dans ce cas, tu vas mourir. Garanti. Un de nous deux va te descendre. »

Knox hésitait. Il était seul contre deux. L'un de ses opposants semblait être plutôt cordial, l'autre était inconnu.

Qui était ce Cotton Malone ?

Et l'équipe.

Il y avait des victimes.

Ce n'était pas fréquent.

Ça faisait des années qu'ils n'avaient pas perdu quelqu'un. Il était venu ici car cela paraissait évident. Hale était content, les trois autres capitaines étaient satisfaits. Carbonell avait fourni l'information, souhaitant apparemment que Knox se rende à cet endroit.

Mais la coupe était pleine.

Il risquait sa vie pour rien.

« Je me tire », lâcha-t-il.

Malone s'accroupit et scruta l'obscurité. La lumière la plus proche était à des kilomètres sur une île voisine. Les vagues continuaient à frapper sans trêve les rochers en contrebas. Wyatt était quelque part là-bas, en train d'attendre. Il n'était pas question de poursuivre le troisième homme. Knox. Wyatt n'attendait que ça.

Il fallait seulement rester assis sur ses talons.

« OK, Malone, cria Wyatt. Apparemment, on t'a fourni la même information qu'à moi. Un de nous va sortir vainqueur de ce combat. Il est temps de savoir qui. »

64

Bath, Caroline du Nord

Une bourrasque balayait le pont, suffisamment fort pour faire tourner les canons. Il se cramponnait à la roue, gardant le cap sur le nord-est. Il se maintenait à la limite de la bande de sable qui s'étendait depuis la rive, un passage étroit qui exigeait une attention soutenue. Les huniers bordés au plus près se gonflaient vers l'extérieur, les faisant avancer.

Un navire apparut.

Sur une trajectoire parallèle, ses mâts s'inclinant dangereusement vers ses voiles. Que faisait-il là ? Ils avaient réussi à l'esquiver presque toute la journée, et il avait espéré que la tempête lui permettrait de se cacher.

Il donna l'alarme.

Le vacarme s'amplifia à mesure que les hommes d'équipage surgissaient de la cale et sortaient dans la bourrasque. Ils prirent rapidement conscience du danger et préparèrent les armes, prêts à l'attaque. Les hommes qui avaient retrouvé leurs canons n'attendirent pas qu'on leur donne un ordre et déversèrent leurs salves dans le flanc du nouveau venu. Il maintenait solidement la barre, fier de son bateau, un navire qui appartenait à la maison Hale, en Caroline du Nord, et qui ne serait ni pris ni coulé sous son commandement.

Un nouveau coup de vent mit le gouvernail à l'épreuve.

Il lutta pour garder le cap.

Des hommes sautaient de l'autre navire à bord du sien. Des pirates. Comme lui. Et il savait d'où ils venaient. La maison Bolton. Elle aussi de Caroline du Nord. Venus chercher le combat en pleine mer, pendant un grain, quand il aurait baissé la garde.

Ou du moins le croyaient-ils.

Ce genre d'attaque était téméraire. Elle violait tous les principes qui régissaient leur vie. Mais les Bolton étaient fous, et ils l'avaient toujours été.

« Quentin… »

Il entendit son nom dans le vent.

Une voix de femme.

D'autres hommes surgirent sur le pont, armés de sabres. L'un d'eux sauta et atterrit tout près.

Une femme.

Superbe, avec des cheveux blonds, un teint clair, des yeux animés.

Elle bondit sur lui et lui arracha le gouvernail des mains. Le navire dévia de sa course, et il perçut l'absence de direction.

« Quentin. Quentin. »

Hale ouvrit les yeux.

Il était couché dans sa chambre.

La tempête faisait rage dehors. La pluie martelait les vitres, le vent fouettait les arbres en hurlant.

À présent, il se souvenait.

Lui et Shirley Kaiser s'étaient réfugiés ici après

qu'elle eut évoqué certaines tenues spéciales qu'elle avait apportées.

Et spéciales, elles l'étaient effectivement.

De la dentelle lavande autour de sa mince silhouette, suffisamment transparente pour focaliser son attention quelques instants. Elle s'était approchée du lit et l'avait dévêtu. Après une bonne heure de récréation, il s'était assoupi, comblé, heureux qu'elle ait surgi sans invitation. Cette femme était exactement ce qu'il lui fallait après avoir traité avec les trois autres capitaines.

« Quentin. »

Il fit un effort pour se réveiller complètement et concentra son regard sur le plafond à caissons de sa chambre à coucher, dont le bois provenait de la coque d'un sloop du XVIIIe siècle qui avait jadis navigué sur la Pamlico. Il goûta le confort des draps fins et la fermeté de son matelas *king-size*. Il avait un lit à baldaquin imposant qui nécessitait un tabouret pour y entrer et en sortir. Il s'était tordu une cheville des années auparavant en voulant en descendre trop vite.

« Quentin. »

C'était la voix de Shirley.

Bien sûr. Elle était là, dans le lit. Peut-être en réclamait-elle encore ? Tant mieux. Il était prêt lui aussi.

Il roula sur lui-même.

Elle le regardait fixement sans le moindre sourire ni la moindre expression de désir. Ses yeux étaient durs, furieux.

Puis il vit le pistolet.

Son canon était à quelques centimètres de son visage.

Cassiopée regarda les secours emporter le cambrioleur blessé. L'autre intrus, celui qu'elle avait assommé d'un coup de crosse, était en garde à vue, avec une poche à glace sur sa bosse grosse comme un œuf. Aucun papier d'identité n'avait été trouvé sur les deux, et ils n'étaient pas bavards.

« Chaque minute que nous perdons, avait dit Danny Daniels, c'est une minute de danger en plus pour Stéphanie. »

Il se tenait sur le seuil de la chambre Bleue.

« Je connais les symptômes, monsieur le président. Se soucier de quelqu'un, c'est l'enfer. »

Il parut comprendre. « Vous et Cotton ? »

Elle acquiesça. « C'est bon et mauvais en même temps. Comme maintenant. Est-ce que ça va pour lui ? A-t-il besoin d'aide ? Je n'avais pas ce problème il y a quelques mois.

— Je suis seul depuis longtemps », dit Daniels.

À entendre sa voix triste, on comprenait bien qu'il le regrettait.

« Pauline et moi devrions nous réconcilier. Tout cela doit cesser.

— Attention. Prenez ces décisions calmement. Il y a beaucoup en jeu. »

Il la regarda et sembla partager son avis. « J'ai servi mon pays. Pendant quarante ans, la politique a été toute ma vie. J'ai été un type bien tout le temps. Jamais pris un sou de qui que ce soit en infraction à la loi. Jamais monnayé une intervention. Aucun scandale. J'ai suivi ma conscience et mes principes, bien que cela m'ait coûté parfois. J'ai servi de mon mieux. Et je ne regrette rien. Mais j'aimerais bien m'occuper un peu de moi à présent. Juste quelque temps.

— Stéphanie connaît-elle vos sentiments ? »

Il ne lui répondit pas aussitôt ; peut-être ne connaissait-il même pas la réponse. Mais ce qu'il dit enfin la surprit.

« Je crois qu'elle le sait. »

Une voiture entra dans l'allée de la maison de Shirley Kaiser et Edwin Davis en sortit par la portière du passager.

Les empreintes des deux intrus avaient été relevées plus d'une heure auparavant, et on avait promis à Cassiopée qu'on lui ferait connaître l'identité des deux hommes. C'est Davis qui lui avait parlé au téléphone, mais apparemment il était aussi passé à l'action. Les alentours s'étaient peuplés de gens, avec des voitures de police plein la rue.

Pas moyen de garder cette affaire sous le boisseau.

« La voiture qu'ils ont utilisée a été retrouvée quelques pâtés de maisons plus loin, lui dit Davis en s'approchant. Ses plaques d'immatriculation de Caroline du Nord avaient été volées, comme la voiture. Elle appartient à une femme qui habite en Virginie-Occidentale. Nous attendons toujours le résultat des empreintes. Mais il faudrait que ces types aient eu des problèmes, demandé un permis de port d'arme, enseigné, ou n'importe laquelle des milliers de choses qui justifient qu'on vous prenne vos empreintes. Ce que j'espère, c'est qu'ils aient fait leur service militaire. Cela nous donnerait une foule d'infos. »

Il paraissait fatigué, et sa voix était lasse.

« Comment vont le président et la première dame ? demanda-t-elle.

— J'ai entendu dire que le président vous avait rendu visite avant votre départ ? »

Elle n'avait aucunement l'intention de trahir les confidences de Daniels. « Il s'inquiète pour Stéphanie. Il se sent responsable.

— Comme nous tous.

— Des nouvelles de Cotton ?

— Rien de ce côté. »

Elle comprit le sous-entendu. « De qui avez-vous eu des nouvelles ?

— Cotton ne voulait personne avec lui.

— Et vous en avez tenu compte ?

— Pas tout à fait. »

Hale prit conscience que c'était la première fois qu'il avait une arme braquée sur lui. Une vision étrange, d'autant plus qu'il était nu sur son lit. Kaiser paraissait visiblement à l'aise avec son pistolet.

« Je tire depuis que je suis petite, dit-elle. Mon père m'a appris. Vous vous êtes servi de moi, Quentin. Vous m'avez menti. Vous vous êtes conduit comme un voyou. »

Il se demanda s'il s'agissait d'une sorte de jeu. Si c'était le cas, cela pourrait se révéler particulièrement excitant.

« Qu'est-ce que vous voulez ? » demanda-t-il.

Elle écarta l'arme de son visage et visa son entre-jambe, juste au-dessus de la couverture.

« Vous voir souffrir. »

65

Île de Paw, Nouvelle-Écosse

Malone scrutait les créneaux en ruines à l'affût du moindre mouvement. Il avait l'estomac serré. Son cœur battait la chamade.

Exactement comme dans le temps.

Il recula jusqu'à un escalier et arriva rapidement en bas. Tenant le pistolet automatique devant lui, il se glissa dans la salle intérieure obscure, s'arrêta dans l'ombre et laissa ses yeux s'accoutumer.

Il avait les nerfs à fleur de peau. Un frisson le parcourut.

Le fort ressemblait à un labyrinthe sur trois niveaux, avec des pièces communiquant les unes avec les autres. Il se souvenait de ce qu'il avait lu à propos des niveaux inférieurs et des soixante-quatorze prisonniers britanniques qui s'y étaient noyés. Les délibérations de la cour martiale avaient révélé que les fondations du fort reposaient sur un enchevêtrement de tunnels creusés dans la roche, qui se remplissaient à marée haute et se vidaient à marée basse. Les officiers coloniaux avaient affirmé qu'ils ignoraient ce fait et avaient simplement choisi le local sous terre comme étant l'endroit le plus sûr pour garder leurs prisonniers. Bien sûr, aucun Britannique n'avait survécu pour contredire leur témoignage, et aucun sur la centaine de soldats coloniaux n'avait réfuté leur déposition.

Il entendit du mouvement au-dessus.

Des pas.

Il leva les yeux vers le plafond.

Cassiopée attendait qu'Edwin Davis s'explique.

« Cotton a insisté pour y aller tout seul, dit Davis. Mais j'ai trouvé que c'était ridicule. »

Elle était bien de cet avis.

« J'ai donc demandé aux deux pilotes des services secrets qui l'avaient déposé là-bas de garder un œil sur la situation depuis le rivage.

— Que me cachez-vous ?

— J'ai reçu un appel juste avant d'arriver. On tire beaucoup du côté de l'île de Paw. »

Elle aurait préféré ne pas entendre ça.

« J'attends une dernière mise au point avant de décider quoi faire. »

Elle regarda sa montre. 21 h 20. « Kaiser devrait être rentrée maintenant. Elle nous avait dit 20 h 30 au plus tard.

— Quelqu'un est-il entré dans la maison ? »

Elle acquiesça. « Ils sont entrés il y a quelques minutes.

— Et le prisonnier ? Toujours muet ?

— Pas un mot.

— Nous allons voir surgir demain un avocat de renom au bras long qui va demander la mise en liberté sous caution. Et il va l'obtenir. Le Commonwealth veille sur les siens. »

Un léger tintement provint de la poche de manteau de Davis. Il sortit son téléphone et s'écarta.

Un agent sortit par la porte de la maison de Kaiser et s'approcha d'elle. « Il faut que vous voyiez ça », dit-il.

Hale avait été pris au dépourvu. Il avait laissé cette femme le séduire, croyant tout le temps avoir gardé la main.

« Depuis combien de temps écoutez-vous mes conversations téléphoniques ? » demanda-t-elle.

Avec le pistolet braqué sur son ventre, il valait mieux ne pas mentir. « Plusieurs mois.

— C'est pour ça que vous vous êtes intéressé à moi ? Pour vous renseigner sur le président ?

— Au début. Mais cela a évolué avec le temps. Je dois l'avouer, notre relation a été particulièrement plaisante.

— Votre charme n'opère plus.

— Shirley. Vous êtes une grande fille. Vous ne vous êtes jamais servie de quelqu'un pour obtenir ce que vous vouliez ?

— Qu'est-ce que vous voulez, Quentin ? »

La tempête faisait toujours rage dehors.

« Que ma famille puisse garder ce qu'elle a mis trois cents ans à conquérir. »

Malone pénétra dans ce qui avait dû être autrefois une vaste salle, mais dont la plupart des murs et le plafond avaient disparu. Au-dessus de lui, le chemin de ronde à découvert était désert. La lune était de plus en plus éclatante et un vent frais tourbillonnait d'est en ouest.

Il avait la bouche sèche à force d'attendre, mais il était en nage.

Il se glissa au bout jusqu'à une cheminée imposante entourée d'un manteau de pierre délabré. Un trou rectangulaire, d'environ trois mètres de large et deux mètres cinquante de hauteur, ouvrait au centre sous un conduit. Il savait que le trou était destiné aux braises chaudes, qu'on balayait vers le bas pour pouvoir les retirer plus facilement. Le conduit vertical ventilait la fumée jusqu'au toit. Il entra dans la cheminée et regarda par l'ouverture. Tout était noir, mais le bruit des vagues semblait plus fort. Il aurait pu se servir de sa torche pour comprendre, mais ce n'aurait pas été malin.

Le conduit pourrait lui permettre de grimper discrètement jusqu'au toit.

Il tourna la tête pour regarder vers le haut.

La semelle d'une chaussure s'abattit sur son front.

Il recula en titubant, sans lâcher son pistolet.

Tout tournait autour de lui, mais il parvint à distinguer une forme noire qui tombait du conduit dans la cheminée.

La forme se précipita sur lui et ils atterrirent sur un tas de gravats.

Une douleur lui brûla le bras gauche, et ses doigts relâchèrent le pistolet.

Cassiopée pénétra dans la maison de Shirley Kaiser brillamment éclairée et suivit l'agent dans le hall d'entrée, jusqu'à la cuisine et un petit office contigu, menant à une buanderie et au garage. Sur un bureau encastré avec un dessus en granit, il y avait un ordinateur, une imprimante et un modem sans fil, ainsi que des fournitures de bureau, des stylos, des crayons et divers autres accessoires, tous décorés de fleurs imprimées.

« Nous avions décidé de retirer la caméra en haut, lui dit l'agent, et nous sommes donc entrés. Notre ligne de transmission passait par la connexion Internet de la maison. C'est à ce moment-là que nous avons vu ça. »

Il montra l'ordinateur.

Elle regarda l'écran et lut CHARTERS GAULDIN.

La compagnie effectuait des vols privés à partir de Richmond en direction de diverses destinations le long de la côte est.

« Nous avons vérifié, dit l'agent. Kaiser a retenu un vol charter tôt ce matin et elle est partie il y a plusieurs heures.

— Où est-elle allée ?

— Aéroport de Pitt Greenville, en Caroline du Nord. »

La peur l'envahit.

Elle n'avait pas la moindre idée de la distance qui séparait Bath de Greenville, mais elle savait que ce n'était pas loin.

Wyatt tenait enfin Cotton Malone. Il avait surveillé la progression de Malone à l'intérieur des ruines, ses jumelles à vision nocturne lui donnant un très net avantage. Quand il avait repéré sa cible en train de pénétrer dans la salle, il était descendu sans peine par le conduit. L'apparition de Malone à l'intérieur même du foyer avait facilité les choses.

Il le prit à la gorge et serra fort.

Ils roulèrent du tas de pierres sur le sol accidenté et continuèrent à rouler jusqu'à ce qu'ils se cognent contre un autre amas.

Wyatt donna un coup de poing dans les côtes de Malone en visant les reins. Malone chancela mais ne céda pas.

Il frappa encore une fois, plus fort.

Malone pivota sur le côté et se releva d'un bond.

Il en fit autant.

Ils se tournaient autour, mains nues, les bras prêts à frapper.

« Juste toi et moi », dit-il.

Cassiopée attendait Edwin Davis dans la cuisine. L'agent des services secrets s'était proposé pour aller le chercher. Shirley pouvait très bien avoir tout compromis. Que lui était-il passé par la tête ? L'homme à qui elle avait affaire était un vrai pirate préoccupé de sa seule survie, et qui n'hésiterait pas à se débarrasser d'une femme dont il n'avait plus besoin.

Davis entra, l'air inquiet. Lui aussi avait apparemment compris toutes les implications. « Cet aéroport de Greenville est celui qui est le plus proche de Bath. Elle est cinglée d'avoir fait ça.

— J'y vais.

— Je ne sais pas si je peux vous autoriser.

— Vous êtes d'accord pour me fourrer dans ce pétrin la Maison-Blanche, mais plus d'accord pour que j'agisse ?

— C'était une affaire privée. Ça n'en est pas une. Vous n'êtes pas employée par nous.

— C'est justement pour ça que je dois y aller. Et

à propos, le fait que je ne sois pas employée par vous n'a pas posé de problème la dernière fois que Daniels était dans le pétrin. » Voyant qu'il paraissait comprendre le message, elle ajouta : « Donnez-moi quelques heures, et si vous n'avez pas de mes nouvelles, faites intervenir les services secrets. »

Il réfléchit un instant puis acquiesça. « Vous avez raison. C'est ce qu'il y a de mieux à faire.

— Et pour Cotton ? L'appel que vous avez pris dehors le concernait, n'est-ce pas ?

— C'étaient les agents qui venaient au rapport. Ils se trouvent à quelques kilomètres, sur le rivage, mais ils disposent d'un équipement télescopique à vision nocturne. Un bateau a quitté la rive nord il y a quelques minutes. Avec un seul occupant, en direction du nord, vers le rivage, loin de l'endroit où ils se trouvent. De nombreux coups de feu ont été échangés, mais il semble que ça se soit un peu calmé maintenant.

— Qu'allez-vous faire ?

— Rien, dit-il. Je dois laisser tout son temps à Cotton. »

66

Malone tacla Wyatt, mais celui-ci, avec une étonnante agilité, retourna la situation et cogna la tête de Malone contre la pierre.

Tout tournait.

La nausée lui montait à la gorge.

Wyatt se dégagea, et il aperçut l'image floue d'un pistolet dans la main droite de son adversaire.

Il se hissa tant bien que mal sur un genou.

Sa tête résonnait au rythme de son cœur. Il se frotta le crâne et essaya de se mettre debout. « Tu te rends bien compte qu'il y a des gens tout en haut de la chaîne qui savent que nous sommes là tous les deux », dit-il.

Wyatt jeta au loin l'arme de Malone. « Finissons-en.

— Qu'est-ce qui se passe précisément ici ? »

La question laissa le temps à son estomac de s'apaiser un peu.

« Et que voulais-tu ? Que ces flics de New York me tuent ? Ou un agent des services secrets ?

— À peu près. »

Il scruta l'obscurité, mais on ne voyait pas grand-chose au-delà des amas de pierres et de vieilles poutres. La puanteur des oiseaux était toujours aussi intense, ce qui ne risquait pas de calmer sa nausée.

« Une amie à moi a des ennuis, dit-il à Wyatt. Stéphanie Nelle. Le type que tu viens de laisser partir travaille pour les gens qui la détiennent probablement.

— Ce n'est pas mon problème. »

Malone sentit la colère l'envahir. Il fit un bond en avant, entoura Wyatt de ses bras et atterrit avec lui sur le sol.

Mais alors qu'ils auraient dû retomber sur de la pierre dure, un craquement leur indiqua qu'ils étaient tombés sur du bois, et les poutres n'offrant pas grande résistance, elles cédèrent sous leur poids.

Et ils n'arrêtaient pas de tomber.

Hale gagnait du temps, essayant de trouver une faille chez Shirley. Il espérait qu'en faisant appel à sa compassion il parviendrait à l'attendrir.

« Ma famille servait cette nation avant même qu'elle soit formée, dit-il. Et pourtant, le gouvernement veut nous poursuivre à présent, moi et mes associés, comme étant des criminels.

— Pourquoi ? »

Le pistolet était toujours braqué sur son entrejambe, mais il s'efforçait de ne manifester aucune crainte.

« Ma famille fut d'abord composée de pirates, puis de corsaires. Nous vivons sur ces terres depuis près de trois cents ans. Pour les toutes jeunes forces coloniales, nous avons servi de marine, et anéanti les navires britanniques pendant la révolution américaine. Sans nous, les États-Unis n'auraient jamais existé. Nous avons rendu des services similaires à de nombreuses administrations depuis cette époque. Nous sommes des patriotes, Shirley. Au service de notre pays.

— En quoi cela me regarde-t-il ? Dites-moi plutôt pourquoi vous vous êtes servi de moi pour essayer de tuer Danny Daniels.

— Pas moi, précisa-t-il. C'était mes associés, à mon insu. J'étais furieux quand j'ai appris ce qu'ils avaient fait.

— Donc ce sont *eux* qui ont mis mes téléphones sur écoute ? »

Attention. Cette femme n'était pas idiote. « Non, C'est moi qui l'ai fait. Il fallait que je trouve des éléments susceptibles de jouer en notre faveur. Je connaissais votre relation avec la première dame avant de vous rencontrer.

— Alors donnez-moi une bonne raison pour que je ne vous transforme pas en soprano.

— Vous me regretteriez en tant que baryton.

— Décidément, vous n'arrêtez pas de faire du charme. Il n'y a rien à faire. »

Il se tourna sur le lit.

Elle serra la crosse de son pistolet.

« Calmez-vous, dit-il. J'ai un muscle coincé.

— À quoi vous a servi ce que vous avez entendu au téléphone ?

— Dans l'ensemble, à rien. Mais quand j'ai entendu parler du voyage à New York, j'en ai informé mes associés. La Maison-Blanche n'ayant pas annoncé le voyage, nous pensions qu'une occasion allait peut-être se présenter. Nous en avons discuté, avant de décider de ne pas agir. Malheureusement, ils ont changé d'avis et n'ont pas pris la peine de m'en informer.

— Vous avez toujours été aussi bon menteur ?

— Je ne mens pas.

— Vous vous êtes servi de moi, Quentin. »

Elle parlait sans la moindre colère ni mépris.

« Alors vous êtes venue ici, vous m'avez attiré au lit, uniquement pour me tuer ?

— J'ai décidé de vous utiliser un peu.

— Shirley, ma femme et moi sommes séparés depuis longtemps, vous le savez. Notre relation a été parfaitement saine. Pendant que nous parlons, en ce moment même, des hommes sont chez vous en train d'enlever les écoutes. C'est terminé. Pourquoi ne pas en rester là. ? Nous pourrions profiter d'une relation encore plus saine maintenant…

— … maintenant que nous savons quel menteur et quel tricheur vous êtes en réalité ?

— Shirley, dit-il d'une voix douce. Vous n'êtes pas naïve. Le monde n'est pas un endroit facile, et nous faisons tous ce que nous pouvons pour survivre. Disons que ma situation devenait désespérée, aussi j'ai choisi le moyen qui risquait d'être le plus efficace. Effectivement, je vous ai menti. Au début. Mais quand nous avons fini par nous connaître, ça a changé. Vous savez bien que je ne pouvais pas toujours faire semblant… la preuve, ce qui vient de se passer. Vous êtes une femme excitante, passionnée. »

Le pistolet restait braqué sur lui. « Vous avez gâché ma relation avec la première dame.

— Elle a besoin de se faire soigner. Vous le savez. Ou encore mieux, de laisser M. Davis devenir son confident. Elle semble l'apprécier.

— Ce n'est pas un péché.

— J'en suis certain. Mais c'est tout de même *quelque chose*. Quelque chose qu'ils ne voudraient pas voir divulguer.

— Qu'aviez-vous l'intention de faire ? Les faire chanter ?

— J'y avais pensé. Heureusement, il y a peut-être d'autres solutions à ce problème. Si bien que leur secret a été sauvegardé.

— Comme c'est réconfortant.

— Pourquoi ne pas baisser ce pistolet afin que nous puissions tous les deux profiter de notre nouvelle relation. Une relation basée sur une confiance *mutuelle* et du respect. »

Il aimait ses yeux, des yeux tellement bleus qu'ils tournaient au violet parfois. Ses traits anguleux ne reflétaient pas son âge. Elle avait la grâce d'une danseuse, sinueuse, avec une taille fine et un buste plein. Et son parfum si particulier à l'arôme citronné persistait longtemps après qu'ils s'étaient quittés.

« Je ne crois pas qu'une relation entre nous soit possible », dit-elle enfin.

Et elle appuya sur la détente.

Knox abandonna le bateau sur le rivage et se hâta en direction de la voiture qu'il avait garée près d'un alignement de boutiques fermées. Il était content d'être loin de l'île de Paw.

Il n'était pas question qu'il meure ici.

L'endroit était désert. Il fallait qu'il quitte le Canada, et vite. Le bateau volé serait certainement découvert par quelqu'un demain. Ses deux acolytes seraient également retrouvés à l'intérieur de Fort Dominion. L'un était visiblement mort, l'autre ne valait probablement pas mieux. Aucun n'avait de papiers d'identité sur lui, mais il savait qu'ils habitaient tous les deux du côté de Nags Head, sur la côte atlantique. Depuis toujours, il avait incité la plupart des membres d'équipage à quitter Bath pour s'installer dans les environs, le plus loin possible, tout en restant suffisamment près pour être sur place en deux heures. Beaucoup étaient célibataires, comme ces deux-là, sans grandes attaches. Quand les corps auraient été identifiés et qu'on aurait déterminé qu'ils travaillaient au domaine, les forces de l'ordre interviendraient. Il y aurait une enquête. Mais c'était justement pour ça que le Commonwealth employait une horde d'avocats. Cela ne devrait pas poser de problème.

Andrea Carbonell, en revanche, posait un problème.

Il était fatigué d'avoir peur. Fatigué de devoir toujours faire attention. Fatigué de se faire du souci. Un bon quartier-maître ne se serait jamais autant exposé.

Pourtant, il l'avait fait.

Un an plus tôt, il serait peut-être resté à Fort Dominion pour régler les choses avec Jonathan Wyatt. Mais il avait déjà choisi une autre voie, une voie qui ne tenait aucun compte du devoir ni de l'héritage. Il voulait seulement sortir de tout ça et ne pas être tué, ni par le gouvernement ni par le Commonwealth.

Il était un survivant.

Et Jonathan Wyatt n'était pas son ennemi. Pas plus que Quentin Hale, en fait, ni les trois autres capitaines.

Ils ne comprenaient rien à rien.

Seule Andrea Carbonell avait tout compris.

67

Bath, Caroline du Nord

Hale entendit le bruit de la détente mais aucun coup de feu.

Kaiser sourit. « Le prochain sera pour de vrai. »

Il n'en doutait pas.

« Avez-vous la moindre idée de la situation dans laquelle vous m'avez mise ? lui dit-elle. Pauline Daniels ne me reparlera probablement plus jamais.

— Savent-ils que j'avais mis votre téléphone sur écoute ?

— Ils ont trouvé votre petit appareil au fond de mon jardin. »

Il fut pris de panique en pensant aux deux hommes envoyés pour retirer l'installation. Des agents les attendaient-ils ?

« Shirley, il faut que vous m'écoutiez. Votre orgueil n'est pas tout, il y a beaucoup plus en jeu dans cette affaire. Tout le poids du gouvernement américain pèse sur moi et mes associés. Il me faut des alliés, pas des ennemis. Il y a longtemps que j'aurais dû divorcer de ma femme. Vous avoir ici à plein-temps serait très agréable. » Il marqua un temps d'arrêt. « Pour tous les deux, j'espère. »

Il fallait qu'il prenne contact avec Knox et s'occupe de la situation en Virginie. Elle était devenue encore plus critique avec ce qui était en train de se produire en Nouvelle-Écosse.

« Vous pensez honnêtement que cela me ferait changer d'avis ? dit-elle. Une promesse de mariage ? Je n'ai pas besoin d'un mari, Quentin.

— De quoi avez-vous besoin ?

— J'aimerais une réponse à ma question. Retenez-vous une certaine Stéphanie Nelle prisonnière ici ? »

Il hésita à mentir, puis préféra s'en abstenir. « Elle fait partie de mes ennemis. Elle a été envoyée ici pour nous détruire. Je m'en suis emparé par légitime défense.

— Je ne vous demande pas de vous justifier, Quentin. Je veux simplement savoir si elle est là. »

Il se demanda soudain comment elle avait pu poser cette question.

Une seule raison. Quelqu'un le lui avait dit. Quelqu'un qui était au courant. Si elle n'avait pas été toute nue, il se serait demandé si elle ne portait pas un micro. Ses vêtements et son sac ne pouvaient pas non plus être suspectés, étant donné qu'ils étaient dans la chambre voisine et qu'une porte fermée séparait les deux endroits.

« Shirley, vous devez comprendre que ce sont des circonstances exceptionnelles. J'ai fait ce que je devais faire. Vous auriez fait pareil. D'ailleurs, n'est-ce pas ce que vous êtes en train de faire en ce moment ? Vous défendre de votre mieux. »

Cassiopée aurait voulu discuter avec Edwin Davis mais elle savait qu'elle devait se fier à son instinct comme à celui de Cotton.

Il restait pourtant un problème à résoudre.

« Il faut que nous prenions contact avec Kaiser, dit-elle à Davis.

— Je ne suis pas certain que ce soit possible. Comment allons-nous faire ? L'appeler ?

— Pas nous. Mais il y a quelqu'un qui pourrait le faire. »

Elle vit qu'il avait compris.

Davis prit son téléphone et composa le numéro.

Hale attendait que Shirley lui réponde. Elle paraissait réfléchir à sa question.

« Vous vous êtes servi de moi », dit-elle enfin.

Une nouvelle rafale de vent et de pluie s'abattit sur la maison, la faisant sursauter.

Il profita de cet instant pour lui envoyer son poing dans la figure.

Cassiopée écouta Davis informer Pauline Daniels de ce que Shirley Kaiser avait fait.

« Je ne peux pas croire qu'elle soit allée là-bas », dit la première dame.

Ils s'étaient réfugiés dans la salle à manger pour passer l'appel, après avoir demandé aux agents de les laisser.

« Elle est dans un état terrible à cause de cette affaire, dit la première dame. Elle était tellement furieuse d'avoir été utilisée. Pourtant, elle n'aurait jamais dû y aller. »

Mais il y avait autre chose de plus sérieux à

considérer. La fusillade qui venait de se produire ferait la une des informations régionales. Quand Hale connaîtrait le sort réservé à ses deux hommes, il saurait que Kaiser avait été mise dans le coup. Autrement dit qu'elle posait maintenant un problème.

« Pauline, dit Davis. Téléphonez-lui. Maintenant. Voyez si elle répond.

— Ne quittez pas.

— Il est impossible de passer ce qui est arrivé ici sous silence, chuchota Cassiopée à Davis.

— Je sais. Chaque minute compte pour Shirley Kaiser.

— Edwin, dit Pauline, ça ne répond pas. J'ai eu sa messagerie. Je ne pense pas que vous vouliez que je laisse de message.

— Nous devons partir », dit Davis dans le téléphone.

Cassiopée perçut la frustration dans sa voix.

« Edwin, je ne voulais pas... »

Davis coupa la communication.

« Vous avez été grossier, dit Cassiopée.

— Elle n'aurait pas apprécié ce que je m'apprêtais à lui dire. À un moment, tout le monde va devoir arrêter de faire des erreurs stupides. » Il se tut un instant, puis reprit : « Notamment moi.

— Cette femme est en danger, dit-elle. Emmenez-moi là-bas en vitesse. »

Il ne discuta même pas.

Hale se releva du lit.

Kaiser gisait sans connaissance après le coup qu'il lui avait porté au visage.

Sa main lui faisait mal. Lui avait-il cassé la mâchoire ? Il ramassa le pistolet et vérifia le magasin. Effectivement, le tir suivant aurait fait des dégâts.

Il reprit ses esprits.

Ses hommes avaient-ils été surpris chez Kaiser ? Il fallait qu'il le sache. Knox était injoignable, probablement toujours sur l'île de Paw.

Il trouva son peignoir et l'enfila.

Il jeta un coup d'œil à sa pendule de chevet. 21 h 35. Il prit le téléphone et poussa le bouton d'interphone de la maison. Son secrétaire répondit après la deuxième sonnerie.

« Envoyez immédiatement deux hommes jusqu'à ma chambre. J'ai une nouvelle invitée pour notre prison. »

68

Nouvelle-Écosse
22 h 20

Malone ouvrit les yeux. Il avait mal partout. La douleur irradiait jusqu'en haut de ses jambes. Il était étendu sur le dos, et son regard plongeait dans le trou béant creusé dans le bois pourri par leur chute à tous les deux, Wyatt et lui.

Il bougea ses membres, rien ne semblait cassé.

Le clair de lune lui permit de voir qu'ils étaient tombés d'une dizaine de mètres. Le bois spongieux avait amorti l'atterrissage. Il y avait de la roche en dessous.

Ainsi que de l'eau glaciale.

Les murs tout autour brillaient d'un reflet argent dans la pénombre, signe qu'ils étaient humides.

Il entendit les vagues et sentit à nouveau les oiseaux.

Où était Wyatt ?

Il se releva péniblement. Une lumière s'alluma. Brillante, singulière, toute proche. Il mit son bras devant ses yeux.

Le faisceau s'écarta de son visage.

Dans la lumière ambiante, il vit Wyatt tenant la torche.

Knox atteignit la piste d'atterrissage privée où il avait posé le jet d'affaires des Entreprises Hale, juste au sud de Halifax, un endroit également utilisé par des touristes qui pouvaient s'offrir le luxe de posséder leur propre avion.

Il s'était débrouillé pour quitter la baie de Mahone et regagner le nord sans encombre.

Son téléphone vibra dans sa poche. Il regarda l'écran. Hale. Autant s'en occuper tout de suite.

Il répondit, raconta au capitaine ce qui était arrivé. « Carbonell vous a menti, dit-il. Une fois de plus. Il y avait quelqu'un d'autre là-bas. Wyatt l'a appelé Cotton Malone. Il n'était pas de notre bord en tout cas. D'après ce que Wyatt a laissé entendre, il était envoyé par le gouvernement. Je ne peux pas être tenu responsable de tout ça…

— Je comprends », dit Hale.

Cela surprit Knox. Hale ne comprenait généralement rien d'autre que la réussite.

« Carbonell est une menteuse, dit Hale d'un ton amer. Elle se moque de nous. Tu avais raison, et je me demande maintenant si l'information qu'elle nous a fournie à propos du code était même véridique.

— Il est possible qu'elle soit vraie. Wyatt a dit de vous dire que lorsqu'il aurait ces deux pages, il vous les vendrait. Il a insisté pour que je vous transmette le message.

— Il nous reste donc à espérer que ce renégat, que Carbonell n'aime pas et dont elle se méfie, ait raison et veuille bien coopérer.

— Nous avons aussi perdu deux hommes d'équipage dans cette affaire, précisa Knox.

— Et nous avons un problème encore plus grave. »

Hale lui parla alors de Shirley Kaiser et de ce qui risquait d'avoir mal tourné chez elle.

Knox décida alors de prendre le risque et dit : « Capitaine Hale, Carbonell se sert de nous. Elle complique un problème déjà assez compliqué. À l'entendre, elle était seule avec Wyatt à connaître cet endroit, et pourtant ce Cotton Malone y était. L'aurait-elle envoyé, lui aussi ? Si ce n'est pas le cas, qui d'autre peut bien être au courant ? Allons-nous continuer à prendre des risques ? Allons-nous continuer à jouer à ce petit jeu ? »

Le silence au bout de la ligne indiqua que Hale réfléchissait à la question.

« Je suis d'accord, finit par dire Hale. Il faut qu'elle paie. »

Parfait. Sa mort effacerait toutes ses erreurs à lui. Il se retrouvait exactement à son point de départ.

« Premièrement, dit Hale, renseigne-toi pour savoir si nous avons un problème en Virginie. Il faut que je sache. Ensuite, tu as ma permission pour traiter avec la NIA comme tu l'entends. »

Enfin.

Libre d'agir.

Il mit fin à la communication et se dirigea rapidement vers l'avion. Il consulterait la météo et recevrait l'autorisation de décoller une fois à bord. Il n'y avait pas de tour de contrôle ici. Halifax contrôlait uniquement les mouvements des avions. Il ouvrit le sas du jet et grimpa dans sa spacieuse cabine.

« N'allumez pas », dit une voix féminine.

Il se figea.

Il scruta la pénombre. Dans le peu de lumière venant du tarmac, il aperçut trois formes assises dans les sièges en cuir.

Il avait reconnu la voix aussitôt.

Andrea Carbonell.

« Comme vous le voyez, dit-elle, je ne suis pas venue seule. Aussi soyez gentil et refermez la porte de la cabine. »

Cassiopée se trouvait dans le compartiment passager d'un hélicoptère de transport de troupes, allant de Virginie à la côte de Caroline du Nord. Edwin Davis était assis à côté d'elle. Des semaines auparavant, il avait effectué une reconnaissance du complexe du Commonwealth, ce qui lui avait permis de lui fournir une image satellite détaillée de l'ensemble. Les services secrets s'étaient organisés avec la police de Caroline du Nord pour qu'un bateau les attende sur la rive sud de la Pamlico. À partir de là, elle traverserait le fleuve en bateau à moteur jusqu'à la rive nord et la propriété de Hale. Il semblait préférable pour le moment d'éviter le recours aux forces de l'ordre locales, compte tenu de l'influence que le Commonwealth risquait d'avoir dans la région.

Il était minuit passé. Dès le lendemain matin, la fusillade dans la maison de Kaiser ferait la une des informations locales. Sauf témoin imprévu, elle devrait avoir quelques heures devant elle pour agir.

Le complexe du Commonwealth était certainement placé sous surveillance électronique, les caméras offrant une bien meilleure sécurité que des gardes. Malheureusement, Davis manquait d'informations sur ce qu'elle allait trouver sur les lieux. Un violent orage sévissait, semblait-il, sur toute la côte, qui lui assurerait au moins une certaine couverture.

Les agents des services secrets qui surveillaient l'île de Paw avaient assuré que la dernière heure avait été parfaitement calme.

Et Cotton ?

Elle ne pouvait pas s'empêcher de penser qu'il était en difficulté.

Wyatt regardait Malone qui se remettait péniblement sur pied. Heureusement, il s'était réveillé le premier et avait réussi à mettre la main sur une torche probablement apportée par celui-ci, et qui était restée intacte après la chute.

« Tu es satisfait ? » dit Malone.

Wyatt resta silencieux.

« Oh ! j'oubliais. Tu n'es pas un grand bavard. On t'appelait comment déjà ? Le Sphinx ? Tu détestais ce surnom.

— C'est toujours le cas. »

Malone avait de l'eau jusqu'aux chevilles. Il fit quelques mouvements pour se dénouer l'épaule, tout en s'étirant le dos. Wyatt avait déjà examiné les alentours. La chambre devait faire dix mètres de haut et cinq de large. Les murs calcaires étaient humides, le sol rocheux recouvert d'eau, avec des galets en agate et en jaspe luisant dans le faisceau de la torche.

« Elle vient de la baie, dit-il en montrant l'eau.

— D'où voudrais-tu qu'elle vienne sinon ? »

Mais Wyatt attendait que Malone ait saisi le sens de sa remarque. Lui aussi connaissait l'histoire de cet endroit. Soixante-quatorze soldats britanniques étaient morts à Fort Dominion dans une chambre souterraine soumise aux marées.

« Effectivement, dit-il. Nous sommes bel et bien coincés là-dedans, nous aussi. »

69

Bath, Caroline du Nord

Hale regarda les deux hommes d'équipage extirper Shirley Kaiser d'une voiturette électrique et la tirer sous la pluie jusqu'à la prison. Il avait téléphoné pour les prévenir qu'ils allaient recevoir un nouvel occupant. Elle n'avait pas encore complètement récupéré après le coup qu'elle avait reçu au visage et avait un vilain bleu sur la joue gauche.

Elle résista en vain à la poigne de ses deux gardiens qui la jetèrent de force à l'intérieur.

Il entra et claqua la porte.

Il avait donné l'ordre qu'on réveille Stéphanie et qu'on la fasse descendre dans une autre cellule. Il avait l'intention de mettre ces deux femmes ensemble, au cas où elles auraient des choses à se dire. Les mouchards de la surveillance électronique n'en perdraient pas un mot.

Nelle était debout dans la cellule, les regardant approcher. La porte s'ouvrit et Kaiser fut jetée l'intérieur.

« Votre nouvelle compagne de chambre », dit-il à Nelle.

La femme plus âgée examinait le bleu sur le visage de Kaiser.

« C'est vous qui lui avez fait ça ? demanda Nelle.

— Elle s'est montrée extrêmement désagréable. Elle braquait un pistolet sur moi.

— J'aurais dû vous tuer, éructa Kaiser.

— Vous en aviez l'occasion, dit-il. Et vous vous interrogiez sur Stéphanie Nelle. Justement la voilà. » Il se tourna vers Nelle. « Connaissez-vous un certain Cotton Malone ?

— Pourquoi ?

— Pour rien, sinon qu'il a surgi à un endroit où on ne l'attendait pas.

— Si Malone est là-bas, dit Nelle, vous êtes mal partis. »

Il haussa les épaules. « J'en doute.

— Vous auriez une poche à glace quelque part pour cette femme ? demanda Nelle. Elle est sérieusement amochée. »

Il estima pouvoir accéder à la demande et donna l'ordre qu'on en apporte une. « De toute façon, elle doit paraître sous son meilleur jour.

— Qu'est-ce que ça veut dire ? demanda Nelle.

— Dès que l'orage sera passé, vous allez prendre la mer toutes les deux. Votre dernier voyage. Au large. Vous n'en reviendrez pas. »

Cassiopée affrontait les eaux noires et tumultueuses de la Pamlico. Elle était arrivée par l'ouest, après avoir été déposée par hélicoptère à un kilomètre ou deux de la rive sud. Les policiers qui les attendaient, Davis et elle, avaient désigné un point de l'autre côté de l'étendue obscure de presque trois kilomètres. Bien qu'elle n'ait rien pu voir, on lui avait parlé d'un quai qui avançait dans le fleuve, au bout duquel serait amarré un yacht de quatre-vingt-dix mètres, *L'Aventure*, qui appartenait à Hale. Pour accéder à la propriété, c'était l'endroit idéal. À condition de garder le cap qu'ils lui avaient indiqué – mais cela se révélait difficile. Une bourrasque se déchaînait en provenance de l'Atlantique. Pas vraiment une tempête tropicale, mais une belle dépression avec des vents violents et une pluie torrentielle. Les dernières minutes de son voyage en hélicoptère n'avaient pas été agréables. Davis ne serait pas loin, attendant soit son signal soit l'aube. Puis il entrerait avec les agents des services secrets qui se regroupaient au nord de Bath.

La pluie était cinglante.

Elle coupa le moteur et laissa le bateau dériver au plus près du quai de Hale. Il était exactement à l'endroit indiqué. Sous la force de la houle, l'eau montait et descendait sur un mètre d'amplitude, et elle devait faire attention à ne pas heurter un obstacle. Le yacht amarré le long du quai était effectivement impressionnant. Trois mâts, leur taille et leur forme importante indiquant qu'ils contenaient un de ces systèmes automatiques pour le maniement des voiles qu'elle avait déjà vus auparavant. Il n'y avait aucune lumière, ce qui était inhabituel. C'était peut-être à cause de la tempête. On avait dû couper l'électricité.

À travers la pluie, elle aperçut du mouvement sur le pont.

Et sur le quai.

Des hommes.

Courant en direction du rivage.

Malone demanda à Wyatt : « Pourquoi tout ça ? Ce qui s'est passé entre nous est de l'histoire ancienne.

— Je pensais que j'avais une revanche à prendre sur toi.

— Alors tu m'as impliqué dans une tentative d'assassinat ? Et si je n'avais pas arrêté les tirs ?

— J'étais certain que tu ferais quelque chose. Alors soit tu serais accusé, soit tu serais tué. »

Il mourait d'envie d'enfoncer son poing dans la mâchoire de ce salaud, mais il savait que ça ne servirait à rien. Il regarda tout autour de leur prison. L'eau leur arrivait toujours à hauteur des chevilles.

« Dans ce cas, pourquoi ne pas me tuer tout simplement ? Pourquoi faire tant d'histoires ?

— Ça n'a plus d'importance.

— Autrement dit, tu as quelqu'un d'autre dans le collimateur à présent.

— Autrement dit, ça n'a plus d'importance. »

Il secoua la tête. « Tu es un drôle de coco. Tu l'as toujours été.

— Il faut que tu voies quelque chose, dit Wyatt. Je l'ai trouvé pendant que tu étais assommé. »

Wyatt inclina la torche en direction du couloir rocheux. À six mètres, un symbole était gravé dans la pierre, luisant d'humidité et recouvert d'algues :

Θ

Malone le reconnut aussitôt comme appartenant au message d'Andrew Jackson. « Il y en a d'autres ?

— Nous pouvons chercher. »

Il regarda vers le haut, l'endroit d'où ils étaient tombés. Il n'y avait aucun moyen de remonter. Un vide d'une bonne dizaine de mètres s'ouvrait au-dessus de leurs têtes, avec des parois gluantes, sans la moindre possibilité de prise.

Dans ce cas, pourquoi pas. Que pouvait-on faire d'autre ?

« Passe devant », dit-il.

Hale décida de dormir quelques heures. Il n'était pas question de sortir en mer par ce temps. *L'Aventure* était un bon bateau, mais même les meilleurs avaient leurs limites. Il avait déjà ordonné que la voiture de location de Shirley Kaiser soit mise sous clé à l'écart, à l'extérieur de la propriété, pour qu'on ne puisse pas la retrouver. Il n'avait toujours aucune nouvelle des deux hommes dépêchés chez elle, et il devenait évident qu'ils étaient morts ou qu'ils avaient été faits prisonniers. Mais dans ce dernier cas, pourquoi les forces de l'ordre n'étaient-elles pas venues le trouver ?

Il quitta la prison et se dirigea vers sa voiturette.

Une alarme retentit.

Il regarda à travers les arbres sombres qui l'entouraient en direction de sa maison. Il n'y avait pas de lumière.

Un homme jaillit de la prison et courut dans sa direction à travers les flaques.

« Capitaine Hale, des gens se sont introduits dans la propriété. »

Cassiopée entendit l'alarme, puis le crépitement soutenu d'armes automatiques.

Que se passait-il ?

Elle sauta du bateau avec un filin qu'elle attacha à un pilotis.

Au sommet de l'échelle, elle prit son arme et se dirigea vers la rive.

Hale retourna précipitamment vers la prison. Il avait entendu le coup de feu au loin. Un bruit insolite au cœur de ce havre de solitude. Il trouva un téléphone et appela le poste de sécurité.

« Dix hommes sont entrés dans la propriété du côté nord, lui dit-on. Ils ont déclenché les détecteurs de mouvement et nous les avons repérés avec les caméras.

— Police ? FBI ? Qui sont-ils ?

— Nous l'ignorons. Mais ils sont bien là en train de tirer, et ils n'agissent pas comme la police. Ils ont coupé l'électricité de la grande maison et du quai. »

Il savait de qui il s'agissait.

La NIA.

Andrea Carbonell.

Qui d'autre ?

Knox voulait quitter la Nouvelle-Écosse, mais Carbonell et ses deux compagnons ne semblaient pas pressés. Il préféra ne pas mettre leur patience à l'épreuve, au moins pas tout de suite. Il s'installa dans l'avion.

« Avez-vous trouvé ce que vous étiez venu chercher ? » lui demanda-t-elle.

Il n'était pas question qu'il lui réponde. « Deux de mes hommes sont morts dans ce fort. Votre Wyatt est en train de se battre à mort avec un certain Cotton Malone. Vous l'avez envoyé, lui aussi ?

— Malone est là-bas ? Intéressant. C'est un homme de la Maison-Blanche. »

Il comprit alors pourquoi elle était là. « Vous vouliez remporter ce que j'aurais trouvé. Vous n'aviez aucune intention de laisser la solution aux capitaines.

— Il me faut ces deux pages.

— Vous ne comprenez toujours rien à rien décidément. Le Commonwealth n'était pas contre vous. Mais vous vous êtes débrouillée pour qu'il le soit.

— Votre Commonwealth est radioactif. La CIA, la NSA, la Maison-Blanche, ils se rapprochent tous. »

Il n'aimait pas cette éventualité.

« Il faut que nous retournions sur l'île de Paw, dit-elle.

— Moi, je me tire.

— Vous n'avez nulle part où aller. »

Que voulait-elle dire par là ?

« Pendant que nous parlons, votre précieux Commonwealth est l'objet d'une attaque.

— Organisée par vous ? »

Elle acquiesça. « J'ai décidé que Stéphanie Nelle avait besoin qu'on vienne à son secours. Et si Hale et un ou deux des capitaines étaient tués pendant l'opération, ce serait bon pour nous tous, n'est-ce pas ? »

Elle bougea le bras droit et il aperçut une arme dans sa main.

« Ce qui m'amène à l'autre raison de notre présence ici. » Il entendit une détonation, puis sentit quelque chose lui transpercer la poitrine.

Quelque chose d'aigu.

De douloureux.

Une seconde plus tard, le monde s'évanouissait.

70

Nouvelle-Écosse

Malone se souvenait de ce que la libraire lui avait dit à propos des symboles. Qu'on pouvait les trouver à divers endroits à l'intérieur du fort, ainsi que sur des pierres et des bornes tout autour de l'île, mais elle n'avait pas mentionné qu'on pouvait en trouver au fond. Compréhensible, étant donné que cet endroit était certainement interdit d'accès.

Le passage dans lequel ils étaient coincés paraissait aller d'un bout à l'autre du fort. Des brèches sombres ponctuaient les murs à différentes hauteurs. Aucune n'était naturelle, toutes les pierres ayant été taillées par la main de l'homme. Il examina une des brèches et remarqua que le conduit rectangulaire qui s'enfonçait dans l'obscurité avait également été creusé à la main. Placés à différents endroits à un et deux mètres de hauteur à peu près, ils continuaient tous à goutter après le reflux de la dernière marée. Il savait à quoi ils servaient.

À amener l'eau comme des robinets et à l'évacuer comme des drains.

« Ceux qui ont construit cet endroit se sont

assurés qu'il serait complètement inondé, dit-il à Wyatt. Ces ouvertures sont le seul moyen de sortir. »

Il se mettait à la place des soldats britanniques qui avaient péri ici. Il n'aimait pas les endroits souterrains. Et surtout les espaces confinés.

« Je n'ai pas sacrifié ces deux agents, lui dit Wyatt.

— Je n'ai jamais cru que tu l'avais fait. Pour moi, tu n'avais pas réfléchi.

— Nous avions un boulot à faire. Je l'ai fait, c'est tout.

— Quelle importance ça a maintenant ?

— Ça en a. »

Il comprit alors. Wyatt regrettait sincèrement ces morts. Il ne l'avait pas cru sur le moment, mais à présent il voyait les choses différemment. « Tu regrettes qu'ils soient morts.

— Je l'ai toujours regretté.

— Tu aurais dû le dire.

— C'est pas mon style. »

Effectivement.

« Que s'est-il passé là-haut ? demanda-t-il. Le Commonwealth est venu pour te tuer ?

— La NIA a envoyé le Commonwealth pour me tuer.

— Carbonell ?

— Elle ne va pas tarder à le regretter. »

Ils arrivèrent à un endroit où deux autres tunnels s'ouvraient dans la roche, formant une jonction en forme de Y. Avec la torche, Wyatt examina une autre descente qui s'ouvrait dans le mur à hauteur d'épaule.

« J'entends de l'eau au bout.

— Tu vois quelque chose ? »

Wyatt secoua la tête. « Je ne vais pas rester ici à attendre la marée. Ces tunnels doivent forcément déboucher dans la mer. C'est le moment de vérifier… avant qu'ils ne commencent à se remplir. »

Malone acquiesça.

Wyatt posa la torche et ôta sa veste. Malone prit la lampe et éclaira le point de jonction. Pendant qu'ils étaient là, mieux valait effectuer une reconnaissance complète.

Quelque chose attira son attention.

Un autre symbole, gravé dans la pierre à gauche juste avant la jonction.

Φ

Il l'avait vu dans le message de Jackson. Il étudia les autres murs et repéra un second symbole en face du premier.

:

Puis juste de l'autre côté de ceux-là, sur le mur le plus éloigné du premier passage, deux autres, à environ deux mètres cinquante de distance.

X Θ

Cela en faisait quatre sur les cinq que Jackson avait inclus dans son message. Et ce n'était pas tout. Ils étaient positionnés en rapport les uns avec les autres.

Wyatt remarqua son intérêt. « Ils sont tous là. »

Pas tout à fait.

Il pataugea dans l'eau jusqu'à l'intersection des trois tunnels. Quatre marques l'entouraient. Où était la cinquième ?

En bas ? Il en doutait. Il préféra regarder vers le haut et braqua la lampe vers le plafond.

Δ

« Un triangle indique l'endroit », dit Malone.

L'eau jaillissait des buses inférieures, se déversant dans la salle et submergeant le sol d'une vague glaciale.

Il se retourna vers Wyatt et prit la torche de la main gauche.

Il lança son bras droit en avant et envoya son poing dans la mâchoire de Wyatt.

Wyatt recula en titubant et s'étala dans l'eau.

« Nous sommes quittes maintenant ? » demanda-t-il.

Wyatt ne dit rien. Il se contenta de se relever, sauta dans la buse la plus proche et disparut dans l'obscurité.

Cassiopée se réfugia dans un bouquet d'arbres, sans quitter des yeux la maison à cinquante mètres. Des carillons à vent produisaient une symphonie dans les aigus. Elle aperçut des formes sombres qui se précipitaient d'un côté de la maison à l'autre, et des coups de feu retentirent encore. Elle décida de prendre un risque, sortit son téléphone et fit le numéro de Davis.

« Que se passe-t-il là-bas ? lui demanda-t-il aussitôt.

— Cet endroit est en état de siège.

— Nous entendons les coups de feu. J'ai déjà vérifié auprès de Washington. Ce n'est pas quelqu'un que je peux identifier.

— C'est une bonne couverture, dit-elle. Ne bougez pas et contentez-vous de suivre le plan. »

Elle parlait comme Cotton. Il déteignait sur elle.

« Je n'aime pas ça, dit Davis.

— Moi non plus. Mais j'y suis déjà. »

Elle coupa la communication.

Wyatt descendait tant bien que mal l'étroit tunnel, d'à peine un mètre de haut et un peu plus large. L'eau froide continuait à se déverser de plus en plus fort dans sa direction et le bruit provenant de sa source était de plus en plus perceptible.

Il arrivait au bout.

Et plutôt deux fois qu'une.

Il avait laissé Malone violer leur accord. Il en aurait fait autant, ou pire, si les rôles avaient été inversés. Malone se donnait toujours beaucoup trop d'importance pour son goût à lui, mais ce salaud de prétentieux ne lui avait jamais menti.

Et ce n'était pas rien.

Andrea Carbonell l'avait envoyé au Canada, lui assurant à maintes reprises que le voyage ne regardait qu'eux seuls. Ensuite elle en avait aussitôt informé le Commonwealth.

Il était facile d'imaginer l'accord qu'elle avait passé.

Tuez Jonathan Wyatt et vous pourrez garder tout ce que vous trouverez.

Et cela le perturbait infiniment plus que Cotton Malone.

Il s'était bien débrouillé ces derniers jours, en empêchant l'assassinat du président des États-Unis et en réussissant presque à résoudre le puzzle qu'Andrew Jackson avait conçu il y a longtemps. Il aurait aussi sauvé la vie de Gary Voccio si l'homme n'avait pas paniqué. Il avait cru que sa confrontation physique avec Malone allait le soulager de toute la colère qu'il avait accumulée depuis huit ans.

Mais au contraire, la fureur l'animait à nouveau.

De pâles rayons de lumière apparurent devant lui.

Dans une telle obscurité, la moindre lueur, même infime, était bienvenue. L'eau glacée lui montait à présent jusqu'aux coudes. Il continua à marcher à quatre pattes. Le bout du tunnel apparut et il vit un bassin à l'intérieur d'une caverne rocheuse. Des vaguelettes léchaient ses bords à mesure que l'eau s'élevait en direction du conduit. De l'autre côté, à l'entrée de la caverne, il aperçut la mer, dont la surface agitée reflétait par instants le clair de lune.

Il commençait à comprendre le système. Les conduits avaient été creusés dans le rocher à diverses hauteurs, et ils se vidaient sous le fort. Quand la marée montait, le bassin en faisait autant, inondant chacun des tunnels et envoyant de l'eau dans les chambres. Quand la marée descendait, l'eau en faisait autant. Un mécanisme simple mettant à profit la gravité et le mouvement naturel de l'eau, mais à quoi avait-il bien pu servir initialement ?

D'ailleurs quelle importance ?

Il était libre.

71

Knox se réveilla.

L'air frais lui fouettait le corps. Il avait mal à la tète et voyait flou. Il entendait le ronronnement monotone d'un moteur et se sentait secoué de haut en bas. Puis il comprit. Il était revenu dans la baie de Mahone. Sur un bateau. Avec trois personnes à bord.

Deux hommes et Carbonell.

Il se remit debout péniblement.

« Ma petite flèche est efficace, n'est-ce pas ? » cria Carbonell.

Il se souvint de l'arme dans sa main, du bruit, puis de la piqûre dans sa poitrine. Elle lui avait administré un tranquillisant. Et ce n'était pas la peine de demander où ils allaient. Il le savait. L'île de Paw.

« C'est le bateau que vous aviez volé un peu plus tôt », dit-elle.

Il se frotta la tête et regretta de ne pas avoir un verre de bourbon sous la main.

« Qu'est-ce que nous venons faire ici ?

— Terminer ce que vous avez entamé. »

Il reprit son équilibre. Tout tournait et virait, et pas seulement à cause du bateau. « Vous savez que Wyatt ne va pas être heureux de vous voir.

— J'y compte bien. »

Cassiopée observait l'assaut mené contre la résidence de Hale. Quels qu'ils soient, ces assaillants n'étaient pas très subtils. La fusillade s'était arrêtée, mais il y avait toujours beaucoup de mouvement, les deux adversaires cherchant apparemment à occuper une meilleure position. Elle cligna des yeux contre la pluie et essaya de se focaliser sur la maison noire dont aucune fenêtre n'était allumée. En fait, il n'y avait aucune lumière nulle part.

D'une porte latérale, quelqu'un se glissa à l'extérieur.

Un homme, qui s'accroupit aussitôt et gagna l'escalier de la véranda, qu'il descendit lentement en se baissant toujours. Visiblement, il n'était pas armé. S'agissait-il de Hale ? Elle vit la silhouette courir sous la pluie, en direction des arbres, profitant du vent et des troncs épais pour se dissimuler, continuant à avancer en direction du quai d'où elle était venue.

D'autres coups de feu retentirent au loin.

Elle se dirigea le plus discrètement possible vers l'endroit où l'homme s'était rendu, malgré les feuilles mouillées, les racines et les branches tombées qui menaçaient son équilibre. Heureusement, le sol en grande partie sablonneux semblait absorber l'eau rapidement. Il n'y avait pas de boue. Elle trouva la route gravillonnée qui menait au quai, celle qu'elle venait de longer en montant vers la maison, et aperçut sa proie, à une vingtaine de mètres, qui se hâtait sur le côté droit de la route.

Elle courut et parvint à moins de dix mètres de lui avant qu'il ne se rende compte de sa présence. Quand il tourna brusquement la tête, elle s'arrêta, leva son pistolet et dit : « Ne bougez pas. »

L'homme se figea. « Qui êtes-vous ? » demanda-t-il.

D'après sa voix, l'homme ne devait pas avoir l'âge de Hale. À sa question, elle répondit par la même question. « Qui êtes-vous ?

— Le secrétaire de M. Hale. Je ne suis ni un pirate ni un corsaire. Je n'aime pas les armes et je ne veux pas être tué.

— Dans ce cas, vous feriez mieux de répondre à mes questions, sinon vous allez savoir à quoi ressemble une blessure par balle. »

Malone sortit de la caverne à la nage et déboucha dans la baie de Mahone. La mer était froide. Il essuya l'eau de ses yeux et regarda vers le haut, en direction de Fort Dominion. Le conduit qu'il avait emprunté avait débouché dans une crevasse rocheuse. Il se demanda ce qui était arrivé à Wyatt. Il ne l'avait plus revu ni entendu. Le conduit que Wyatt avait choisi donnait apparemment dans une autre caverne. S'il avait réussi, Wyatt aurait dû être quelque part par là en train de nager, mais Malone ne pouvait rien voir ni entendre de l'endroit où il flottait. Il aurait dû être beaucoup plus furieux contre Wyatt. Mais il devait reconnaître une chose : si Wyatt ne l'avait pas impliqué, il n'aurait pas été en mesure d'aider Stéphanie.

Et curieusement, il lui en était reconnaissant.

Il fallait qu'il sorte de l'eau maintenant ; il se mit à nager en direction d'une partie plate de l'île, au sud du fort. L'air de la nuit lui glaçait les os. Sa veste était restée dans la chambre souterraine, comme celle de Wyatt, pour éviter de les alourdir. Dieu merci, il avait prévu des vêtements de rechange.

La puanteur des oiseaux le suffoqua à nouveau quand il retourna vers l'intérieur de l'île, en direction de l'endroit où il avait échoué son bateau. Il se souvenait d'un rouleau de cordage en nylon dont il pourrait se servir pour pénétrer de nouveau dans la chambre. Il attendrait la marée basse, ce qui lui laisserait quelques heures pour explorer l'endroit en toute sécurité. Andrew Jackson connaissait certainement Fort Dominion, et il savait ce qui s'y était produit pendant la guerre de l'Indépendance. Sinon, comment aurait-il pu choisir un endroit aussi perdu ? La raison en était simple : même si le Code Jefferson avait été déchiffré et le cylindre retrouvé, la nature veillait, prête à contrarier le plus ingénieux des chasseurs de trésors.

Il se fraya un chemin à travers les derniers buissons et trouva son bateau. Un vent d'est soulevait de minuscules nuages de sable près de l'eau. Il arracha sa chemise mouillée. Avant de se changer, il consulta son téléphone. Edwin Davis avait appelé quatre fois. Il pressa la touche rappel.

« Comment ça se passe là-bas ? » demanda Davis.

Il lui raconta les bonnes et les mauvaises nouvelles.

« Nous avons un problème ici », dit Davis.

Malone écouta son interlocuteur lui expliquer ce que Cassiopée avait fait. « Et vous l'avez laissée partir ? s'étonna-t-il.

— Cela me paraissait la seule solution. La tempête est une excellente couverture. Apparemment, d'ailleurs, nous ne sommes pas les seuls à y avoir pensé.

— J'y vais.

— Ne devriez-vous pas vous procurer ces pages ?

— Je ne vais pas rester assis ici comme un couillon à attendre la marée basse pendant que Stéphanie *et* Cassiopée sont en danger.

— Vous n'en savez rien. Cassiopée est une grande fille.

— Il y a trop de risques. Je prendrai contact avec vous une fois en l'air. Tenez-moi au courant. »

Il coupa la communication et acheva de se dépouiller de ses vêtements mouillés, avant d'enfiler ceux qui étaient restés dans le bateau. Au moment de quitter la plage, il appela les pilotes des services secrets et leur dit de se préparer à décoller. Il arrivait.

Wyatt retrouva son bateau sur la cote nord de l'île. Il était transi, les vêtements trempés après sa baignade dans la mer glacée. Il avait prévu de passer la nuit sur l'île, et, ne sachant pas à quoi s'attendre, il avait apporté une chemise de rechange et un pantalon. Il avait également rempli un sac à dos de provisions, dont des allumettes, qu'il utilisa pour allumer un feu juste derrière la plage.

Qu'était-il arrivé à Malone ?

Il n'en avait aucune idée, n'ayant rien vu ni entendu avec la mer agitée. Il était fatigué d'avoir nagé tout habillé, ses muscles n'étaient pas habitués à un exercice aussi intense. Il se recroquevilla près des flammes et ajouta du petit bois et des branches pour augmenter la chaleur. Il espérait que Knox avait réussi à atteindre la rive et transmis son message aux capitaines. Il ne pensait pas un mot de ce qu'il avait dit quand il avait parlé de leur vendre les deux pages manquantes.

Il n'avait plus qu'une idée en tête.

Tuer Andrea Carbonell.

Il se changea, regrettant de ne pas avoir une autre veste comme celle qu'il avait laissée dans le souterrain. La traversée de la baie s'annonçait fraîche. Il avait faim et trouva une paire de barres énergétiques avec un bidon d'eau. Il ramènerait le bateau volé au rivage et le laisserait à un endroit où il ne risquerait pas d'être retrouvé avant quarante-huit heures.

Il regarda sa montre.

23 h 50.

Des lumières sur la baie attirèrent son attention. Il aperçut un bateau en provenance de Chester se dirigeant à toute vitesse vers l'île. À une heure aussi tardive ? Il se demanda si c'étaient les forces de l'ordre alertées par la fusillade.

Il éteignit rapidement le feu et se cacha dans le feuillage.

Le bateau avait modifié sa course et se dirigeait vers lui.

Knox s'assit à l'arrière et s'efforça de s'éclaircir les idées.

« Qu'espérez-vous gagner en y retournant ? » cria-t-il à Carbonell.

Elle s'approcha de lui. « D'abord, nous devons nettoyer votre chantier. Les corps de deux de vos hommes sont bien restés là-bas, non ? Apparemment, vous n'aviez pas l'air de vous en soucier. À moins que vous n'ayez été tellement impatient de me tuer que ça vous était égal ? »

Comment cette femme pouvait-elle à ce point lire dans ses pensées ?

« Parfaitement, Clifford, poursuivit-elle. J'ai entendu ce que Wyatt vous disait. J'avais un homme sur les lieux, occupé à tout surveiller. Vous avez décidé qu'il était plus malin de faire ce que Wyatt demandait et de partir. De me tuer. Moi morte, vous êtes tiré d'affaire étant donné que personne ne connaît nos… accords. Je me trompe ?

— Pourquoi attaquer le Commonwealth ? demanda-t-il.

— Disons simplement que la mort de Stéphanie Nelle ne nous serait plus utile. Et si je réussis à retrouver ces deux pages, ma cote remonte encore. Si vous êtes gentil, vous pourrez continuer à respirer. Je pourrais même vous donner ce job dont je vous ai parlé.

— Et les capitaines ? »

Elle marqua un temps d'arrêt. « Ils vont toujours en prison.

— Vous n'avez pas ces deux pages, crut-il bon de lui faire remarquer.

— Mais Wyatt ou Malone les a, ou les aura. Je

les connais tous les deux. Notre tâche est de déterminer lequel, puis de les tuer tous les deux. »

Un des hommes signala quelque chose à Carbonell, en montrant la partie plate au milieu de l'île. Knox regarda à son tour. Un instant, on aperçut de la lumière, comme un feu, puis plus rien.

« Qu'est-ce que je vous disais ? s'exclama Carbonell. J'en vois un qui arrive ! »

72

Caroline du Nord

Hale avait la situation bien en main. Il y avait toujours au domaine une douzaine de membres d'équipage, tous éminemment capables de se défendre. Il avait ordonné qu'on ouvre l'armurerie, et chacun avait reçu des armes. Le gros de l'attaque paraissait centré sur la grande maison et la prison. Au moins quatre hommes armés se trouvaient à l'extérieur, dans les arbres, et tiraient sur la prison. Le courant avait été coupé, comme dans la grande maison, mais ce bâtiment était équipé d'un générateur de secours.

« Attachez les deux prisonnières, ordonna-t-il. Et bâillonnez-les. »

Ses hommes d'équipage s'éloignèrent en hâte.

Il était constamment en communication radio avec le poste de sécurité. D'autres hommes d'équipage avaient été appelés au domaine, et il avait décidé qu'il était plus prudent d'emmener les prisonnières jusqu'à *L'Aventure*. Il se tourna vers l'autre gardien. « Je veux qu'on occupe ces hommes dehors. Arrangez-vous pour les immobiliser. »

L'homme acquiesça.

Il se dirigea vers l'arrière du bâtiment et l'entrée dérobée qui servait pour la prison. Elle avait été ménagée dans le mur, de façon à demeurer invisible pour toute personne qui n'en connaissait pas l'existence. Un homme qu'il avait posté là une demi-heure plus tôt lui confirma que tout était calme par-derrière. Rien d'étonnant puisqu'on ne voyait aucune fenêtre ni porte de ce côté-là du bâtiment. Apparemment, Carbonell avait décidé de s'occuper elle-même de Stéphanie Nelle. Mais il s'interrogeait. Était-ce une mission de sauvetage ? C'était la seule chose possible. Elle n'aurait jamais attiré autant l'attention si elle avait voulu tuer Nelle.

Elle avait modifié ses plans.

Une fois de plus.

Très bien. Il savait s'adapter.

Nelle et Kaiser furent sorties de la cellule, bâillonnées, les mains et les pieds liés avec de l'adhésif. Toutes les deux tentaient de résister.

Il leva une main et stoppa la manœuvre.

Stéphanie Nelle continuait à se tortiller dans tous les sens. Il s'approcha d'elle et appuya le canon de son pistolet contre son crâne. Nelle cessa de bouger, les yeux brillant de haine.

« Vous devriez prendre les choses de cette façon. Plus longtemps vous respirez, plus vous avez de chances de vivre. Une balle dans la tête met un terme à tout. »

Nelle fit signe qu'elle avait compris, puis regarda Kaiser dans les yeux et secoua la tête. *Assez.*

« Bien, dit-il. Je savais que vous seriez raisonnable. »

Il fit un signe pour qu'on les traîne toutes les deux à l'extérieur. Une des voiturettes électriques attendait sous la pluie. Les deux femmes furent étendues à l'arrière. Deux hommes avec des fusils montaient la garde, surveillant les arbres, vigilants au milieu de la tempête.

Il n'y avait rien à signaler.

Les deux hommes armés sautèrent dans la voiture.

Hale leur avait déjà dit d'éviter la route principale menant au quai et d'emprunter un chemin secondaire initialement destiné aux machines agricoles. Et de se dépêcher.

La voiture s'éloigna rapidement.

Il se précipita de nouveau à l'intérieur de la prison. En tant que capitaine, il était de son devoir de rester avec ses hommes. Et il entendait bien rester.

Cassiopée approcha du bâtiment que le secrétaire de Hale avait désigné comme étant la prison. Elle avait appris de la bouche de l'homme terrorisé que Stéphanie Nelle et Shirley Kaiser étaient toutes les deux retenues là. Elle avait également appris que le bâtiment était attaqué, si bien qu'elle s'en était approchée par l'arrière, côté est, en restant dans les arbres, sans avoir vu qui que ce soit jusque-là. Mais cela ne voulait pas dire grand-chose. La tempête était une excellente couverture à la fois pour elle, et pour n'importe qui d'autre.

Une porte s'ouvrit à l'arrière du bâtiment. Dans le rai de lumière qui s'en échappa, elle vit que l'on transportait les deux femmes à l'extérieur.

Son cœur se serra.

Puis elle s'aperçut que leurs mains et leurs pieds étaient entravés. Il n'était pas nécessaire de ligoter un cadavre.

Deux hommes armés de fusils montaient la garde. Un troisième homme semblait être le responsable. Les deux prisonnières furent étendues à l'arrière du véhicule qui n'était pas tellement plus large qu'une voiturette de golf. Les deux hommes avec des fusils grimpèrent à l'avant.

Les autres retournèrent dans la maison.

La voiture s'éloigna dans l'obscurité.

Enfin un moment de répit.

Wyatt se réfugia plus loin dans les arbres qui surplombaient la rive nord de l'île de Paw et regarda le bateau s'approcher du rivage.

Qui était-ce ? Le feu les avait visiblement attirés. Il aperçut quatre personnes dans la petite embarcation. Une avec des cheveux longs, plus mince. Une femme.

L'avant du bateau s'échoua.

La femme et un homme en sautèrent, tous deux munis de revolvers. Un autre homme, assis à la roue, brandissait également une arme. Ils examinèrent son bateau volé à la lumière d'une torche. Puis ils avancèrent prudemment dans les terres, vers l'endroit où il avait éteint le feu.

« Il est là », dit la femme.

Carbonell.

La chance avait fini par lui sourire. Mais il n'aimait pas s'en remettre au hasard. Quatre contre un, et une quantité de munitions limitée. Il lui restait seulement cinq coups dans le magasin.

Il préféra ne pas bouger.

« OK, Jonathan, déclara Carbonell à haute voix, nous allons au fort nettoyer votre chantier. Je suis sûre que vous pouvez y être avant nous. Si vous avez envie de jouer, vous allez me trouver. »

Knox aurait préféré ne pas se trouver là. C'était une situation folle. Carbonell défiait délibérément Wyatt. Et où était passé ce Cotton Malone ? Était-il toujours dans les parages lui aussi ? Il vit Carbonell prendre son téléphone et presser une touche. Elle écouta pendant quelques instants puis coupa la communication.

« Jonathan, dit-elle, il paraît que Malone a quitté l'île. À présent, nous sommes juste entre nous. »

Il regarda sa montre. Presque minuit.

L'aube n'était plus qu'à quelques heures.

Il fallait qu'ils sortent de là.

Carbonell retourna au bateau et parut sentir sa nervosité.

« Détendez-vous, Clifford. Combien de fois avez-vous eu l'occasion de vous mesurer à un vrai pro ? Et c'est exactement ce qu'est Jonathan. Un pro. »

Wyatt entendit le compliment, sans en croire un mot. Elle cherchait à le provoquer. Mais cela lui était égal. Il allait la tuer, ce soir, à l'intérieur de Fort Dominion.

Mais ce n'était pas tout.

Carbonell était venue là pour lui faire part de ses intentions.

Elle le mettait sur la piste. Elle le poussait à avancer.

Vers le fort.

Il sourit.

Cassiopée traversa en hâte une forêt de cyprès couverts de barbes de mousse qui dégoulinaient. La voiture transportant Stéphanie et Shirley se dirigeait vers un chemin gravillonné qui coupait un sentier remontant vers la maison de Hale et la rivière. Pas la route principale qu'elle avait suivie pour arriver, mais une voie secondaire probablement empruntée afin d'éviter tout visiteur qui aurait décidé de venir au domaine au cours de cette nuit d'orage.

La voiturette avançait tant bien que mal à travers la pluie, et son moteur électrique gémit quand elle tourna à gauche sur une ligne droite coupant à travers les arbres. Elle calcula soigneusement son approche, les deux mains vides, écartant le feuillage trempé, et secouant la tête pour chasser la pluie de ses yeux, se préparant à l'instant décisif.

Elle aperçut la voiture sur sa gauche, ses phares apparaissant et disparaissant à travers les branches, venant dans sa direction.

Elle attendit qu'elle soit perpendiculaire à son chemin, puis jaillit de sa cachette, et sauta sur l'homme assis devant à la place du passager.

73

Lundi 10 septembre
0 h 20

Hale reçut enfin les nouvelles qu'il attendait. Des renforts étaient arrivés à l'extérieur de la prison et avaient pris position. À présent, ils tenaient leurs attaquants dans leur ligne de mire. De la même façon que lorsque les corsaires fondaient sur leur proie, leur nasse ne cessant de se resserrer, chacun guettant l'autre jusqu'à ce qu'ils aient ensemble capturé leur cible.

Il s'adressa aux six hommes d'équipage à l'intérieur de la prison. « Nous frappons de toutes nos forces, jusqu'à les faire reculer. Nos hommes les attendent. »

Les autres acquiescèrent.

Il ne connaissait pas leurs noms, mais eux le connaissaient, lui, et c'était le principal. Précédemment, ils avaient été témoins du châtiment que lui et les trois autres capitaines étaient capables d'infliger, si bien que chacun semblait avoir à cœur de donner satisfaction.

Mais il ne leur demandait pas de faire quelque chose que lui-même n'avait pas l'intention de faire.

Il avait décidé qu'il en avait soupé de jouer l'apaisement.

Le moment était venu de porter personnellement un coup qui marquerait ses adversaires.

« Je n'en veux qu'un seul vivant », prévint-il.

Cassiopée vit le conducteur de la voiture tomber sur la route mouillée. L'homme à la place du passager avait été poussé jusqu'à l'autre siège, et ses mains agrippaient maintenant le volant. Un coup du droit l'envoya rouler au bas de la voiture. Elle se redressa tandis que le véhicule s'arrêtait.

Pistolet à la main, elle visa derrière elle.

Les deux hommes reprenaient leurs esprits, cherchant leurs fusils.

Elle s'en débarrassa en leur tirant dans le ventre. Puis elle s'approcha des formes immobiles couchées sur la route, tenant son pistolet à deux mains, et éloigna les fusils d'un coup de pied.

Les deux hommes ne bougeaient plus.

L'un était couché sur le dos, le visage tourné vers le ciel, la bouche ouverte à la pluie. L'autre gisait sur le côté, les jambes formant un angle étrange.

Elle retourna en courant vers la voiture.

Knox retrouvait Fort Dominion, prisonnier d'Andrea Carbonell cette fois.

« Combien d'hommes avez-vous ici ? lui demanda-t-il.

— Ces deux-là, c'est tout. J'ai ordonné aux autres de partir. »

Comment pouvait-il la croire ? Évidemment, moins elle aurait de témoins pour ce qu'elle allait faire, mieux cela valait, mais il ne se faisait aucune illusion. Jonathan Wyatt n'était pas le seul sur sa liste, lui aussi en faisait partie. Elle lui avait fait croire qu'ils étaient toujours alliés, que leurs intérêts demeuraient les mêmes – *Je pourrais même vous donner un job* – mais il n'était pas dupe.

Elle avait aussi quelque chose qu'il ne lui avait jamais vu précédemment.

Elle portait une arme.

Elle s'arrêta à l'intérieur des boyaux du fort, au milieu des bâtiments écroulés et des murs en ruines, avec la puanteur des oiseaux stagnante dans l'air glacial. Il se souvenait de la topographie du fort d'après sa première visite et se demanda ce que Carbonell connaissait des lieux.

Cette familiarité allait-elle lui donner un avantage ? Ses deux hommes gisaient à quinze mètres environ au-dessus de lui. Ils portaient des pistolets. Il fallait qu'il agisse.

Mais il n'aurait qu'une seule chance.

Ne la gâche pas.

Malone venait de quitter l'espace aérien canadien en direction des États-Unis. Il était inquiet pour Cassiopée, regrettant qu'elle soit allée là-bas seule. D'accord, elle était courageuse, et il connaissait ses sentiments envers Stéphanie. Et oui, ils se sentaient tous frustrés et voulaient agir. Mais partir en solo ? Pourquoi pas ? Lui-même aurait probablement fait la même chose, mais ça ne lui plaisait pas pour autant.

Le téléphone de l'avion sonna.

« Nous avons une sacrée tempête ici, dit Edwin

Davis depuis la Caroline du Sud. Ça crée une pagaille noire. Vous pourriez avoir un problème pour atterrir.

— Nous nous inquiéterons de ça d'ici trois heures. Que se passe-t-il de l'autre côté de la rivière ?

— La fusillade a cessé. »

Cassiopée arracha l'adhésif de la bouche de Stéphanie qui déclara : « Merde alors, je suis drôlement contente de te voir.

— Moi aussi, tu as l'air en pleine forme. »

Elle enleva l'adhésif du visage de Shirley Kaiser et demanda : « Ça va ?

— Je survivrai. Enlevez-moi cette cochonnerie des mains et des pieds. »

Quand les deux femmes furent délivrées, Stéphanie retourna précipitamment en arrière et prit les deux fusils. Elle revint et en tendit un à Shirley. « Vous savez vous en servir ?

— Et comment ! »

Cassiopée sourit et demanda : « Vous êtes prêtes ? »

La pluie continuait à tomber à verse.

« Il faut que nous parvenions au quai, leur dit-elle. J'ai un bateau là-bas. Edwin attend de l'autre côté de la rivière, et il y a des agents des services secrets de ce côté, à Bath.

— Passe devant, dit Stéphanie.

— Je veux tuer Hale, dit Shirley.

— Prenez un numéro, lui dit Stéphanie. Mais ça devra attendre. Cassiopée, tu dis que toute cette fusillade n'a rien à voir avec toi ?

— Absolument rien. Ils ont surgi juste en même temps que moi.

— Que se passe-t-il ?

— J'aimerais bien le savoir. »

Hale prit la tête de ses hommes et ils désertèrent la prison par la porte dérobée et contournèrent la maison jusque sur le devant, où leurs assaillants attendaient. De nombreuses fenêtres du bâtiment avaient été endommagées par les balles, mais les vieilles poutres avaient résisté au tir de barrage. Il était toujours en communication radio avec ses hommes qui s'approchaient des assaillants par le côté. Ils attendaient son ordre avant de se montrer.

Il parvint à la limite du bâtiment et resta baissé.

La tempête avait à peine faibli au cours de la dernière heure. La pluie lui brouillait la vue. Il se mit à l'abri sous la corniche et se focalisa sur la ligne des arbres. La cour, où le prisonnier était mort précédemment, offrait une bonne protection, les intrus hésitant à traverser cet espace découvert.

Une rafale de plomb s'abattit sur le bâtiment.

Il entendit quelque chose tomber avec un bruit sourd sur le sol et vit une éclaboussure.

Puis une autre.

« Capitaine, couchez-vous ! » hurla un de ses hommes.

Cassiopée fit volte-face en entendant deux explosions venant de la prison.

« Je ne sais pas qui c'est, dit Stéphanie, mais je suis contente qu'ils soient là. »

Cassiopée acquiesça. « Il faut que nous restions

dans les arbres. Il y a des hommes partout, et nous avons encore une bonne vingtaine de minutes de marche jusqu'au quai. »

Hale se releva du sol mouillé et constata les dommages. Deux grenades avaient détruit la porte de devant de la prison et soufflé les fenêtres restantes.

Mais les murs avaient tenu bon.

Il trouva la radio et ordonna : « Tuez-les, mais assurez-vous qu'il me reste un prisonnier. »

Ses hommes savaient déjà quoi faire et ils se mirent à tirer, attirant l'attention des assaillants.

Des coups de feu leur parvinrent en retour.

Il chercha refuge derrière le tronc d'un gros chêne.

On entendait des cris.

Le bruit des armes automatiques retentissait sans arrêt, puis il s'espaça, les claquements ralentissant progressivement jusqu'à ce qu'on n'entendît plus que le vent et la pluie.

« Nous les tenons, dit la voix à la radio. Tous morts, sauf un.

— Amenez-le-moi. »

74

Nouvelle-Écosse

Wyatt était arrivé à Fort Dominion avant Carbonell et ses gens. Il ressentait un peu ce qu'il avait ressenti cette nuit-là des années auparavant, quand il s'était retrouvé coincé dans l'entrepôt avec Malone. Sauf que maintenant il n'était plus le lièvre, mais le renard. Il s'était positionné comme le Commonwealth à son arrivée, profitant au maximum du chemin de ronde. Il avait aussi retrouvé son sac à dos abandonné avant sa confrontation avec Malone et remis ses lunettes à vision nocturne. Il aurait bien aimé avoir une réserve de bombes éclairantes. Elles auraient été pratiques d'ici quelques minutes.

En dessous, il aperçut Carbonell avec trois hommes. Deux étaient armés. Le troisième était Clifford Knox et il était sans arme.

Il décida de porter le premier coup.

Il visa donc un des hommes armés, aidé en cela par les lunettes à vision nocturne, et tira.

Knox entendit un coup de feu.

L'homme qui se trouvait à deux mètres de lui poussa un cri de douleur puis s'effondra.

L'autre homme armé réagit en plongeant pour se couvrir.

Carbonell en fit autant.

Il s'enfuit.

Il disparut par une porte toute proche et se mit à grimper en direction du toit.

Cassiopée marchait devant, essayant de s'écarter autant que possible de la maison de Hale. Il n'y avait pas eu d'autre explosion et la fusillade avait cessé.

« À t'entendre, chuchota Stéphanie, Edwin ignore qui est en train d'attaquer cet endroit ?

— C'est ce qu'il a dit. Mais c'est très probablement la NIA. Nous soupçonnons sa directrice d'être mêlée à ça jusqu'au cou.

— On ne peut rien croire de ce que fait ou dit Andrea Carbonell.

— Pour l'instant, je suis contente, quoi qu'elle ait fait. Cette attaque me facilite drôlement la tâche. »

Elles continuaient à avancer, prêtes à tirer, tout en surveillant la forêt autour d'elles. Quelque chose attira l'attention de Cassiopée sur la droite. Elle saisit le bras de Stéphanie et fit signe à Kaiser de s'arrêter. Un homme gisait sur le sol mouillé. Elle se glissa jusqu'à lui et vit qu'il lui manquait la moitié du crâne.

Les deux autres femmes s'approchèrent, elles aussi.

Stéphanie se pencha et examina le corps. « Gilet pare-balles. Lunettes à vision nocturne. »

Une radio était par terre, à côté.

Stéphanie la prit et la testa. « il y a quelqu'un sur ce canal ? »

Silence.

« Je suis Stéphanie Nelle, chef de la division Magellan. Je répète : y a-t-il quelqu'un sur ce canal ? »

Hale examina les morts, tous équipés de gilets pare-balles, de lunettes à vision nocturne, de grenades et d'armes automatiques. Ils étaient étendus au milieu des arbres, sous la pluie. Ils portaient tous une radio avec une oreillette, dont il tenait maintenant un exemplaire.

« Où est mon prisonnier ? demanda-t-il à son homme d'équipage.

— Nous l'avons emmené à l'intérieur. Il vous attend. »

Il tenait toujours son arme. Des rapports venant de la grande maison confirmaient que d'autres assaillants étaient morts là-bas. Neuf en tout. Aucun de ses hommes n'avait subi la moindre blessure. Carbonell l'avait-elle jugé à ce point incapable ? Le centre de sécurité confirma que le domaine était à nouveau sécurisé, et que les deux véhicules dans lesquels les hommes étaient arrivés avaient été retrouvés à huit cents mètres environ de la lisière nord. La tempête avait effectivement couvert la fusillade, et l'isolement du domaine faciliterait le nettoyage. Ses hommes avaient également vérifié auprès des autres capitaines. Aucun n'avait été attaqué, sauf lui, et aucun des trois n'avait envoyé d'hommes en renfort.

« Y a-t-il quelqu'un sur ce canal ? »

Ces paroles le firent sursauter. Une voix féminine. Provenant de l'oreillette radio qu'il avait insérée dans son oreille quelques minutes auparavant au cas où il y aurait eu des échanges sur la ligne.

« Je suis Stéphanie Nelle, chef de la division Magellan. je répète : y a-t-il quelqu'un sur ce canal ? »

Toujours plié en deux, Knox déboucha sur le chemin de ronde supérieur. Il se fraya un chemin jusqu'au corps d'un de ses hommes, mais ne trouva aucune arme. Wyatt ou Malone s'était assuré qu'il n'y avait rien à récupérer. Le seul autre pistolet éventuellement disponible était celui de l'homme que Wyatt venait d'abattre. Mais ça serait difficile.

Deux coups de feu retentirent venant d'en dessous.

L'un alla se perdre dans la nuit.

L'autre balle arrivait droit sur lui.

Cassiopée vit Stéphanie jeter la radio par terre et dit :

« Inutile.

— Ne faudrait-il pas sortir d'ici ? » demanda Kaiser.

Cassiopée acquiesça. « Nous sommes encore à mi-chemin et on dirait que les choses se sont calmées. Ils ne vont pas tarder à s'apercevoir que vous avez disparu. »

Stéphanie fit un geste avec son arme. « Nous partons, mais je reviendrai trouver ces salauds. »

Hale courut à la prison, trouva un téléphone du domaine et appela *L'Aventure.*

« Est-ce qu'une voiture est arrivée avec deux prisonnières ? demanda-t-il à son interlocuteur.

— Rien, capitaine. Sinon beaucoup de vent et de pluie. »

Il raccrocha et désigna deux de ses hommes.

« Venez avec moi. »

Wyatt était satisfait.

Un de moins. Encore trois sur la liste.

Pendant sa course depuis le bateau, il avait compris que Carbonell ne se contenterait pas de se pavaner dans le fort. Elle savait qu'il était là et elle savait qu'il voulait la tuer. Elle était certainement parée à toutes les éventualités. Aussi, quand il était entré de nouveau, il était resté caché, évitant délibérément la porte principale et se glissant à l'intérieur par une brèche dans le mur extérieur.

« Allons, chuchota-t-il à son intention. Ne me déçois pas. Montre-moi que tu as des couilles. »

Hale trouva la voiturette vide et ses deux hommes d'équipage morts, à une centaine de mètres de la prison.

Nom d'un chien.

On lui avait dit que tous les intrus avaient été stoppés, mais ce n'était apparemment pas le cas. Où étaient Nelle et Kaiser ? Elles n'avaient pas pu aller très loin. Il y avait plus d'un kilomètre cinq cents jusqu'à la clôture la plus proche, et quelle que soit la direction qu'elles avaient prise, elles avaient dû arriver sur les terres d'un autre capitaine ou au bord de l'eau.

La rivière.

Justement.

Cela avait toujours été le point faible de la sécurité. Il était pratiquement impossible de patrouiller le long de sa rive boisée.

Son téléphone vibra dans sa poche.

Le centre de sécurité.

« Capitaine, dit l'homme quand il répondit, nous avons visionné les enregistrements et remarqué qu'un individu isolé a accédé au quai par bateau il y a environ quatre-vingt-dix minutes. L'image n'est pas très nette à cause de la tempête, mais il semble que ce soit une femme.

— On l'a aperçue quelque part ?

— Nous avons eu des problèmes partout ce soir avec les caméras, mais non, il n'y a pas le moindre signe d'elle.

— Son bateau est toujours là-bas ?

— Amarré à une pile. Voulez-vous qu'on le détache ? »

Il réfléchit un instant.

« Non. J'ai une meilleure idée. »

75

Malone avait hâte de retrouver le sol. Ils avaient regagné l'espace aérien américain et filaient le long de la côte nord-est en direction de la Caroline du Nord. Les pilotes l'avaient averti qu'il restait deux heures environ avant l'atterrissage et que les trente dernières minutes seraient particulièrement agitées à cause d'une bourrasque de fin de saison en provenance de l'Atlantique. Entre-temps, il était condamné à rester assis et à s'inquiéter.

Sa relation avec Cassiopée avait incontestablement donné une nouvelle dimension à sa vie. Il était resté longtemps marié avec Pam, son ex-femme. Ils étaient passés de la marine au droit, et à la division Magellan. Ils avaient mis au monde Gary, l'avaient élevé. Pam était même devenue avocate, elle aussi. Cela aurait dû les rapprocher, mais en fait les avait séparés.

Ni l'un ni l'autre n'avait été un saint.

Elle avait été au courant de ses cachotteries dès le début. Les siennes n'étaient apparues au grand jour que des années plus tard. Heureusement, ils avaient fait la paix, mais cela leur avait demandé des efforts démesurés. À présent, une autre femme était entrée dans sa vie. Différente. Excitante. Imprévisible. Pam était la patience même, alors que Cassiopée ressemblait à un papillon de nuit, voletant d'un endroit à l'autre, avec une grâce et une agilité qu'il avait fini par apprécier. Elle avait des défauts, mais il en avait autant. Dès l'instant où ils s'étaient rencontrés en France, il avait été attiré par elle. À présent, il se pouvait qu'elle soit en danger, ayant voulu tenir tête seule à une compagnie de pirates.

Il avait tellement hâte d'atterrir.

Le téléphone de cabine sonna.

« Cotton, je pensais que vous auriez aimé savoir qu'il règne maintenant un calme absolu dans le complexe. »

Il était impossible de ne pas reconnaître la voix grave à l'autre bout de la ligne.

« Il faut intervenir, dit-il au président des États-Unis. Cassiopée n'aurait jamais dû être autorisée à aller là-bas.

— Elle avait raison, et vous le savez. Il fallait que quelqu'un y aille. Mais je sais ce que vous ressentez. Je suis désolé pour Stéphanie. Et Shirley Kaiser. Cette idiote. Elle est allée se fourrer dans la gueule du loup.

— Combien de temps allez-vous attendre encore ?

— Elle a dit jusqu'à l'aube. Accordons-lui ça. Des hommes n'ont pas cessé d'arriver au complexe. En plus, nous ignorons ce qui se passe. Il se peut parfaitement que les choses avancent.

— Je serai là-bas dans moins de deux heures, dit Malone.

— Avez-vous trouvé ces pages ?

— Je crois, mais je dois retourner les chercher.

— Wyatt est toujours là-bas. Carbonell aussi. Elle est arrivée après votre départ.

— Je suppose qu'Edwin a des yeux et des oreilles sur les lieux.

— J'ai insisté. Un des pilotes des services secrets qui vous ont amené là-bas est resté. Il surveille. »

C'était le cadet de ses soucis. « Je veux savoir ce qui se passe à Bath en temps réel.

— Nous agirons dès l'instant où nous aurons une raison. Sinon, ce sera à vous d'intervenir dans deux heures. »

Cassiopée observa la maison de Hale. La lumière était revenue et des hommes armés patrouillaient sous la véranda.

« Restez à couvert dans les arbres, chuchota-t-elle. Une fois que nous serons dans les parages de la maison, le quai ne sera pas loin. »

La tempête continuait à faire rage. La traversée de la rivière ne s'annonçait pas facile.

« Je voudrais pouvoir débarquer là-bas et tuer ce fils de pute, marmonna Shirley.

— Mieux vaudrait vous contenter de témoigner contre lui, chuchota-t-elle. Ça devrait faire l'affaire. » Elle fit un geste vers l'avant. « Par là. »

Elles se mirent en marche.

Cinquante mètres après la maison, elle entendit des cris.

Elle se retourna et, à travers le feuillage, aperçut

des hommes qui surgissaient des portes et des vérandas. Quelque chose les avait alertés. Aucun ne se dirigea vers elles. La plupart se rassemblèrent sur le devant, loin de la rivière.

« Dépêchons-nous », souffla-t-elle.

Wyatt vit Knox plonger pour s'abriter. Les tirs venaient de Carbonell et de son homme. À travers les lunettes à vision nocturne, il vit un individu sortir de l'escalier que Knox venait d'emprunter pour atteindre le chemin de ronde.

Un des hommes qui étaient arrivés avec Carbonell, venu pour se débarrasser de Knox.

Il décida de donner un coup de main à Knox.

Il visa, tira, et l'homme s'effondra sur les pierres.

Knox, profitant de l'occasion, rampa jusqu'au corps pour prendre le revolver de l'homme. Il imagina la réaction de Carbonell. Elle savait qu'il était armé. Le coup de feu qu'il avait tiré sur son homme avait permis de le localiser. À présent, elle avait probablement branché sa radio pour essayer de contacter les deux types qu'elle avait postés là.

Elle possédait quelques atouts. Son plan en cas d'imprévus.

Pendant qu'elle et les autres focaliseraient son attention, ces deux-là le tueraient. Elle avait apparemment capturé Knox et l'avait ramené, avec l'intention de régler aussi ce détail.

Pauvre Andrea.

Pas cette fois.

Cassiopée émergea des chênes près du quai. La longue étendue boisée était toujours plongée dans l'obscurité, le sloop de Hale toujours amarré à l'extrémité. Il devait y avoir des hommes postés à bord du bateau. Il était hors de question de laisser un yacht de cette taille sans surveillance pendant une tempête. Elle leur fit signe et elles coururent vers l'échelle qu'elle avait empruntée précédemment. Son bateau attendait en bas, ballotté par la houle. Elles grimpèrent à bord et elle détacha les filins.

Pour l'instant, tout allait bien.

Elle devrait démarrer le moteur à la manivelle, mais une fois que le vent et le courant les auraient poussées au milieu de la rivière.

Une lumière apparut en provenance du quai.

Brillante, comme le soleil. Aveuglante.

Elle leva le bras pour s'abriter les yeux.

Elle prit son arme et vit que Stéphanie et Shirley levaient déjà les leurs.

« Ne faites pas de bêtise, dit une voix masculine dans un porte-voix. Nous avons des fusils pointés sur vous. Votre moteur a été déconnecté et le bateau est attaché au quai par-dessous. Vous pouvez mourir ici, si vous voulez. Ou bien…

— C'est Hale, dit Shirley.

— Vous pouvez revenir sur le rivage.

— Jetons-nous à l'eau pour le détacher », dit Cassiopée.

Mais une autre lumière apparut sur la rivière, venant dans leur direction.

La peur commençait à les gagner.

« Mes hommes sont de bons marins, dit Hale. Cette tempête ne leur fait pas peur. Vous ne pouvez aller nulle part. »

Knox se précipita vers l'homme mort et trouva un pistolet ainsi qu'un magasin de rechange dans l'une de ses poches.

Rien de plus rassurant qu'une arme.

Il redescendit dans le fort, mais évita le rez-de-chaussée. Il déboucha au niveau supérieur dans un couloir obscur. Il traversa une petite salle et pénétra dans un espace étroit où le mur extérieur, face à la mer, s'était écroulé. Il laissa un instant la brise calmer un peu son appréhension. Seuls les relents de guano venaient gâcher ce bref instant de bien-être. Il allait partir quand quelque chose sur sa droite attira son attention, derrière un amas de ruines.

Une jambe.

Il s'approcha discrètement.

Les oiseaux proches commencèrent à s'agiter.

L'image se précisa.

Deux jambes allongées. Une paire de chaussures à semelles de caoutchouc.

Il regarda par-dessus le tas.

Deux hommes gisaient par terre. Le cou brisé, la tête inclinée dans un angle bizarre, la bouche grande ouverte. Une torche reposait à côté d'eux. À présent, il comprenait pourquoi Wyatt se montrait tellement audacieux.

Il avait éliminé les deux soupapes de sécurité de Carbonell.

Il ne restait plus qu'eux trois.

76

Caroline du Nord

Le piège de Hale pour s'emparer des fugitives avait parfaitement fonctionné, et elles étaient sous bonne garde dans la prison. Dehors, la pluie tombait toujours, un peu moins fort seulement, avec une brise froide venant du sud-est qui chassait les gouttes par les fenêtres endommagées. Des hommes d'équipage s'affairaient à clouer du contreplaqué sur les montants. Une autre planche avait déjà été installée pour remplacer la porte. Le domaine était en alerte maximum. Près d'une centaine d'hommes avaient répondu à l'appel en pleine nuit. Pendant que des patrouilles se déployaient sur les terres, Hale avait ordonné que le captif soit préparé pour son interrogatoire. Il avait fait mettre les trois prisonnières dans une cellule voisine pour qu'elles puissent y assister.

Il entra dans la cellule du prisonnier, suivi par trois de ses hommes. « Je veux une réponse à une simple question. Qui t'a envoyé ? »

L'homme, plutôt corpulent, avec de longs cheveux noirs mouillés, le regarda fixement.

« Tes camarades sont morts. Tu veux les rejoindre ? »

Aucune réponse.

Il avait presque souhaité que cet idiot se montre difficile.

« Il y a des siècles, quand mes ancêtres prenaient des prisonniers, ils leur arrachaient la vérité d'une façon simple. Tu veux que je t'explique la méthode ? »

Cassiopée observait Quentin Hale. Son regard était enflammé et il brandissait un pistolet en direction du prisonnier comme si c'était un coutelas.

« Il prend ces conneries de pirates au sérieux, murmura Stéphanie. Je l'ai vu en torturer un autre. »

Hale se tourna vers elles. « On chuchote par là ? Pourquoi ne pas parler à haute voix pour que nous puissions tous en profiter ?

— J'ai dit que je vous avais vu mutiler un autre homme, puis lui tirer une balle dans la tête.

— C'est ce que nous faisons aux traîtres. Peut-être savez-vous ce que mes ancêtres faisaient jadis aux prisonniers ?

— En ce qui concerne votre famille, j'en suis restée aux *Pirates des Caraïbes*. Il vaudrait mieux que vous nous instruisiez. »

Shirley Kaiser ne disait rien, mais Cassiopée remarqua que ses yeux exprimaient une haine farouche. Jusqu'à présent, cette femme n'avait pas manifesté la moindre peur. Surprenant. Elle ne s'était pas attendue à un tel courage de sa part.

Hale se tourna vers elles. « Il y a un livre que je

déteste particulièrement, et qui ne date pas d'hier. *Histoire des pirates anglais.* Ce sont en grande partie des conneries – de la fiction pure et simple – mais il y a dans ce livre au moins une chose avec laquelle je suis d'accord. *Comme leur patron, le diable, les pirates doivent faire de la méchanceté leur sport, de la cruauté leurs délices, et de la damnation des âmes leur constante occupation.*

— Je croyais que vous étiez des pirates vertueux, dit Shirley. Et que vous aviez sauvé l'Amérique. »

Il la regarda d'un air furieux. « Je suis ce que je suis. En tout cas, je ne renie pas mon héritage. »

Il fit un geste avec son pistolet en direction de l'homme près de lui. « C'est lui l'ennemi, employé par le gouvernement. Torturer des fonctionnaires du gouvernement était acceptable en ce temps-là et le demeure aujourd'hui. » Il se retourna vers le prisonnier. « J'attends une réponse à ma question. »

Toujours rien.

« Dans ce cas, je vous dois une explication. Amenez-le. »

Les deux hommes qui étaient avec Halc traînèrent le prisonnier à l'extérieur de la cellule. Trois poutres massives se dressaient à une dizaine de mètres les unes des autres et soutenaient la partie supérieure. Des bougies entouraient le poteau central, fichées dans des supports en fer forgé.

Le contreplaqué abritant la porte d'entrée s'ouvrit et sept hommes firent leur apparition. Six d'entre eux portaient dans chaque main des couteaux, des fourches et des pelles. Le septième tenait un violon. Le prisonnier fut poussé vers le poteau central entouré des bougies allumées. Les six hommes l'encerclèrent, se tenant à un mètre environ, rendant toute fuite impossible.

« On appelle ça la suée, dit Hale. Dans les temps glorieux, les bougies entouraient le mât d'artimon. Des hommes se mettaient autour avec dans chaque main pointes de sabres, canifs, fourchettes, ou tout autre objet aiguisé. Le coupable pénètre dans le cercle. Le violoneux joue une gigue entraînante et le coupable doit faire le tour du cercle en courant pendant que chaque homme lui porte un coup. La chaleur des bougies agit sur le coupable qui transpire. D'où la suée. L'épuisement ne tarde pas à le gagner tandis que les hommes prennent le dessus, enfonçant les pointes de plus en plus profondément. À la fin…

— Je ne vais certainement pas regarder ça, dit Stéphanie.

— Vous allez regarder, insista Hale. Sinon ce sera votre tour la prochaine fois. »

Wyatt attendait que Carbonell entre en communication avec les deux hommes qu'elle avait postés à l'intérieur du fort. Peut-être avaient-ils déjà reçu leurs ordres et savaient-ils ce qu'ils devaient faire ? Ils étaient tous les deux équipés de pistolets et de radios. Wyatt s'en était emparé juste après leur avoir brisé le cou. Il avait maintenant une radio mais elle était muette. Il n'avait pas tué quelqu'un aussi délibérément depuis longtemps. Malheureusement, il n'avait pas pu faire autrement. Il avait caché les corps près de l'endroit où Knox était rentré dans le fort. Peut-être les avait-il trouvés.

L'ennemi de mon ennemi est mon ami.

Un parfait cliché, mais tout à fait approprié ici.

Il fallait encore que Carbonell sorte de sa cachette. Il distinguait parfaitement l'endroit où elle avait trouvé refuge. Elle attendait probablement un quelconque message radio de confirmation de la part de ses hommes.

Étant donné qu'elle ne risquait plus d'en recevoir, il décida de prendre les choses en main.

« Andrea », cria-t-il.

Pas de réponse.

« Je sais que vous m'entendez.

— Finissons-en, dit-elle de sa voix calme habituelle. Montrez-vous. Face à face. Vous et moi. »

Il se retint de glousser.

Elle ne comprenait rien à rien.

« D'accord. Je me montre. »

Hale regardait le coupable tenter d'éviter les piques des six hommes qui l'entouraient. Le prisonnier tournait autour du poteau, les flammes des bougies dansant comme lui au rythme du violoneux. Il se serrait le plus possible contre la poutre mais ses hommes ne manifestaient aucune pitié. Ce qui n'avait rien d'étonnant. Cet homme avait attaqué leur sanctuaire. Il faisait partie de ces ennemis qui voulaient tous les jeter en prison. Hale l'avait clairement expliqué un peu plus tôt à son équipage et tous avaient compris quel était leur devoir.

Un des hommes donna un coup de pelle, et un bruit de succion indiqua que la lame aiguisée avait pénétré profondément. Le coupable tituba vers l'avant, et entoura sa cuisse gauche de ses mains tout en chancelant autour du pilier, essayant d'éviter les autres coups. Hale avait recommandé à ses hommes de ne pas l'achever trop vite. C'était l'avantage de la suée. Ça pouvait durer aussi longtemps que le capitaine le désirait.

Le sang imprégnait le pantalon de l'homme, ruisselant de ses doigts pendant qu'il tentait de protéger la blessure.

La cire coulait des bougies. Le front de la victime était couvert de sueur. Hale leva la main en signe d'arrêt.

La musique se tut.

Ses hommes arrêtèrent de porter des coups.

« Tu es disposé à répondre à ma question ? » demanda-t-il.

Le coupable suffoquait, essayant de reprendre son souffle. « NIA », dit-il enfin.

Hale s'en doutait.

Il fit signe à l'un des hommes tenant un couteau. Deux autres laissèrent tomber leurs outils et attrapèrent le blessé par les épaules et les bras, le forçant à s'agenouiller. Un troisième le saisit par les cheveux et tira la tête en arrière. L'homme au couteau s'approcha et, d'un seul coup, trancha l'oreille droite du prisonnier.

Un hurlement retentit dans la prison.

Hale s'approcha, prit l'oreille et ordonna : « Ouvrez-lui la bouche. »

Ils s'exécutèrent.

Malgré les protestations de l'homme, il lui enfourna l'oreille au fond de la bouche.

« Mange-la, dit-il, sinon je te coupe l'autre. »

Les yeux de l'homme se révulsèrent.

« Mâche », hurla-t-il.

L'homme secoua la tête et émit un gargouillement tandis qu'il cherchait à reprendre sa respiration.

Hale fit un geste et ses hommes relâchèrent leur victime.

Il leva son pistolet et tua l'homme d'une balle en plein visage.

Cassiopée avait beau avoir déjà vu des gens mourir, cela la rendait toujours malade. Stéphanie était certainement endurcie, contrairement à Shirley Kaiser qui n'avait probablement jamais été témoin d'un meurtre. Cassiopée entendit Kaiser suffoquer et elle la vit détourner son regard.

Stéphanie voulut la réconforter.

Cassiopée ne quittait pas Hale des yeux. Il la regardait également fixement, de l'autre côté des barreaux, et pointa le pistolet dans sa direction.

« À présent, ma petite dame, c'est à votre tour de répondre aux questions. »

77

C'était un homme grand et sec avec une barbe noire, qu'il portait longue et attachée avec des rubans. Une écharpe autour de ses larges épaules lui servait à mettre une paire de pistolets. Malin, astucieux politiquement, et incroyablement audacieux. Personne ne connaissait son vrai nom. Thatch ? Tache ? Il avait choisi Edward Teach, mais tout le monde se souvenait plutôt de son surnom.

Barbe-Noire.

Né à Bristol mais élevé aux Antilles, il avait servi avec des corsaires basés en Jamaïque pendant la guerre de Succession d'Espagne. Ensuite, il était venu aux Bahamas et s'était engagé auprès du pirate Hornigold, avait appris le métier et fini par acquérir son propre navire. En janvier 1718, il était arrivé à Bath Town et avait établi sa base à l'embouchure de la rivière Pamlico, sur l'île d'Ocracoke. À partir de là, il s'était mis à piller des navires, ayant acheté la protection du gouverneur local. Il écuma les Caraïbes et fit le blocus du port de Charles Town. Puis il prit sa retraite, vendit son butin, acheta une maison à Bath et obtint le pardon pour tous ses agissements passés. Il réussit même à *se procurer un titre de propriété pour les vaisseaux dont il s'était emparé. Ce qui eut le don de mettre hors d'elle la colonie voisine de Virginie. Au point que son gouverneur avait juré de nettoyer le repaire de pirates qu'était devenu Bath Town.*

Deux sloops armés arrivèrent au coucher du soleil le 21 novembre 1718, s'arrêtant juste devant l'estuaire d'Ocracoke, suffisamment loin pour que d'éventuels bancs de sable et canaux ne les mettent pas en danger. Des soldats de la Royal Navy constituaient l'équipage des navires, avec, à leur tête, le lieutenant Robert Maynard, un officier expérimenté d'une grande bravoure et doté d'un sens aigu de la décision. Barbe-Noire, à bord de son navire à l'ancre, L'Aventure, *ne prêta pas grande attention aux vaisseaux. Il en avait soupé des combats. Pendant six mois, il avait navigué dans les parages sans être inquiété. Son équipage était réduit au minimum, vu le peu de profits qu'on pouvait espérer en s'associant avec un homme qui ne pillait plus les vaisseaux. La plupart de ses hommes d'équipage expérimentés étaient partis depuis longtemps ou s'étaient installés à Bath. Il n'en restait qu'une vingtaine à bord, dont un tiers étaient des Nègres.*

Quelques précautions avaient été prises, malgré tout.

Poudre, balles et grenaille étaient entreposées près des huit canons posés sur leur affût. Des couvertures mouillées étaient suspendues autour du magasin, en cas d'éventuels feux de pont. Pistolets et coutelas étaient entassés près des postes de combat. Simple routine. Au cas où. Mais ils n'oseraient jamais l'attaquer, avait annoncé Barbe-Noire.

L'assaut fut donné aux premières lueurs grises de l'aube.

Les forces de Maynard étaient trois fois supérieures en nombre à celles de Barbe-Noire. Mais dans leur hâte de prendre l'avantage, les sloops de Maynard s'échouèrent dans l'eau peu profonde. Barbe-Noire aurait pu facilement s'enfuir vers le nord, mais ce n'était pas un lâche. Au lieu de cela, il leva une chope d'alcool et cria au-dessus de la mer : « Que je sois maudit si je vous fais quartier ou si je l'accepte de votre part. »

Maynard hurla en réponse : « Je ne m'attends pas à la moindre clémence de votre part, pas plus que je ne vous ferai le moindre quartier. »

Ils le savaient parfaitement tous les deux. Ce serait une lutte à mort.

Barbe-Noire pointa ses huit canons sur les deux sloops et les pilonna. Un sloop fut mis hors service, l'autre gravement endommagé. Mais l'effort produit conduisit L'Aventure *à s'échouer elle aussi sur un banc de sable. Maynard, voyant la situation difficile de son adversaire, ordonna d'éventrer tous les barils d'eau et de larguer les ballasts. Puis, effet de la providence, un violent coup de vent souffla de la mer et le dégagea du banc de sable, l'envoyant tout droit en direction de* L'Aventure.

Maynard ordonna à tous ses hommes de dégager le pont et de se tenir prêts à l'étage inférieur avec leurs pistolets et leurs sabres pour le combat au corps à corps qui allait s'ensuivre. Lui-même se cacha avec eux, laissant un midship à la barre. Il voulait pousser son adversaire à aborder.

Barbe-Noire avertit ses hommes de préparer leurs grappins et leurs armes. Il produisit également une invention à lui. Des bouteilles pleines de poudre et de morceaux de fer et de plomb, mises à feu par des détonateurs introduits au centre. Plus tard, on appellerait ce genre d'engins des grenades à main. Il s'en servait pour créer le chaos et le désordre.

Les explosifs atterrirent sur le sloop de Maynard et enveloppèrent le pont d'une fumée dense. Mais tous les hommes étant à l'intérieur, ils ne produisirent pas grand effet. Voyant le pont déserté, Barbe-Noire cria : « Ils ont presque tous été assommés, il n'en reste que trois ou quatre. Montez à l'abordage et mettez-les en pièces. »

Les navires se touchèrent. Des grappins se fichèrent sur les bastingages.

Barbe-Noire fut le premier à monter à bord.

Dix de ses hommes le suivirent.

Des coups de feu furent tirés sur tout ce qui bougeait.

Maynard calcula sa réplique avec précision. Il attendit que presque tous ses adversaires soient montés à bord, puis il fit surgir ses propres forces de la cale.

La plus grande confusion régnait.

La surprise avait produit son effet.

Barbe-Noire avait aussitôt compris le problème et regroupé ses hommes. Ce fut un combat au corps à corps. Le sang rendait le sol glissant. Maynard attaqua sa proie directement et leva un pistolet. Barbe-Noire en fit autant. Le pirate rata son coup, alors que le lieutenant atteignit son but.

Mais la balle n'arrêta pas le pirate.

Les deux hommes s'attaquèrent l'un à l'autre avec des coutelas.

Un coup puissant fit sauter la lame de Maynard. Il jeta le manche et recula pour armer un autre pistolet. Barbe-Noire avança pour porter le coup final mais, au moment où il brandissait sa lame, un autre marin lui trancha la gorge.

Le sang jaillit de son cou.

Les Britanniques, qui s'étaient tenus à l'écart de lui, prirent conscience de sa vulnérabilité et bondirent.

Edward Teach périt d'une mort violente. Cinq blessures de pistolet. Vingt coups de couteau.

Maynard ordonna qu'on lui coupe la tête et qu'on la suspende au beaupré de son sloop. Le reste du corps fut jeté à la mer. La légende veut que le corps sans tête ait nagé plusieurs fois autour du navire en signe de provocation avant de couler.

Malone s'arrêta de lire.

Il avait essayé de se changer les idées en surfant sur l'Internet et en se documentant à propos des pirates, un sujet qui l'avait toujours fasciné, et le destin de Barbe-Noire avait attiré son attention.

Le crâne du pirate était resté pendu à un mât plusieurs années sur la rive ouest de la rivière Hampton en Virginie. Aujourd'hui, cet endroit portait toujours le nom de pointe de Barbe-Noire. Quelqu'un avait même fini par se servir du crâne pour faire la base d'un bol à punch, qui était en service dans une taverne de Williamsburg. Plus tard, il avait été recouvert d'argent, puis avait fini par disparaître. Il se demanda si le Commonwealth avait quelque chose à voir dans cette affaire. Le fait que Hale ait baptisé son sloop *L'Aventure* n'était certainement pas une coïncidence.

Il regarda sa montre. Ils atterriraient dans moins d'une heure.

Il n'aurait pas dû lire toutes ces histoires de

pirates. Cela n'avait servi qu'à l'inquiéter encore un peu plus. Malgré tout le romantisme qu'ils véhiculaient, ces hommes étaient terriblement cruels et vicieux. La vie humaine ne comptait pas à leurs yeux. L'essentiel pour eux était d'assurer leur propre survie et de faire des profits, et la version moderne de ces pirates n'était certainement en rien différente. C'était des hommes désespérés, confrontés à une situation désespérée. Leur seul but était de réussir, quitte à écraser tous ceux qui se mettaient en travers de leur chemin.

Il se sentait un peu comme Robert Maynard sur le point d'affronter Barbe-Noire.

Il y avait beaucoup de choses en jeu à l'époque, comme maintenant.

« Dans quoi t'es-tu fourrée ? » murmura-t-il en pensant à Cassiopée.

Knox changea de position. Il était resté au premier niveau, tout près du mur extérieur, dissimulé derrière des gravats. Des trous béants un peu partout permettaient d'apercevoir la baie éclairée par la lune. Un vent froid lui gerçait les lèvres, mais il avait au moins l'avantage de dissiper largement l'odeur des oiseaux. Il avait écouté l'échange entre Carbonell et Wyatt et il essayait de trouver un endroit d'où il pourrait assister d'un peu plus près à leur confrontation. Peut-être, avec un peu de chance, pourrait-il les tuer tous les deux ?

« Knox. »

Il s'arrêta. Wyatt l'appelait.

« Je sais où sont cachées ces deux pages. »

Un message. Clair et intelligible. *Réfléchis à deux fois si tu as l'intention de me tuer.*

« Ne fais pas l'idiot ! » hurla Wyatt.

Il comprit ce que cela signifiait.

Nous avons un ennemi commun. Occupons-nous de ça. Pourquoi crois-tu que je t'ai laissé te procurer un pistolet ?

Très bien. Il était d'accord.

Pour l'instant.

Hale s'approcha de la cellule qui renfermait ses trois prisonnières. Les cheveux de Kaiser collaient à son crâne, ses vêtements étaient trempés, mais elle dégageait encore quelque chose – une beauté mature due à l'expérience – qu'il regretterait.

Ainsi que ses tenues spéciales.

« Ainsi vous êtes venue pour vous renseigner ? Pour trouver Mlle Nelle ?

— Je suis venue dans le but de remédier à mes conneries.

— Admirable. Et complètement stupide. »

Il écouta ce qui se passait à l'extérieur et constata avec plaisir que la pluie et le vent se calmaient. Enfin. Le pire de la tempête s'était probablement éloigné. Quoi qu'il en soit, il avait un problème plus immédiat.

Il se tourna vers la femme qu'il ne connaissait pas.

Mince, tonique, avec des cheveux noirs et un teint basané. Une vraie beauté. Avec du cran aussi. Elle lui rappelait Andrea Carbonell, ce qui n'était pas une bonne chose.

« Qui êtes-vous ? demanda-t-il.

— Cassiopée Vitt.

— Vous veniez à leur secours ?

— Avec beaucoup d'autres. »

Il comprit l'allusion.

« C'est fini, lui dit Stéphanie Nelle. Vous êtes cuit.

— C'est ce que vous pensez ? »

Il fouilla dans sa poche et sortit le téléphone que ses hommes avaient trouvé sur Vitt. Un appareil intéressant. Sans répertoire d'appels, ni contacts, ni numéros enregistrés. Ce devait être un appareil réservé à la communauté du renseignement.

Ce qui mettait Vitt dans le camp ennemi.

Il soupçonnait déjà que les autres hommes avaient été envoyés pour détourner son attention pendant qu'elle procédait à la libération de la prisonnière.

Et ce plan avait failli réussir.

« Vous travaillez pour la NIA, vous aussi ? lui demanda-t-il.

— Je travaille pour mon propre compte. »

Il jaugea la réponse et décida que sa première supposition était la bonne. Cette femme ne lui dirait rien sans qu'on l'y oblige.

« Vous venez de voir comment je m'y prends quand quelqu'un refuse de répondre à mes questions.

— J'ai répondu à votre question, dit Vitt.

— Mais j'en ai une autre. Et beaucoup plus importante, celle-là. »

Il montra le téléphone. « À qui faites-vous votre rapport ? »

Vitt ne répondit pas.

« Je sais qu'Andrea Carbonell attend votre rapport, dit-il. Je veux que vous lui disiez que Stéphanie Nelle n'est pas ici. Que vous avez échoué.

— Rien ne pourra me forcer à faire ça. »

Il comprit que c'était vrai. Il avait déjà jaugé Cassiopée Vitt et savait qu'elle prendrait le risque. S'il ne se trompait pas, et que d'autres surveillaient sa progression, ils passeraient à l'action si elle ne prenait pas contact avec eux. Il suffisait que cette femme tienne suffisamment longtemps.

« Je n'ai pas l'intention de m'en prendre à vous », déclara-t-il.

Il désigna Kaiser.

« Je m'intéresse plutôt à elle. »

78

Nouvelle-Écosse

Wyatt espérait que Knox tiendrait compte de son avertissement. Il avait besoin de quelques minutes sans interruption avec Carbonell. Ensuite lui et Knox pourraient s'amuser entre eux. Et ils ne manqueraient pas de le faire, car Knox n'allait certainement pas disparaître une fois qu'il aurait réalisé que les chances étaient maintenant égales. Knox avait-il trouvé les deux corps ? Probablement. Mais même si ce n'était pas le cas, il n'avait aucune raison de supposer que quelqu'un d'autre était resté dans le fort à part eux trois.

Il descendit avec précaution jusqu'au rez-de-chaussée, les lunettes à vision nocturne lui permettant de voir jusque dans les recoins obscurs. Il atteignit le pied de l'escalier, puis une porte qui donnait sur la cour intérieure où Carbonell attendait.

Il regarda sa montre.

Près de trois heures s'étaient écoulées depuis que lui et Malone s'étaient retrouvés sous terre. Toutes les six heures. C'était le rythme, marée basse, marée haute.

« Je suis là, Andrea, dit-il.
— Je sais. »
Aucun des deux ne se montrait.
« Vous m'avez menti, dit-il.
— Pensiez-vous que je ne mentirais pas ?
— Vous ne savez pas renoncer, n'est-ce pas ? »
Il l'entendit glousser. « Allons, Jonathan. Vous n'êtes tout de même pas un bleu. Vous en avez vu d'autres. Vous savez comme ça se passe. »
Il le savait. La duplicité était une seconde nature dans le renseignement. Mais cette femme avait dépassé les bornes. Elle se servait de lui. Ni plus ni moins. Il n'avait pas grand-chose à voir avec le but qu'elle poursuivait. Il constituait seulement un moyen d'arriver à cette fin. Mais bien que cette femme l'ait grassement payé, cela ne lui permettait pas d'en prendre à sa guise avec lui. Qui plus est, elle était venue là pour le tuer, n'ayant jamais eu l'intention de le laisser profiter de son argent.
« Quel est le problème ? lui demanda-t-il. Vous ne pouvez pas admettre que je parle à qui que ce soit ? J'en sais trop ?
— Je doute que vous disiez quoi que ce soit. Mais mieux vaut en être sûr à cent pour cent. Avez-vous vraiment trouvé ces pages ?
— Je les ai trouvées. »
Ce qui n'était pas très loin de la vérité.
« Et pourquoi devrais-je vous croire ?
— Effectivement, il n'y a pas de raison. »
Il savait que son but était de continuer à le faire parler pour que ses hommes puissent le repérer et le tuer.
« Pourquoi une telle hostilité ? demanda-t-elle.

— Aucune raison non plus. Montrez-vous face à moi. »

Il enleva les lunettes.

Knox était tout près, et armé. Il le sentait. Heureusement, il s'était contenté d'écouter plutôt que d'agir, étant donné qu'il voulait aussi ce qu'Andrew Jackson avait caché ici.

Cassiopée ne pouvait rien faire. Deux des hommes avaient extirpé une Shirley Kaiser hurlante de la cellule pendant que trois autres les tenaient en joue avec leurs pistolets, Stéphanie et elle. Shirley fut traînée un peu plus loin, dans une autre cellule dont les barreaux permettaient de la voir parfaitement. Ses poignets et ses chevilles furent attachés avec de l'adhésif à une lourde chaise en chêne, sa bouche bâillonnée, malgré ses mouvements de tête en guise de protestation.

Les deux hommes armés de pistolets avaient quitté leur cellule.

Elle était seule avec Stéphanie.

« Que faisons-nous ? chuchota Stéphanie.

— Si je n'appelle pas, la cavalerie intervient.

— Mais on ne peut pas savoir ce qui va lui arriver. Combien de temps avons-nous ?

— Une heure environ, jusqu'à l'aube. »

Un autre homme apparut, portant un sac de cuir noir.

« C'est le chirurgien de notre compagnie, dit Hale. Il soigne nos blessures. »

Le médecin était un homme massif, au visage inexpressif et aux cheveux coupés à ras. Ses vêtements étaient trempés. Il posa le sac sur une table en bois devant Shirley. Il en sortit un ensemble de pinces en inox.

« Le médecin est un membre important de l'équipage, dit Hale. Bien qu'il ne combatte pas ni ne défende le bateau, il recevait toujours une part de butin plus importante qu'un homme d'équipage ordinaire, ce que tout le monde lui offrait volontiers. Ça reste vrai aujourd'hui. »

Le médecin se tenait à côté de Shirley, muni des pinces.

« Mademoiselle Vitt ? Madame Nelle ? dit Hale. Ma patience est à bout. J'en ai assez de tous ces mensonges. Je veux qu'on me fiche la paix, mais le gouvernement américain n'en a pas l'intention. On vient d'attaquer ma propre maison… »

Le contreplaqué recouvrant la porte de la prison s'ouvrit brusquement et trois hommes entrèrent, secouant leurs manteaux mouillés.

Ils avaient à peu près l'âge de Hale.

« Les autres capitaines », chuchota Stéphanie.

Knox se rapprochait de l'endroit où Wyatt et Carbonell s'affrontaient. Il se demandait si Carbonell se rendait compte que Wyatt l'attirait tout près, la laissant croire qu'elle avait gardé la main. Il entendit des bribes de leur conversation pendant qu'il se frayait un chemin jusqu'à un endroit juste au-dessus d'eux. Des rochers et des gravats rendaient sa progression difficile, les oiseaux alentour aggravant encore la situation car il devait faire attention à ne pas les déranger, une modification dans leur roucoulement incessant risquant de signaler sa présence.

Wyatt avait dit qu'il avait trouvé les pages. Était-ce vrai ? Et cela avait-il encore de l'importance ?

Peut-être.

S'il pouvait revenir à Bath avec Wyatt *et* Carbonell morts, plus les deux pages manquantes entre les mains, sa valeur auprès des capitaines serait multipliée par cent. Non seulement ils seraient protégés légalement, mais il les aurait tous sauvés.

Cette perspective était réjouissante.

Il serra le pistolet dans sa main.

Ses cibles se trouvaient juste en dessous de lui maintenant.

« Très bien, Jonathan, dit Carbonell. Je viens vers vous. »

Hale n'appréciait pas l'irruption de ses collègues. Que faisaient-ils là ? Cela ne les regardait pas. Sa maison avait été attaquée, pas les leurs, et ils n'avaient pas levé le petit doigt pour lui venir en aide. Il les regarda découvrir le corps par terre, avec une oreille en moins, et un trou dans la tête.

« Qu'est-ce que tu es en train de faire ? » lui demanda Bolton.

Il n'allait tout de même pas se laisser réprimander par ces imbéciles, surtout devant ses hommes et ses prisonnières. « Je fais ce qu'aucun de vous n'a le courage de faire.

— Tu perds les pédales, insista Surcouf. On nous a dit qu'il y avait neuf morts à l'extérieur.

— Neuf hommes qui ont attaqué ce complexe. J'ai le droit de me défendre. »

Cogburn désigna Shirley Kaiser. « Qui est cette femme et qu'a-t-elle fait ? »

Aucun des trois ne l'avait jamais rencontrée. Il s'en était assuré.

« Elle est dans le camp des ennemis. »

Bien que le bâtiment de la prison ait été édifié sur les terres de Hale, les articles stipulaient expressément que c'était un terrain neutre qui relevait de leur juridiction à tous. Mais il n'allait pas tolérer la moindre ingérence.

« Cette femme-là. » Il montra Vitt du doigt. « Elle est venue avec les autres et a tenté de délivrer ma prisonnière. Elle a tué deux de nos hommes d'équipage.

— Quentin, dit Surcouf. Ce n'est pas ainsi qu'on résout les problèmes. »

Il n'allait pas céder à leur lâcheté. Plus maintenant. « En ce moment même, le quartier-maître est en train de rapporter les deux pages perdues. Elles ont été retrouvées. »

Il vit leur stupéfaction.

« Parfaitement, dit-il. Pendant que vous dormiez tous les trois, je nous ai tous sauvés.

— Qu'est-ce que tu vas faire ? » demanda Bolton en montrant Kaiser du doigt.

Hale brandit le téléphone. « J'ai besoin qu'on appelle quelqu'un. Mlle Vitt refuse de coopérer. J'ai simplement l'intention de la motiver. Je vous assure que si je n'agis pas, nous recevrons sous peu la visite de tout un contingent d'agents fédéraux, et cette fois avec des mandats. »

Il les regarda prendre conscience de la situation. L'attaque de ce soir avait été une agression scélérate conçue pour le prendre au dépourvu. La séquence suivante risquait d'être différente. Plus officielle. Il ignorait toujours ce qui était arrivé en Virginie. Pour autant qu'il le sache, les autorités disposaient déjà des éléments requis pour agir.

« Quentin, dit Cogburn. Nous te demandons d'arrêter. Nous comprenons que tu as été attaqué…

— Où étaient tes hommes ? » lui demanda-t-il.

Cogburn ne dit rien.

« Et les tiens, Edward ? John ? On m'a dit qu'aucun de vos gens ne s'était porté à notre secours.

— Veux-tu insinuer que nous y sommes pour quelque chose ? demanda Surcouf.

— Ce n'est pas complètement impossible.

— Tu es fou », dit Bolton.

Il fit signe à ses hommes de braquer leurs armes sur les capitaines. « Si l'un d'entre eux bouge, tuez-le. »

Les armes se levèrent.

Il fit un signe, et le docteur posa ses pinces à la base du majeur de Kaiser. Celle-ci écarquilla les yeux.

Il se tourna vers Vitt.

« C'est votre dernière chance de passer l'appel, je vais commencer à lui couper des morceaux de doigt jusqu'à ce que vous vous exécutiez. »

79

Nouvelle-Écosse

Wyatt vit Andrea Carbonell sortir de l'ombre et s'avancer dans le clair de lune. Il venait de regarder sa montre et avait constaté qu'il ne restait plus beaucoup de temps. Il remarqua sa silhouette élégante et vit la forme d'une arme dans sa main gauche, le canon dirigé vers le sol.

Il avança à son tour, un pistolet dans la main droite, dirigé vers le bas.

« Nous n'aurions pas dû en arriver là, dit-elle. Vous auriez dû mourir, c'est tout.

— Alors pourquoi m'avoir impliqué ? demanda Wyatt.

— Parce que vous êtes fort. Parce que je savais que vous seriez dur alors que les autres ne l'étaient pas. Parce que personne ne trouverait rien à redire si vous disparaissiez. »

Il sourit.

Elle cherchait encore à gagner du temps pour que ses hommes puissent agir.

« De quoi vous souciez-vous en dehors de vous ? demanda-t-il.

— Oh ! mon Dieu, Jonathan Wyatt s'attendrit ?

Et *vous,* vous souciez-vous vraiment de quoi que ce soit en dehors de *vous* ? »

En fait, il se souciait de certaines choses. Pas un jour ne se passait sans qu'il ne pense à ces deux agents morts. Il était vivant grâce à eux. Ils avaient fait leur boulot, attiré les tirs, et la mission avait été un succès grâce à leur sacrifice. Même le conseil de discipline l'avait reconnu ouvertement.

Mais il ne *les* aurait jamais sacrifiés pour se sauver, *lui.*

Pas comme cette femme.

La seule vie humaine qui comptait pour elle, c'était la sienne. *Ça ne pouvait pas être pire. Tu étais un bon agent.* C'était le commentaire que Malone lui avait fait après le verdict du conseil de discipline, quand ils s'étaient battus et qu'il s'était jeté à la gorge de Malone.

C'est vrai, il était un bon agent.

Il voulut savoir. « Est-ce vous qui avez envoyé ces hommes à l'institut Garver ?

— Bien sûr. Qui d'autre l'aurait fait ? Je pensais que c'était une bonne occasion pour vous éliminer, vous, Malone et l'homme qui avait déchiffré le code. Vous avez eu de la chance là-bas. Comme Malone. Allons, Jonathan, vous avez toujours su que je vous utilisais. Mais vous vouliez l'argent. »

Peut-être. Et il était parvenu jusqu'ici et il avait renversé la situation, passant discrètement de la défensive à l'offensive.

Une chose que Carbonell n'avait encore pas comprise.

« Le pistolet à ressort est aussi de votre invention ? » demanda-t-il.

Elle acquiesça. « je pensais que ce serait un bon moyen pour détourner l'attention. Si votre pied n'avait pas arrêté la porte, je l'aurais ouverte en grand et j'aurais disparu du paysage sans grand risque.

— Désolé d'avoir contrecarré votre plan. »

Elle haussa les épaules. « Compte tenu de la situation, les choses ont parfaitement tourné. Ouvrant des tas de possibilités. Où sont les deux pages ? »

C'était la seule chose qui la retenait. Elle ne pouvait pas tenter quoi que ce soit contre lui tant que cette question restait sans réponse. Elle avait dû ordonner à ses sbires de ne rien faire avant qu'elle sache où les documents se trouvaient.

« Je peux vous montrer, dit-il. Je n'ai pas encore eu l'occasion de les retirer.

— Allons-y. »

Il savait qu'elle ne pourrait pas résister. Il fit un geste vers la droite, et ils regagnèrent ensemble la grande salle où lui et Malone s'était battus. Il repéra le trou avec les poutres moisies et indiqua : « Là, en bas.

— Et comment y arrive-t-on ? »

Il avait déjà réfléchi à ça. Le chemin de ronde supérieur était bordé vers l'intérieur par une corde enfilée dans des supports métalliques. Rien de très solide, mais suffisant pour prévenir les gens du danger. Après avoir éliminé les deux hommes de Carbonell, il avait ôté le cordage en nylon et en avait enroulé plusieurs mètres avant de le mettre dans son sac à dos.

Il fit glisser le sac de ses épaules et dit : « J'avais pris mes précautions. »

Cassiopée soupesait la question de Hale. Il avait bien choisi sa victime. Si ç'avait été elle ou Stéphanie qui s'était retrouvée ligotée sur cette chaise, ni l'une ni l'autre n'aurait parlé, car elles n'avaient pas d'autre possibilité de marchandage que de tenir bon.

Mais Shirley Kaiser ne pouvait pas comprendre ça.

La femme fixait les pinces en acier placées sur son majeur d'un air terrorisé. Elle secouait la tête pour signifier : non, je vous en prie, non. Mais elle ne pouvait pas faire grand-chose pour résister.

« Tu sais que tu ne peux pas appeler, chuchota Stéphanie.

— Je n'ai pas le choix.

— Très bien, dit Hale, ayant remarqué leur conversation à voix basse. Discutez tant que vous voulez. Faites le bon choix. Shirley compte sur vous. »

Les trois autres capitaines regardaient sans faire un geste.

Les pistolets étaient toujours braqués sur eux.

Mais Cassiopée ne pouvait pas accepter que le médecin mutile Shirley Kaiser.

« Donnez-moi ce téléphone », dit-elle.

Malone resserra sa ceinture et se prépara à l'atterrissage. La descente sur dix mille mètres avait été rude. Le pilote l'avait informé que la tempête se déplaçait vers le nord et qu'ils la contournaient par le sud. Edwin Davis avait appelé deux fois pour dire qu'il n'avait eu aucune nouvelle de Cassiopée, mais qu'on n'avait plus entendu de coups de feu.

Ce qui ne le rassurait pas pour autant.

Il avait déjà rechargé son arme et fourré dans les poches de sa veste deux magasins supplémentaires.

Il était prêt à passer à l'action.

Contentez-vous de m'amener au sol.

Knox surplombait la salle délabrée, et regardait Wyatt et Carbonell en bas depuis le chemin de ronde. Il avait entendu Wyatt lui dire que les pages disparues les attendaient en dessous, dans le gouffre obscur creusé dans le sol. Il avait vu Wyatt attacher une corde à un des piliers qui avaient jadis soutenu le toit. Wyatt était descendu le premier, puis Carbonell. Une lumière s'était allumée en dessous, puis avait disparu. Devait-il les suivre, ou se contenter d'attendre leur retour ? Et s'il existait une autre issue ?

Il pensa à son père, le légendaire quartier-maître.

Un sentiment de honte l'envahit. Il avait trahi. Fait la seule chose que son père n'aurait jamais faite.

En réalité, son père avait accompli l'impossible.

Il avait tué un président.

John Kennedy avait conquis la Maison-Blanche grâce à une coalition que son propre père, Joe, avait forgée en secret. Elle impliquait des patrons de partis politiques, des syndicats et le crime organisé. Le père de Quentin Hale était proche de Joe et avait passé un accord avec les Kennedy. *Acceptez d'honorer les lettres de marque quand vous serez à la Maison-Blanche et le Commonwealth vous fournira de l'argent et des votes.*

Ce qui s'était passé.

Mais plus question de complicité après l'élection.

Les Kennedy s'en étaient pris à tout le monde, y compris au Commonwealth. Les syndicats et la mafia ne savaient plus quoi faire.

Mais les capitaines n'avaient pas baissé les bras.

Ils avaient recruté un malheureux transfuge russe nommé Lee Harvey Oswald pour assassiner Kennedy, après quoi ils avaient eu la chance incroyable que Jack Ruby tue Oswald et brouille ainsi toutes les pistes.

Les théoriciens du complot s'étaient interrogés pendant des décennies pour savoir ce qui était réellement arrivé et ils continueraient à le faire pendant d'autres décennies. Mais personne ne connaîtrait jamais la vérité.

Son père avait été un véritable quartier-maître. Loyal jusqu'à la fin. Peut-être était-il temps qu'il agisse enfin comme tel, lui aussi.

Il avait besoin de lumière.

Il n'avait pas de torche, mais il y en avait une en haut, près des deux corps.

Il alla dans cette direction.

Cassiopée prit le téléphone que Hale lui tendait à travers les barreaux.

« Soyez brève et convaincante, lui dit-il. Un signe de tête de ma part et elle perd un doigt. »

Elle lui arracha l'appareil des mains et composa

le numéro qu'elle avait mémorisé. Edwin Davis répondit aussitôt. « Qu'est-ce qui se passe là-bas ? demanda-t-il.

— Tout va bien. Mais je n'ai pas repéré Stéphanie ni Kaiser. C'est un endroit très vaste.

— Les coups de feu que nous avons entendus ? »

Hale pensait visiblement que les hommes qui avaient surgi avaient un rapport avec elle. D'ailleurs, ils étaient arrivés en même temps. Bien sûr, c'était faux, mais si elle établissait un lien entre les deux interventions, Davis comprendrait peut-être le message.

« Nos hommes ont mis une pagaïe noire, dit-elle. Ils ont tout détruit, mais ont fini par se faire tuer. Leur tactique a échoué. Je vais bien. Je regarde partout, mais l'endroit est plein de monde.

— Partez.

— Je vais le faire. D'ici peu. J'ai encore besoin d'un peu de temps. Ne bougez pas.

— Je n'aime pas ça.

— Pour l'instant, je suis ici, pas vous. Et c'est moi qui mène le bal. »

Un moment de silence. Puis Davis dit : « Très bien. Vous menez le bal, mais plus longtemps. »

Elle coupa la communication.

« Parfait, dit Hale. Même moi, je vous ai crue. Qui était-ce ? »

Elle garda le silence.

Hale leva la main comme pour dire. *Un geste et elle perd son doigt.*

« Un agent spécial de la NIA. Le responsable de cette opération. C'étaient des hommes à nous également, comme vous le savez. »

Hale sourit. « Où est Andrea Carbonell ?

— Ça, je l'ignore. Nous ne sommes pas en contact. Elle nous a donné des ordres, nous les suivons. »

Un homme arriva de l'extérieur armé d'un fusil automatique et se précipita vers Hale. Il chuchota quelque chose dans l'oreille de son capitaine puis se retira.

Hale lui prit le téléphone. « Un léger problème. La tempête est passée, mais le brouillard est tombé. La Pamlico est tristement célèbre pour ses brouillards. Celui-ci va retarder quelque peu notre départ.

— Où allons-nous ? demanda Stéphanie.

— Comme je vous l'ai dit plus tôt, faire un tour à la voile sur l'Atlantique. »

Cassiopée observait le médecin. Shirley ne se débattait plus autant depuis que l'appel avait été passé et que Hale paraissait satisfait.

« D'autres assassinats au large ? demanda un des autres capitaines à Hale.

— Edward, je n'ose même pas espérer que tu comprennes. Bientôt nos lettres de marque seront irréfutables et tout sera rétabli dans notre monde. Ces trois dames ne nous sont plus d'aucune utilité pour parvenir à ce résultat. »

Hale se tourna vers Cassiopée et Stéphanie. « Vous vous en doutiez, non ?

— Nous détenons votre homme en Virginie, dit Cassiopée. Il est en garde à vue. »

Elle espérait que cela pourrait ralentir les choses.

Hale haussa les épaules. « Demain, nos avocats lui rendront visite. Il sait qu'il est protégé tant qu'il n'ouvre pas la bouche. Personne ne fera le rapprochement avec cet endroit. »

C'était bien ce qu'elle avait pensé, tout comme Edwin Davis.

« Quel homme en Virginie ? demanda un des autres capitaines.

— Un pion qu'il a fallu sacrifier, à cause de votre sottise à tous les trois.

— Tu vas regretter de m'avoir fait mettre en joue, dit un autre capitaine.

— Vraiment, Charles ? Et qu'as-tu l'intention de faire ? Apprendre à avoir du cran ? »

Il se tourna de nouveau vers Cassiopée. « Pour que vous le sachiez, je n'avais rien à voir dans la tentative d'assassinat de Danny Daniels. C'était complètement de leur fait. Une pure folie.

— Et tout ça est plus malin ? demanda le dénommé Charles en faisant un large mouvement de la main.

— C'est indispensable. Deux de mes hommes d'équipage sont morts. »

Hale se tourna vers Shirley.

« Non ! » hurla Stéphanie.

Hale fit un signe de tête.

Et l'os cassa dans un bruit sec.

80

Wyatt laissa Carbonell marcher devant lui, profitant de la lumière de la torche qui ouvrait la voie. L'eau montait dans la chambre avec la marée et leur arrivait presque à hauteur de tibia. Lui et Malone l'avaient connue au plus bas. Carbonell n'avait rien perdu de sa superbe, se montrant indifférente au danger, certaine que ses hommes allaient suivre et la protéger.

« Est-ce là que les prisonniers britanniques sont morts ? demanda-t-elle.

— Probablement.

— Cette eau est froide.

— Nous n'en avons pas pour longtemps. »

Il avait emprunté le même chemin que précédemment avec Malone et se dirigeait maintenant vers le point de rencontre des trois tunnels où se trouvaient les symboles.

Ils tombèrent sur la jonction en Y.

Avec sa torche, il désigna les quatre symboles entourant les murs et le cinquième centré au plafond.

« Incroyable, dit-elle. C'est caché là ? »

L'eau jaillissait des buses à un mètre environ du sol. De l'écume se formait, puis se dissipait, mais le courant ne faiblissait pas. Un autre ensemble de buses s'ouvrait plus haut, à deux mètres.

« Le cinquième symbole est en hauteur pour une certaine raison, dit-il. Ce que nous cherchons se trouve derrière cette pierre en haut.

— Comment avez-vous l'intention d'y arriver ?

— Je n'en ai pas l'intention. »

Knox avançait avec précaution, attentif à ne pas faire d'éclaboussures dans l'eau qui lui arrivait déjà presque aux genoux et qui semblait monter encore. Il avait trouvé la torche près des corps à l'étage supérieur du fort, et dirigeait le faisceau vers le bas à cause de Wyatt et de Carbonell qui étaient devant lui.

Il les entendait parler un peu plus loin, après une courbe à quelques mètres.

Il éteignit la lampe et avança discrètement.

Cassiopée s'agenouilla en même temps que Stéphanie auprès de Shirley Kaiser. Celle-ci était toujours en état de choc, sa blessure ayant été suturée et bandée par le médecin. Il lui avait également administré une piqûre d'analgésique.

« Je ne veux pas que vous me preniez pour un barbare », leur avait dit Hale.

Elles avaient vu le majeur de Kaiser tomber par terre, ses yeux étinceler sous le choc, alors que ses hurlements étaient étouffés par l'adhésif qui lui fermait la bouche. Toutes les deux, elles avaient senti sa souffrance. Heureusement, Shirley s'était évanouie.

« Elle est encore étourdie, murmura Stéphanie. Tu crois qu'Edwin a eu ton message ? »

Elle comprit que Stéphanie n'avait pas cru son mensonge lors de sa conversation avec Davis.

« Le problème, c'est qu'Edwin est particulièrement prudent », dit Stéphanie.

Pas quand il s'agissait de Pauline Daniels, pensa Cassiopée. Il fallait espérer qu'il se montre aussi impulsif en cette occasion.

« Le président Daniels s'inquiète pour toi, dit-elle à Stéphanie.

— Je vais bien.

— Ce n'est pas ce que je veux dire, et tu le sais bien. »

Elle vit que Stéphanie avait perçu son énervement.

« Qu'est-ce qu'il t'a dit ? demanda Stéphanie.

— Il en a dit assez.

— Je t'assure, il ne s'est rien passé.

— Il y a beaucoup de gens qui disent la même chose. Et pourtant, nous avons tous ce genre de problème.

— Que veux-tu dire par là ? »

Elle n'allait pas trahir la confiance de Davis ni celle de Pauline. « Stéphanie, le mariage de Daniels est une catastrophe, se contenta-t-elle de répondre. Apparemment, vous en avez parlé, le président et toi. Suffisamment pour qu'il sente quelque chose entre vous. Il m'a dit qu'il pensait que tu avais la même impression. C'est vrai ?

— Il a dit ça ?

— À moi seulement. Et il y avait de bonnes raisons pour qu'il s'exprime ainsi. »

Shirley gémit. Elle revenait à elle.

« Sa main va la faire souffrir quand elle se réveillera », dit Stéphanie.

Elle attendait une réponse à sa question.

Toutes les deux étaient assises par terre dans la cellule et Stéphanie avait posé doucement la tête de Shirley sur ses genoux. Hale et les capitaines étaient partis, ainsi que tous les hommes d'équipage. Le corps à l'oreille manquante avait été évacué. Elles étaient seules, enfermées, attendant que le brouillard se lève pour qu'on les emmène.

« Je ne sais pas très bien quoi penser, dit Stéphanie tout bas. Tout ce que je sais, c'est que je pense plus souvent à lui que je ne le devrais. »

La porte de fortune de la prison s'ouvrit et Hale entra.

« Bonne nouvelle. Nous partons. »

Malone jaillit du véhicule au moment où il s'arrêtait dans le noir près d'une rampe de bateau, au bout d'un chemin sablonneux et mouillé. Une petite pluie brumeuse tombait encore, le ciel commençait à s'éclaircir, découvrant quelques rares étoiles.

L'aube viendrait dans moins d'une heure. La nuit avait été longue, et il n'avait pas beaucoup dormi dans l'avion, inquiet de ce qui avait pu arriver à Cassiopée et à Stéphanie.

« Qu'avez-vous appris ? demanda-t-il à Davis, qui attendait à côté d'un 4 x 4.

— Elle a appelé il y a une heure environ. »

Il savait que c'était ce qui était convenu, mais il perçut une certaine hésitation dans la voix de Davis.

« Elle m'a donné une fausse information. Laissant entendre que les hommes qui avaient attaqué l'endroit étaient les nôtres.

— Vous pensez qu'elle parlait sous la contrainte ?

— Probablement. Nous n'avons toujours pas la moindre raison d'intervenir, sinon ce qu'a dit Cassiopée, que nous ne pouvons pas utiliser car elle est là-bas illégalement. »

Il savait ce qu'impliquait le quatrième amendement, mais tant pis pour la Constitution.

« Il faut que nous agissions.

— Vous êtes le seul sur qui nous puissions compter. »

Il comprenait que cet homme n'avait pas que Cassiopée en tête.

« Le brouillard s'est levé sur l'eau et a gagné les terres jusqu'à la côte nord, déclara Davis. Il s'étend en aval de la rivière sur quelques kilomètres, en direction de la mer. C'est assez fréquent, paraît-il, à cette époque de l'année.

— Une couverture parfaite pour pénétrer dans ce domaine.

— Je pensais bien que vous seriez de cet avis. » Davis désigna la rivière obscure et la rampe en ciment. « Il y a un bateau qui vous attend. »

Wyatt sentit qu'il y avait quelqu'un d'autre à proximité. Il avait à peine entendu une éclaboussure dans l'eau, mais son instinct lui disait que Knox les avait suivis.

D'une pierre deux coups ?
C'était ça que pensait le quartier-maître ?

Hale était à la fois content et inquiet. Il avait arrêté les envahisseurs et empêché une évasion, mais il ne connaissait toujours pas l'importance de son problème en Virginie. Si elle était véridique, la déclaration de Vitt selon laquelle ils avaient un homme en garde à vue pouvait être ennuyeuse. Il avait déjà appelé des avocats en leur demandant d'enquêter. Il n'avait également plus de nouvelles de Knox en Nouvelle-Écosse. Heureusement, les trois autres capitaines étaient partis. Il avait coupé le doigt de Kaiser car ses hommes, ses pairs et ses ennemis devaient savoir à qui ils avaient affaire.

Il regarda Nelle et Vitt aider Kaiser à monter sur la plate-forme mouillée d'un pick-up. Quatre hommes d'équipage armés les accompagnaient. Un autre groupe de six les suivrait dans un camion.

« Allons vers le quai ! » lança-t-il.

Malone manœuvrait le douze pieds à coque en V à travers les petites vagues de la Pamlico. La rivière était agitée. Au bout d'un moment, il rentra dans le brouillard et garda le cap à l'est en direction d'un quai qui devait s'étendre sur une soixantaine de mètres à partir de la rive nord. La tempête était retombée, le vent et la pluie s'étaient calmés, mais la rivière continuait à s'agiter. On lui avait dit que c'était à environ trois kilomètres de l'autre côté et il estimait avoir à peu près parcouru cette distance.

Il regarda sa montre.

5 h 20 du matin.

Une lueur vive perçant le brouillard à l'est annonçait l'aube à l'horizon.

Il passa au point mort et se laissa dériver, mettant les gaz de temps en temps pour lutter contre un courant rapide qui le ramenait vers le milieu de la rivière et vers l'est en direction de la mer.

Des lumières floues apparurent devant.

Quatre sur une rangée.

Il coupa le moteur et écouta.

Davis lui avait parlé de *L'Aventure.* Un sloop sous gréement dernier cri de quatre-vingt-dix mètres au moins. La silhouette du bateau apparut devant et il entendit des hommes s'agiter et crier sur le pont.

La houle le poussa plus près.

Il ne pouvait pas se permettre de toucher la coque.

On semblait s'activer aussi derrière le bateau, en direction de la rive, peut-être sur le quai. Des faisceaux de lumière convergents transpercèrent l'obscurité. Deux, côte à côte, comme des phares. On ne distinguait pas grand-chose avec le brouillard, et c'était comme s'il voyait le monde obscur à travers une bouteille enfumée.

Il saisit son pistolet, mit le moteur en prise et se rapprocha.

Il atteignit la coque et tourna vers la gauche en suivant la ligne de flottaison.

La chaîne d'une ancre apparut. Elle devait servir à stabiliser le bateau même quand il était à quai, ce qui était justifié compte tenu du courant puissant de la rivière.

Au-dessus de lui, une grosse chaîne mouillée se déroulait sur une quinzaine de mètres.

Il tourna la roue à fond et mit le moteur au point mort. Aussitôt, le bateau se mit à dériver. Rassuré par le sens du courant, il remit le moteur et avança lentement de quelques mètres. Il fourra le pistolet dans sa ceinture, coupa le moteur, puis attrapa la chaîne mouillée et se mit à grimper.

Il jeta un coup d'œil en arrière et vit le courant emporter le bateau et le faire disparaître dans la nuit.

Il ne lui restait plus qu'à continuer.

81

Nouvelle-Écosse

Wyatt attendait que Carbonell relève son défi. Le plafond portant le cinquième symbole était à quelques dizaines de centimètres au-dessus de sa tête. De larges joints de mortier soulignaient la forme singulière de la pierre. Les maçons ayant construit cette chambre dans les fondations avaient utilisé beaucoup de pierres irrégulières qu'ils avaient disposées soigneusement avec du mortier. Celle-là ne serait pas très difficile à desceller, il suffirait d'un marteau et d'un ciseau, ou peut-être d'un pied-de-biche.

« Qu'avez-vous l'intention de faire ? lui demanda-t-elle, le pistolet toujours à la main.

— Votre vie n'a-t-elle toujours été qu'une succession d'intrigues ? »

Il aurait vraiment aimé le savoir.

« Ma vie consiste d'abord à survivre. Comme la vôtre, Jonathan.

— Vous n'arrêtez pas d'intriguer depuis le début. Des gens sont morts. Cela vous affecte-t-il ? Juste un petit peu au moins ?

— Je fais ce que j'ai à faire. Encore une fois, exactement comme vous. »

Il n'aimait pas qu'elle se compare ainsi à lui. On pouvait dire beaucoup de choses à son sujet, mais il ne lui ressemblait en rien.

Il abaissa la lampe. Le faisceau éclaira l'eau de la mer qui montait. Il remarqua que les bouches les plus basses étaient maintenant sous l'eau.

« Qu'attendez-vous ? demanda-t-elle.

— Que notre invité arrive.

— Vous les avez entendus aussi ? »

Il nota son emploi du pluriel *les*. « Ce ne sont pas vos hommes qui arrivent. Je les ai tués tous les deux. »

Elle leva son pistolet.

Il éteignit la torche, plongeant la chambre dans l'obscurité.

Un coup de feu sonore résonna sur les pierres, lui perçant les tympans.

Puis un autre.

Il s'était déplacé, certain qu'elle tirerait dans la direction où il était avant qu'il fasse sombre.

« Jonathan, c'est de la folie, dit-elle dans l'obscurité. Pourquoi ne pas trouver un accord ? L'un de nous va être blessé, sinon les deux. »

Il ne dit rien. Le silence était devenu son arme.

Un autre flot d'eau glacée se déversa dans la chambre, précédé par un grondement. Il était à genoux, tenant la torche éteinte au-dessus de la surface, et attendait.

Carbonell se taisait, elle aussi.

Elle était à trois mètres de lui à peine, mais, avec

l'eau bouillonnant autour d'eux et l'absence totale de lumière, il lui était impossible de le repérer.

Heureusement, l'inverse n'était pas vrai.

Cassiopée et Stéphanie aidèrent Kaiser à descendre du pick-up et à gagner le quai. Elle était encore un peu abrutie, avec la main étroitement bandée.

« Nom d'un chien, ça fait mal, marmonna Shirley.

— Prenez votre temps, chuchota Stéphanie. Les secours sont en route. »

Cassiopée espérait que c'était vrai. Edwin Davis devait se méfier. Elle vit que *L'Aventure* était maintenant éclairé et qu'on s'y activait. Hale était fidèle à sa parole. Elles allaient faire un tour en mer. Elle remarqua le brouillard. Mais sur la rivière, et plus haut dans le ciel, la brume se dissipait et des étoiles scintillaient sporadiquement à travers un léger voile.

« Ça va aller », dit Shirley.

Hale se tenait à six mètres près de la passerelle.

« Vous croyez pouvoir nous tuer toutes les trois sans que personne s'en aperçoive ? » lui lança Cassiopée.

Il s'approcha. « Je doute qu'il y ait la moindre protestation. Votre tentative de sauvetage avortée me donne un parfait argument. Une foule de lois ont été violées dans cette affaire stupide. Quand nos lettres de marque auront été confirmées, nous serons tirés d'affaire. Danny Daniels ne tient pas du tout à étaler cette histoire sur la place publique.

— Il se pourrait bien que vous vous trompiez », dit Stéphanie.

Cassiopée pensait la même chose. Elle se souvenait de l'insistance avec laquelle Daniels les avait incités, elle et Cotton, à retrouver Stéphanie. Il était parfaitement capable de prendre toutes les mesures nécessaires sans se soucier des conséquences. Hale sous-estimait le président. Comme Daniels le lui avait dit, sa carrière politique touchait à sa fin, ce qui lui laissait une grande latitude pour agir.

« Faites-les monter à bord », dit Hale à ses hommes.

Malone arriva en haut et se glissa à la proue du bateau sans se faire remarquer. Il avait failli lâcher prise deux fois sur la chaîne glissante.

Il prit son pistolet et se prépara.

Sur les ponts, un passage permettait de contourner une cabine formant une avancée en V légèrement arrondi la pointe. Elle était éclairée de l'intérieur, mais il ne vit personne. Il resta accroupi.

Il entendit un choc venant du rivage. Il valait mieux pour lui ne pas chercher à savoir ce qui se passait, car quelqu'un pouvait surgir sur le pont, mais il préféra quand même aller voir. En se baissant toujours, il se glissa jusqu'au bastingage. Malgré l'obscurité et le brouillard, il distingua des hommes qui montaient à bord du bateau avec trois femmes, dont deux d'entre elles aidaient la troisième. Un homme plus âgé les observait depuis le quai, puis il les suivit à bord.

Il reconnut Cassiopée et Stéphanie. La troisième devait être Shirley Kaiser.

Il prit son téléphone et pressa une touche correspondant à un numéro enregistré. Davis répondit aussitôt.

« Le sloop largue les amarres, chuchota-t-il. Nous sommes tous à bord. C'est le moment de faire intervenir la troupe. »

Littéralement. Ils en avaient parlé avant qu'il quitte la rive sud.

« Je m'en charge, dit Davis. Qu'allez-vous faire ?

— Ce qu'il faudra. »

Hale monta à bord de *L'Aventure* avec le sentiment de se retrouver dans la peau d'un de ces hommes audacieux ayant vécu trois cents ans auparavant, prêt à défier le monde entier, préoccupé seulement de ce que ses hommes pensaient de lui. Les siens devaient être fiers de lui ce soir. Il s'était montré à leur hauteur. À présent, il se montrerait à la hauteur d'Andrea Carbonell pour finir ce qu'elle avait commencé. Il espérait que Knox réussirait à la tuer, et il espérait que les deux pages manquantes avaient été retrouvées. Il paierait volontiers à Jonathan Wyatt tout ce qu'il lui demanderait. Et pourquoi pas, il pourrait même l'engager à plein-temps.

« Prêt à appareiller ! brailla-t-il. Relevez les filins et remontez l'ancre. »

Il avait l'intention de commander personnellement ce voyage.

Il écouta le ronronnement des deux moteurs Deutz de mille huit cents chevaux. Du grand art. On les entendait à peine, et ils ne produisaient pratiquement aucune vibration. Aucun bruit de générateur non plus. À la place, un ensemble de batteries de lithium polymère fournissait du courant. Les voiles DynaRig étaient entreposées à l'abri des gréements, attendant l'ordre d'un des vingt ordinateurs de bord pour se déployer et prendre le vent. Cela se produirait plus près de l'anse d'Ocracoke, à la lisière de l'Atlantique.

Il remarqua qu'on amenait les trois prisonnières dans le grand salon.

« Non ! Non ! cria-t-il. Faites attendre nos invitées sur le pont arrière, près de la piscine. Je leur réserve une surprise spéciale. »

Wyatt remit les lunettes à vision nocturne qu'il avait emportées dans son sac à dos. Carbonell était tout près, suffisamment maligne pour s'être accroupie, et elle scrutait l'obscurité en vain. Elle guettait probablement le moindre changement dans le bruit de l'eau qui montait autour d'elle.

Il regarda plus bas.

L'eau lui léchait les cuisses.

Le vrai changement surviendrait quand les buses à deux mètres de haut déborderaient. Ce qui lui laissait environ une demi-heure.

Curieusement, quelque chose bougea soudain dans le fond, un endroit où rien n'aurait dû se produire.

Un homme apparut au coin. Il tenait une torche éteinte dans une main et un pistolet dans l'autre.

Clifford Knox.

Bienvenue.

Et voici mon cadeau.

Il alluma sa torche et la braqua droit sur Andrea Carbonell. Elle se tenait toute recroquevillée.

82

Malone se réfugia à l'intérieur d'un espace ménagé à l'avant du bateau. Deux canots, de dix mètres environ, étaient fixés au pont de chaque côté des écoutilles. Il était bien obligé d'admirer le magnifique sloop à la quille en acier, véritable œuvre d'art profilée aux lignes élégantes, d'un aérodynamisme parfait. Et d'une taille impressionnante. Quinze mètres au-dessus de l'eau, avec encore une dizaine de mètres au-dessus, les cabines et les ponts. Ses trois mâts devaient bien faire soixante mètres de haut. C'était vraiment un chef-d'œuvre de technologie et de design.

Le yacht s'éloignait du quai.

Curieusement, on entendait à peine les moteurs. Malone regarda à l'extérieur, de l'autre côté de l'écoutille. Le brouillard recouvrait le pont d'un manteau protecteur.

Il quitta son refuge et trouva une porte qui ouvrait sur les cabines supérieures.

La coursive menait vers l'arrière du bateau ; sa cloison ponctuée d'éclairages et semblable à une rangée de fenêtres à claire-voie donnait une impression de hauteur et de profondeur. Des diffuseurs placés près du plafond répandaient un parfum de magnolia et de thé vert. Le couloir débouchait au milieu du bateau, là où un escalier circulaire tournant autour du grand mât reliait les trois ponts. Grâce à des sols transparents, la lumière du jour devait parvenir toute la journée jusqu'en bas. Il remarqua le superbe mélange d'inox, de verre, de bois précieux et de pierre.

Un mouvement venant d'en haut attira son attention.

Il se réfugia dans une embrasure de porte qui menait à une salle de gymnastique. Il n'y avait pas de lumière à l'intérieur. Il resta collé au mur et vit deux hommes dévaler l'escalier circulaire. Ils ne s'arrêtèrent pas et continuèrent leur course jusqu'au fond du bateau.

Il avait entendu Hale sur le pont arrière.

C'était là que Cassiopée attendait en compagnie des autres.

Hale déboucha sur le pont arrière. C'était l'endroit où il s'était occupé de son traître de comptable, et celui où il réglerait ces trois problèmes. Il leur avait promis une surprise spéciale, et quand il s'approcha, elles étaient déjà en train de l'examiner sous l'œil attentif des deux gardes armés.

« Ça s'appelle une cage de gibet, leur dit-il. Elle est en acier et modelée sur le corps humain. »

Il entendit les moteurs passer à la vitesse supérieure. *L'Aventure* pouvait faire vingt nœuds et il avait donné l'ordre de mettre les pleins gaz. À près de vingt-cinq miles à l'heure, ils seraient bientôt au large.

« De braves hommes furent jadis enfermés à l'intérieur, dit-il, puis suspendus à une perche jusqu'à ce que mort s'ensuive. Un châtiment horrible.

— Comme de faire manger son oreille à quelqu'un ? » lui demanda Vitt.

Il sourit. « De la même veine, sauf que nos adversaires s'en servaient contre nous. »

Il fit un signe et deux de ses hommes d'équipage attrapèrent Vitt par les bras. Elle commença à résister, mais il leva un doigt en signe de menace et dit : « Soyez gentille. »

Avant d'arriver sur le pont arrière, il avait demandé qu'on attache les mains de Vitt dans son dos et qu'on laisse les deux autres tranquilles. Un des hommes d'équipage donna un coup de pied dans les jambes de Vitt et elle tomba violemment sur le pont. Puis ils l'attrapèrent par la tête et par les pieds et la jetèrent dans la cage qui était restée ouverte comme un cocon. La partie supérieure se referma sur ses charnières, et l'un des hommes verrouilla l'ensemble en faisant coulisser une tige métallique dans l'attache correspondante. Il ne restait plus beaucoup de place à Cassiopée pour se débattre maintenant.

Hale se pencha.

« Vous avez tué deux de mes hommes d'équipage. À présent, vous allez savoir ce que mes ancêtres ressentaient quand ils mouraient à l'intérieur d'un de ces instruments. »

Un coup de vent balaya la silhouette élégante du bateau, apportant un air frais et humide. Il sentit l'odeur âcre de l'océan et comprit que la mer n'était pas loin. Le brouillard semblait vouloir se lever.

Parfait.

Il avait craint de ne pas pouvoir voir cette femme mourir.

Une lumière surgit dans l'obscurité et décrivit un arc de trois mètres environ sur la droite. Knox ne savait pas vraiment de qui il s'agissait, mais ça n'avait pas d'importance.

Il tira droit dans cette direction.

En vain.

La lumière continua sur sa trajectoire, et tomba dans l'eau bruyamment. Sa balle n'avait atteint aucune cible, mais avait ricoché sur les murs, en faisant un bruit significatif. Il avait aperçu une ombre fugitive à la droite de l'endroit où la lumière avait rencontré l'eau. Puis la lampe fut retirée de l'eau et éteinte.

C'était sa cible. Il tira de nouveau.

Wyatt se laissa retomber doucement dans l'eau. Juste après avoir jeté la lampe en direction de Carbonell, il s'était agrippé au bord d'une buse et s'était hissé vers le haut. Tout plutôt que de se trouver près du sol pendant que les balles ricochaient avant de tomber à terre.

À travers les lunettes, il observa Knox et Carbonell. Ils avaient chacun un revolver et une torche.

À égalité.

Il profita de la montée de l'eau pour battre en retraite en direction du tunnel par lequel ils étaient venus. Ni l'un ni l'autre n'allait se risquer à allumer sa lampe ou à parler, et tirer à tout va dans le noir était risqué.

Il se demanda combien de temps ils resteraient là.

Avaient-ils conscience du danger ?

S'échapper par les buses, comme lui et Malone l'avaient fait, ne serait plus possible avec la marée montante. Lutter contre l'afflux de l'eau à l'intérieur de l'espace étroit reviendrait à vouloir remonter à la nage un courant rapide, sans possibilité de retenir assez longtemps sa respiration pour pouvoir arriver au bout.

Ils étaient acculés dans un endroit d'où il était impossible de sortir.

Seule la marée basse leur apporterait un soulagement.

Mais tous deux seraient morts d'ici là.

Malone traversa discrètement l'entrepont, en profitant des portes ouvertes et des pièces obscures pour se cacher. Il passa devant un théâtre, une salle à manger et des salles de réception. Il n'avait remarqué aucune caméra, ce qui ne l'empêchait pas d'être sur le qui-vive, le doigt sur la gâchette du pistolet, prêt à riposter.

La coursive se terminait sur un grand salon, décoré de la façon la plus classique de meubles qui brillaient en wengé, ivoire et cuir. Un piano demi-queue occupait un angle. L'ensemble était soigné, comme le yacht lui-même. Il fallait qu'il aille voir ce qui se passait sur la plage arrière. Des baies tout en longueur occupaient les cloisons extérieures, ce qui le força à se baisser pour gagner les portes vitrées derrière lesquelles il avait aperçu un pont, une piscine et du monde.

Un escalier en spirale montait sur sa droite.

Il gravit lentement les marches raides et déboucha sur un petit solarium surplombant la poupe du bateau. Il prit note mentalement de leur position. Milieu de la rivière, les deux rives visibles au loin, presque plus de brouillard. Le soleil se levait, ce qui lui permit de repérer la direction du bateau. Il jeta un coup d'œil en direction de la proue et aperçut le large. Ils entraient dans le détroit, ce qui voulait dire que l'océan n'était pas loin.

Toujours courbé, il gagna le bastingage arrière.

En contrebas, il aperçut Stéphanie et Shirley Kaiser, deux hommes avec des pistolets, quatre autres à proximité, Quentin Hale…

Et Cassiopée. Enfermée dans une cage de gibet métallique.

83

Cassiopée sentait la panique l'envahir. Ses mains étaient attachées, son corps enchâssé dans un piège de métal. Les hommes de Hale s'affairaient à attacher un filin au sommet de la cage. Elle regarda Stéphanie qui, visiblement, ne pouvait pas faire grand-chose non plus.

« À quoi tout cela sert-il, Quentin ? hurla Shirley. Pourquoi faites-vous ça ? »

Hale se tourna vers elle. « C'est ainsi qu'agissent les pirates.

— Tuer des femmes sans armes ? demanda Stéphanie.

— Donner une leçon à l'ennemi. »

Les hommes qui avaient fixé le filin se relevèrent.

Hale s'approcha. « Rois et gouverneurs adoraient faire usage de cette cage contre nous, et de temps en temps nous leur rendions la pareille. Mais au lieu de les pendre jusqu'à ce qu'ils meurent, nous les traînions pour qu'ils se noient. Ensuite, nous coupions la corde et ils tombaient au fond. »

Hale fit un signe et ses hommes soulevèrent la cage métallique du pont.

Bouleversé par ce qu'il voyait, Malone ne pouvait plus attendre. Il leva son pistolet et se prépara à tirer, mais, avant qu'il puisse appuyer sur la détente, deux mains puissantes lui agrippèrent les épaules et l'arrachèrent au bastingage.

Un des hommes d'équipage.

Un bref coup porté sur son bras droit fit sauter son pistolet.

La fureur s'empara de lui.

Ce n'était pas le moment.

Il flanqua un coup de pied dans le ventre de son adversaire, et celui-ci se plia en deux. Il envoya ensuite son genou dans le visage de l'homme, le forçant à se redresser. Puis il lui enfonça le coude dans l'arête du nez, lui rejetant le cou en arrière. Deux coups de poing pour achever son agresseur, et l'homme tomba par-dessus le bastingage jusqu'au pont cinq mètres plus bas.

Les hommes qui étaient en train de hisser Cassiopée entendirent le bruit de la chute et s'arrêtèrent un instant. Hale l'entendit aussi et fit volte-face. Il regarda vers le haut et vit d'où venait le problème.

Malone cherchait son pistolet.

« Jetez-la à l'eau ! » hurla Hale.

Malone retrouva le pistolet, l'attrapa, puis sauta par-dessus le bastingage. Il atterrit sur le pont en dessous, roula sur lui-même et tira sur les deux hommes armés, les tuant tous les deux.

Il se redressa d'un bond et se précipita en avant.

Hale essaya de s'interposer, pistolet à la main, mais Malone fut plus rapide. Il tira sur Hale. La balle lui déchira la poitrine et le propulsa en arrière sur le pont.

Malone continua à avancer.

« Vas-y, hurla Stéphanie. Aide-la. »

Les quatre hommes atteignaient le bastingage avec la cage.

Malone comprit que son pistolet ne lui servirait à rien.

Ils jetèrent Cassiopée à la mer.

Wyatt refit le chemin jusqu'à l'endroit où il avait laissé la corde. L'eau lui arrivait à la taille maintenant. Bientôt, les buses supérieures parachèveraient l'inondation. C'était une bonne chose que ces deux-là terminent leurs jours dans cette souricière. Ils s'étaient montrés tellement présomptueux. Carbonell qui comptait sur ses renforts pour la sauver. Knox jugeant l'occasion idéale pour régler deux problèmes à la fois. Et comble de l'ironie, ils étaient tous les deux équipés de torches et d'armes qui ne leur servaient à rien.

Carbonell était responsable de la mort inutile de plusieurs agents. Knox en avait personnellement tué plusieurs, lui aussi. Ils devaient tous les deux payer pour ça.

Knox avait aussi tenté de tuer le président. Et bien que Wyatt ne fût pas un chaud partisan du gouvernement, il était américain. Et il le serait toujours.

Le problème posé par ces deux-là serait bientôt réglé. Quand ils prendraient conscience de leur situation catastrophique et voudraient sauver leur peau, il serait trop tard.

Il ne restait plus que quelques minutes.

La mer était haute.

À travers les lunettes à vision nocturne, il aperçut la corde.

Il l'attrapa et se hissa vers le haut.

Une fois arrivé, il remonta la corde et s'éloigna.

Cassiopée tombait. Elle essaya de s'arc-bouter en prévision de l'impact de l'eau. Elle s'efforça d'inspirer profondément et le plus longtemps possible. L'espace étroit ne lui permettait aucune manœuvre et, de plus, la cage étant bien ajustée, elle ne pouvait guère utiliser ses jambes, chacune étant enserrée séparément. Quant au loquet, il se trouvait hors d'atteinte et se manœuvrait de l'extérieur.

Juste avant qu'on la jette par-dessus bord, elle avait entendu ce qui ressemblait à un coup de feu, et Stéphanie hurler : *Vas-y, aide-la.*

Que se passait-il là-haut ?

Malone tira deux fois en direction des quatre hommes, qui se dispersèrent. Puis il jeta le pistolet de côté et, s'élançant du bastingage, parvint à se cramponner à la cage.

Son poids accéléra la chute, et tous deux s'écrasèrent ensemble dans la mer.

Quelque chose était tombé sur la cage, faisant sursauter Cassiopée. Un corps. Un homme. Ils atteignirent l'eau ensemble.

Puis elle vit son visage et le soulagement l'envahit.

Cotton.

Malone se cramponnait de toutes ses forces. Il n'était pas question qu'il lâche. Ils oscillaient à la surface, rebondissant sur les vagues, tandis que le filin se déployait derrière le yacht.

« Heureuse de te voir », dit-elle.

Il aperçut la fermeture.

La cage commençait à s'enfoncer.

Il tendit la main, mais le filin se raidit.

Et ils se retrouvèrent entraînés dans l'eau.

Hale était stupéfait. L'intrus lui avait tiré dessus, mais heureusement dans la poitrine. Le gilet pare-balles qu'il avait enfilé avant de quitter l'enceinte de la prison lui avait sauvé la vie, même s'il éprouvait des élancements dans les côtes. Il était tombé sur le pont juste après avoir vu l'homme sauter du bastingage vers la cage métallique.

Il se mit à genoux et inspira plusieurs fois profondément.

Il se retourna pour chercher ses hommes, mais ne les vit nulle part.

Au lieu de cela, Stéphanie Nelle braquait un pistolet sur lui.

« Je vous avais bien dit que Cotton Malone portait malheur », dit-elle.

Malone s'agrippait au gibet tant bien que mal, tout en cherchant de la main droite un des supports verticaux arrondis auquel le fer plat était soudé.

Une pluie de couleur éclata devant ses yeux. Ils rasaient la surface de l'eau, tantôt dessus, tantôt dessous, à une trentaine de mètres derrière *L'Aventure,* en plein milieu de l'interminable sillage du sloop.

Il prit une nouvelle inspiration et cria à Cassiopée « Respire !

— Compte sur moi. »

Il avait plus de place pour manœuvrer qu'elle. La vitesse du sloop leur permit d'hydroplaner pendant quelques précieuses secondes. Il comprit que dès que la vitesse diminuerait, ils couleraient et seraient traînés sous l'eau.

Son cœur se mit à battre à coups redoublés.

Il fallait qu'il atteigne la fermeture.

Cassiopée avalait autant d'eau que d'air, mais elle s'efforçait de la recracher. Elle tournait avec la cage tandis qu'ils fendaient les vagues à toute vitesse. Une douleur aiguë due à des crampes lui traversa les mollets et elle essaya de se maîtriser. Il fallait que la vitesse se maintienne, sinon ils couleraient.

« Je… vais… te faire… sortir, lui dit Cotton d'une voix syncopée tandis qu'ils remontaient une nouvelle fois à la surface.

— Mes mains », parvint-elle à dire.

Elle ne pourrait pas nager longtemps si elle était attachée.

Hale ne quittait pas Stéphanie Nelle des yeux.

« Vous allez me tuer ? lui demanda-t-il.

— Ce n'est pas nécessaire. »

Curieuse réponse.

Elle fit un geste avec le pistolet et il se retourna.

Shirley Kaiser tenait une des carabines automatiques que ses hommes avaient apportées. Sa main bandée soutenait l'arme lourde, l'autre était placée fermement sur la détente.

Des hommes surgirent du grand salon.

Certains avec des pistolets.

Enfin.

Malone parvint à trouver la fermeture. Il tourna, puis tira d'un coup sec. Rien ne céda. Il tira de nouveau, dégageant la targette.

La cage s'ouvrit et Cassiopée s'en échappa.

Il lâcha tout et la rejoignit dans l'eau.

La cage s'éloigna d'eux, rebondissant à la surface.

Il inspira et plongea sous l'eau, attentif au moindre mouvement. Il la vit, la rattrapa, lui passa un bras autour de la poitrine et, ensemble, ils remontèrent vers le haut.

Ils se mirent à tousser et à recracher de l'eau.

Il parvint à les maintenir tous les deux à la surface en battant fortement des jambes et en faisant un mouvement de brasse du bras droit.

« Inspire un grand coup et je vais te détacher les mains », lui dit-il.

Ils se laissèrent couler juste le temps qu'il lui enlève l'épais ruban adhésif autour des poignets, puis ils remontèrent à la surface et nagèrent sur place. *L'Aventure* était à une soixantaine de mètres, ses voiles déployées dans l'air matinal. Tout était calme, on n'entendait plus que le vent et la mer qui dansait autour d'eux.

Puis un nouveau bruit retentit. Sourd et rythmé.

Une basse profonde, de plus en plus forte.

Il se retourna et vit quatre hélicoptères de combat qui se dirigeaient vers eux.

Il était temps.

Ils passèrent en formation, l'un s'attarda au-dessus d'eux, tandis que les trois autres encerclaient le yacht.

« Ça va ? »

C'était la voix d'Edwin Davis dans le haut-parleur.

Ils levèrent tous les deux le pouce pour dire que tout allait bien.

« Tenez bon », dit Davis.

Hale entendit le bruit des rotors et vit trois hélicoptères de combat de l'armée américaine au-dessus des mâts de *L'Aventure*, tournant autour du sloop comme des loups.

Cette vision le mit en rage.

Ce gouvernement ingrat, que sa famille avait fidèlement servi, n'allait pas le lâcher. Qu'était-il arrivé à Knox ? Ou au dénommé Wyatt ? Avaient-ils ce dont il avait besoin pour faire confirmer ses lettres de marque ? Et pourquoi Bolton, Surcouf et Cogburn n'étaient-ils pas là pour se battre à ses côtés ? Les trois couards l'avaient probablement vendu.

Stéphanie avait ouvert un feu nourri en direction du grand salon, détruisant les pare-brise, déchirant la couche de fibre de verre.

Ses hommes disparurent à l'intérieur.

Kaiser était en face de lui avec son fusil. « Ce n'est pas aussi facile, Shirley. »

Il s'imaginait à la place de Barbe-Noire, affrontant le lieutenant Maynard sur le pont d'un autre navire baptisé *L'Aventure*. Le combat avait été serré également, et jusqu'à la mort. Mais Barbe-Noire était armé. Le pistolet de Hale était sur le pont, à un peu plus d'un mètre. Il fallait qu'il le récupère. Shirley était à sa droite, Nelle à sa gauche, et il ne les quittait pas des yeux.

Il guettait la moindre occasion.

Le fusil de Shirley explosa.

Des balles déchirèrent son gilet. La salve suivante lui déchiqueta les jambes. Du sang lui remonta dans la gorge et jaillit de sa bouche. Il s'effondra sur le sol, en proie à d'atroces douleurs.

Son visage se tordait sous la souffrance.

La dernière image qu'il vit fut celle de Shirley Kaiser qui lui visait la tête avec le fusil en disant : « Rien de plus facile que de vous tuer, Quentin. »

Cassiopée entendit des tirs au loin. Elle vit alors deux personnes sauter de la plage arrière de *L'Aventure*.

« Stéphanie et Shirley viennent de s'échapper », dit Davis par le système de diffusion extérieure de l'hélicoptère.

Malone et Cassiopée continuaient à faire du surplace dans l'eau.

Les voiles de *L'Aventure* avaient pris le vent, unies entre elles, propulsant la magnifique coque verte à travers les vagues. Le navire ressemblait à ceux des boucaniers d'antan, s'éloignant de toute la vitesse de ses voiles vers un nouveau combat. Mais nous n'étions plus au XVIIe ni au XVIIIe siècle, et Danny Daniels était un président fou de rage. Les quatre hélicoptères de combat de l'armée n'étaient pas là pour escorter le navire jusqu'au port.

On vit d'autres gens sauter du yacht.

« L'équipage, dit Cotton. Tu sais pourquoi ils font ça. »

Elle le savait.

Les hélicoptères revinrent en arrière.

Des flammes jaillirent des flancs de deux des appareils. Quatre missiles surgirent de leurs lanceurs. Quelques secondes après, ils transperçaient *L'Aventure* et explosaient. Une fumée noire, âcre, s'éleva dans le ciel. Comme un animal blessé, le sloop s'inclina d'un côté, puis de l'autre, ses voiles déployées perdant de leur puissance.

Une dernière roquette provenant du troisième hélicoptère mit un terme à son agonie.

Le yacht s'embrasa, puis il coula, l'océan Atlantique ne faisant qu'une seule bouchée de l'offrande.

84

Nouvelle-Écosse
11 h 30

Wyatt descendait à nouveau dans le gouffre sous Fort Dominion. Cinq heures plus tôt, il avait quitté l'île, regagné la rive et abandonné l'embarcation volée près de Chester. Puis il avait loué un autre bateau et avait également acheté quelques outils qu'il mit dans son sac à dos. Et puis il avait attendu le changement de marée.

Il lui restait une dernière chose à faire.

Il se laissa tomber sur le sol rocheux.

Quand lui et Malone y étaient venus, il ne restait plus que quelques centimètres d'eau. Il alluma une torche et se dirigea vers le point de jonction. À mi-chemin, il tomba sur le premier corps gonflé.

La trentaine bien tassée, début de la quarantaine, cheveux bruns, un visage banal qu'il reconnaissait.

Le quartier-maître. Clifford Knox. Il gisait sur le dos sur le sol rocheux, yeux clos.

Il continua et trouva les cinq symboles. Toujours aucune trace de Carbonell, mais il y avait deux autres tunnels et aucune issue. Son corps pouvait se trouver n'importe où. Il pouvait aussi avoir été rejeté à la mer par une des buses.

Il leva les yeux vers le symbole au plafond.

Δ

Il espérait que Malone ne s'était pas trompé et que le triangle indiquait bien l'endroit. Il fit rouler une grosse pierre. Heureusement le plafond était bas, peut-être deux mètres quarante de haut. Il prit le marteau et le ciseau qu'il avait apportés et fit sauter le joint qui entourait le bloc irrégulier. Près de deux siècles de marées avaient durci le mortier, mais il finit par céder. Il s'écarta et le rocher s'écrasa sur le sol en projetant de l'eau tout autour, et se brisa en plusieurs morceaux.

Il braqua le faisceau de la torche vers le haut à l'intérieur de la niche.

À trente centimètres du niveau du plafond, une étagère avait été creusée dans la pierre. Quelque chose luisait dans le faisceau de sa lampe. Une surface qui réfléchissait la lumière. De couleur verte. Il posa la torche, en l'inclinant vers le haut, et attrapa ce qu'il venait de découvrir.

L'objet était lisse.

Puis il comprit.

C'était du verre.

Il fit glisser l'objet de son perchoir.

Il n'était pas lourd, un ou deux kilos peut-être. Un morceau d'une trentaine de centimètres carrés, avec une surface et des bords arrondis. Il se pencha plus près de la torche et projeta de l'eau sur sa surface pour enlever la couche de poussière.

Quelque chose était scellé à l'intérieur.

Bien que brouillée, l'image ne faisait aucun doute.

Deux feuilles de papier bruni.

Il posa le contenant sur la pierre qui lui avait servi de marchepied. Il trouva une autre pierre plus petite et, en deux coups, brisa le verre.

Pour la première fois depuis plus de cent soixante-quinze ans, le papier se retrouvait à l'air libre.

Chaque page comportait un en-tête ainsi que deux colonnes imprimées.

À PROPOS DES DÉBATS DU CONGRÈS

Et une date.

9 février 1793

Il parcourut une des pages jusqu'à ce qu'il trouve.

M. Madison. L'objet de la proposition déposée devant la Chambre va, je présume, monsieur le président, se représenter pour que nous puissions en délibérer. J'imagine qu'il s'agit, monsieur, d'un sujet de la plus grande importance et qui exige notre plus grande attention et notre effort à tous. En rédigeant notre Constitution, ce Congrès s'est vu confier le pouvoir spécifique d'accorder des lettres de marque, comme le font habituellement les nations à travers le monde. Bien sûr, nous n'aurions jamais vaincu l'Angleterre sans les courageux efforts d'entrepreneurs possédant à la fois des navires et la capacité d'en faire le meilleur usage. Il est heureux pour nous que de telles possibilités aient pu être accordées et demeurent en notre pouvoir. Nous sommes tous malheureusement conscients que nous ne possédons pas encore suffisamment d'hommes et de navires pour créer une marine digne de ce nom, capable d'assurer notre défense commune, aussi je suis d'accord avec la proposition de conférer ces lettres de marque à Archibald Hale, Richard Surcouf, Henry Cogburn et Samuel Bolton à perpétuité, pour qu'ils puissent continuer à attaquer nos ennemis avec force et sans relâche.

La motion a été présentée par le président et approuvée par tous dans l'assistance. Lesdites lettres de marque devraient être transmises au Sénat pour prendre effet. La séance a été ensuite levée.

Il examina l'autre feuille et vit que sa formulation était similaire, bien que tirée du journal du Sénat où les lettres avaient été aussi unanimement approuvées, la dernière ligne de l'article stipulant que « ladite promulgation devait être transmise à M. Washington pour qu'il y appose sa signature ».

Voilà ce que cherchait le Commonwealth. Ce pourquoi des hommes étaient morts. Ces deux documents n'étaient qu'une source de problèmes. Leur réapparition ne causerait que des ennuis.

Un bon agent se devait de résoudre les problèmes. Aussi, il déchira les deux pages en petits morceaux et les répandit dans l'eau. Il les regarda disparaître.

Une bonne chose de faite.

Il revint vers la corde, passant près de Knox une dernière fois.

« Tu es mort pour rien », dit-il au cadavre.

Il grimpa de nouveau jusqu'au niveau du sol. Il était temps de quitter cet avant-poste perdu. Autour de lui, des oiseaux n'arrêtaient pas d'aller et venir sur le chemin de ronde tout en roucoulant.

Il remonta la corde et se dit : Ça suffit. Il cria : « Pourquoi ne te montres-tu pas pour que nous puissions parler ? »

Il avait senti dès qu'il était revenu au fort qu'il n'était pas seul. À l'extrémité de la salle en ruines, Cotton Malone apparut.

« Je croyais que tu étais parti, dit Wyatt.

— Je suis revenu chercher les pages, mais on m'a dit alors que tu venais les chercher aussi.

— Je supposais que les autorités canadiennes seraient impliquées à un moment ou un autre.

— Nous avons attendu le plus longtemps possible. Qu'est-ce qui s'est passé en bas ?

— Le Commonwealth a perdu un de ses quartiers-maîtres. »

Il remarqua que Malone ne portait pas d'arme, mais ce n'était pas nécessaire. Six hommes en armes apparurent sur le chemin de ronde au-dessus de lui.

Il n'y aurait pas de bagarre aujourd'hui.

« Et les pages ? » demanda Malone.

Il secoua la tête. « Le réceptacle était vide. »

Malone le regarda attentivement. « Je suppose que cela signe la fin du Commonwealth.

— Aucun président ne devra plus traiter avec lui.

— Heureusement pour eux.

— Crois-moi ou non, je n'aurais jamais vendu ces pages à Hale.

— Je te crois. »

Il gloussa et secoua la tête. « Toujours le même donneur de leçons ?

— Une vieille habitude. Le président dit que ce

sera ton seul bonus, en remerciement de ce que tu as fait à New York, et de ce que tu as fait ici avec Carbonell. »

Malone se tut un instant. « Je suppose qu'il te doit encore d'autres remerciements maintenant. »

Ce qu'il avait fait se passait de tout commentaire.

« Et tu peux garder l'argent de la NIA.

— J'en avais bien l'intention.

— Toujours rebelle à l'autorité ?

— Toi et moi, nous ne changerons jamais. »

Malone montra le trou béant dans le sol. « Les deux corps sont en bas ?

— Aucune trace du diable en jupon.

— Tu crois qu'elle est sortie à la nage ? »

Il haussa les épaules. « Ces buses ne ressemblaient pas à ce qu'elles étaient quand nous y sommes passés. Il lui aurait fallu de sacrés poumons.

— Autant que je me souvienne, c'était le cas. »

Wyatt sourit. « C'est vrai. »

Malone s'écarta. Wyatt demanda. « Est-ce que mon sauf-conduit me permet de quitter le Canada sans être inquiété ?

— Tu peux aller jusque chez toi en Floride. Je te proposerais bien de t'emmener, mais nous ne nous supporterions pas aussi longtemps. »

C'était probablement vrai, pensa-t-il.

Il s'apprêta à partir.

« Tu ne m'as pas répondu hier soir, dit Malone. Nous sommes quittes ? »

Wyatt s'arrêta mais ne se retourna pas. « Pour l'instant. »

Et il s'éloigna.

85

La Maison-Blanche
16 h 40

Cassiopée attendait dans la chambre bleue, cette même chambre à coucher où elle s'était changée la veille, celle où Danny Daniels était venu lui parler. Shirley Kaiser était avec elle.

« Comment va votre doigt ? demanda-t-elle.

— Il me fait un mal de chien. »

Une fois recueillis dans l'Atlantique, ils avaient tous les quatre été amenés à Washington. Shirley avait reçu des soins médicaux pour son doigt amputé, mais le médecin du Commonwealth avait fait un superbe travail en suturant sa blessure. Des analgésiques et une piqûre contre l'infection étaient tout ce dont elle avait besoin.

« Le pire, ça a été la baignade, dit Shirley. L'eau salée. Mais il n'était pas question de rester à bord. »

L'équipage de *L'Aventure* avait également été récupéré par un garde-côte, arrivé sur les lieux quelques minutes après la destruction du sloop. Il avait été averti par radio qu'il devait abandonner le navire faute de quoi il coulerait avec lui. Tous avaient choisi de le quitter. Seul Quentin Hale avait coulé avec lui. Mais il était déjà mort au moment du naufrage. Stéphanie avait raconté à Cassiopée ce que Cotton avait commencé et que Shirley avait achevé.

« Ça va ? » demanda-t-elle.

Elles étaient toutes les deux épuisées et avaient mal partout.

« Je suis contente d'avoir pu le tuer. Ça m'a coûté un doigt, mais je crois que ça en valait la peine. »

Cassiopée ne put s'empêcher de dire : « Vous n'auriez pas dû y aller.

— Vraiment ? Si je ne l'avais pas fait, vous ne seriez pas venue. Et alors qui sait où nous serions en ce moment. Et Stéphanie aussi. »

Elle avait retrouvé son aplomb.

« Au moins, c'est terminé », dit Shirley.

Effectivement.

Les services secrets et le FBI avaient fait une descente dans le complexe du Commonwealth et arrêté les trois autres capitaines et tous les membres d'équipage. Ils étaient occupés pour l'instant à fouiller chaque centimètre carré des quatre domaines.

On frappa légèrement à la porte, puis elle s'ouvrit et Danny Daniels entra. Cassiopée savait que l'après-midi avait été rude pour lui aussi. À leur retour, Edwin Davis avait tout raconté au président. Ils avaient eu une discussion en tête à tête, puis avaient fait venir Pauline et tous les trois avaient passé une heure ensemble, portes closes, un peu plus loin dans le couloir.

« Pauline voudrait vous voir », dit Daniels à Shirley.

Celle-ci se leva pour sortir, puis s'arrêta devant le président et lui demanda : « Ça va ? »

Il sourit. « Quelle question, venant d'une femme avec neuf doigts. Je vais très bien. »

Ils savaient tous ce dont on avait discuté derrière ces portes closes. Ce n'était plus la peine de faire semblant.

« Ça n'a plus d'importance, Danny, dit Shirley. Vous serez toujours un homme quand vous ne serez plus président.

— Je croyais que vous me détestiez ? »

Shirley lui toucha l'épaule. « C'est vrai. Mais merci quand même pour ce que vous avez fait pour nous là-bas. »

C'est Daniels qui avait donné l'ordre qu'on envoie les hélicoptères. Il avait préféré ne pas faire confiance aux forces de l'ordre locales, aussi, quand Davis lui avait fait part du problème par radio, il avait donné un ordre directement à l'armée à Fort Bragg. Il était aussi resté en ligne, donnant ses directives aux pilotes et prenant directement la responsabilité de couler le bateau.

« Nous nous sommes contentés d'empêcher des assassins de présidents de fuir le pays, dit-il.

— Vous avez bien fait, Danny.

— C'est un compliment, venant de votre part. »

Sur ce, Shirley partit.

Daniels referma la porte.

« Vous ne vous êtes pas contenté d'empêcher des assassins de s'enfuir aujourd'hui, lui dit Cassiopée.

Il s'assit sur le lit en face d'elle. « Racontez-moi. Qui l'aurait cru ? Edwin et Pauline. »

Elle savait que ça devait être difficile.

« Mais je suis content, dit-il. Vraiment. Je crois que ni l'un ni l'autre ne savions comment mettre un terme à ce mariage. »

Cette attitude la surprit.

« Pauline et moi, nous nous connaissons depuis longtemps, dit-il à voix basse. Mais cela fait des années que nous ne sommes plus heureux. Mary nous manque à tous les deux. Sa mort a creusé un fossé entre nous qui n'a jamais pu être comblé. »

Elle entendit sa voix se casser quand il prononça le nom de sa fille.

« Pas un jour ne se passe sans que je pense à elle. Je me réveille au milieu de la nuit et je l'entends m'appeler au milieu des flammes. Cela m'a hanté de façon inimaginable. » Il se tut un instant. « Jusqu'à aujourd'hui. »

Cassiopée vit la souffrance dans ses yeux. Une souffrance authentique. Profonde. Évidente. Elle imaginait son angoisse.

« Si Pauline peut retrouver la paix et un peu de bonheur avec Edwin, alors je lui souhaite d'être heureuse. Vraiment. »

Il la regarda d'un air las.

« Edwin m'a appris par radio que Shirley et Stéphanie avaient sauté. Quand j'ai su qu'elle allait bien, je dois dire que ma colère a pris le dessus. J'ai donné à l'équipage une chance de partir, mais je ne savais pas que Hale était déjà mort.

— Et qu'avez-vous l'intention de faire à propos de Stéphanie ? »

Daniels resta silencieux un moment, puis dit : « Je ne sais pas. Pauline m'a dit la même chose que ce que je viens de vous dire. Elle veut que je sois heureux. Je crois que nous pourrons avancer tous les deux si nous savons que l'autre va bien. »

Ils restèrent assis sans rien dire pendant quelques instants encore.

« Merci, dit enfin le président. Pour tout ce que vous avez fait. »

Elle savait ce qu'il voulait dire. Il avait eu besoin de quelqu'un auprès de qui il pouvait s'épancher, quelqu'un de pas trop proche, mais quelqu'un en qui il pouvait avoir confiance.

« J'ai appris la façon dont Cotton vous avait sauvée. En plongeant de ce yacht. C'est vraiment extraordinaire. Avoir un homme qui sacrifie sa vie pour vous. »

Elle acquiesça.

« J'espère trouver une femme comme ça.

— Vous la trouverez.

— On verra. » Il se leva du lit. « Il est temps que je reprenne mon rôle de président. »

Elle était curieuse. « Avons-nous des nouvelles de Cotton ? »

Il avait quitté la Caroline du Nord et était retourné tout droit en Nouvelle-Écosse par avion, mais c'était de bonne heure ce matin.

« Il doit être en bas. Il vous attend. »

Il l'observa d'un regard presque tendre. « Prenez bien soin de vous.

— Vous aussi, monsieur le président. »

Malone aperçut Cassiopée dans l'escalier qui descendait des étages supérieurs de la Maison-Blanche. Il était rentré du Canada une demi-heure auparavant et les services secrets l'avaient conduit tout droit ici pendant qu'il parlait par téléphone avec le président, lui rendant compte de ce qui s'était passé à Fort Dominion. Stéphanie l'avait accueilli dehors et se trouvait maintenant avec lui.

« On m'a raconté pour New York, lui dit Stéphanie. Tu arrives toujours ventre à terre quand je t'appelle ?

— Seulement quand tu dis que c'est important.

— Je suis contente que tu l'aies fait. Je commençais à me demander si j'allais pouvoir sortir de cette cellule. Et bravo pour cette manœuvre sur le bateau avec cette maudite cage.

— Je n'avais pas le choix. »

Stéphanie sourit et montra Cassiopée du doigt. « Elle te doit une fière chandelle. »

Il n'avait pas quitté l'escalier des yeux. Non, ils étaient quittes.

Il se tourna vers Stéphanie. « Des nouvelles d'Andrea Carbonell ? »

Elle secoua la tête. « Nous surveillons les lieux. Mais rien jusqu'à présent. »

Avec plusieurs membres de la police montée canadienne, ils avaient fouillé les grottes sous le fort jusqu'au changement de marée, sans trouver la moindre trace de Carbonell. La baie et l'Atlantique proche avaient également été dragués au cas où son corps aurait été rejeté à la mer.

On n'avait rien trouvé non plus.

« Nous continuerons à chercher, dit Stéphanie. Le corps doit bien être quelque part. Tu crois qu'elle a pu s'en sortir ?

— Je ne vois pas comment. C'était déjà assez difficile quand les buses étaient vides. »

Cassiopée s'approcha.

« Un rendez-vous en tête à tête avec le président ? lui demanda-t-il.

— Quelques derniers détails à régler. »

De l'autre côté du vestibule, une femme leur faisait signe.

« Je crois que c'est mon tour d'aller lui parler, dit Stéphanie. Vous deux, essayez dorénavant d'éviter les emmerdes. »

Il vit le regard qu'échangèrent les deux femmes. Il connaissait ce regard. Il l'avait déjà surpris sur le visage de Cassiopée. En Virginie. Quand ils parlaient à Edwin Davis, puis de nouveau à Monticello, quand elle avait insisté pour parler seule à seul avec Davis. Tandis que Stéphanie s'éloignait, il dit à Cassiopée. « Je suppose qu'à un moment ou un autre tu vas me dire ce que tu sais.

— À un moment.

— Tu avais bien réfléchi quand tu t'es rendue toute seule dans ce complexe ? C'était complètement cinglé, non ? »

Elle haussa les épaules. « Qu'est-ce que tu aurais fait ?

— Ça n'a pas d'importance.

— J'ai eu de la chance que tu viennes. »

Il secoua la tête, puis attira son attention sur leurs bagages, posés près des portes. « Nos bagages sont faits et nous sommes prêts à partir.

— Nous rentrons à la maison ? demanda-t-elle.

— Pas question. Nous avons toujours un rendez-vous à New York en suspens. Un spectacle, puis un dîner. Sans compter cette robe que tu t'es achetée et que je n'ai jamais vue.

— Une robe noire. Dos nu. Elle va te plaire. »

Sûrement. Mais il avait encore autre chose en tête.

« Avant que nous rentrions à la maison, j'aimerais faire un détour par Atlanta et voir Gary. Y rester deux jours peut-être. »

Il n'avait pas vu son fils depuis l'été, quand Gary avait passé plusieurs semaines chez lui à Copenhague.

Elle acquiesça. « Tu devrais. »

Il s'éclaircit la gorge. « *Nous* devrions. Tu sais qu'il trouve que tu es une vraie bombe. »

Elle sourit et lui attrapa la main. « Tu m'as sauvé la vie, dit-elle. J'aimerais bien te remercier comme il faut à New York. Je pourrais reprendre notre chambre au St Regis ?

— C'est déjà fait. Elle nous attend, et le jet des services secrets aussi. Ils nous offrent un voyage gratuit.

— Vous pensez à tout, monsieur Malone.

— Pas à tout. Mais je compte bien sur toi pour le reste. »

Note de l'auteur

Ce livre constitue le point de départ des six précédentes aventures de Cotton Malone, initialement situées aux États-Unis. Elizabeth et moi avons exploré Washington D.C., New York, Richmond en Virginie, Bath en Caroline du Nord, etc.

Et maintenant, il est temps de distinguer les faits réels de la fiction.

La tentative d'assassinat sur Andrew Jackson (prologue et chapitre 13) a eu lieu comme je le raconte, notamment en présence de Davy Crockett qui a aidé à maîtriser l'assassin et prononcé, dit-on, les mots exacts cités dans le texte. Jackson a effectivement blâmé publiquement le sénateur George Poindexter du Mississippi (chapitres 13 et 19), évoquant une conspiration, mais Poindexter fut blanchi par une commission d'enquête du Congrès. J'ai décidé de perpétrer la théorie de la conspiration en impliquant mon Commonwealth de fiction.

De nombreux lieux existants sont utilisés. Le Grand Hyatt (chapitres 1, 3, 5, 6), le Plaza (chapitres 7 et 24), le St Regis (chapitre 9) et le

Helmsley Park Lane sont de superbes hôtels à New York où il fait bon séjourner. Strand Book Store est un extraordinaire bouquiniste (chapitre 11) chez qui j'ai passé des heures pour mes recherches. Tous les détails concernant la Maison-Blanche et le Bureau ovale sont exacts. La gare de Grand Central est également décrite avec précision (chapitre 8), y compris le passage pour piétons menant à la sortie de la 42e Rue Est et l'étroite saillie qui descend de là jusqu'au niveau de la rue. Le Jefferson (chapitre 35) se trouve à Richmond, en Virginie, et c'est un hôtel historique tout droit sorti d'*Autant en emporte le vent*.

La rivière Pamlico et la côte de Virginie sont des endroits ravissants (chapitres 2, 5, 13), tout comme Bath (chapitre 15), qui fut jadis un fief des partisans de la politique coloniale et un havre pour les pirates. C'est aujourd'hui un village assoupi de moins de 300 habitants. Le complexe du Commonwealth occuperait les bois situés à l'ouest de la ville. L'aéroport régional situé tout près à Greenville existe bien (chapitre 29).

La façon dont Barbe-Noire est mort (chapitre 77) dans l'estuaire d'Ocracoke est véridique, comme ce qui est arrivé à son crâne ensuite. *L'Histoire des pirates anglais* de Charles Johnson (chapitres 18, 76) demeure le livre de référence sur l'histoire des pirates, bien que personne ne sache qui était vraiment ce Charles Johnson. Le supplice du bâton (chapitres 40 et 42), le démembrement, le fait de contraindre les prisonniers à manger leurs propres oreilles (chapitre 76), la suée (chapitre 76) étaient des tortures communément infligées aux pirates captifs. Mais la cage de gibet (chapitres 2, 82, 83) était réservée aux pirates ayant été condamnés pour leurs crimes.

Le Code Jefferson existe et a été conçu par Robert Patterson. Jefferson lui-même le considérait comme insoluble, et il le resta de 1804 à 2009 quand il fut enfin résolu par Lawren Smithline, un mathématicien du New Jersey. La façon dont le code fut résolu dans cette histoire (chapitre 36) s'inspire des efforts de Smithline. Le fils de Patterson, également prénommé Robert (chapitre 23), fut effectivement nommé par Andrew Jackson directeur de la Monnaie américaine. Cette coïncidence fortuite semblait taillée sur mesure pour cette histoire. La lettre de Jackson à Abner Hale, citée chapitre 5, est une concoction de ma part, bien qu'elle soit rédigée en utilisant de nombreux mots employés par Jackson. Le message codé est évidemment de la fiction.

La baie de Mahone existe bien (chapitres 53, 55, 56, 58), comme la mystérieuse île Oak. L'île de Paw est une invention de ma part, comme Fort Dominion, bien que l'invasion de la Nouvelle-Écosse pendant la guerre de l'Indépendance américaine se soit bien produite. La dalle de l'île Oak avec ses inscriptions étranges (chapitre 56) fait partie de la légende de l'île, bien qu'aucune personne connue n'ait jamais vu cette pierre. Sa traduction est également réelle, bien que, une nouvelle fois, personne ne sache qui en est l'auteur.

Ybor City existe (chapitre 41). La crise financière à Dubai (chapitre 18) s'est produite, bien que j'y aie ajouté quelques éléments. J'ai imaginé *L'Aventure* en m'inspirant de plusieurs yachts de la même taille et du même type, tous d'extraordinaires bateaux de haute mer.

Évidemment, il n'y a aucune page manquante dans les premiers journaux du Congrès et du Sénat (chapitre 19). Les extraits des débats du Congrès (chapitre 84) reprennent des éléments de plusieurs articles de cette époque. Les problèmes et les statistiques cités par Danny Daniels à propos de la communauté du renseignement américaine (chapitre 54) sont tirés d'une étude de 2010 du *Washington Post*.

Monticello est un endroit extraordinaire. Il est exactement décrit, comme l'est son Centre d'accueil des visiteurs (chapitres 43, 44, 45, 47, 49). Le cylindre du code existe, lui aussi, et se trouve sur le site (chapitres 44 et 49), mais pas à l'intérieur de la demeure elle-même. Une reproduction en résine existe dans le Centre d'accueil des visiteurs (chapitre 52), mais on ignore s'il s'agit d'une copie exacte de l'original. La bibliothèque de Jefferson (chapitre 44) fut vendue aux États-Unis après la guerre de 1812 et a constitué la base de l'actuelle librairie du Congrès. Nombre de volumes originaux de Jefferson sont exposés à Washington, à la librairie, au sein d'une exposition spéciale.

L'assassinat joue un rôle central dans cette histoire. Quatre présidents américains furent assassinés au cours de leur mandat : Lincoln (1865), Garfield (1881), McKinley (1901), et Kennedy (1963), mais il a été intéressant de s'apercevoir que tous les assassins étaient des fanatiques perturbés et qu'aucun n'a survécu longtemps à son acte.

Booth et Oswald sont morts dans les heures qui suivirent, et les deux autres ont été exécutés quelques semaines après des procès hâtifs. Ce que dit Danny Daniels au chapitre 16 à propos des erreurs commises dans la protection présidentielle ayant conduit au désastre est véridique. L'escapade de Daniels à New York (chapitre 16) s'inspire de l'escapade impromptue de Barack Obama et de la première dame dans un théâtre de Broadway au début de la présidence.

Andrew Jackson fut effectivement le premier président à affronter un assassin. La lettre menaçante envoyée à Jackson par Junius Brutus Booth, père de John Wilkes Booth, est un fait historique (chapitre 38). Plus surprenant encore, Booth était contrarié par le refus de Jackson d'accorder son pardon à certains pirates condamnés. Les quatre assassinats présidentiels véridiques sont décrits avec exactitude, mais l'implication du Commonwealth a surgi intégralement de mon imagination.

Toutes les données concernant les pirates et leur société originale mais éphémère sont conformes à l'histoire. Les œuvres de fiction et Hollywood les ont beaucoup desservis. La réalité est bien différente des stéréotypes propagés au fil des années. Le monde des pirates, bien que très tumultueux, restait parfaitement ordonné grâce à des articles communément acceptés qui régissaient leurs opérations majeures. Le navire pirate est l'un des premiers exemples de démocratie efficace. Le Commonwealth, bien que de toute évidence fictionnel, est inspiré par des récits relatifs à des vaisseaux pirates se rejoignant dans un effort collectif. Le langage employé dans les articles du Commonwealth est repris d'articles véridiques rédigés aux XVIIe et XVIIIe siècles.

Les corsaires ont existé dans l'histoire, comme est réelle leur contribution à la fois à la révolution américaine et à la guerre de 1812 (chapitres 13, 18, 19). Ce que Quentin Hale dit à Edwin Davis au chapitre 18 est vrai : la guerre de l'Indépendance et la guerre de 1812 ont toutes les deux été gagnées grâce à leurs efforts. Les origines de la marine américaine remontent directement aux pirates. George Washington lui-même reconnaissait la dette que nous avions envers eux. Évidemment, la délivrance de lettres de marque à perpétuité à n'importe quel groupe de ces pirates est de mon invention.

L'article 1, paragraphe 8, de la Constitution, autorise effectivement le Congrès à délivrer des lettres de marque. La lettre citée au chapitre 18 s'inspire d'une lettre réelle. De plus, toute mention historique relative aux lettres de marque faite dans ce livre est véridique. Les corsaires étaient une arme fréquemment utilisée pendant des siècles par des États en guerre. La déclaration de Paris de 1856 finit par mettre hors la loi cette pratique pour ses signataires, mais les États-Unis et l'Espagne (chapitre 19) n'avaient pas participé à cet accord. Une loi adoptée par le Congrès en 1899 interdit cette pratique (chapitre 19), bien qu'on ne sache pas très bien si cette loi résisterait à un examen constitutionnel minutieux si l'on s'en tient aux termes de l'article 1, paragraphe 8. Pendant les quarante premières années de notre République, des lettres de marque étaient couramment délivrées par le Congrès. Depuis 1814, cette clause constitutionnelle est restée latente, bien qu'il y ait eu une tentative pour l'invoquer après le 11-Septembre.

Mais malgré leurs contributions bénéfiques à cette nation en temps de guerre, une sombre réalité demeure. *Les corsaires font le nid des pirates.*

REMERCIEMENTS

À Gina Centrello, Libby McQuire, Kim Hovey, Cindy Murray, Carole Lowenstein, Quinne Rogers, Matt Schwartz, et à tous ceux du service Promotion et ventes, un grand merci du fond du cœur.

À mon agent et amie, Pam Ahearn, que je salue bien bas, sachant tout ce qu'elle fait pour moi.

À Mark Tavani, qui m'a poussé à me dépasser.

À Simon Lipskar, merci pour tes sages conseils.

Sans oublier quelques hommages particuliers à la grande romancière et amie, Katherine Neville, pour m'avoir ouvert les portes de Monticello ; aux gens formidables de Monticello qui m'ont apporté une aide inappréciable ; à l'équipe de grands professionnels de la bibliothèque de Virginie qui m'ont guidé dans mes recherches sur Andrew Jackson ; à Meryl Moss et son incroyable équipe de relations publiques ; à Esther Garver et Jessica Johns qui animent sans relâche les Entreprises Steve Berry ; à Simon Gardner, du Grand Hyatt, pour m'avoir fourni des renseignements fascinants sur l'hôtel et la ville de New York ; au docteur Joe

Murad, notre chauffeur et guide à Bath ; à Kim Hovey, qui a fourni de précieuses observations et des photos de la baie de Mahone ; et, comme toujours, à celle sans qui je ne serais jamais parvenu aussi bien à mes fins, ma femme, Elizabeth, à la fois épouse, mère, amie, éditrice et critique. Un vrai trésor.

Ce livre est dédié à nos petits-fils, Zachary et Alex.

Pour eux, je suis papa Steve.

Et tous deux me sont très chers.

À propos de l'auteur

Steve Berry est l'auteur de best-sellers consacrés par le *New York Times* comme : *Le Mystère Napoléon, La Prophétie Charlemagne, L'Énigme Alexandrie, La Conspiration du Temple, Le Troisième Secret, Le Complot Romanov, L'Héritage des Templiers, Le Musée perdu, Le Monastère oublié* et les nouvelles *Aventure dans les Balkans* et *L'Or du diable.* Ses livres sont traduits dans quarante langues et vendus dans cinquante et un pays. Il vit dans la ville historique de Saint Augustine en Floride et travaille à son prochain roman. Avec sa femme Elizabeth, ils ont fondé History Matters, une organisation charitable destinée à la protection du patrimoine des États-Unis. Pour tout savoir sur Steve Berry et la fondation, rendez-vous sur le site www.steveberry.org

Composition et mise en pages réalisées
par Text'oh! – 39100 Dole

Achevé d'imprimer par GGP Media GmbH, Pößneck
en juin 2013
pour le compte de France Loisirs,
Paris

N° d'éditeur : 73140
Dépôt légal : juillet 2013
Imprimé en Allemagne